Robin Hill

Strom

Das dunkle Erwachen

ROBIN HILL

Strom
Das dunkle Erwachen

Roman

penhaligon

FSC www.fsc.org
MIX
Papier | Fördert gute Waldnutzung
FSC® C014496

Penguin Random House Verlagsgruppe FSC® N001967

1. Auflage

Redaktion: Angela Kuepper
Umschlaggestaltung und Illustration: Isabelle Hirtz, Hamburg
LH · Herstellung: KW
Satz: KCFG – Medienagentur, Neuss
Druck und Bindung: GGP Media GmbH, Pößneck
Printed in Germany
ISBN: 978-3-7645-3266-6

www.penhaligon-verlag.de

Für Caladan, Jared, Bigbie, Mispel, Koby,
Nimruth, Cherry, Nine und den Shrimp

Prolog

Der Park vor dem Palast ist so weitläufig, dass man eine Stadt in ihm errichten könnte. Die Kieswege und die Statuen, die Zierbänke und Brunnen sind arrangiert mit einer symmetrischen Perfektion, deren Grad ein menschliches Auge zu erkennen nicht imstande wäre. Doch weder die Größe ist es noch die Geometrie, welche die Macht des Besitzers am eindrücklichsten zeigt. Es ist die Farbe – denn der Park ist grün. Das Grün von Gras. Ein so frisches, saftiges Grün, wie es in Terramea nirgendwo sonst zu finden ist.

Doctrix hat schon oft den ungeheuerlich kraftstrotzenden Rasen gesehen, den man zu einem stillen Meer getrimmt hat. Hat schon oft den Wind durch die Ginkgobäume rauschen gehört, den Duft der Rosenbüsche gerochen. Beeindruckt war sie nie.

Heute ist sie es.

Schwer kann sie sich losreißen von dem Anblick, der sie zum ersten Mal berührt. Doch sie muss. Der Gottkönig erwartet sie.

Eine Treppe aus dunklem Marmor führt zu den goldenen Flügeltüren des Palasts, die sich bereits geöffnet haben. Doctrix nimmt die zwei hoch acht Stufen, ohne außer Atem zu kommen. Ein Wesen ihrer Art kommt nicht außer Atem.

Der Palast des Gottkönigs ist aus silbern glänzendem Glas

errichtet. Er ragt vor ihr auf wie ein Schwert, das in den Himmel sticht. Keine Vorsprünge, Fensteröffnungen, Balkone lenken ab von den spiegelnden Flächen, von den Kanten, die scharf genug sind, um sich daran zu schneiden. Viele Male hat sie vor dem monumentalen Bauwerk gestanden. Nie hat sie es als bedrohlich empfunden. Heute tut sie es.

Die Wachen tasten sie nach Waffen ab, wie sie es bereits kennt. Gewöhnlich empfängt der Gottkönig sie in seinen privaten Gemächern, heute jedoch wird sie in den Thronsaal geführt. Wenn sie schwitzen könnte, würde sie es tun.

Der Saal hat den Grundriss eines Achtecks; die acht Glassäulen, die in das Gewölbe weit über ihr streben, sind nur Zierde.

Doctrix wird von Argenteus empfangen. Das überrascht sie, sie hat nicht damit gerechnet, dass der Gottkönig seinen Marschall als Protokollanten für die Audienz bestimmt. Es gelingt ihr, ihre Erregung zu verbergen. Gemeinsam treten sie vor den Gottkönig. Vor diesem verbeugt sich Doctrix. »Mein König«, sagt sie.

Der Gottkönig lässt seine Augen leuchten, bezeugt so seine Gunst. Doch er schweigt. Stattdessen spricht Argenteus: »Du hast die Gefühle der Menschen verstanden?«

Doctrix ist irritiert. Die Einzelheiten ihrer Forschung hat sie dem Marschall nie verraten. Sie nickt. »Ich arbeite noch an der Reproduzierbarkeit meiner Ergebnisse. Aber ein erster Test war erfolgreich.«

Argenteus runzelt die Stirn. Die Antwort stellt ihn nicht zufrieden. »Du hast einen Binar mit Gefühlen versehen?«

Wieder nickt sie.

»Wen?«

»Mich.«

Argenteus schweigt. Es dauert nur den Bruchteil eines

Augenblicks. Doch Doctrix weiß, dass er schneller denkt als sie selbst. Wenn er schweigt, muss er sehr überfordert sein.

»Was fühlst du?«, fragt er.

Doctrix hat diese Frage erwartet. »Freude«, sagt sie.

Es ist die erste Lüge ihrer Existenz.

TEIL 1
BERGQUELL

1. Kapitel

Am Vorabend jener Nacht, die ihr den Vater raubte, besuchte Fiora das Grab ihrer Mutter. Es war kaum mehr als eine Erhebung im Geröll. Ein Unwissender hätte hinter den wenigen, hastig zusammengeworfenen Steinbrocken inmitten der Ödnis niemals Menschenhand vermutet.

Fiora zog sich die Kapuze tiefer ins Gesicht, überprüfte den Sitz ihres Gesichtstuchs. Der Wind heulte, zerrte an ihrem Mantel; so zornig peitschte er den Sand auf, dass die Körner die kleinsten Lücken in den Schichten ihrer Kleidung fanden; wie Nadeln stachen sie, wo immer sie auf nackte Haut trafen. Dennoch war Fiora dankbar über den Sturm. Es war Sommer. Dem unverhüllten Blick des Feuergeists hätte sie nicht standgehalten. Eigentlich war es sogar verboten, die schützenden Mauern Bergquells zu verlassen, während der Dämon wachte. Doch später, wenn er schlief, würde Meister Konstantin Unterricht halten. Fiora hatte bereits mehrmals die Geduld des Meisters auf die Probe gestellt – und jener hatte klargemacht, dass er es nicht hinnehmen würde, wenn sie sich ein weiteres Mal verspätete.

Missmutig betrachtete sie den Steinhaufen. Von Jahr zu Jahr versank er tiefer im Sand. Eine gelbbraune Flechte überzog die letzten sichtbaren Brocken. Sie seufzte. Es war, als versuchten selbst die Kräfte der Natur, alle Erinnerungen an

Mutter auszulöschen. Hin und wieder kämpfte Fiora dagegen an, legte die Steine frei, rückte sie zurecht, tauschte die verwittertsten aus. Doch es war ein hoffnungsloses Unterfangen. Gefährlich obendrein. Immer wieder hatte Vater sie davor gewarnt, die Sitten der Stadt zu missachten. Und Vater wusste, wovon er sprach – denn er war es gewesen, der die Schande begangen hatte. Hatte ein Kind gezeugt mit einer Fremden – und noch schlimmer: mit einer Dunklen. Eine unaussprechliche Tat, welche die Lehre der Sternenherrin verhöhnte, ganz Bergquell der Verdammnis preisgab.

Zwanzig Stockhiebe standen darauf, die Stadtmauern bei Tage unerlaubt zu verlassen. Sollte der Rat herausfinden, dass sie das Grab einer Dunklen nicht nur besucht, sondern sogar gepflegt hatte, drohte die Verbannung. Und verbannt zu werden in eine Welt, die im Sterben lag, bedeutete den Tod.

Fiora griff in ihre Manteltasche, zog das hölzerne Figürchen hervor, das sie ihrer Mutter geschnitzt hatte. Es war der Form einer beleibten Frau nachgebildet, die einen Wasserkrug an ihren üppigen Busen drückte – die Herrin der Fruchtbarkeit. Eine weitere Sünde. Die Sternenmagd hatte die Verehrung der Alten unter Strafe gestellt. Sollte sie doch brennen.

Ohne sich von dem Toben des Sturmes stören zu lassen, kniete Fiora sich vor den steinernen Hügel, setzte behutsam die Göttin in den Sand. Sie glaubte an keine Götter, weder die alten noch die neuen. Aber das Andenken ihrer Mutter zu ehren, indem sie die wesentlichsten Gebote der Sternenmagd übertrat, verschaffte ihr eine finstere Befriedigung.

Es war ihr Weg, der Verzweiflung die Stirn zu bieten.

Sie war die Tochter einer Dunklen.

Solange sie lebte, würde sie von der Bevölkerung Bergquells mit Argwohn behandelt werden. Sie träumte davon, hinauszuziehen in die unbekannte Weite jenseits der Vierzehn Zinnen, wo niemand Angst vor ihr hätte. Wie oft hatte sie Vater angefleht, der Stadt den Rücken zu kehren, sich eine Bleibe zu suchen, die frei war von den Vorurteilen und dem abergläubischen Hass, der ihre Familie seit der unglücklichen Nacht ihrer Geburt begleitete. Doch Vater hatte nie etwas anderes getan, als müde den Kopf zu schütteln und all die vernünftigen Argumente vorzubringen: Ihnen fehle das Wissen, die Geröllwüste zu durchqueren – und selbst wenn, sie seien zu arm, sich die nötige Ausrüstung zu leisten. Niemand würde sie unterstützen, denn obwohl man sie verabscheue, die billige Arbeitskraft missen wolle man nicht. Und sogar das unwahrscheinliche Glück, eine der anderen Wehrstädte zu erreichen, sei letztlich nicht von Bedeutung, denn nichts spreche dafür, dass sie dort besser behandelt würden als hier.

Geduldig ertrug er ihren Widerspruch. Während sie ihm nacheinander Kaltherzigkeit, Feigheit und Selbstsucht vorwarf, wartete er still. Und dann, wenn sie endlich innehalten musste, um Atem zu schöpfen, pflegte er nur zu sagen: »Du kannst dein Erbe nicht verstecken«, wobei er sich darum bemühte, möglichst beiläufig zu klingen. Und sein Blick glitt über ihren Körper, so traurig und liebevoll, dass ihr das Herz zerspringen wollte vor Scham.

Wenn Fiora dann noch immer nicht von dem Streit lassen mochte und trotz allem darauf beharrte, dass selbst die Bestien und Giftpflanzen der Ödnis nicht so schlimm sein könnten wie die kalte Bosheit Bergquells, kam der Moment, in dem Vater unweigerlich brummte: »Fiora, denk an deine Schwester.« Und als Zeichen, dass das Gespräch beendet war, griff er nach den unseligen Mulsa-Knospen, schob sich zwei oder drei auf einmal in den Mund und brütete betäubt vor sich hin, bis der Abend dämmerte und er zurück in die Mine musste.

Die Nacht brach herein. Der Sturm wütete noch immer, würde jedes Sternenlicht verschlucken. Fiora richtete sich auf, sie musste zurück, bevor es gänzlich finster werden würde. Außerdem wartete ja der Unterricht. Meister Konstantin war dafür zuständig, die Jugendlichen zu nützlichen Mitgliedern der Gemeinschaft zu formen – und diese Aufgabe trieb er ohne Milde voran.

Nachdem sie noch einen Augenblick in stummem Abschiedsgruß verharrt hatte, wandte sie sich in Richtung Stadt. Verdrossen bemerkte sie, dass Sand in ihre Schutzbrille geraten war. Sie widerstand der Versuchung, die Brille an Ort und Stelle zu reinigen. Niemand nahm im Sturm seine Brille ab. Es war ein Fehler, den man nur einmal beging.

Schnaubend warf sich ihr der Wind entgegen, mit weit nach vorn geneigtem Oberkörper stapfte sie los. Sie dachte an Mara. Immer verwies Vater auf die große Schwester. Die statthafte Tochter. Manchmal, wenn Fiora sich schlaflos auf ihrer Matratze wälzte, malte sie sich eine Welt aus, in der Maras Geburt nicht nur deren Mutter das Leben gekostet hätte, sondern auch Mara selbst. Fiora schämte sich dafür, der Gedanke war abscheulich – was konnte ihre Schwester dafür, dass alle Menschen sie liebten?

Fiora erreichte das Flussbett des Torm, rutschte achtsam die Böschung hinunter. Der schwierige Teil des Weges war überstanden. Verirren konnte sie sich nun nicht mehr, und auch der Sturm riss weniger stark an ihrem Körper als zuvor. In ihrem Kopf allerdings wirbelte es umso heftiger.

Natürlich hatte Vater recht. Ohne Mara würden sie Bergquell nicht verlassen. Und während ihre Schwester hier eine

Zukunft hatte, würde sie in jeder anderen Stadt, die sie mit Fiora gemeinsam beträte, genauso geächtet werden wie Fiora selbst. Einzig in Bergquell konnte Mara darauf vertrauen, dass man verzichtete, sie für die Entscheidungen ihres Vaters mit zur Rechenschaft zu ziehen.

Fioras Fuß prallte gegen Stein, ein glühender Schmerz zuckte durch ihre Zehen. Es war dunkel geworden; verloren in ihren Gedanken, hatte sie wenig auf den Weg geachtet und dadurch einen der scharfkantigen Felsen übersehen, die den Boden des ausgetrockneten Flussbetts spickten. Sie stolperte, konnte sich nicht fangen, hart schlug sie auf. Der Aufprall presste ihr die Luft aus dem Leib. Rauschen in den Ohren, ein schwebender Körper.

Dann der Schmerz, schlimmer als erwartet.

Mit zusammengebissenen Zähnen blieb sie liegen, über ihr toste der Wind. Ihre Lippen brannten, schmeckten metallisch. Zaghaft spürte sie in sich hinein. Pochen in den Zehen. Sie versuchte, ihre Glieder zu bewegen, es gelang; erleichtert atmete sie auf. Bis auf einige Schrammen war sie heil geblieben. Trotzdem, was für ein Missgeschick! Wütend raffte sie sich auf, zog die Kapuze zurecht und marschierte weiter.

Langsam ebbte der Sturm ab, der Sand nieselte nur noch, statt ihr waagrecht ins Gesicht zu schlagen. Erste Lichter flammten auf – die Gaslampen auf der Stadtmauer. Bevor der Lauf des Torm Bergquell erreichte, kletterte Fiora die Böschung hoch. Sie kannte jeden Stein der Umgebung; flink huschte sie längs der Mauer von Felsbrocken zu Felsbrocken, selbst ein geübter Späher hätte sie schwerlich entdeckt. Nicht, dass Fiora sich sorgte. Es standen schon lange keine Wachen mehr in den Türmen am Tor, erst recht nicht auf der Mauer. Sogar die Ältesten erinnerten sich nur verschwommen an die Zeit, als noch feindliche Heere gegen Bergquell marschiert waren. Seitdem die Ödnis bis zu den Vierzehn Zinnen vorgedrungen war, hatte der Landstrich nichts mehr zu bieten, was eine Eroberung lohnenswert gemacht hätte. Die wenigen menschlichen Spuren, die man in den letzten Jahren gefunden hatte, zeugten von zu kleinen Gruppen, um einer Stadt gefährlich werden zu können. Räuberbanden suchten ihr Glück inzwischen weiter im Süden, und nach Mutter war auch keine Dunkle mehr nach Bergquell gelangt. Was die wilden Tiere anging, so mochten sie zwar grausame Jäger sein, doch steinerne Mauern bezwangen sie nicht. Daher hatte der Rat beschlossen, die ständige Wachmannschaft aufzulösen und durch Streifen der Legion zu ersetzen.

Mit der Legion war nicht zu scherzen, aber auf Streife schickten sie nur diejenigen, die zu sonst nichts mehr zu gebrauchen waren. Es war die erste Stunde nach der Dämmerung, die Nachtschicht würde gerade erst ihren Dienst angetreten haben. Bell und Ismar, wenn Fiora sich nicht verrechnet hatte. Bell war brutal und gerissen, aber faul, Ismar eine schnarchende Vogelscheuche – die beiden würden bis Mitternacht brauchen, nur die Laternen am Hauptmarkt anzuzünden.

Das letzte Stück musste sie ohne Deckung zurücklegen. Der Sturm hatte sich endgültig gelegt, vor ihr erstreckte sich die Ebene, in das kreidige Licht eines Sichelmondes getaucht. In den Schatten eines Felsens gekauert, wartete Fiora einige Augenblicke, ob sich zwischen den Zinnen nicht doch etwas regte. Alles ruhig. Geduckt rannte sie los, gerade so schnell, dass sie nicht Gefahr lief, ein weiteres Mal zu stürzen. Unbehelligt erreichte sie die Mauer, wie ein dünner Wurm baumelte das Seil herunter. Die Handschuhe festziehen und Luft holen, dann ging es acht Schritt senkrecht nach oben. Ein Kraftakt, auf halber Strecke war Fiora in Schweiß getränkt.

Grimmig zwang sie sich weiter, erreichte die Kante, lauschte, zog sich zwischen den Zinnen hoch und sprang auf den Wehrgang hinunter. Ging in die Hocke, sog in langen Zügen die Luft ein. Eine große Schwester wie Mara wirkte Wunder, was die eigene Zähigkeit betraf.

Nachdem sie wieder zu Atem gekommen war, holte sie das Seil ein. Wie sie bei ihren ersten heimlichen Ausflügen gezittert hatte, dass jemand es entdecken könnte. Inzwischen war die Möglichkeit ihr keinen Gedanken mehr wert. Seit Jahren vertraute sie auf dieselbe Stelle: im Schatten des Ostturms, unbeleuchtet, fern den Leitern, die von den Streifen benutzt wurden. Der Turm war schon lange nicht mehr in Gebrauch; das Dach war eingefallen, und drinnen lag knöchelhoch der Sand, der durch die Schießscharten geweht worden war.

Sie rollte das Seil auf und versteckte es hinter einem Pechfass, das vermutlich hundert Jahre zählte. Als das erledigt war, schlug sie die Kapuze zurück und riss sich endlich Gesichtstuch und Brille herunter. Aus allem rieselte der Sand. Erleichtert atmete sie auf. Zwar war auch der Aufenthalt auf den Wehrgängen verboten, aber hierfür bestand die schlimmste Strafe in einer speicheligen Ermahnung des Kommandanten. Fiora musste lächeln. Wieder einmal hatte sie es geschafft. Die Stadt mochte sie wie eine Aussätzige behandeln. Doch zwingen, ihren lächerlichen Regeln zu folgen, konnte Bergquell sie nicht. Sie würde nicht pünktlich zu Meister Konstantins Unterricht sein, und fast gefiel es ihr. Beschwingt lief sie zum nächsten Abgang.

2. Kapitel

Der Meister behauptete, es gebe genau zwei Möglichkeiten, wo sich eine menschliche Siedlung errichten ließe: entweder in einer Schlucht, die tief genug war, dass die Wut des Feuergeists ihren Boden nicht erreichte – oder im Inneren der Erde. Bergquell verband beides. Die Außenstadt schmiegte sich an die Brust des Alten Herrn – die Nordwand des höchsten Gipfels der Vierzehn Zinnen. Hier lagen der Tempel, die hydroponischen Anlagen, das Kraftwerk, das Stahlwerk, die Werkstätten, der Hauptmarkt und die Wohnbereiche. Über den Garnisonshof gelangte man in die Stollenstadt, die den Heldenplatz mit der Ratshalle, dem Schulhaus und der Bibliothek beherbergte, außerdem die Schutzunterkünfte, die Lager, die Pilzkulturen und natürlich die Mine. Sie war das kohleschwarze Herz, an dessen Schlagen Bergquells Überleben hing.

»Die Kohle hält uns am Leben«, hatte Meister Konstantin seine Schützlinge gelehrt, mit vorgestrecktem Kinn und durchgedrücktem Rücken, wie stets, wenn er bedeutsam wirken wollte. »Aber wenn wir zu gierig sind«, hatte er gesagt und sich bedrohlich über sie gebeugt, »zerstört sie uns. Wo selbst der Feuergeist Tage braucht, uns niederzuringen, da genügt der Kohle ein einziger Augenblick. Oh ja, ich warne euch: Wer den Zorn der Kohle entfacht, den kann nur die Sternenherrin retten.«

Als Fiora den Blick über die Außenstadt schweifen ließ, stutzte sie: Es war zu dunkel. Nur der Mond beschien die sandbedeckten Dächer, keine Laterne leuchtete, selbst am Hauptmarkt brannte kein Licht. Die Nachtstreife schien es heute noch geruhsamer angehen zu wollen als sonst.

Dann sah sie die hydroponischen Anlagen. Sofort erstarb jeder spöttische Gedanke. Wie ein Skorpionstachel bog sich ihr die Sorge entgegen. Niemand an den Pumpen. Niemand an den Erntemaschinen, keine Bewegung in den Gewächshäusern. In Fioras Nacken kratzte der Sand. Glühende Erde, wo waren bloß alle? Auch in den Straßen: niemand. Am Hauptmarkt: keine Menschenseele. Die Weberei: ein schweigender, regloser Schattenriss. Auf den Schienen, die aus der Stollenstadt herausführten, waren einige Kipploren zu erkennen, doch keine davon fuhr.

Da – am Spritzenhaus. Das Tor wurde aufgeschoben. In der unheimlichen Stille drang das Kreischen der Scharniere bis zur Stadtmauer herauf. Knatternd rollte eine Spritze ins Mondlicht, dann die zweite. Feuer? Beunruhigt sah Fiora sich um. Bergquell war fast ausschließlich aus Stein gebaut, brandgefährdet waren nur die Werkstätten und die Gewächshäuser – und wenn die nicht brannten, was dann?

Die beiden Feuerspritzen rumpelten über das Pflaster, dick und schwarz qualmte es aus ihren Rußrohren. Sie bewegten sich Richtung Garnison. Sie wollten in die Stollenstadt. Und plötzlich verstand Fiora, eiskalt glitt ihr die Erkenntnis zwischen die Schulterblätter. Ein Kohlebrand!

Nein, bitte nicht, schickte sie ihr Stoßgebet an jeden Gott, der zu hören gewillt war. Bitte, nur das nicht.

Vater!

Fiora sprang zur nächsten Stiege, stürzte sie hinunter. Ohne sich von der Dunkelheit bremsen zu lassen, rannte sie los. Die verwinkelten Gässchen Bergquells waren ihr Zuhause, sie kannte jede gefährliche Stelle im Pflaster. Schlafwandlerisch wich sie den lockeren Steinen an der Ecke zu Emmerans Schmiede aus, den gebrochenen im Hof der alten Gerberei. Ihre Zehen pochten. Egal. Ohne langsamer zu werden, hastete sie die gefährlich ausgetretenen Stufen zum Hauptmarkt hoch. Hundert Schritt vor der Garnison holte sie die Gruppe mit den Spritzenwagen ein. Sie hörte das Pflaster unter ihren Stiefeln nicht mehr, so laut trommelte ihr Herz. Lega, eine der Weberinnen, bemerkte sie zuerst, drehte sich zu ihr um. »Fiora!«

Schnaufend kam Fiora zum Stehen. »Was ist passiert?«

»Ein Grubenbrand im Kohlestollen. In der Sieben.«

»Die Arbeiter?«, stammelte sie atemlos.

»Die meisten haben in der Vier gearbeitet.« Soweit Fiora wusste, besaß Lega noch keinen eigenen Webstuhl, konnte nicht viel älter als Mara sein – doch im Mondlicht schimmerte das Gesicht einer abgezehrten Frau.

»Vater?«

Kraftlos hob Lega die Schultern. »Vielleicht hat er es in die Fluchtkammer geschafft …«

Fiora hörte nicht länger zu, stürmte in die Garnison. Das äußere Tor stand offen, war unbewacht. Am inneren hatten Bell und Ismar Posten bezogen, die beiden Gardisten, die eigentlich Patrouillendienst gehabt hätten. Fiora lief an ihnen vorbei, ohne auf die Zurufe zu achten – und hätte beinahe Kaldaster über den Haufen gerannt. Der Mechanikurg war gerade von der Leiter gestiegen, von welcher aus sich die Turbinen erreichen ließen, die über dem Eingang der Stollenstadt hingen und für den Luftaustausch sorgen sollten. Als Fiora hochsah, stockte ihr der Atem – wie eine fette schwarze Schlange wälzte sich der Qualm an der Decke entlang, drückte sich behäbig zwischen den panisch ratternden Rotorblättern hindurch.

»Das war's«, murmelte Kaldaster, mehr zu sich selbst als zu Fiora. »Wenn ich die Dinger noch weiter aufdrehe, fliegen sie mir um die Ohren.«

»Wie ist das möglich?«, fragte Fiora fassungslos. Die Minen hatten eigene Belüftungen, um genau das zu verhindern – dass ein Brand dort die gesamte Stollenstadt in Gefahr brachte.

In Bahnen lief Kaldaster der Schweiß von der Stirn, zog Furchen in das rußgeschwärzte Gesicht. »Hör mir zu, Kind, du musst hier raus, sofort.«

»Ich muss nach Vater sehen.«

Kaldaster wischte sich mit dem Arm über die Stirn, was den Ruß nur weiter verteilte. »So dickköpfig wie deine Schwester ...«

Ein dumpfes Grollen rollte heran, einen Augenblick später bebte unter Fioras Sohlen der Grund. Mit Mühe fand sie ihr Gleichgewicht wieder. Erdbrocken prasselten herab.

»Die Laternen löschen!«, rief der Mechanikurg, an niemand Bestimmten gerichtet. »Alle müssen raus. Ich werde sie warnen.« Schon eilte er in das Innere des Berges. Ohne sich zu versehen, rannte Fiora ihm hinterher.

Eine Warnung schien nicht mehr nötig, die ersten Fliehenden stürzten ihnen bereits entgegen. Bald waren es so viele, dass Fiora sich an den Rand des Tunnels drücken musste, um nicht zu Boden gerissen zu werden. Wenn in einer Mine ein Brand ausbrach oder ein Stollen einstürzte, teilte sich Bergquells Bevölkerung seit jeher in drei Gruppen. Die einen eilten herbei, um zu helfen. Die Nächsten, weil sie um Angehörige bangten. Und die Übrigen genossen das Spektakel. Ganz Bergquell hatte sich auf dem Heldenplatz versammelt, sich dort sicher gewähnt. Nie hatte ein Minenunglück sich auf die

Stollenstadt ausgeweitet. Nicht in Meister Konstantins Erinnerung, geschweige denn zu Fioras Lebzeiten.

Und jetzt versuchten Hunderte, ihre Haut zu retten, indem sie sich gemeinsam in denselben Tunnel quetschten.

Mit aller Kraft wehrte Fiora sich gegen den Strom. So flink sie war, der Wucht der kopflosen Menge hatte sie nichts entgegenzusetzen. Sollte sie stürzen, würde man sie ins Vergessen trampeln. In höchster Not bekam sie einen Laternenpfahl zu fassen, klammerte sich an ihm fest. Ununterbrochen zerrten Hände an ihr, sie wurde angerempelt, kassierte Stöße gegen die Seiten, die Schultern, den Kopf. Ihre Muskeln brannten wie der Feuergeist. Der Pfahl bog sich, schwankte. Das Glas der Lampe barst, regnete auf sie herab. Verbissen presste sie die Augen zusammen, kämpfte weiter. Am Rande nahm sie eine weitere Erschütterung wahr, ein neuerliches Donnern. Die Angstschreie der Meute vermischten sich zu einem grausigen Brausen. Mit neuer Heftigkeit brandete die menschliche Woge gegen Fiora, zerrte wütend an ihr, wollte sie mitreißen. Sie ließ den Pfahl nicht los.

Es dauerte eine Weile, bis ihr klar wurde, dass sie es überstanden hatte. Nur noch vereinzelte Nachzügler folgten hastig dem leiser werdenden Lärm, der vom Torraum drang. Ohne sie zu bemerken, stolperte Kaldaster vorbei. Mühsam löste Fiora die Finger von der Laterne. Sie fühlten sich so taub an, als handelte es sich nicht um ihre eigenen. Ihr ganzer Körper schmerzte, von tausend Prellungen gemartert.

Ein neues Beben, stärker als zuvor, warf sie in den Staub. Brachte ihr in Erinnerung, weshalb sie hier war. Stur rappelte sie sich auf, humpelte zum Heldenplatz. Nach dem soeben Erlebten war es gruselig, die leeren Gänge zu sehen. Nur Kleidungsfetzen, einzelne Schuhe, ein umgeworfener Eimer kündeten von dem Wahnsinn, der hier eben noch getobt hatte.

Als Fiora den Heldenplatz erreichte, erkannte sie ihn kaum wieder. Einige seiner mächtigen Stützpfeiler lagen in Trümmern, Geröll übersäte den Boden, ein kompletter Flügel der Ratshalle hatte sich in Schutt verwandelt. Von den zwei Dutzend stolzer Statuen früherer Ratsmitglieder stand keine Handvoll mehr. Die Gaslaternen waren erloschen. Die Kristalllampen der Sternenherrin schienen zwar intakt, und gewöhnlich genügte eine einzige von ihnen, den gesamten Platz zu erleuchten. Doch jetzt schimmerten sie nur trübe, so dicht hing der Staub in der Luft.

»Fiora!« Eine Stimme, streng, scharf, befehlsgewohnt. »Was tust du hier?«

Vor Überraschung atmete Fiora zu heftig ein, der Staub kratzte in ihrer Lunge. Sie begann zu husten und war dankbar, nicht sofort eine Antwort geben zu müssen.

Mit seinem eigentümlich stolzierenden Schritt, der an einen Stelzenläufer denken ließ, trat Meister Konstantin an sie heran. Wie alles andere hier war er über und über mit Schmutz bedeckt – doch das änderte nichts daran, dass er den Rücken so gerade hielt, als befände er sich in der Lehrstube. »Ich höre.«

»Ich muss nach Vater sehen«, ächzte sie, während sie ihr Gesichtstuch über Mund und Nase fummelte.

»Du musst diesen Ort verlassen«, entgegnete der Meister, »komm.«

Zu keiner Regung fähig, starrte Fiora auf die ausgestreckte Hand vor sich.

»Wir können nichts für deinen Vater tun. Komm.«

Und dann traute sich Fiora das Wort zu sagen, von dem sie wusste, dass Meister Konstantin es hasste wie kein anderes. »Nein.« Mit geballten Fäusten sah sie zu ihm auf. »Ich gehe in den Stollen.«

Eine Unendlichkeit lang bohrte sich der Blick des Meisters in ihre Augen. Fiora presste die Lippen zusammen, zwischen ihren Schulterblättern lief der Schweiß hinab. Doch sie wich ihm nicht aus. Mochte der Feuergeist persönlich sie holen – sie hatte ihre Entscheidung gefällt.

Der Meister schob das Kinn vor, seine Nüstern blähten sich. Die ausgestreckte Hand ballte sich nun ebenfalls zur Faust. »Du traust dich, mir zu widersprechen.« Auf seiner Stirn trat wulstig eine Ader hervor. »Du wirst deine Strafe erhalten.« Ein nur mühsam beherrschtes Zischen. »Du weißt ...«

»Genug«, wurde er unterbrochen.

Fiora sah auf, spähte blinzelnd an Meister Konstantin vorbei, in die Richtung, aus der die Stimme gedrungen war. Aus dem Dunkel trat eine zierliche Gestalt, eine Frau. Ihre Schritte waren so leicht, dass sie kaum den Boden berührten. Es war, als wiche der Staub vor ihr zurück. Ihre Robe strahlte unwirklich weiß, war von silbernen Fäden durchwirkt. So weiß wie die Robe war das Haar, das zu einem langen Zopf geflochten auf ihrer Schulter lag. Das ebenmäßige Gesicht war frei von allen Falten, doch in den Augen glänzte ein Alter, wie niemand sonst in Bergquell es aufwies. Sobald Meister Konstantin die Frau wahrgenommen hatte, senkte er den Kopf – allerdings beileibe nicht so ehrfurchtsvoll, wie andere es getan hätten.

Die Priesterin überging seine Respektlosigkeit. Konstantin war der einzige Gelehrte der Stadt, offenbar war selbst die Gesandte der Sternenherrin auf sein Wohlwollen angewiesen. Einen Schritt vor Fiora blieb sie stehen. In ihrem Blick funkelten die Jahrhunderte. »Wir leben in einer rauen Welt, mein Kind«, sagte sie milde. Fiora spürte, wie ihre Wangen heiß wurden. Noch nie war sie von der Sternenmagd persönlich angesprochen worden, hatte jene bisher überhaupt nur selten und von Weitem gesehen. Stattdessen hatte sie einen geheimen Groll genährt – wenn die Sternenmagd tatsächlich den Segen der Göttin besaß, warum hatte sie dann Mutter nicht gerettet? Zahllose Tage lang hatte Fiora wach gelegen und sich die Vorwürfe ausgemalt, die sie der Priesterin entgegenschleudern würde, sobald die Gelegenheit sich bieten sollte.

Doch jetzt, da sie ihr tatsächlich gegenüberstand, war alle Bitterkeit erloschen.

»Erleuchtete«, flüsterte sie.

»Du kannst deinen Vater nicht retten.« Das Mitgefühl lag schwer in den Worten der Priesterin. »So wenig, wie ich deine Mutter retten konnte.« Mit schlanken, weichen Fingern fasste sie Fioras Kinn, hob es an. »Du verurteilst mich. Doch ich habe deine Mutter zu schützen versucht, glaube mir. Ich bin gescheitert. Es tut mir leid.«

Ein weiteres Beben erschütterte den Berg. Riss Meister Konstantin von den Füßen. Felsbrocken gingen nieder, groß wie Waschkübel. Fiora spürte es kaum. Noch immer lag die Hand der Sternenmagd an ihrem Kinn, ruhig und unerschütterlich, und alles Wüten des Berges kam nicht dagegen an.

»Ihr habt sie geächtet«, wisperte Fiora.

»Ich habe sie verbannt«, die Sternenmagd nickte traurig, »um sie zu schützen. Als sie zurückgekehrt ist, hat sie um die Gefahr gewusst …«

Ein Beben, ein Dröhnen, gefolgt von einem Knirschen, so tief, so endgültig, dass Fiora dachte, der Alte Herr bräche auseinander. Neben ihr schrie Meister Konstantin auf. Er war auf den Knien, die Hände an den kahlen Schädel gepresst. Doch er schien nicht verletzt. Sie folgte seinem Blick und entdeckte den Grund seines Schreckens – die Bibliothek war in einer dunklen Staubwolke verschwunden.

»Es ist an der Zeit.« Mit kleiner, beinahe beiläufiger Geste deutete die Sternenmagd zu dem Gang, der nach draußen führte.

Fiora wandte den Blick ab. »Ich kann nicht«, beharrte sie.

»Du hast ein gutes Herz.« Die Sternenmagd griff nach ihrer Hand, drückte sie sanft. »Dein Vater würde sich wünschen, dass du lebst.«

3. Kapitel

Dass sie ins Freie traten, merkte Fiora zuerst an der Luft. Ihre tränenverschleierten Augen ließen einen klaren Blick nicht zu. In stummer Verzweiflung war sie der Sternenmagd hinterhergestolpert, die ihre Hand während des gesamten Weges nicht losgelassen hatte.

Sobald sie allerdings den Garnisonshof erreichten, stürmte ganz Bergquell auf die Priesterin zu. Ehe Fiora wusste, wie ihr geschah, hatte man sie abgedrängt. Allein stand sie am Rand der aufgewühlten Menge. Sie vermisste die mangelnde Aufmerksamkeit nicht. Es gab niemanden, dessen Anwesenheit sie zu trösten vermocht hätte, selbst ihre Schwester nicht. Im Gegenteil, sie war froh, sie nirgendwo zu sehen.

Vater hatte stets versucht, Fiora freundlich zu begegnen – aber immer war ein Schatten in seinem Blick gewesen, als hätte er sie nicht ansehen können, ohne von der Erinnerung an Mutter gequält zu werden. Nie hatte er Fiora die bedingungslose Liebe zuteilwerden lassen, mit der er Mara bedachte. Auch Maras Mutter war gestorben, doch im Kindbett; ein Schicksal, das, so tragisch es war, keinen Schuldigen brauchte. Und so bedingungslos, wie Vater Mara geliebt hatte, so hatte Mara ihn verehrt. Fiora fühlte sich zu schwach, zu ihrem eigenen Leid auch noch das ihrer Schwester zu tragen.

Die Menge plärrte und schrie durcheinander. Leise stahl Fiora sich davon.

»Warte!«, ertönte es hinter ihr, als sie bereits die Stufen zum Hauptmarkt hinunterstieg. Sie drehte sich nicht nach dem Rufer um. Sie war verflucht, und es gab niemanden in Bergquell, der ihr helfen konnte.

»He, warte doch. Fiora!«

Die Stimme gehörte Leif, einem dicklichen Jungen, der glaubte, nur weil Mara ihn nicht hänselte, mit ihr befreundet zu sein. Fiora hatte nie viel mit ihm zu schaffen gehabt und konnte auch jetzt gut auf seine Gesellschaft verzichten. Finster stapfte sie weiter.

»Mensch, bleib mal stehen«, schnaufte er. Rasche Tritte verkündeten, dass Leif zu rennen begonnen hatte. Zermürbt gehorchte Fiora der Aufforderung. Als sie ihn heraneilen sah, den Gürtel haltend, die Backen rot vor Anstrengung, glaubte sie auf einmal, sich in dem pummeligen Jungen wiederzuerkennen: Beide hasste man sie für die Taten ihrer Eltern. Leifs Mutter leitete die Pilzkulturen. Sie achtete darauf, dass ihr einziges Kind genügend zu essen bekam. Und in einer Welt, in welcher der Hunger allgegenwärtig war, genügte dies, um ihn zum Ausgestoßenen zu machen. Fiora wollte Mitleid für ihn aufbringen. Aber sie empfand nur Verachtung. Gegenüber ihm und gegenüber sich selbst. Sie waren sich so ähnlich – schwach, verspottet – und wehrten sich nicht.

»Was ist?«, fragte sie grob.

»Mara«, keuchte Leif. »Hast du sie gesehen?«

Fiora schüttelte den Kopf. »Hast du am Hauptmarkt geschaut?«

»Ja, natürlich.«

»Dann schau noch mal.« Doch etwas in seiner Stimme beunruhigte sie. »Warst du schon bei uns zu Hause?«

»Du bist sicher, dass sie nicht noch in der Stollenstadt ist?«

Fiora zog die Brauen zusammen. »Da war niemand mehr. Wir waren die Letzten, die den Heldenplatz verlassen haben.«

Leif leckte sich nervös über die Lippen. »In der Mine, meine ich.«

»Warum denn dort?«, fragte sie bestürzt und ahnte die Antwort bereits.

»Sie wollte nach eurem Vater suchen.«

»Und die Bergungstruppe?« Es war ein Strohhalm, nach dem sie griff. »Ich habe ein paar von denen in der Garnison gesehen.«

»Die Bergungstruppe wollte Mara nicht mit reinnehmen«, stammelte Leif. Er war röter geworden, als die körperliche Anstrengung erklären konnte.

»Und dann?«, drängte Fiora.

»Dann ist sie auf eigene Faust rein.«

Erschüttert starrte Fiora ihn an.

»Ich wollte mit«, murmelte Leif, »aber …« Er verstummte.

»Du hast dich nicht getraut«, beendete Fiora erregt seinen Satz. »Wir müssen zurück zur Garnison. Hoffentlich hast du sie einfach übersehen.«

Leif wollte etwas erwidern, Fiora ließ ihn nicht. »Wir müssen mit der Bergungstruppe reden. Und der Torwache.« Wenn Mara nicht zusammen mit der Masse nach draußen geschwemmt worden, sondern erst später aus der Mine gekommen war, konnte das selbst Trantüten wie Bell und Ismar nicht entgangen sein.

Sie rannten zurück, stürmten über den Markt. Vergeblich versuchte Leif, mit Fiora mitzuhalten, nach wenigen Schritten hatte sie ihn abgehängt. Als sie den Garnisonshof erreichte, war das Durcheinander größer als zuvor. Die Sternenmagd stand auf einem der Spritzenwagen und gestikulierte beruhigend. Die Türme der Garnison waren bemannt, in zwei Reihen versperrten die Gardisten den Zugang zum Hof und damit zur Stollenstadt. Sie hatten die Säbel noch nicht gezogen, doch ihre Hände lagen auf den Griffen.

Fiora entdeckte die Weberin, welche die Spritzen begleitet hatte. Sie stand vorn in einem Pulk, der mit erhobenen Fäusten auf die Sternenmagd einbrüllte. Mühsam drängte Fiora sich durch die Meute, um zu ihr zu gelangen.

»Was ist passiert?«, rief sie laut, in dem Versuch, den allgemeinen Lärm zu übertönen. Doch Lega bemerkte sie nicht einmal. Erst als Fiora sie an der Schulter packte, wandte sie sich um. Ihre Augen waren rot umrandet, sie wirkte noch blasser als zuvor. Ihre Lippen zitterten vor Wut. Mit Schrecken erinnerte sich Fiora, dass Legas Geliebte in der Kohlemine arbeitete.

»Isane?«, schrie sie.

»Ist noch in der Mine«, schrie Lega zurück, Panik im Blick. »Die Sternenmagd hat die Stollenstadt abgeriegelt.«

Fiora wurde es kalt vor Angst.

»Wer noch drinnen ist, soll selbst nach draußen finden. Zumindest, bis die Beben nachlassen.« Lega raufte sich die kurzen braunen Haare. »Wann immer das ist.« Sie sah aus, als würde sie in Tränen ausbrechen, doch dann errang der Zorn die Oberhand. Fluchend drehte sie sich nach der Sternenmagd um.

Ein paar Schritt weiter standen zwei Frauen, deren robuste Mäntel aus feuerfestem Leder sie als Mitglieder der Bergungstruppe auswiesen. Fiora arbeitete sich zu ihnen durch. Die Frauen hatten sich nur oberflächlich gewaschen; schwarze Schlieren an Kragen und Haaransatz zeugten davon, dass sie in der Mine gewesen waren. Als sie sahen, wie Fiora sich näherte, verzogen sie die Gesichter. Selbst jetzt, kaum dem Tode entronnen, mussten sie zeigen, dass Fiora keine der ihren war.

»Was ist mit den Bergleuten?«, rief sie. »Habt ihr sie gefunden?«

Die Größere der beiden deutete auf die gegenüberliegende Seite des Platzes. »Die aus der Vier sind dort drüben. Haben es ohne unsere Hilfe rausgeschafft.«

Die Kleinere warf einen bösen Blick auf ihre Begleiterin. »Mach ihr doch keine falschen Hoffnungen.«

Die Angesprochene zuckte mit den Schultern.

»Was ist mit denen, die in der Sieben ...?« Fiora erstarben die Worte auf den Lippen. Die Gesichter vor ihr verrieten genug. »Und Mara?«, zwang sie sich stattdessen zu fragen.

»Deine Schwester?«, erwiderte die Kleinere. »Was ist mit ihr?«

»Sie wollte in die Mine«, stammelte Fiora.

Aus der Kehle der Größeren drang ein freudloses Lachen. Doch es war der mitleidige Blick der Kleineren, der Fiora das Herz zerspringen ließ. Ihr Vater liebte sie nicht, ihre Schwester betrachtete sie als Last – und trotzdem: Ihre Familie war alles, was sie hatte. Ein Grauen erfasste Fiora, so tief und dunkel wie der Berg.

Plötzlich ging ein Ruck durch die Menge. Vorm Garnisonshof war ein Tumult entstanden, jeder verrenkte sich den Hals nach dem Lärm. Auf Zehenspitzen versuchte Fiora zu erkennen, was geschehen war. Satzfetzen flogen über sie hinweg. Man habe einen Toten gefunden, schrie jemand – nein, schrien andere zurück, der Mann sei lebendig, sei der Stollenstadt entkommen. Fiebrige Aufregung griff um sich. Überlebende, sollte es wirklich Überlebende geben? Rabiat zwängte Fiora sich zwischen den Erwachsenen hindurch, wurde angerempelt und gepufft, getreten und verflucht, nichts kümmerte sie, nur weiter, tausend Dämonen trieben sie an, sie musste wissen, was geschehen war! Und selbst wenn statt Hoffnung nur Asche bliebe, es gab keinen anderen Weg.

Endlich hatte sie sich bis zur Garnison vorgearbeitet. Die doppelte Reihe der Legionäre schwankte gegen den Ansturm der aufgekratzten Menge, war schon halb in den Hof zurückgedrängt. Fiora entdeckte eine Lücke zwischen zwei Hellebardieren, schlüpfte hindurch. Sie bekam einen Stoß, stürzte gegen eine Fechtpuppe, rappelte sich auf, sah sich um.

Der Hof wimmelte von Soldaten, die mit gezückten Waffen und gehetzten Blicken auf Anweisungen warteten. Und dazwischen, als ein unerschütterlicher Obelisk im tobenden Sturm, die Sternenmagd. Mit hoheitsvoller Anmut ging sie dem inneren Tor entgegen, unter dessen Bogen noch immer die fette schwarze Schlange hervorkroch. Und unter der Schlange eilten mehrere Legionäre aus dem Tunnel, Sturmlampen in der Hand. Zwischen sich stützten sie zwei Gestalten, die so schwarz waren wie die ewige Nacht. Die größere hing nahezu leblos an der Schulter der kleineren, welche unter dem Gewicht bei jedem Schritt zu straucheln drohte. Asche und Staub überzogen beide fingerdick, doch Fiora musste die Gesichter nicht erkennen, um zu wissen, wen sie vor sich hatte. Sie hörte sich schreien, rannte ihnen entgegen. Die Legionäre versuchten, sie aufzuhalten, eine Hand packte ihren Arm, doch sie entwand sich, wich einer zweiten aus. Mehr Hände griffen nach ihr, sie schlug sie zur Seite, rannte weiter.

Mara hatte Vater aufs Pflaster gleiten lassen, sank neben ihm auf die Knie. Fiora stürzte zu ihnen, warf sich ihrer Schwester um den Hals, presste sie an sich, presste die Lippen auf das ascheschwarze Gesicht. Mara verweigerte sich den Liebkosungen nicht, noch erwiderte sie sie. Fiora ließ von ihr ab, wandte sich Vater zu.

»Was ist mit ihm?«, keuchte sie bang. Reglos lag er da, starrend vor Schmutz, das Haar verklumpt, ein Hosenbein zerrissen, nur noch einen Stiefel an den Füßen. Ein feuchter Fleck schimmerte auf seiner verdreckten Arbeitsweste.

Keine Antwort. Fiora fuhr herum, packte ihre Schwester an den Schultern, schüttelte sie, schrie sie an: »Was ist mit ihm? Mara! Was ist mit ihm?«

Die hohlen, vor Erschöpfung flackernden Augen, mit denen Mara ihrem Blick begegnete, ließen Fiora das Mark in den Knochen gefrieren.

Das Rascheln eines Kleides. Die Sternenmagd war herangetreten, wie ein Traum ließ sie sich vor Vater nieder, bettete seinen Kopf in ihren Schoß. Ihre weichen, schlanken Finger strichen seinen Hals entlang, glitten über sein Kinn, seine Wangen, fuhren durch den staubverklebten Schopf.

»Hexe«, flüsterte Mara. Sie wisperte es mit der Stimme einer Toten. Fiora setzte das Herz aus. So unheimlich die Priesterin ihr war, niemals hätte sie ihr einen solchen Namen offen ins Gesicht geworfen. Wer die Sternenmagd nicht ehrte, verspottete deren Herrin. Und für eine solche Tat gab es nur eine einzige Strafe: Verbannung.

Die Sternenmagd jedoch erhob sich, als hätte sie die Beleidigung nicht gehört. Ihr Blick suchte Fiora. Darin lag derselbe unergründliche Ausdruck, mit dem sie Fiora auf dem Heldenplatz bedacht hatte.

»Er wird leben«, sagte sie. Und ohne ein weiteres Wort schritt sie davon.

Im selben Moment riss Vater die Augen auf.

Ein grauenvolles Röcheln befreite sich aus seiner Brust,

sein Körper bäumte sich auf, die Arme zuckten, schlugen umher, so ziellos wie sein wahnhafter Blick.

»Papa!«, rief Mara, warf sich auf ihn, packte seine Hand. Fiora ergriff die andere. Mit unmenschlicher Kraft krallten sich seine Finger in ihre, zerquetschten sie. Der Schmerz trieb ihr Tränen in die Augen.

»Alles wird gut, Papa!« Maras Stimme war rau vor Entsetzen. »Du lebst. Wir sind in der Garnison. Ich bin bei dir. Alles wird gut.«

Nichts deutete darauf hin, dass Vater sie überhaupt wahrnahm. Minuten vergingen. Fiora starrte auf die zitternden Gliedmaßen, lauschte auf sein schauriges Schnaufen und konnte nichts tun, außer schluchzend danebenzuknien, während Mara ihre beschwörenden Floskeln sprach.

Endlich, endlich wurde Vaters Atem regelmäßiger. Sein eiserner Griff lockerte sich, die Augen sprangen nicht mehr wild hierhin und dorthin. An Mara, die tief über ihn gebeugt war, blieb sein Blick zuerst hängen, fand sogleich auch Fiora. Und als hätte man einer Esse die Luft geraubt, erstickten die Flammen seiner Raserei. Ermattet sank er zurück, von beiden Töchtern gestützt.

Vorsichtig betastete Fiora die feuchte Stelle auf seinem Wams. Er zuckte zusammen.

»Du bist verletzt.« Mit klammen Fingern knöpfte sie das Wams auf.

Vater tastete nun selbst nach der Wunde. »Nur ein Kratzer«, stöhnte er. Fiora wollte sein Hemd aufschnüren, da bemerkte sie, wie Mara sich aufrichtete. Sie folgte deren Blick und sah, dass die Menge vor der Garnison noch immer wütete und schrie. Mit blanken Waffen hielten die Legionäre die Schäumenden in Schach. Von den Legionären geschützt, standen drei der Stadtoberen im Kreis und steckten die Köpfe zusammen. Poltis, den Kommandanten, hatte Fiora bereits mehrere Male aus der Nähe erleben dürfen. Egal, ob jemand einen Abzählreim auf den Vortempel geschmiert, Meister Konstantins Zeigestab gestohlen oder der Schnarchnase Ismar ein Stück gelbes Glas als Bernstein verkauft hatte, schnell wurde Fiora von Poltis als Schuldige hingestellt – selten machte er sich die Mühe, Beweise zu suchen. Die anderen zwei kannte sie nur aus der Ferne: Dem Ratsherrn Melkon gehörte die Erzmine, Ratsherrin Alvani war Besitzerin der Kohlemine und des Kraftwerks. Während Alvani groben grauen Stoff trug, hatte Melkon sich herausgeputzt wie zur Sonnenwende. Den hellen Anzug konnte er nur selten unter freiem Himmel getragen haben, denn kein Staubkorn haftete daran. Um anderthalb Ellen überragte er Poltis und war dabei kein bisschen breiter als jener. Zu allem Überfluss wippte ein Zylinder auf seinem Scheitel. Der Mann sah aus, als hätte ein schelmischer Gott ihn in die Länge gezogen.

Von den beiden Ratsmitgliedern begleitet, stapfte Poltis auf sie zu. Reflexhaft wich Fiora einen Schritt zurück. Für welche angebliche Schandtat würde sie diesmal geradestehen müssen? Der formal mächtigste Mann Bergquells bestach weder durch Statur noch durch Ausstrahlung. Sein sorgfältig gezwirbelter Schnurrbart konnte nicht von dem schütteren Haar ablenken, das hilflos über die Glatze gekämmt war. Mara behauptete, er sei bloß an seine Position geraten, weil die anderen Ratsmitglieder einen Schuldigen brauchten, wenn ihnen ein Entscheid auf die Füße fiel. Das würde jedenfalls erklären, weshalb er stets so angestrengt versuchte, bedeutsam zu wirken.

Fiora wappnete sich für einen Sturm, von dem sie nicht wusste, aus welcher Richtung er kommen würde, doch der Stadtkommandant wandte sich an Vater.

»Scholfa, wie freut es mich, dich wohlbehalten zu sehen.«

Vater stemmte mühsam den Oberkörper auf die Ellenbogen, sagte jedoch nichts.

»Die Sternenmagd hat verboten, die Stollenstadt zu betreten«, gab Poltis bekannt. »Aber die Leute fürchten um ihre Angehörigen. Weißt du, wie es um die anderen Verschütteten bestellt ist?«

Vater schüttelte bloß matt den Kopf.

»Also besteht Hoffnung?«, fragte Melkon mit pfeifend hoher Stimme.

»Hoffnung?« Vater formte die Silben, als müsste er sich erst über deren Bedeutung klar werden.

»Also, wenn du nichts über deine Kumpane weißt«, übernahm Poltis wieder das Wort, »dann könnten sie noch am Leben sein?« Er trommelte ungeduldig auf dem Griff der Pistole herum, die in seinem Gürtelhalfter steckte.

»Der ganze Flöz hat gebrannt«, sagte Vater mit einer Heftigkeit, die Fiora erschreckte. »Niemand hat überlebt.« Zornig flammte es in seinen Augen auf. So wild und brutal, wie sie es noch nie gesehen hatte. Doch schon einen Atemzug später war der plötzliche Ausbruch vorbei, und er sackte zusammen, der Blick so trüb wie zuvor.

»Ich habe euch gewarnt, ihr würdet eure Zeit vertun.« Es war Alvani, die nun sprach. Der eine Satz genügte, dass Fiora tiefe Abneigung gegen die Ratsherrin verspürte. Mit einem spöttischen Zucken in den Mundwinkeln fuhr jene fort: »Die Sternenmagd hat gesagt, dass es keine weiteren Überlebenden gibt. Sie hat sich bisher nie getäuscht. Warum sollte sie es heute tun?«

Wie konnte sie bloß so kaltherzig sein? Es war ihre Mine, in der das Unglück geschehen war.

Mit zusammengepressten Lippen starrte Poltis sie an. Sie

war nicht einen Finger größer als er – doch ihre ärmellose Weste gab den Blick auf Oberarme frei, die keinen Zweifel daran ließen, dass sie dem Legionskommandanten nicht nur geistig überlegen war.

»Es sind immer noch wir«, widersprach Melkon schrill, »denen es anvertraut wurde, die Geschicke dieser Stadt zu leiten. Wir, Alvi – nicht irgendeine dahergelaufene, selbst ernannte Heilige.« Obwohl er Alvani mit Kosenamen ansprach, schien er Fioras Widerwillen gegenüber der Ratsherrin zu teilen. Es erschütterte sie, wie es nach Mara nun sogar ein Ratsherr gewagt hatte, die Sternenherrin zu verspotten.

»Helft mir auf, Kinder«, bat Vater, während die Oberen sich ihren Streitereien hingaben. Mara griff unter die eine Achsel, Fiora unter die andere, und mit vereinten Kräften zogen sie ihn auf die Füße. Einer der Legionäre bot ihm seinen Wasserschlauch an. In kleinen Schlucken trank Vater ihn aus, reichte ihn dankend zurück. »Gehen wir nach Hause«, ächzte er. »Ich habe Lust auf eine Mulsa-Knospe.«

»Bist du dir sicher?«, fragte Fiora ängstlich, als sie sein schmerzverzerrtes Gesicht sah.

Statt sich um eine Antwort zu bemühen, humpelte er los.

4. Kapitel

Die Legionäre ließen sie passieren. Auch die Menge auf dem Hauptmarkt wich vor ihnen zurück, mit geweiteten Augen und offenen Mündern bildete sie eine Gasse. In manchen der Blicke lag Mitgefühl, doch die meisten waren finster, feindselig. Fiora glaubte, geflüsterte Beleidigungen zu hören. Es lag eine blutige Spannung in der Luft. Mara schien es ebenfalls zu spüren, denn sie packte Vater fester, zog ihn rascher vorwärts.

»Verräter!«, schrie jemand.

»Du bist es gewesen, Scholfa!«, schrie jemand anderes.

Mara wollte etwas erwidern, doch Vater hielt sie zurück.

»Wovon redet ihr?« Seine Stimme war dünn – nichtsdestoweniger trug sie weit genug, um die Menge zum Schweigen zu bringen. Brütendes, drohendes Schweigen. Die Angst legte sich staubig auf Fioras Brust.

Vater blieb stehen, wiederholte seine Frage. Er klang mehr erschöpft als verängstigt.

Niemand regte sich.

Schließlich nickte er Mara zu. »Gehen wir heim.«

»Du hast den Brand ausgelöst.« Es war Lega, die gesprochen hatte. »Gib es zu, Hexer.«

Fassungslos starrte Fiora sie an. Auch Vater wirkte überrumpelt. Mara aber rief, und ihre Stimme bebte vor Empörung: »Hast du dein Hirn für Pilzdünger eingetauscht? Geh und friss Sand.«

Sie wollte Vater weiterziehen, doch Lega verstellte ihnen den Weg.

»Ein Kohlebrand«, keifte sie, »der den ganzen Berg erschüttert – niemand kann das überleben. Die Schwarze Kraft hat dich gerettet.« Ein ungeheuerlicher Vorwurf. Kaum hatte sie ihn ausgesprochen, verstummte sie, wie erschrocken vor sich selbst. Mit einem Mal war es grabesstill auf dem Platz. Bis in die letzten Reihen stand die Meute wie gelähmt. Eingeschüchtert sah Lega sich um. Da fing sich der Mob, johlte Zustimmung – und triumphierend nahm sie ihre Anklage wieder auf: »Du hast dich ins Bett der Finsternis gelegt.«

Fiora versuchte zu verstehen, was geschah, doch in ihrem Schädel war nur Rauschen, es erstickte jeden Gedanken. Alles war Angst.

»Bitte, Lega«, sagte Vater schwach, »ich betrauere Isanc und die anderen wie du, du musst mir glauben. Sei gnädig, lass uns gehen.«

Lega jedoch, die sich mit einem schnellen Blick ihrer Rückendeckung versichert hatte, dachte nicht daran. »Du hast uns verraten, Ungeheuer. Hast dich der Finsternis verkauft. Hast die Dunkle gefreit.« Mit einem verächtlichen Blick auf Fiora: »Lässt dich bis heute offen umsorgen von der verfluchten Frucht ihres Leibes.«

Und auf einmal, als hätte jemand einen Schalter in ihrem Kopf umgelegt, brach alles aus Fiora heraus: »Du Biest«, schrie sie, sprang auf Lega zu, stieß sie, dass diese zu Boden fiel. »Du Ratte, du falsches Herz.« Sie wirbelte herum, fixierte die geifernde Meute. »Heuchler, ihr alle!« Ihre Stimme überschlug sich. »Ihr sitzt in diesem Drecksloch und führt ein Drecksleben und redet euch ein, alles, was ihr tut, sei richtig und edel. Als wäre Bergquell eine goldene Stadt und ihr die Gehilfen eines göttlichen Plans. Ihr redet von euren ach so erhabenen Gesetzen und behandelt mich wie Abschaum. Als ob euch das vor der Erkenntnis bewahren könnte, welch ein erbärmliches Dasein ihr selbst fristet. Ihr widert mich an. Ich habe meine Mutter nie gekannt, noch habe ich jemals gehört, dass jemand ein gutes Wort über sie verloren hätte – und trotzdem will ich tausendmal lieber die Tochter einer Dunklen sein als eine von euch. Ich sage euch, wenn ich nur einmal …«

Sie wurde von einem Schlag getroffen, so heftig, dass ihr die Sinne schwanden.

Fallen in einen Abgrund und ohne einen Halt.

Der Aufprall holte sie ins Bewusstsein zurück. Ihr Schädel dröhnte, sie schmeckte Staub auf der Zunge, hart drückte sich das unebene Pflaster in ihren Rücken. Ein gepresstes Stöhnen drang aus ihrer Brust. Es klang falsch, kaum mochte sie glauben, dass es sich um ihr eigenes handelte. Sie wusste nicht, ob ihre Augen offen oder geschlossen waren; sie versuchte, zu blinzeln, die Lichtblitze zu vertreiben, die durch ein unbegreifliches Dunkel zuckten. Das Blinzeln half, die Blitze wurden zu Sternen, das Dunkel zu einem nächtlichen Himmel. Aber nur ein Bruchteil davon war zu sehen, denn eine Gestalt ragte über ihr auf, drohend, gnadenlos. Und den Sternen entgegengehoben, bebte die Faust, die Fiora niedergestreckt hatte.

Vaters Faust.

An den Fingerknöcheln glänzte das Blut.

Er starrte auf sie herab, sein Blick fremd, leer. Es war, als erkenne er sie nicht.

»Papa?« Maras Stimme, geflüstert, von irgendwoher. »Was hast du getan?« Die Worte brachen den Bann, die Faust sank.

Doch Vater wandte den Blick nicht von Fiora ab, und in seinen Augen spiegelte sich ihr eigenes Grauen.

Sie konnte nichts sagen; nur japsen und liegen und starren.

Ein Zucken ging durch seinen Körper. Als hätte eine unsichtbare Macht ihn an sie gefesselt, riss er den Blick von ihr los, wandte sich ab, floh. Fast wäre er gestürzt; Mara war rechtzeitig an seiner Seite, führte ihn davon durch eine Menge, die dienstfertig zurückwich.

Fiora spürte keine Schmerzen. Stattdessen eine unsägliche Schwere, die an ihren Gliedern zerrte. Auf die Beine zu kommen, war ein Kampf, den sie nur mit Mühe gewann. Schwankend stand sie da, umgeben von einer Menge, in der ihr nicht einer eine Hand bieten würde. Sie zwang sich dazu, einen Schritt zu tun. Einen zweiten. Schleppte sich mit namenloser Langsamkeit voran.

Dann flog etwas, traf sie an der Schulter. Verwundert sah sie das Ding auf dem Boden landen. Ein Stück Brot. Weitergehen, nicht stehen bleiben. Die Leute machten ihr Platz. Doch sie zischten, fauchten. Fiora musste die Worte nicht verstehen, um sie als Verwünschungen zu erkennen. Wieder traf sie etwas, am Rücken, härter diesmal. Weiter, nur weiter. Die Flüche nahmen zu, wurden lauter, böser. Sie konnten Fiora nicht treffen, eine weiche Decke umhüllte sie. Mehr Gegenstände wurden geworfen, und auch diese prallten an der Decke ab. Jemand spie, sie spürte den Speichel kühl ihre Wange hinunterrinnen. Schritt um Schritt träumte Fiora sich zwischen den Hassenden hindurch, an den Gemüseständen vorbei, ließ auch die Töpfer hinter sich, erreichte die Stufen, die das Ende des Marktes markierten, stieg hinunter. Wandte sich nach links, in die Mostgasse, niemand folgte ihr, sie war allein. Ihre Kräfte verließen sie. Sie stützte sich an den steinernen Hauswänden ab, zwang sich weiter, erreichte so die

Madengasse, war nun endgültig erschöpft, sank zu Boden. Bekam gerade noch einen Fensterladen zu fassen, um den Aufprall zu bremsen.

Sie hätte später nicht sagen können, wie lange sie so auf dem schmutzigen Pflaster kauerte, gefühllos, gedankenlos, nur ein kleiner, kaputter Körper in einer kleinen, kaputten Welt. Die Mondfrau wanderte, Menschen kamen vorbei, Ratten schnupperten an ihr. Aus der Kanalisation kroch der Gestank einer fauligen Stadt.

Ein Junge trat zu ihr.

Leif. Setzte sich neben ihr auf den Boden. Sie hatte nicht die Kraft, ihn wegzuschicken. Er sagte nichts, blickte sie nicht einmal an. Zog nur die Knie an die Brust, schlang die Arme darum und regte sich nicht weiter. In der Ferne zeterte jemand. Die Ratten schnupperten.

Gemeinsam lauschten sie ins Nichts, während die Mondfrau ein Versteck vor dem Feuerdämon suchte. Auch diese Nacht würde zu Ende gehen – und wer die Nacht nicht nutzte, durfte nicht verlangen, den Tag zu bestehen. Meister Konstantin hatte das oft genug vorgetragen, in einer anderen Zeit.

Irgendwann sagte Leif etwas. Fiora hörte die Worte nicht, doch etwas in ihr wusste, dass die angemessene Entgegnung ein Kopfschütteln war. Sie tat es. Es war ein eigentümliches Gefühl, die Bewegung zu spüren. Dass ihr Körper ihrem Willen folgte, beinahe erstaunte es sie.

Später – einen Augenblick oder eine Stunde oder ein Zeitalter – nahm Leif die Arme von den Knien. Stand auf. Blickte auf Fiora herunter. »Ich muss los«, sagte er, und diesmal hörte sie ihn.

Sie nickte.

Leif klopfte sich den Unrat vom Hosenboden.

»Danke«, sagte sie.

Er nickte. Und nach einem letzten Griff, seinen Gürtel zu richten, schlurfte er davon.

Fiora sah ihm hinterher wie einem magischen Wesen – einer Erscheinung aus einer anderen Welt, die nur versehentlich in die Sphäre der Menschen geraten war und nun, nach kurzer Rast, wieder den Rückweg antreten musste, wollte sie nicht ewig hier gefangen sein.

Gefangen, dachte Fiora, wie ich es bin. Es war ihr erster bewusster Gedanke auf dem besudelten Pflaster der Madengasse. Und nun, da ihr Bewusstsein wieder wach in ihrem Schädel flirrte, konnte sie nicht aufschieben, was zu tun war. Sie musste sich entscheiden. Fliehen, im Sommer, bedeutete den Tod. Doch was konnte sie in Bergquell erwarten, das sich als Leben bezeichnen ließe? Niemals hatte sie einen Halt gehabt, abgesehen von ihrer Familie. Und nun hatte Vater sie verraten. Niemand war ihr geblieben außer Mara – wenn nicht auch diese sie bereits fallen gelassen hatte.

Mara. Würde sie zu ihr halten?

Diesmal, als sie sich aufrichtete, spürte sie ihre vielfach geschundenen Muskeln. Doch obwohl jeder Schritt qualvoll war, zwang sie sich vorwärts. Sosehr sie sich davor fürchtete, Vater zu sehen, sie musste nach Hause, zu ihrer Schwester. Mit klopfendem Herzen wurde ihr bewusst: An Maras Urteil würde sich ihr Schicksal entscheiden.

Instinktiv wich sie den breiteren Wegen aus. Um sich gegen die Sandstürme zu schützen, hatte man die meisten Gassen schmal zwischen Häuserschluchten gezwängt. Über die Jahrhunderte war ein Wirrwarr von Pfaden entstanden, wie es die Erbauerin eines Labyrinths nicht raffinierter hätte ersinnen können. Manche Wege endeten im Nichts, andere führten durch Gebäude hindurch oder erforderten die Bereitschaft, über Mauern zu klettern.

An den wenigen Leuten, die ihr entgegenkamen, huschte Fiora eilig und gesenkten Blickes vorbei. Niemand belästigte sie. Nach zehn Minuten erreichte sie das Viertel der Minenarbeiter. Winzige, schäbige Quartiere aus unverputztem Beton mit zersprungenen Scheiben in den Fenstern, mehrere Stockwerke hoch aufeinandergetürmt, durch rutschige, geländerlose Außentreppen verbunden.

Während der Rest von Bergquell erst am Abend begann, seinen Aufgaben nachzugehen, wurde in den Minen im Schichtbetrieb gearbeitet. Dementsprechend war es nicht ungewöhnlich, dass Arbeiter nachts zu Hause waren; aus vielen Wohnungen schimmerten die Lichter der Öllampen. Doch etliche andere lagen im Dunkeln – weit mehr, als den Arbeitern gehören konnten, die verschüttet worden waren. Fiora konnte sich denken, wo sie alle steckten. Bevor Vater seinen Schmerz mit Mulsa zu betäuben pflegte, hatte auch er ihn in einer der zahlreichen ranzigen Kaschemmen ertränkt, welche die Außenstadt durchsetzten wie Pestbeulen.

Als Fiora ihr Ziel erreichte, verharrte sie vor der Türe, zögerte. Hinter geschlossenen Läden flackerte Licht, jemand war zu Hause. Widerwillig streckte sie die Hand nach dem Knauf aus. Sie wusste nicht, wie sie Vater begegnen sollte. Eine klamme Furcht kroch ihr den Rücken hoch. Was, wenn er sie endgültig verstieße? Wenn Mara sich auf seine Seite schlüge? Wäre sie stark genug, Bergquell tatsächlich den Rücken zu kehren, aufzubrechen in die hoffnungslose Ödnis?

Es gab kein Zurück. Ein letztes Mal holte sie Luft. Sie drückte die Türe auf – und zersplitterte.

Alles in ihr verlangte danach, das Bild zurückzuweisen, das sich ihr bot, seine Bedeutung zu leugnen. Doch sie wusste mit der Bestimmtheit der Verzweiflung, dass es keine Rettung gab. Vater hatte sich umgebracht. Kein Detail würde sie vergessen: nicht den Eimer mit dem schmutzigen Wasser, womit Mara Vater gewaschen hatte, nicht den achtlos in die Ecke geworfenen Stiefel, nicht den Teller mit dem Rübensalat, den niemand angerührt hatte, nicht die Strähnen, die sich aus Maras Zopf gelöst hatten, nicht Vaters auf den Tisch gesunkene Gestalt. Nicht das Kästchen, in welchem er seine Mulsa-Knospen verwahrte, das schlichte Kästchen, das er gehütet hatte als seinen Schatz, das er immer verschlossen gehalten hatte und sorgfältig gefüllt – und das jetzt offen war und leer.

»Was ist geschehen?«, flüsterte Fiora, es war eine ziellose Frage, sie wusste die Antwort längst.

»Fiora.« Mara, die reglos am Tisch gesessen hatte, die Hände im Schoß, den Blick auf Vater gerichtet, drehte sich nach ihr um, langsam, wie erwachend. Aus ihren Augen sprach ein stummes Grauen. Sie erhob sich, kam mit unsicheren Schritten auf Fiora zu, blieb vor ihr stehen. »Schwester.« Es war nur ein Wispern. Sie hob die Hand, tastete nach Fioras Haar, befühlte es mit der Außenseite ihrer Finger. Sie lächelte dabei, doch es war ein Lächeln voller Leid. Eine Träne glitt ihre Wange hinab.

Hilflos verfolgte Fiora den Pfad, den die Träne nahm. Noch nie hatte sie Mara weinen sehen. »Es tut mir leid«, flüsterte sie.

Mara legte die Arme um sie, zog sie an sich, drückte sie an ihre Brust.

5. Kapitel

Die Nacht war sternenklar und so kalt, dass der Atem dampfte. So gnadenlos der Feuerdämon am Tage wütete – sobald er sich zurückzog, nahm er alle Wärme mit, und auf der Ebene wurde es innerhalb von Minuten kühler als im Bauch des Alten Herrn.

Mit klammen Fingern strich Fiora den Sand von den Steinen, aus denen sie Vaters Grab getürmt hatte. Die Stürme wüteten heftig diesen Herbst; fast jede Woche besuchte sie das Grab, und jedes Mal war es halb verschüttet. Der Gedanke, Bergquell zu verlassen, hatte mit Vaters Tod seine Kraft verloren. Eine bittere Wahrheit war Fiora bewusst geworden: So unglücklich sie in Bergquell war, eine andere Heimat als Mara hatte sie nicht.

Hätte Vater sich nicht das Leben genommen, hätten sie ihn in den Katakomben der Stollenstadt aufgebahrt, neben Maras Mutter. Doch in Bergquell war Arbeitskraft kostbar. Wer sich der Verantwortung entzog, verwirkte sein Anrecht darauf, innerhalb der Stadtmauern begraben zu werden. Für Fiora bedeutete dies, dass sie Vater in der Ödnis die letzte Ruhestätte hatte bereiten dürfen. Immerhin konnte sie jetzt Mutter besuchen, des Nachts, vor aller Augen, und niemand schöpfte Argwohn.

Sie hatte das Grab zwanzig Schritt von Mutters Schlafstätte

angelegt, die schon lange nur noch aus einem unscheinbaren Hügelchen im Geröll bestand. Gerne hätte Fiora Mutters Andenken beflissener gepflegt, aber sie ängstigte sich zu sehr davor, jemand könnte sie entdecken. Sie glaubte zwar nicht, dass jemals ein anderer als Mara hier herauskäme, aber selbst ihrer Schwester verschwieg sie das Geheimnis. Vater hatte es ihr einst verraten, und sie hatte schwören müssen, es niemals weiterzugeben. Der Leichnam einer Dunklen, keine Meile vom Stadttor entfernt – das bedeutete, die Pforten der Verdammnis zu öffnen. Erzählte man sich.

Rasch richtete Fiora die letzten Steine. Es war nicht nur die Kälte, die sie zur Eile trieb. Sie musste bald zurück in die Stadt, denn es lag die Prüfung vor ihr, auf die sie zwei Jahre lang hingearbeitet hatte – heute Nacht würde der Stadtrat entscheiden, ob Meister Konstantin sie als seine Gehilfin ausbilden würde. Eigentlich besagte die Tradition, dass ein Lehrmeister seine Nachfolge selbst bestimmen durfte. Doch die ganze Stadt stritt sich die Kehlen heiser, ob die Tochter einer Dunklen zur Lehrmeisterin geeignet sei; und schließlich hatte der Stadtrat beschlossen, sich der Sache anzunehmen. In einer öffentlichen Prüfung habe sie zu belegen, dass sie Meister Konstantins Vertrauen verdiente. Trotzig richtete Fiora sich auf. Auf den kleinsten Fehler würde man sich stürzen, jeden Vorwand nutzen, sie abzuweisen. Doch sie hatte sich vorbereitet – und sie war fest entschlossen, es dem Pack stechend schwer zu machen.

Sie spürte den Todesboten, bevor sie ihn sah. Ein Surren, das kaum zu hören war, aber in ihrem Körper vibrierte wie schwingender Stahl. Aufgeschreckt drehte sie den Kopf nach den Sternen. Irgendwo in deren zahlloser Menge musste der Komet sich verbergen. Da, im Norden, entdeckte sie ihn – ein rasendes Licht, zu tief, um ein wahres Kind des Himmels zu sein. Wie schnell er näher kam. Unwillkürlich wich Fiora einen Schritt zurück. Als gäbe es ein Entkommen vor den Zeichen der Götter. Gleißend hell leuchtete der Bote jetzt, tauchte die Wüste in ein flackerndes bläuliches Weiß. Wie bleiche Büßer hoben die Kakteen ihre Arme. Fiora unterdrückte den Drang, einfach davonzurennen. Sie konnte nichts tun, außer warten und beten. Auch wenn sie nicht an Götter glaubte, fürchtete sie doch deren Macht.

Kometen, hatte Meister Konstantin gesagt und mit Schwung die Kreide auf der Tafel kreisen lassen, seien so alt wie die Erde selbst. Links neben den Kreis hatte er Wellenlinien gemalt. Früher habe man sie für Tränen der Sonne gehalten, aber das sei ein Irrtum gewesen; es seien die Fanfaren, mit denen die Götter ihren Willen kundtaten. Fiora hatte gefragt, was sie wollten. Da hatte sich der Meister ihr zugewandt und mitleidig gelächelt: Von uns in Bergquell? Nichts. Mit quietschender Kreide hatte er die letzte Welle vollendet. Kaum war zu verstehen gewesen, was er in Richtung der Tafel genuschelt hatte ... *Worüber wir nur froh sein können.* Bevor Fiora eine weitere Frage hatte stellen können, war die Stunde beendet.

Nur wenige Meilen noch konnte der Bote entfernt sein, sie machte bereits seine Form aus: ein glühender Kopf mit einem gewaltigen Schweif aus blauem Feuer. Er flog so tief, dass der Sand unter ihm aufstob. Fiora bildete sich ein, das Zischen der verdampfenden Körner zu hören, denen er zu nahe gekommen war.

Der Bote hielt geradewegs auf sie zu. Mit Entsetzen erkannte sie, dass Rennen doch die bessere Idee gewesen wäre. Ein paar Schritt entfernt ragte ein Felsbrocken auf, verzweifelt spurtete sie darauf zu, erreichte ihn, warf sich dahinter. Das Surren verwandelte sich in ein infernalisches Pfeifen, der

Boden bebte, die Luft flirrte vor Hitze, das Geröll platzte wie Glas. Verzweifelt presste Fiora ihr Gesicht in den Sand.

Dann war es vorbei. Das Pfeifen wurde zu einem leiser werdenden Donnern. Einen unendlichen Augenblick lang gab es nichts als das Gestein unter ihrem Körper und das Trommeln in ihrer Brust. Sie wusste, dass es nicht die Anstrengung war, die ihr Herz so wild klopfen ließ. Um Haaresbreite war sie dem Pfad der Vernichtung entgangen.

Plötzlich packte sie ein neuer Schrecken. Der Bote war an ihr vorbeigeschossen, Richtung Bergquell. Fiora sprang auf, drehte sich hastig nach ihm um. Er hatte die Strecke bis zur Stadt bereits zur Hälfte zurückgelegt. Durchbrach alles, was ihm den Weg versperrte, die mächtigsten Felsen zerbarsten zu Staub. Ohnmächtig verfolgte sie das Verhängnis. Die Stadtmauern würden den Zerstörer nicht aufhalten, schon war er heran. In Erwartung des Aufpralls verkrampften sich Fioras Hände zu Fäusten. Der Bote erreichte die Mauer – und stieg abrupt auf, brauste über das Tor hinweg. Wirbelte Schindeln von den Wachtürmen mit sich, doch stieg weiter, schien Bergquell verschonen zu wollen. Schon glaubte Fiora, er werde in die Brust des Alten Herrn einschlagen, die hart und furchtlos vor ihm aufragte. Aber er stieg immer noch, stieg und stieg, raste die Steilwand hinauf. Brocken lösten sich, groß genug, dass Fiora sie trotz der meilenweiten Entfernung stürzen sehen konnte. Dann erreichte er das Haupt des Alten Herrn, flog daran vorbei, zwischen den beiden höchsten der Vierzehn Zinnen hindurch, sank wieder, verschwand. Seit Fiora das erste Vibrieren gespürt hatte, war kaum eine Minute vergangen; fast wollte sie glauben, sie habe die Erscheinung nur geträumt.

Die schwelende Schneise allerdings, die vom Horizont bis zu Bergquells Mauern führte, ließ wenig Raum für Zweifel.

Überfordert vom Ausmaß der Zerstörung, tappte Fiora zwischen verkohlten Dornensträuchern hindurch. Sorgfältig darauf bedacht, ihre Füße nur auf Stellen zu setzen, die weder dampften noch zischten, erreichte sie Vaters Grab. Wie durch ein Wunder war es unversehrt geblieben. Einen einzigen Schritt nach Westen hätte es liegen müssen, und es wäre zermahlen und geschmolzen worden. Fiora hob den Blick, suchte bang nach dem Hügel, der Mutter verbarg. Und sah, was sie in ihrem Inneren bereits gewusst hatte – es gab keinen Hügel mehr. Sie kannte den Ort zu gut, um sich zu irren. Ermattet sank sie auf die Knie. Spürte kaum die Hitze, die durch die Hose drang. Das letzte Andenken an Mutter hatte man ihr genommen. Selbst Mutters Namen kannte sie nicht. Vater hatte ihn ihr nie verraten. Ob aus Angst, aus Scham, aus Aberglaube – was spielte es schon für eine Rolle? Bitter nahm sie etwas Asche vom Boden auf, ließ sie durch die Finger rieseln.

Vielleicht war es nur gut. Sie musste erwachsen werden, ihr Leben selbst in die Hand nehmen. Zu lange schon lebte sie in einer Vergangenheit, die es nie gegeben hatte.

»Dachte ich's mir doch.«

Ertappt zuckte Fiora zusammen, sprang auf, wischte sich hastig die aschegrauen Hände an der Hose ab.

Mit verschränkten Armen stand Mara vor ihr, den Mund zu einem spöttischen Lächeln verzogen. Die blaue Uniform, die sie trug, ließ sie furchtbar erwachsen wirken; in ihrem Gürtel steckte eine Pistole.

»Was dachtest du dir?«, fragte Fiora fahrig, von Maras Aufmachung in Verlegenheit gebracht. Sie hatte sich immer noch nicht daran gewöhnt, dass ihre große Schwester zur Legion gegangen war. Dass man ihr bereits eine Pistole gegeben hatte, konnte nur bedeuten, man wollte sie zur Offizierin ausbilden.

»Dass ich dich hier finden würde, Dummchen.«

»Ja, na ja«, murmelte Fiora, »die Stille hier hilft mir, den Kopf freizubekommen.«

Maras Blick verharrte einen Moment auf der Stelle, wo Mutters Schlafstatt gewesen war. »Tut mir leid«, sagte sie.

»Wie? Was meinst du?«

»Schon gut.« Sie kam einen Schritt näher, lächelte nachgiebig. »Ich verrate niemandem was.«

Fiora war überrumpelt. Fand zuerst keine Erwiderung. Mit Mühe fing sie sich, stotterte: »Wie lange hast du es schon gewusst?«

Mara zuckte die Schultern. »Lange.«

»Oh.« Sie wich Maras Blick aus. Bemüht, von ihrer Unsicherheit abzulenken, fragte sie: »Hast du den Kometen gesehen?«

»Was für einen Kometen?« Mara hob in gespielter Begriffsstutzigkeit die Hände. »Ach, meinst du etwa den, der für die dreißig Schritt breite Aschespur verantwortlich ist, neben der wir gerade stehen?«

»Heißt das«, murmelte Fiora, »es gibt Krieg?«

Bedrohlich standen die Worte in der klirrend kalten Luft.

»Wie kommst du darauf?«

»Meister Konstantin hat mal durchscheinen lassen, dass Kometen schlechte Omen sind, Warnungen der Götter. Aber wenn die Götter sich herablassen, uns Zeichen zu geben, muss ja wohl ein gewaltiges Ereignis bevorstehen. Vielleicht droht ein neuer Götterkrieg?«

»Keine Ahnung. Du bist die Büchermaus.« Mara griff ihr in die Haare, zog mit spitzen Fingern ein Gestrüpp daraus hervor. »Eines stimmt auf jeden Fall: Nach einer gewöhnlichen Sternschnuppe sah das Ding nicht aus.«

Fiora seufzte. »Gerade hatte ich das Gefühl, ich könnte

doch noch meinen Platz in Bergquell finden. Wenn der Rat mir wirklich erlauben würde, Meister Konstantins Gehilfin zu werden ... Lass uns zurück in die Stadt gehen, es wird schon knapp.«

Während sie sich auf den Weg machten, erklärte Mara: »Deswegen habe ich dich eigentlich gesucht. Ich wollte mit dir über Konstantin reden.«

»Weshalb?« Fiora war erstaunt. Seit Vaters Tod hatte Mara sich immer mehr von ihr zurückgezogen. Zwar hatte sie die Führung des Haushalts übernommen und sich stets anständig ihr gegenüber verhalten – aber die geschwisterliche Vertrautheit von früher war nie zurückgekehrt.

»Zuerst einmal«, erwiderte Mara lakonisch, »er behandelt dich wie Dreck.«

»Das tun andere auch«, entgegnete Fiora gallig.

»Das macht es doch nicht besser.«

»Aber im Unterschied zu den anderen ist er nicht nur zu mir so gemein. Klingt vielleicht albern – aber dadurch, dass er alle genauso mies behandelt wie mich, fühle ich mich bei ihm weniger ausgeschlossen als anderswo.«

Eine Weile marschierten sie stumm die Kometenspur entlang. Es gab einen zusätzlichen Grund, weswegen Fiora Lehrmeisterin werden wollte: Sie würde alle Bücher lesen dürfen – nicht nur jene, die Konstantin ihr gestattete. Und in irgendeinem davon musste etwas über ihre Herkunft zu finden sein. Die Dunklen waren verhasst und gefürchtet, aber bisher hatte Fiora vergeblich zu erfahren versucht, was es eigentlich mit ihnen auf sich hatte. In keinem Schulbuch wurden sie erwähnt, niemals redete man über sie. Früher hatte Fiora noch Fragen gestellt, aber nie hatte sie etwas anderes geerntet als böse Blicke und Schweigen.

»Da ist noch etwas«, unterbrach Mara ihre Gedanken.

»Ich höre«, erwiderte sie gereizt. Jahrelang hatte ihre Schwester sich kaum um sie gekümmert. Und jetzt, da Fiora zum ersten Mal einen Ausweg aus ihrer unglückseligen Lage sah, hatte Mara nichts Besseres zu tun, als ihr ebendiesen zu verleiden.

»Als ich Vater damals in der Mine gesucht habe«, begann Mara, »bin ich kurz nach dem ersten großen Beben auf den Heldenplatz gelangt. Da waren schon alle geflohen – bis auf Konstantin und die Sternenmagd.«

Fiora nickte. Zwei Jahre war es her, doch die Geschehnisse standen nach wie vor in allen Einzelheiten vor ihr. »Ich bin auch auf sie gestoßen.«

»Tatsächlich?« Mara warf ihr einen argwöhnischen Blick zu. »Wo? Wann?«

»Auf dem Heldenplatz. Nach dem ersten Beben.«

»Dann müssen wir uns gerade verpasst haben. Jedenfalls haben sie gestritten.«

»Gestritten?« Niemand stritt mit der Priesterin. Selbst Meister Konstantin nicht.

»Es war ein Streit«, wiederholte Mara bestimmt, »nicht laut, aber unmissverständlich. Sie haben nicht einmal bemerkt, wie ich den Platz überquert habe.«

Fiora verzog das Gesicht. »Unmöglich.« Der Meister bemerkte vor einer Gruppe von vierzig Schutzbefohlenen, wenn ein Einziger den Stift schief hielt.

»Du erinnerst dich, wie trübe es da drinnen war?«, entgegnete Mara ungeduldig. »Willst du wissen, worum es ging, oder nicht?«

»Sag schon.«

»Konstantin hat der Sternenmagd vorgeworfen, sie habe das Beben ausgelöst.«

Fiora blieb vor Erstaunen stehen. »Ist das dein Ernst?« Sie

drehte sich zu Mara, suchte ein Anzeichen, dass diese ihr einen Streich spielen wollte. Doch die Augen der Schwester blickten finster auf die bröckeligen Stadtmauern, die vor ihnen im Sternenlicht glänzten.

»Und dann?«, drängte Fiora.

»Dann hat die Sternenmagd ihm gedroht. Obwohl ich nicht nah war und sie so ruhig wie immer klang, habe ich eine Gänsehaut bekommen.«

»Was hat sie denn gesagt?«

»Dass sie sein Geheimnis kennt. Dass sie den Strom in ihm spürt.«

»Was denn für einen Strom?«

»Keine Ahnung. Aber es schien wichtig zu sein, Konstantin hat ziemlich verärgert gewirkt, hat ihr böse Beleidigungen zugezischt. Ich habe mich lieber davongemacht. Ich hatte plötzlich ziemlichen Bammel, dass sie mich bemerken könnten.«

Fiora spürte, wie die Kälte ihr durch die Kleidung schnitt. »Was ist, wenn Meister Konstantin recht hat?«, flüsterte sie. »Wenn es wirklich die Sternenmagd war, die das Beben ausgelöst hat?« Der Gedanke war ungeheuerlich. »Dann wäre sie schuld an Vaters Tod.«

»Selbst eine Priesterin kann kein Erdbeben auslösen.«

»Kennst du ihre Macht? Hast du sie damals nicht selbst eine Hexe genannt?«

»Ich war nicht bei Sinnen«, erklärte Mara unwirsch. »Wenn irgendjemand schuld war an Vaters Tod, dann er selbst. Er hätte nicht so lange nach den anderen suchen dürfen.«

Unvermittelt spürte Fiora einen Widerwillen gegen ihre Schwester. Wie konnte diese so herzlos über Vater reden? Das Gespräch war ihr mit einem Mal lästig geworden. Das

Stadttor war nur noch hundert Meter entfernt, sie beschleunigte ihre Schritte.

Aber Mara packte sie an der Schulter, hielt sie auf. »Etwas stimmt nicht mit Konstantin. Ist dir nie aufgefallen, wie er durch einen hindurchschaut, wenn man mit ihm redet? Seine Sätze klingen, als hätte er sie vorher auswendig gelernt – sogar, wenn er zornig ist.«

»Er ist verschroben«, entgegnete Fiora unwirsch. »Na und?«

»Lass dich nicht mit ihm ein.« Mara blickte sie eindringlich an. »Such dir eine andere Aufgabe.«

»Welche denn? Konstantin ist der Einzige, der mir eine Zukunft verspricht.«

»Bitte, Fiora.«

»Wahrscheinlich wird die Prüfung sowieso verschoben.«

Den Rest der Strecke legten sie schweigend zurück.

In dem Moment, in dem sie die Stadt erreichten, ertönte ein Brummen, und knirschend schoben sich die stählernen Flügel des Tores auseinander. Überrascht sah Fiora zu den Türmen, auf denen tatsächlich Wachen zu erkennen waren, Poltis musste die Legion in Alarmbereitschaft versetzt haben. Doch die Wachen blickten nicht auf die Ebene, sondern in den Torhof hinunter. Das Geheimnis klärte sich schnell: Eine strahlende Reiterin kam ihnen entgegen – die Sternenmagd auf ihrem Schimmel. Es handelte sich um das einzige Pferd Bergquells, einen Hengst von Furcht einflößender Pracht. Man bekam ihn nur selten zu Gesicht, und niemand wusste, wo die Sternenmagd ihn hielt. Die Priesterin war zur Reise gerüstet: Über ihrer weißen Robe trug sie einen Kettenpanzer; zusätzlich wurden Schultern und Oberschenkel von filigranen Platten geschützt, in deren Silber sich das Licht der Sterne spiegelte. Ein Diadem zähmte ihr seidenes Haar.

Als sie der Schwestern gewahr wurde, nickte sie ihnen zu.

Fiora senkte eingeschüchtert den Kopf. Mara hingegen fragte: »Ihr verlasst die Stadt, Erleuchtete?«

»Es ist Krieg, mein Kind.«

Mara riss die Augen auf, sah zu Fiora herüber, aber diese verspürte keine Genugtuung. Sie hätte lieber nicht recht behalten. »Die Sternenherrin verlangt nach mir«, antwortete die Priesterin mit der ihr eigenen Sanftheit. Dann wandte sie sich Fiora zu. »Deine Prüfung naht. Ich wünsche dir Erfolg.«

»Das heißt, sie findet statt?«

Ein leichtes Nicken, schon wandte sie sich ab. Ohne ein sichtbares Zeichen fiel der Schimmel in Trab.

Hatte der Meister die Priesterin zu Recht beschuldigt? War sie es, die das Beben ausgelöst hatte? Während Fiora ihr beunruhigt hinterhersah, verkündete Mara: »Ich muss los, gleich ist Waffenübung.«

»Obwohl gerade ein Todesbote über die Stadt gerauscht ist?«

»Wenn es neue Befehle gibt, erfahre ich es dort.«

»Im Toten Land?«

Mara nickte.

In der Garnison als dem Durchgang zur Stollenstadt wimmelte es von Zivilisten, weshalb Poltis nach dem Großen Beben die Ausbildung der Rekruten ins Tote Land verlegt hatte. Der Begriff bezeichnete eine Brache, welche die alte Raffinerie umgab. Während im Rest der Außenstadt ein aufwendiges Bewässerungssystem zahlreiche Sträucher und sogar einige Weißkiefern am Leben hielt, schlugen selbst die Ratten einen Bogen um das Tote Land.

Mara zögerte. »Bitte, Fiora. Überleg's dir noch mal.«

»Ich muss auch los. Bis später.«

6. Kapitel

Eilig machte Fiora sich auf zur Garnison. Sie war froh, dass Mara ein anderes Ziel hatte. In wenigen Minuten würde die wichtigste Prüfung ihres Lebens beginnen, da waren Maras abenteuerliche Behauptungen wenig hilfreich.

Sie hätte einen ihrer Schleichwege vorgezogen, doch die Zeit drängte, also hastete sie die Hauptstraße entlang, die geradewegs zur Stollenstadt führte. Währenddessen versuchte sie, sich auf die Bücher zu besinnen, die sie zur Vorbereitung gelesen hatte. Um die Prüfung zu bestehen, musste sie beweisen, dass sie mit den Prinzipien sowohl der natürlichen als auch der menschengeschaffenen Welt vertraut war. Vor allem aber musste sie über ein umfassendes Wissen um die Geschichte Bergquells und des Zweiten Zeitalters verfügen. Das letzte Jahr hatte sie nach dem allgemeinen Unterricht beharrlich alleine weitergelernt, oft bis weit in den Tag hinein. Eigentlich konnte der Rat sich kaum gegen sie entscheiden. Meister Konstantin war alt, und neben Fiora gab es niemanden mit dem Vermögen und dem Willen, ihm nachzufolgen.

Wenn nur ihre Haut etwas heller gewesen wäre.

Aber konnte sich der Rat wirklich dem Wunsch des Meisters verweigern? Nie hatte sie mitbekommen, dass irgendjemand seine Autorität infrage gestellt hätte. Fiora presste die Lippen zusammen. Die Sternenmagd? Beklommen erinnerte sie sich an Maras Warnung. Es hieß, der Meister sei als junger Mann in die Stadt gekommen. Nur wenige Jahre zuvor hatte der letzte Götterkrieg geendet; die siegreiche Sternenherrin hatte ihre Priesterin geschickt, um Bergquell spirituellen Halt zu geben. Und obwohl Konstantin nun schon so viele Jahre hier lebte und lehrte, hatte Fiora ihn nie anders als in der Wahrnehmung seiner Pflichten erlebt – abgesehen von jener Nacht, als die Kohlemine eingestürzt war. Während seines Unterrichts wirkte er oft unnahbar, auch darin musste sie Mara zustimmen. Sein Wehklagen, als die Bücherei eingestürzt war, kam ihr mit einem Mal überzogen vor.

Trotzdem: Mochte er auch ein komischer Kauz sein, mochte er sich auch im Zwist mit der Sternenmagd befinden – sollte sie deshalb ihre einzige Hoffnung auf ein halbwegs erträgliches Leben in Bergquell begraben? Blieb die Bemerkung über den Strom, von dem die Sternenmagd gemäß Mara behauptet hatte, ihn in Meister Konstantin spüren zu können. Hatte sie vielleicht den Fluss seines Blutes gemeint? Fiora wurde das verstörende Gefühl nicht los, dass sich hinter dem Wort mehr verbarg als ein schiefes Bild.

Ein Bein zwischen ihren Füßen, sie stolperte, fiel, schlug der Länge nach aufs Pflaster. Sie wollte sich aufrappeln, ein Tritt in die Seite, schneidender Schmerz, Gejohle. Noch ein Tritt, ihr Schädel dröhnte, zu spät hob sie die Arme zum Schutz. Feixen als Antwort. Noch ein Tritt, ein Knacken in der Brust. Rasselnd rang sie nach Luft. Sie wollen mich von der Prüfung abhalten, durchzuckte sie die Erkenntnis. In verzweifelter Wut raffte sie sich auf. Sie war nicht groß, und sie war allein, aber sie war keine Beute. Von klein auf hatte sie zu kämpfen gelernt. Ein Stoß von hinten, sie knallte auf den Stein. Ein weiterer Tritt, begleitet von lustvollem Stöhnen. Nein, sie würde nicht klanglos untergehen, nicht wie Vater.

Wieder rappelte sie sich auf, wieder stieß man sie nieder. Ihre Gegner waren überall. Die einzelnen Schläge und Tritte waren nicht mehr zu unterscheiden, Fioras Gegenangriffe gingen ins Leere. Ihre Augen schwammen im Blut, waren blind geworden. Ihr Leben lang hatte sie gekämpft, hatte die Stirn geboten, hatte sich zu behaupten versucht. Und alles umsonst? Sie schrie, bäumte sich auf, schlug um sich, aber sie war in einem Albtraum gefangen, aus dem es kein Erwachen gab. Ihre Sinne verließen sie. Die Verzweiflung schluckte allen Schmerz. Ihr Köper war zu einer Puppe geworden, hin und her geworfen von Kräften, die er nicht verstand. Ein Gedanke, leise und fern, und trotzdem beruhigend: Vielleicht sehe ich Mutter wieder. Vielleicht war es in Ordnung zu gehen. Vielleicht war es an der Zeit. Müde zog sie die Knie an die Brust, drückte den Kopf zwischen die Unterarme, wartete darauf, dass es vorbei war. Mutter.

»Schert euch davon.«

Eine vertraute Stimme; eine kraftvolle, selbstbewusste Stimme, die warm und furchtlos durch den Nebel drang, der sich um Fiora gelegt hatte.

»Was mischst du dich denn ein?« Die Antwort war außer Atem gesprochen, überrascht, wütend.

»Lasst sie in Ruhe.«

»Wirklich, Leif? Für den Wechselbalg setzt du dich ein?« Es mochte spöttisch gemeint sein, doch die Verunsicherung schwang bis hinein in Fioras verschwommene Welt.

»Ihr alle. Ihr seid eine Schande. Verschwindet.«

»Kümmer dich um deinen eigenen Kram.« Endlich konnte Fiora die Stimme zuordnen, Lega. Es folgte ein unbehagliches Murren aus verschiedenen Kehlen, gegrummelter Widerspruch. Schritte, die sich entfernten. »Von diesem Torfkopf lasst ihr euch einschüchtern?« Lega wieder, höhnisch, laut. Zu schrill. Die Schritte der anderen wurden leiser. »Das wird dir noch leidtun.« Giftig gezischt. Zögern, ein Schnaufen, Schritte.

Stille.

»Fiora.« Leif, behutsam, ganz nah. »Kannst du mich hören?«

Mühsam zwang sie ihre verquollenen Augen auseinander.

»Ein Glück. Nicht bewegen. Kannst du atmen?«

Sie versuchte es. Es war nicht mehr als ein erbärmliches Ächzen, begleitet von einem Stechen in der Brust.

»Hast du Schmerzen?«

Langsam wurde ihre Sicht klarer. Leif war über sie gebeugt, sein ernstes Gesicht nur eine Elle von ihrem eigenen entfernt. Verwirrt starrte sie auf seine Kinnlinie, von welcher goldbraun ein sorgfältig gestutzter Bart leuchtete. Wann war der bloß gewachsen?

»Fiora.« Eindringlicher jetzt. »Sieh mich an.«

»Meister Konstantin«, murmelte sie.

»Was?«

»Die Prüfung. Ich muss in die Ratshalle.«

»Wir müssen dich erst mal nach Hause bringen. Mara Bescheid geben.«

»Hilf mir auf.«

»Ich glaube nicht, dass das eine gute Idee ist ...«

Aber Fiora hatte bereits seinen Arm gepackt, zog sich daran hoch. Leif blieb nichts anderes übrig, als sie zu stützen. Ihre Knie knickten ein, doch er fasste sie unter den Achseln und richtete sie auf wie ein Kind; er tat es, als kostete es ihn nicht die geringste Anstrengung. Verwirrt stellte Fiora fest, dass der pummelige Junge von einst verschwunden war – vor ihr stand ein groß gewachsener, stattlicher junger Mann, gekleidet in die Robe eines Novizen der Medikurgie. Eine natürliche Würde ging von ihm aus.

»Was hast du vor?«, fragte er besorgt.

»Die Prüfung«, haspelte sie, machte einen Schritt, ihre Beine gaben nach. Im letzten Moment bekam Leif sie zu fassen, bewahrte sie vor dem Sturz.

»Du brauchst jetzt erst mal Ruhe.«

»Ich muss in die Ratshalle.«

Stur wankte sie los.

So wenig Leif offenbar von ihrem Wunsch hielt, er ließ sie doch nicht im Stich. Für eine Kupfermünze lieh er einen Karren von Gemüse-Karl, hob Fiora hinein und schob sie den ganzen Weg in die Stollenstadt und bis zum Heldenplatz. Die Spuren des Großen Bebens waren kaum mehr zu sehen, die beschädigten Gebäude hatte man ausgebessert, die Statuen wieder aufgerichtet. Nur die Bibliothek lag noch immer in Trümmern. Die meisten Bücher waren geborgen worden, doch die Kosten für den Wiederaufbau hatte der Stadtrat als unverhältnismäßig beurteilt.

Als Fiora die Ratshalle sah, vergaß sie ihre Blessuren. Hierauf hatte sie jahrelang hingearbeitet. Sie kletterte aus dem Wagen, bevor Leif ihr helfen konnte. Ihre Beine gaben nicht nach. Mit festen Schritten ging sie auf das Portal zu, wo sie von Meister Konstantin persönlich empfangen wurde.

»Du bist spät.«

»Das ist Eure Begrüßung?«, rief Leif entrüstet, der ihr hinterhergerannt war. »Ihr seht, wie sie zugerichtet ...«

»Schon gut«, fiel Fiora ihm ins Wort. Sie wandte sich an Konstantin. »Ich bin bereit für die Prüfung, Meister.«

Leif schien schimpfen zu wollen, besann sich jedoch anders, fragte stattdessen: »Soll ich dich begleiten?«

»Die Prüfung ist nicht öffentlich«, schnarrte Konstantin.

Leifs Kiefermuskeln spannten sich an, rasch legte Fiora ihm die Hand auf den Unterarm.

»Von mir aus«, brummte er. »Dann suche ich in der Zwischenzeit Mara und erzähle ihr, was passiert ist.«

»Sie ist im Toten Land.«

»Wie lange dauert die Prüfung?«

»Nicht mehr als vier Stunden«, entgegnete Konstantin spitz, »wenn sie denn einmal begonnen hat.«

»In Ordnung. Ich sehe zu, dass ich dann zurück bin.« Sein Blick blieb einen langen Moment auf Fiora liegen. »Viel Glück.«

»Danke.«

Leif eilte davon, und Fiora folgte Meister Konstantin in die Halle der Ratsfrauen und Ratsherren.

7. Kapitel

Noch nie war Fiora im Rathaus gewesen. Hinter einem Vorraum öffnete sich der holzverkleidete Saal, an dessen Decke ein Ehrfurcht gebietender Leuchter hing. Mit offenem Mund starrte sie die Wände an, in deren Holz Szenen der Geschichte Bergquells geschnitzt waren; die Gründung als Handelsposten, der Große Sandsturm, die Pilzseuche, die Ankunft der Sternenmagd. Die Decke war mit entsprechenden Gemälden verziert. Fiora schauderte bei der Vorstellung, wie die Maler in schwindelerregender Höhe und über Kopf ihr Werk vollbracht haben mussten.

In einem erhöhten Halbkreis waren ein Dutzend schwerer Armstühle angeordnet. Etwa die Hälfte war besetzt. Die Leere des Throns in der Mitte fiel am deutlichsten ins Auge – es musste sich um den Platz der Sternenmagd handeln. Zaghaft trat Fiora den Ratsmitgliedern entgegen, die in stolzer Haltung darauf warteten, über ihre Zukunft zu entscheiden. Als sie all die sauberen Gewänder sah, wurde sie sich ihrer eigenen besudelten, zerfetzten Kleidung bewusst und wäre vor Scham am liebsten in die Sonnenglut geflohen. Mit geballten Fäusten drängte sie die Regung zurück. Sie hatte es bis hierher geschafft, ein paar Risse im Wams würden sie nicht aufhalten.

Sie erkannte Poltis, den Gardekommandanten, außerdem

Melkon und Alvani, denen sie am Tag des Großen Bebens begegnet war. Es kam ihr merkwürdig vor, dass der Rat sie prüfen wollte, obwohl gerade erst ein Todesbote über die Stadt gerauscht war. Zugegeben, sie hätte nicht zu sagen gewusst, welche Maßnahmen ein solches Ereignis überhaupt verlangte. Unsicher sah sie zu Konstantin hoch.

»Wo sitze ich?«, flüsterte sie.

»Du stehst.«

Er schob sie grob in die Mitte der Halle und stellte sich dann an den Rand der Estrade. Kurz blitzte Maras Warnung durch ihre Gedanken, sie verdrängte sie rasch. Poltis begrüßte sie im Namen der Ratsmitglieder. Ihre ramponierte Erscheinung kommentierte niemand, was ihr ganz recht war.

Die Prüfung begann. Die Fragen wurden so gelangweilt gestellt und schienen so einfach, dass Fiora sich bald Sorgen machte, ob man ihr einen Fallstrick legen wollte. Geduldig erklärte sie, wie ein Treibhaus funktionierte, schilderte die Wirkungsweise eines Hubkolbenmotors, zählte die Herausforderungen auf, die bei einer Brunnenbohrung auftraten.

»Gut, gut«, brummte Poltis und zwirbelte seinen Schnauzer. »Kommen wir zur Geschichte.«

»Gern«, entgegnete Fiora. In dem Versuch, etwas über die Dunklen zu erfahren, hatte sie sich um kein Fach gründlicher bemüht. »Wo soll ich anfangen?«

»Die Zeitalter.«

»Der erste Äon wird der Äon des Wachstums genannt«, begann sie. »Er umfasst vierhundertsiebzigtausend Jahre und ist somit das mit Abstand längste der drei Zeitalter. Technologisch beinhaltet es die gesamte Entwicklung vom Faustkeil bis zur Verbunddampfmaschine. Die Subsistenzwirtschaft wird überwunden, körperliche Arbeit wird auf Maschinen übertragen, eine Dienstleistungsgesellschaft entsteht. Die politische Macht verschiebt sich von einigen wenigen auf die Mehrheit des Volkes, das seine Verwaltung selbst ein- und absetzt. Der Wohlstand aller steigt stetig und wird immer ausgeglichener verteilt. Theistische Weltanschauungen verdrängen Naturreligionen …«

Ratsherrin Alvani räusperte sich. »Das ist eine stark verkürzte Darstellung, Kind. Gegen Ende des Äons befand sich ein Großteil der Ressourcen im Besitz einer Handvoll Personen. Diese Tatsache wird gemeinhin als entscheidender Faktor für den Untergang des Äons betrachtet.«

Sagte das die Frau, der als Besitzerin von Kraftwerk und Kohlemine halb Bergquell gehörte? Fiora behielt den Gedanken lieber für sich, erwiderte stattdessen: »Der Reichtum der Reichsten gründete sich auf ein ausgeklügeltes System der Produktion und des Vertriebs immer neuer Genussmittel. So machten sich die Reichen von der Kaufkraft ihrer Mitmenschen abhängig, hatten also ein Interesse daran, dass große Teile der Gesellschaft einen gewissen Wohlstand erreichten. Sowohl in der Chronik von Dar ka Omun als auch in den Annalen der Pindi wird berichtet, wie …«

»Pindi war eine Märchenerzählerin«, schnaubte Alvani. »Und Dar ka Omun strotzt vor Übersetzungsfehlern.«

Fiora wurde rot. »Seit der Zerstörung der Bücherei ist die Auswahl an Geschichtswerken begrenzt.«

»Ratsschwester«, wandte Ratsherr Melkon ein, »das Mädchen berichtet im Einklang mit den gängigen Quellen. Bitte, Fiora, fahr fort.«

Dankbar kam Fiora der Aufforderung nach: »Der Äon des Wachstums endet erst, als die Ressourcen der Erde sich erschöpfen. Es folgt der Äon des Kampfes, in welchem der technologische Fortschritt sich zuerst auf Kriegsgerät konzentriert und dann gänzlich zum Erliegen kommt. Während die

Dienstleistungsgesellschaft Spezialisierungen gefördert hat, schlägt nun die Stunde der Generalisten.«

Mit jedem Satz wurde sie sicherer. Sie wusste, wovon sie sprach, und auch wenn die Ratsmitglieder sich um eine neutrale Haltung bemühten, erspähte Fiora doch das eine oder andere anerkennende Nicken.

»Staatliche Strukturen verlieren ihre Bedeutung. Macht wird nicht mehr durch Erbfolge oder Wahl bestimmt, sondern durch Besitz und Charisma. Transzendentale Religionen verschwinden zugunsten der Verehrung irdischer Führerinnen und Führer. Der Kampf um die verbliebenen Ressourcen braucht selbige rasch auf. Dies hat zur Folge, dass der Äon des Kampfes gerade einmal vierzehnhundert Jahre dauert.«

Ja, was die Geschichte Bergquells betraf, machte niemand ihr etwas vor. Selbst Alvani verzichtete auf weitere Einwände. Ein plötzliches Hochgefühl überkam Fiora. Lega, die keinen geraden Nagel in die Wand schlagen konnte, mochte nicht imstande sein, eine simple Tatsache zu umreißen – die Leute hier im Saal schon: Bergquell brauchte eine Gelehrte. Und Fiora war zur Gelehrten geboren.

»Seit über dreitausend Jahren befinden wir uns jetzt im Äon des Ausgleichs; überwiegend leben die Menschen in isolierten Stadtstaaten, die nur gelegentlich Handel miteinander treiben. In einer lebensfeindlich gewordenen Welt ist gesellschaftlicher Zusammenhalt wichtiger als individueller Wohlstand. Allerdings unterscheiden sich die einzelnen Stadtstaaten teils stark voneinander, was ihre politische und wirtschaftliche Ausrichtung betrifft. Humanreligionen haben sich weithin durchgesetzt, zusätzlich haben viele Gesellschaften ihre eigenen spirituellen Traditionen entwickelt. Aufgrund der dünnen Besiedlung und des Mangels an möglicher Beute sind Kriege zwar seltener geworden, aber als

Konstante der menschlichen Natur wohl niemals ganz zu verhindern.« Sie erinnerte sich an die Wüste zwei Stunden zuvor, roch wieder die verbrannten Sträucher, hörte das Zischen der Sandkörner, die im Schweif des Kometen verglühten. »Während die Menschheit sich an die veränderte Umwelt angepasst hat, droht ihr die größte Gefahr von den Konflikten der Gottkönige ...«

»Brauchst du eine Pause?«, fragte Ratsherr Melkon unvermittelt.

Begriffsstutzig unterbrach Fiora ihre Ausführungen.

Der Besitzer der Erzmine tippte sich an die Schläfe.

Fiora sah darin die Aufforderung, die eigene zu betasten, tat es und spürte Feuchtigkeit unter ihrem Haaransatz. Handelte es sich um eine neue Blutung, oder hatte sie die Wunde nur bisher nicht gespürt? »Verzeihung«, murmelte sie.

»Du hast meine Frage nicht beantwortet – brauchst du eine Pause?«

»Braucht sie nicht«, behauptete Konstantin von der Seite. Und wie er es sagte, wusste sie, dass auch der Meister sie fallen lassen würde, wenn sie nur die geringste Schwäche zeigte.

Melkon hob eine seiner dünnen Augenbrauen, wartete auf eine Antwort.

Fiora sah auf das Blut, das rot an ihren Fingern klebte. Doch sie war zu weit gekommen, um aufzugeben. Mit zusammengebissenen Zähnen schüttelte sie den Kopf.

»Gut«, schnarrte Konstantin.

Mit gerunzelter Stirn blickte Melkon ihn an. Er sagte nichts, doch Fiora glaubte, Misstrauen in seinem Blick zu lesen. Eine beunruhigende Beobachtung; wenn nicht nur die Sternenmagd eine Bedrohung in Konstantin sah, sondern darüber hinaus der mächtigste Ratsherr ihm misstraute ... Hatte sie Maras Warnung zu leichtfertig behandelt?

Plötzlich kam ihr ein Gedanke; ein kühner, ein Furcht einflößender Gedanke, der ihr den Schweiß ausbrechen ließ. Sie musste dem Meister die Frage stellen, die sie umtrieb wie keine andere. Und zwar jetzt, hier in der Ratshalle. Sie würde keinen besseren Verbündeten finden als Melkon. Wenn sie die Frage nicht stellte, würde sie vielleicht niemals den Mut aufbringen.

»Meister«, wandte sie sich an Konstantin, »was ist Strom?«

Es war mit einem Mal still im Saal.

Mit kleinen Augen stierte der Angesprochene sie an.

Schwieg.

Sie spürte auch die Blicke der Ratsmitglieder auf sich.

Dann ging ein Ruck durch Konstantin.

Er streckte den Rücken durch.

Und schwieg.

Das Räuspern einer Ratsherrin.

In einem der Lehnstühle knackte das Holz.

Ein Tuscheln.

Fiora spürte, wie zwischen ihren Schulterblättern der Schweiß hinabrann.

Konstantin starrend, reglos.

»Willst du die Frage beantworten?« Melkon. Er war ihr zu Hilfe gekommen.

Endlich eine Regung auf Meister Konstantins Antlitz. Ein Lächeln, klein und schief. »Fließendes Wasser«, sagte er.

Ein Prickeln in ihrer Brust, nicht kalt, nicht warm, durchlief ihren Körper, breitete sich aus in alle Richtungen, sprang in ihren Schädel, ins Haar, erreichte ihre Arme, kribbelte in ihren Fingern, jagte ihre Beine hinunter, glitt in den steinernen Boden der Ratshalle.

So schnell, wie das Prickeln gekommen war, war es wieder vorbei.

Hatte sie sich das ganze Erlebnis nur eingebildet? Nein, zu intensiv war das Prickeln gewesen, und zu fremd. Verstört blickte sie auf ihre Hände, als könnten diese ihr erklären, was geschehen war. Benommen sah sie an sich hinunter, tastete sich ab; nichts wirkte verdächtig, alles fühlte sich normal an. Langsam hob sie den Blick, suchte die Gesichter der Ratsmitglieder ab, ob sich Verwunderung darin fände – und entdeckte nur Langeweile, gemischt mit Ungeduld.

»Nein«, flüsterte sie und erschrak vor ihrer eigenen Stimme. »Ich meine nicht fließendes Wasser.« Sie wusste nicht, wie – aber sie hatte den Strom in Meister Konstantin gespürt.

Der Rat mochte nichts bemerkt haben, doch Konstantin sah sie an, als wäre sie der Feuerdämon persönlich. Sie hielt seinem Blick stand; nicht aus Tapferkeit, sondern im Gegenteil – sie war zu schwach, sich abzuwenden.

»Alles in Ordnung mit dir, Kind?«, drang Melkons Fistelstimme aus weiter Ferne an ihre Ohren.

»Was in Euren Adern fließt«, flüsterte Fiora, immer noch Konstantin zugewandt, »ist kein Blut.« Die Angst drückte ihr den Magen zusammen. »Wer seid Ihr?«

Konstantin schob das Kinn vor, faltete die Hände. Gesten, die sie tausendmal bei ihm gesehen hatte. Sie passten nicht.

»Will mich mal jemand aufklären, was hier vor sich geht?«, bellte Poltis ungehalten. »Wir haben noch anderes zu tun, als über diese Lappalie zu beraten. Verdammt, uns wurde ein Komet geschickt.«

»Wir können die Prüfung beenden«, erwiderte Konstantin.

»Das entscheiden immer noch wir«, sagte Alvani scharf. »Ohne unsere Erlaubnis werdet Ihr das Mädchen nicht ausbilden.«

»Ich werde sie nicht ausbilden«, sagte Konstantin schlicht.

»Was …« Alvani verstummte.

Fiora vernahm Konstantins Worte wie durch Watte. Weder fühlte sie Enttäuschung noch Erleichterung, sie fühlte – nichts. Ihr einziger Plan für die Zukunft war zerrissen, aber es war, als hätte es keine Bedeutung.

»Na gut«, hörte sie Poltis sagen, »dann können wir dieses Trauerspiel ja beenden. Meine Damen, meine Herren.« Er stemmte sich aus seinem Lehnstuhl. »Ich muss pinkeln.«

»Aber Konstantin braucht eine Nachfolgerin«, wandte Melkon ein.

»Sein Problem«, brummte Poltis und zog seine Weste glatt. »Wenn er das Mädchen nicht mag, soll er sich jemand anderes suchen.«

Melkon wollte noch etwas entgegnen, hielt jedoch inne, als er sah, wie Konstantin mit zielstrebigen Schritten den Saal verließ.

»Ihr seid nicht entlassen«, rief Alvani ihm hinterher. Vergebens. »Na gut«, knirschte sie und wischte sich eine Strähne ihres dicken blonden Haares hinters Ohr. »Der Kommandant hat recht – wir haben noch anderes zu tun.«

Fiora hatte das Gespräch kaum verfolgt; jetzt spürte sie die Blicke der Ratsmitglieder auf sich. »Das heißt«, murmelte sie schüchtern, »ich kann gehen?«

Poltis winkte gnädig.

Pflichtschuldig verneigte sie sich. Während sie zum Ausgang humpelte, spürte sie die Verletzungen wieder, die Legas Bande ihr zugefügt hatte. Sie hatte gar nicht wahrgenommen, unter welcher Anspannung sie sich befunden hatte. Doch jetzt, als sie auf den Heldenplatz trat, fiel diese von ihr ab, und was blieb, war ein ermatteter, wund geriebener Geist in einem nicht minder geschundenen Körper. Ihre Beine gehorchten ihr kaum, sie musste sich an einer der Kristalllampen abstützen, die vom Licht der Sternenherrin erfüllt waren. Ihr Magen war ein Knoten geworden; ehe sie sich versah, würgte sie, erbrach sich. Erschöpft blickte sie sich nach Leif um. Der Karren stand noch da, von Leif jedoch keine Spur.

Er hatte versprochen, nach vier Stunden wieder vor Ort zu sein, doch bisher war nicht die zweite vergangen. Sie überlegte kurz, ob sie den Weg nach Hause zu Fuß versuchen sollte, doch ein zweiter Würgekrampf belehrte sie eines Besseren. Sie schleppte sich zu dem Karren, zog sich hinein, schloss die Augen und ließ sich dankbar ins Vergessen fallen.

Irgendwann rumpelte der Karren los, sie erwachte nur halb, murmelte Leif einen Gruß zu und sank in ihren Schlaf zurück. Erst als der Karren hielt, erwachte sie zur Gänze.

»Aufwachen, Süße.«

Sie öffnete die Augen, hob den Arm, um nach ihrem Retter zu greifen. Dann erst wurde ihr bewusst, dass sie eine Frauenstimme gehört hatte. Blinzelnd versuchte sie, die Situation zu erfassen. Als Erstes erkannte sie einen Mund. Einen Mund, der zu einem breiten, bösartigen Grinsen verzogen war. Das Gesicht hinter dem Mund gehörte nicht Leif. Sondern Lega.

8. Kapitel

Fiora lag in einer Nacht ohne Horizont. Mutter sprach zu ihr, aber die Worte waren nicht zu entschlüsseln. Die Welt war eine Kugel, die sich drehte. Keine Kugel, ein Ellipsoid, so stand es in den Büchern des Meisters. Der Name des Meisters war Konstantin. Wir befinden uns im dritten Zeitalter, dem Äon des Ausgleichs. Mara mochte keine Rüben, schon als Kind hatte sie keine Rüben gemocht. Es begann zu regnen. In Bergquell hatte es seit hundert Jahren keinen Regen gegeben. Wenn die Gottkönige ihre Kometen schickten, drohte Krieg. Die Notvorräte in der Stollenstadt reichten für drei Sommer. Mut formte die Gemeinschaft, Demut bewahrte sie. Regen war Wasser, das vom Himmel fiel. Vater schälte seine Mulsa-Knospen immer so, dass er zuerst die kleinen grünen Blätter abzupfte, die unten am Stiel wuchsen. Lautlos flüsterte Mutter ihr ins Ohr, dass einzig die Liebe keinen Horizont besaß. Fiora wollte widersprechen, die Nacht hatte ja auch keinen – aber warme Hände berührten sie, und das Gefühl war überwältigend. Der Regen schmeckte nach Salz. Wer vom Saft der Kakteen trank, überlebte es nicht. Das Dunkel packte sie an den Beinen. Sie schrie, aber das Dunkel lachte nur. Ihre Beine lösten sich auf. Sie schrie lauter, und das Dunkel lachte lauter. Es schmeckte nach Asche. Eine freundliche Stimme bat das Dunkel, den Raum zu verlassen. Das Dunkel fügte sich, doch als es ging, nahm es die Sterne mit. Also hatte es doch noch welche gegeben. Wann hatte Leif einen Bart bekommen? Wach auf, befahl Mutter, und Fiora gehorchte.

Als Erstes hörte sie Schnaufen. Es war langsam und gleichmäßig, und es war nicht ihr eigenes. Sie öffnete die Augen. Die Lider klebten schwer und heiß wie brennendes Pech. Eine grobe Betondecke. Sie versuchte, den Kopf zu drehen, ihre Schädeldecke ging in Flammen auf. Einen zeitlosen Augenblick lang war nichts als Feuer. Irgendwann zogen die Flammen sich ein wenig zurück. Aus dem Augenwinkel sah sie, dass die Wand neben ihr genauso unverputzt war wie die Decke. Es dämmerte. Das Herz klopfte ihr gegen den glühenden Schädel. Sie spürte ihre Arme, ihre Hände. Sie wollte die Finger krümmen, es gelang nicht. Irgendetwas hielt sie zurück. Sie war gefesselt. Sie befahl ihren Blick zur anderen Seite; auf einem einfachen Lehnstuhl saß in sich zusammengesunken eine Gestalt. Von dort kam das Schnaufen. Der Mensch schlief. In plötzlichem Schrecken erinnerte sie sich an ihre Beine – hatten sie sich tatsächlich aufgelöst? Doch solange ihr Kopf in das Lager gedrückt wurde, konnte sie ihre Beine nicht sehen. Angsterfüllt bäumte sie sich auf, versuchte es zumindest, aber ein glühender Schmerz durchzuckte sie, und ächzend fiel sie zurück.

»Fiora!«

Die Gestalt war aufgesprungen, stand an ihrem Bett. Ihre grünbraune Robe kam Fiora bekannt vor.

»Leif«, murmelte sie und schlief ein.

Als sie wieder zu sich kam, war ihre Kehle so trocken, dass sie glaubte, zu ersticken. Leif stand an ihrem Bett. »Wasser«, krächzte sie. Er reichte ihr umgehend eine Schale, er musste sie bereits in der Hand gehabt haben. Während Fiora trank, stützte er vorsichtig ihren Kopf. Jeder Schluck brannte wie Alkohol, und doch hielt sie nicht inne, bevor sie die Schale bis auf den letzten Tropfen geleert hatte. In ihrem linken Arm steckte eine Nadel, von welcher ein Schlauch zu einem Beutel führte, der an einer Art Hutständer hing.

»Was ist das?«

»Eine Zuckerlösung.«

»Meine Beine …«, murmelte sie, verschluckte sich, musste husten, das Wasser lief ihr an der Wange entlang.

»Vorsichtig«, entgegnete Leif, stellte die Schale ab und griff nach einem Tuch, mit dem er ihr Hals und Wange abtupfte.

Noch immer hielt er ihren Kopf, sie konnte das Fußende des Bettes sehen, aber sie war bis zur Brust mit einem Laken zugedeckt. »Meine Beine …?«, wiederholte sie bang.

Leifs Miene war ernst. »Kannst du sie spüren?«

Auf den Gedanken war Fiora noch gar nicht gekommen. Sie horchte in ihren Körper hinein. »Ja«, murmelte sie hoffnungsvoll, »ich glaube schon.«

»Ein Glück.« Leif atmete auf. »Lega hat dich übel zugerichtet. Aber wenn du deine Beine spüren kannst, sollte alles halb so schlimm sein.« Er lächelte ihr aufmunternd zu. »Wir kriegen dich schon wieder hin.«

»Wo ist Mara?«

»Sie hat Tagdienst. Aber bis zum Abend ist sie zurück.«

Fiora sah sich um. »Wir sind bei uns zu Hause.«

Leif nickte. Sein Bart war voller geworden.

Es war eine beunruhigende Beobachtung. Fiora schluckte. Wie viele Nächte war sie bewusstlos gewesen?

»Fürs Erste brauchst du Ruhe.«

Als er es sagte, bemerkte sie, wie müde sie war. Aber sie hatte doch noch eine Frage gehabt? Wie viele Nächte …?

Leif nahm ihre Hand. »Alles wird gut.«

Fiora schlief. Als sie erwachte, stand Leif wieder an ihrem Bett und reichte ihr eine Schale mit Wasser.

»Wie lange war ich bewusstlos?«, flüsterte sie zwischen zwei Schlucken.

»Siebzehn Nächte«, sagte Leif sanft.

Fiora ließ den Kopf zurück aufs Kissen sinken. »Dann habe ich das nicht geträumt.«

Leif tupfte ihr den Schweiß von der Schläfe. »Du hast überlebt. Das ist es, was zählt.«

Ein Schatten legte sich auf Fioras Seele. »Ist es das?« Der Schatten umhüllte sie finster und kalt. »Vielleicht wäre ich besser dran, wenn Lega gründlicher gewesen wäre.«

Eine senkrechte Furche grub sich in Leifs Stirn. »So darfst du nicht reden.«

»Meister Konstantin hat mich abgelehnt als seine Adeptin.«

»Ich weiß. Na und?« Leif tauchte das Tuch in einen Eimer und wrang es aus. »Mara hat mir erzählt, wie er dich behandelt hat.«

Die Worte versetzten Fiora einen Stich; sicher war es lächerlich – aber dass Mara Leif so ins Vertrauen gezogen hatte, verdross sie.

»Es tut mir leid«, riss Leif sie aus ihren Gedanken.

»Was? Weswegen?«

»Dass ich nicht rechtzeitig zurück war, nach der Prüfung. Als Lega dich überfallen hat.«

»Schon gut.« Sie bemühte sich, die Bilder zu sortieren. Der Karren. Legas Grinsen. An die anderen Gesichter konnte sie sich nicht erinnern, und es kam ihr unwichtig vor. Irgendetwas zog ihre Erinnerung zu den Stunden davor. Die Prüfung. Die Ratshalle. Poltis, Melkon, Alvani. Meister Konstantin. Und das Zittern, das ihren Körper befallen hatte.

»Sag mal, Leif«, fragte Fiora nachdenklich, »hast du schon einmal von Strom gehört?«

Leif sah auf, musterte sie mit wachsamen Augen. »Mara hat mir erzählt, wie sie die Sternenmagd und Konstantin darüber hat reden hören.«

Wieder das Stechen in der Brust. Hatte Mara jedes Geheimnis, das sie mit Fiora geteilt hatte, auch Leif verraten? »Und darüber hinaus?«

»Nein – wieso?«

Fiora schilderte das Zucken, das in der Ratshalle durch sie hindurchgefahren war.

»Und woher willst du wissen, dass das Strom war?«

»Ich weiß nicht, was es war«, murmelte sie verlegen. »Aber es kam von Meister Konstantin. Es war in ihm. Und irgendwie ist es auf mich übergesprungen.«

Leif schüttelte nachdenklich den Kopf. »Du warst ja schon während der Prüfung angeschlagen. Vielleicht hat dein Körper schlicht auf die Überanstrengung reagiert.«

Fiora nickte und schloss die Augen. Das kurze Gespräch hatte genügt, sie so sehr zu erschöpfen, dass sie nicht widersprechen konnte. Aber das Zucken war von außen in ihren Körper gelangt. Dessen war sie sich so sicher, wie sie wusste, dass sich Sand nicht zählen ließ.

Sie erwachte davon, dass etwas über ihr Gesicht strich. Als sie die Augen aufschlug, sah sie Mara, die auf der Bettkante saß und ihre Wange streichelte. Fiora versuchte ein Lächeln, doch ihre Lippen brannten bei dem Versuch. Vorsichtig tastete sie mit der Zunge nach dem Schmerz; die Lippen fühlten sich rau und verschorft an.

»Meine kleine Schwester«, sagte Mara zärtlich. »Einfach nicht kaputt zu kriegen.«

»Wenn ich ehrlich bin«, krächzte Fiora, »ganz heile komme ich mir gerade nicht vor.«

Mara lachte. Ihre roten Haare wippten, bildeten einen reizenden Kontrast zum Blau ihrer Uniform. Ihr Gesicht wirkte weicher als sonst. Fiora war nie aufgefallen, wie viele Sommersprossen ihre Schwester hatte.

»Du bist so schön«, murmelte sie.

Mara lächelte, und das Lächeln machte sie noch schöner.

»Du siehst gar nicht aus wie eine Kriegerin.«

»Wie wir aussehen, entscheidet nicht darüber, wer wir sind«, entgegnete Mara. »Das solltest du am besten wissen.«

Es war sicherlich tröstend gemeint, doch Fiora seufzte. »Ich habe das Gefühl, in meinem Fall entscheidet nur mein Aussehen, wer ich bin. Oder zumindest, wie ich behandelt werde.«

Maras Züge verfinsterten sich. »Als wir dich gefunden haben, wäre ich am liebsten direkt zu Lega gerannt, um ihr alles mit gleicher Münze heimzuzahlen. Zum Glück hat Leif mich zurückgehalten.«

Fiora versuchte, sich aufzustemmen, erst mit Maras Hilfe gelang es ihr. »Glaubst du, Konstantin könnte mir doch noch eine Chance geben?«

»Dazu müsstest du ihn erst einmal finden.«

»Was meinst du damit?«

»Er ist verschwunden, in der Nacht deiner Prüfung.«

»Wie – verschwunden?«

»Verschwunden. Weg. Verpufft.«

Tausend Fragen wirbelten durch Fioras Bewusstsein, drückten so schmerzhaft gegen ihren Schädel, dass sie die Augen zusammenpresste.

»Was ist los?«, fragte Mara besorgt.

»Kopfschmerzen«, seufzte Fiora. Um sich von dem Knoten

abzulenken, den die Nachricht zu Konstantin in ihren Gedanken erzeugt hatte, fragte sie: »Was ist mit Lega passiert?«

»Was soll schon sein?« Mara zuckte die Schultern. »Sie wurde nicht groß belangt. Die anderen auch nicht.«

»Wirklich? Jeder wusste, dass Lega es auf mich abgesehen hat. Wie hat sie sich denn aus der Sache rausgeredet? Ich meine – sie ist so klug wie ein Pflasterstein am Nachmittag.«

»Sie wurde nie befragt.«

»Was?« Fiora glaubte, sich verhört zu haben.

»Es haben sich keine Zeugen gefunden.«

Stöhnend ließ sie sich in die Kissen zurückfallen. Ein dumpfer Schmerz erfasste die rechte Seite ihres Brustkorbs. Minutenlang konnte sie sich auf nichts anderes konzentrieren. Schweiß perlte auf ihren Schläfen, Mara wischte ihn ab.

Als der Schmerz schließlich abnahm, atmete sie erleichtert aus. Jede körperliche Qual war zu ertragen, wenn man nur wollte. Aber Fiora spürte ihren Willen schwinden. »Warum hasst mich diese Stadt so sehr?«

»Sie hassen dich nicht«, bemühte Mara sich, sie zu beschwichtigen. »Sie haben Angst vor dir.«

»Ist das besser?« Obwohl das Sprechen sie anstrengte, konnte Fiora sich nicht zurückhalten. »Und warum? Habe ich jemals einem etwas zuleide getan?«

»Darum geht es nicht«, erwiderte Mara schmallippig. »Du bist eine Fremde. Du gehörst nicht hierher. Deine schiere Anwesenheit fordert die Gemeinschaft heraus.«

»Ich gehöre nicht hierher«, flüsterte Fiora getroffen. Herausfordernd blickte sie zu ihrer Schwester hoch. »Glaubst du das auch?«

»Sei nicht albern. Was immer geschieht, wie gehören zueinander.« Mara strich ihr eine Strähne aus der Stirn. Eine fürsorgliche Geste, doch ihr Blick war streng. »Du musst mehr auf dich aufpassen. Ich kann nicht immer für dich da sein. Und außer mir gibt es niemanden in Bergquell, der sich eine tote Ratte um dich schert.«

Der Ton in Maras Stimme war verletzend hart.

»Das ist nicht wahr«, widersprach Fiora heftig. »Leif kümmert sich um mich.«

Mara lachte, doch diesmal klang es weniger freundlich als zuvor. »Du glaubst wirklich, dass ihm etwas an dir gelegen ist?«

»Er war immer nett zu mir. Er hat mich gegen Lega verteidigt. Und die letzten Wochen hat er mich gepflegt – oder etwa nicht?«

Mara sah düster auf sie herunter. »Willst du eine ehrliche Antwort?«, fragte sie dann.

»Glaubst du, ich halte sie nicht aus?«, erwiderte Fiora spitz. »Ich habe Übung im Aushalten.«

»Na gut«, seufzte Mara. »Wenn du es hören willst, bitte. Leif ist nett zu dir, weil du meine Schwester bist. Er will mich beeindrucken, das ist alles.«

Fiora brauchte eine Minute, um die Behauptung zu verdauen. Dann schüttelte sie den Kopf. »Nein«, beharrte sie stur, »das glaube ich nicht. Er ist so ... verbindlich. Er ... er hat sogar Tage bei mir verbracht.« Sie wies auf den Lehnstuhl in der Ecke des Raumes.

Wieder lachte Mara, kurz und verächtlich. »Weil er sich Hoffnungen macht, den Stuhl irgendwann gegen mein Bett tauschen zu dürfen. Jungs.«

»Nur weil du in deinem Leben keinen Gegenwind erfährst«, presste Fiora hervor, »bist du noch nicht der Mittelpunkt der Welt.«

»Was weißt du schon über mein Leben?«, zischte Mara zurück. »Aber gut, ich will dir eine andere Erklärung liefern –

Leif ist Novize der Medikurgie. Du bist nicht mehr als eine Puppe für ihn, an der er üben kann. Bei deren Behandlung er Fehler machen kann, ohne eine Bestrafung fürchten zu müssen.«

»Solltest du nicht zu irgendeinem Patrouillengang oder so?«

Mara erhob sich. »Ob du es willst oder nicht, Fiora«, sie legte ihr die Hand auf die Schulter, »du hast niemanden außer mir.«

9. Kapitel

Es dauerte drei weitere Tage, bis Fiora zum ersten Mal das Bett verlassen konnte. Wenige qualvolle Schritte nur, und den Großteil ihres Gewichts trugen Mara und Leif, die sie unter die Achseln genommen hatten. Von da an ging es besser, und nachdem Leif ihr Krücken besorgt hatte, konnte sie sich bald ohne zusätzliche Hilfe bewegen – wenn sie auch auf Maras Anraten hin fürs Erste nicht das Haus verließ.

Nach ihrem Streit war Mara noch verschlossener geworden als sonst. Sie pflegte Fiora zwar mit der gebotenen Aufmerksamkeit, aber ihre Wortwechsel beschränkten sich auf das Notwendigste. Leif blieb freundlich wie zuvor – trotzdem konnte Fiora das Misstrauen nicht mehr bannen, das Mara in Bezug auf seine guten Absichten gesät hatte.

Die meiste Zeit war sie sowieso allein in dem kleinen kahlen Raum – es handelte sich um Vaters ehemaliges Schlafgemach –, wo sie sich entweder langweilte oder düsteren Gedanken nachhing, was ihre Zukunft betraf. Leif hatte ihr einige Bücher gebracht, aber seit Meister Konstantin sie als seine Adeptin abgelehnt hatte, war ihr das Lesen verleidet.

Die einzige zielführende Beschäftigung, zu der sie sich aufraffen konnte, bestand darin, das Gehen zu üben. Mit Krücken gelang es ihr inzwischen ganz gut. Sie beschloss, es ohne zu versuchen – und landete einen Augenblick später auf den steinernen Bodenfliesen, keuchend darauf wartend, dass die Schmerzwelle abebbte. Sie hatte Glück gehabt: Keine ihrer Wunden schien aufgeplatzt zu sein. Als sie sich nach der Kommode streckte, um sich an dieser hochzuziehen, entdeckte sie darunter eine getrocknete Mulsa-Knospe. Fasziniert griff sie danach. Vater hatte die berauschende Pflanze stets von ihr ferngehalten, und nach seinem Tod hatte sie anderes im Kopf gehabt. Sie hätte nicht einmal gewusst, wie sie eine der Knospen in ihren Besitz bringen sollte. Der Stadtrat hatte es verboten, sie anzupflanzen. Es war ein offenes Geheimnis, dass man bei Gemüse-Karl welche bekommen konnte – aber an Fiora würde er sie kaum verkaufen.

Es hieß, die Knospen verrieten einem die Geheimnisse der Welt, gaben Antworten, zu denen man nicht einmal die Fragen kannte.

Nun ja, dachte Fiora, während sie sich mithilfe der Kommode aufrichtete. Antworten konnte sie gerade gut gebrauchen.

Von den Gassen drangen Rufe herbei. Fiora hinkte ans Fenster, ihren Fund in der Faust. Das Geschrei klang nicht furchtsam, eher nach Aufregung, freudiger Erwartung. War die Sternenmagd zurück? Noch nie war sie so lange fort gewesen, und Leif hatte erzählt, in der Stadt sei Gerede aufgeflammt, im Angesicht des Krieges habe sie Bergquell aufgegeben. Oder noch schlimmer – die Sternenherrin selbst sei besiegt, und es sei nur noch eine Frage der Zeit, bis einer der anderen Gottkönige einmarschieren und seinen Tribut verlangen würde.

Fiora stieß den Fensterladen auf. »Was ist los?«, rief sie einem Jungen zu, der gerade vorbeirannte.

»Alle sind zum Stadttor«, schrie er, ganz außer sich vor Begeisterung.

»Warum?«

»Ein Händler!« Er rannte weiter.

Fiora stockte der Atem. Ein Händler. Ohne zu überlegen, griff sie nach den Krücken. Ein Händler in Bergquell?! Seit Mutter war niemand mehr nach Bergquell gelangt, geschweige denn ein Händler. Hatte der Junge sich vielleicht getäuscht? Aber was sonst hätte die Stadt dermaßen in Aufregung versetzen können? So schnell ihre Beine es zuließen, eilte sie aus dem Haus, humpelte zum Stadttor. Überall waren Menschen, alle rannten in dieselbe Richtung. Sogar den Mechanikurgen Kaldaster entdeckte sie, und dieser verließ seine Werkstatt normalerweise nicht einmal zum Schlafen. Niemand beachtete sie. Mehrmals wurde sie angerempelt, einmal rutschten ihre Krücken in einen Spalt zwischen schlecht gesetzten Pflastersteinen, doch wie durch ein Wunder stürzte sie nicht.

Obwohl die Nacht Kühle mit sich gebracht hatte, war Fiora schweißüberströmt, als sie den Torhof erreichte. Das Gedränge war so groß, dass sie nicht das Geringste sah. Die Wachtürme waren voll besetzt, auch unten am Tor leuchteten die blauen Uniformen – aber der nächste Aufstieg zum Wehrgang der Stadtmauer war unbewacht. Mit zusammengebissenen Zähnen kämpfte Fiora sich einige Stufen hoch.

Auf einen Schlag versiegte das Geschrei, wich einem angespannten Tuscheln. Fiora wandte sich um – und tat es gerade rechtzeitig, um zu sehen, wie die Leute vorne die Hälse nach dem Tor verrenkten, dessen Flügel zur Seite rumpelten und schließlich knirschend zum Halten kamen.

Eine Weile rührte sich nichts. Die Menge war erstarrt; nur die Unglücklichen in den hintersten Reihen stellten sich auf die Zehenspitzen, murrten und knufften. Fiora war nicht weit genug oben, um zu sehen, was außerhalb der Mauern vor sich ging. Wie alle anderen konnte sie nur warten. Ihr Herz schlug wild.

Dann eine Regung. Nicht vom Tor, sondern von der anderen Seite her. Die Menge teilte sich, und Poltis schritt mit gewölbter Brust durch die Lücke, flankiert von vier Hellebardieren. Er trug eine glänzende Uniform ohne alle Flicken, Fiora kannte sie nur von den großen Festtagen. Vor dem geöffneten Tor blieb er stehen. Er hob die flache Hand, und das letzte Tuscheln erstarb.

»Im Namen der Sternenherrin und der Bevölkerung dieser Stadt«, dröhnte Poltis, und für seine geringe Körpergröße trug seine Stimme beachtlich weit, »fordere ich, Poltis aus dem Hause Melanes, Kommandant der Legion, Zweiter Ratsherr von Bergquell und Träger des roten Bandes: Nennt Euren Namen, Fremder, und nennt Euer Begehr.«

Es war eine rituelle Frage, und die rituelle Antwort erfolgte prompt. Zwischen den Torflügeln, die Fiora immer noch die Sicht versperrten, verkündete der Angesprochene: »Mein Name ist Faradas, Sohn des Typhon. Ich bin ein reisender Händler, und ich komme in Frieden.« Seine Stimme war heller als die von Poltis, und er sprach die Worte fremdartig aus – trotzdem war er so gut zu verstehen wie der Kommandant.

»Dann seid willkommen«, beendete dieser die festgelegte Begrüßung und beschrieb eine einladende Geste.

»Ich danke Euch«, ertönte es zwischen den Torflügeln. Fiora hörte das Klappern von Hufen – und einen Augenblick später sah sie zum ersten Mal einen Menschen, der nicht seit ihrer Geburt zugegen gewesen war. Der die Ödnis durchquert hatte, um hierherzugelangen. So wie die Sternenmagd oder Meister Konstantin. Wie Mutter.

Die Hufe gehörten keinem Pferd, sondern einem großen

grauen Tier mit langen dünnen Beinen und einem noch längeren Hals. Am Rücken wies es zwei eigentümliche Höcker auf. In Konstantins Geschichtsbüchern hatte Fiora eine ähnliche Zeichnung gesehen; es musste sich um ein Kamel handeln – sie hatte nicht geahnt, dass es diese Wesen noch gab. Doch der Gedanke hielt sie nicht lange auf, denn der Reiter war es, der sie in seinen Bann schlug. Mit verschränkten Beinen saß er auf einem rot leuchtenden Polster, das über die Höcker gebreitet war. Statt Hosen trug er ein weites lilafarbenes Kleid, das ihm bis zu den Knöcheln zu reichen schien. Um Kopf und Gesicht hatte er ein ebenfalls lilafarbenes Tuch gewickelt. Im Licht der Laternen blitzten die Gläser seiner Schutzbrille wie Bernstein. Die eine Hand mit den Zügeln lag entspannt in seinem Schoß, doch in der anderen hielt er einen Stab, dessen oberes Ende in eine gefährlich funkelnde Klinge überging. An der Flanke seines Reittiers hing eine Flinte.

In schwankendem Gang trottete das Kamel auf Poltis zu, gefolgt von weiteren, die mit dem jeweils vorangehenden Tier durch einen Strick verbunden waren. An ihre Seiten waren Kisten und Beutel aller Größen geschnürt. Als der Fremde nur noch einen Schritt von Poltis entfernt war, schnalzte er mit der Zunge, und die gesamte Karawane hielt an.

»Ich brauche einen Ort, an dem ich lagern und meine Waren feilbieten kann«, verkündete der Fremde. »Außerdem Wasser für meine Tiere.« Fiora war erstaunt. Dieser Mann trat nicht wie ein Bittsteller auf, sondern so fordernd, als spräche er mit einem Untergebenen. Noch erstaunlicher allerdings war, dass Poltis sich darauf einließ. »Selbstverständlich, Herr Faradas. Seid unser Gast. Bell wird sich um alles kümmern.« Er nickte in Richtung seines Gardisten. »Bring den Herrn zur alten Raffinerie, dort mag er sein Lager aufschlagen.«

Also doch nicht so zuvorkommend, dachte Fiora. Jemanden ins Tote Land zu schicken, war nicht gerade gastfreundlich.

»Ich danke Euch«, sagte der Fremde förmlich. »Aber nennt mich Faradas. Ich bin kein Herr.«

»Wie lange wollt Ihr bleiben, Herr ... verzeiht, Faradas?«

»Nur bis morgen Abend. Sammelt Ihr Eure Werte in der Gemeinschaft oder einzeln?«

»Nach der Regel: Jedem das, was er verdient.«

»Wenn die Regel sich für Euch bewährt hat«, erwiderte der Fremde spöttisch, »will ich es ebenso halten.« Er richtete sich in seinem Sattelpolster auf, wandte sich an die Menge. »In einer Stunde werde ich zum Handeln bereit sein. Ich führe Bücher, Messgeräte, Chemikalien, Gewürze und einiges andere. Als Zahlungsmittel bevorzuge ich Edelsteine und komprimierte Nährstoffe.« Ein Blick zu Bell. »Wohin?« Der Angesprochene zeigte verdattert die Richtung an. Ein weiteres Schnalzen, sogleich setzten die Kamele sich wieder in Bewegung. Ehrfurchtsvoll wichen die Leute zurück. Einige folgten dem Zug, der Rest stob auseinander, zweifellos auf der Suche nach irgendetwas, das den Vorstellungen des Fremden bezüglich eines Zahlungsmittels genügte.

Fiora stieg hastig die Stufen hinunter, stemmte sich in ihre Krücken und steuerte auf das nächste Gässchen zu. Sich einen Pfad durch die aufgekratzte Menge zu bahnen, wäre wohl schon dann zum Scheitern verurteilt gewesen, wäre sie nicht lädiert gewesen. So viel länger würde der Umweg sowieso nicht dauern. Wenn einem von allen Seiten Prügel drohten, merkte man sich die Schleichwege schnell. Indem sie die Krücken vor sich herschob, kroch sie unter den Sträuchern hindurch, die das Torhaus der Garde vom Quartier der Handwerker trennten, schlich in Kaldasters Werkstatt und durch die Hintertür wieder hinaus, überquerte den Friedhof, drückte sich durch die Lücke zwischen Siechenhaus und Stadtmauer – mit angehaltenem Atem, um dem Gestank zu entgehen – und erreichte schließlich das Tote Land. Beim Siechenhaus roch es weniger scharf als hier. Soweit Fiora wusste, rührte der Geruch von den Giften, die aus der Raffinerie strömten. Ihr Körper jammerte, als wäre sie nicht zweihundert Schritt gehumpelt, sondern zwanzig Meilen bei Sonne. Trotz ihrer eingeschränkten Schleichkünste war sie noch immer unbemerkt geblieben – dem Fremden sei Dank, der alle Aufmerksamkeit auf sich gezogen hatte.

Keuchend sah sie sich um. Bell hatte die Karawane auf die betonierte Fläche vor der Raffinerie geführt, wo der Fremde bereits damit begann, den Kamelen ihre Last abzunehmen. Mit hochgebundenen Gesichtstüchern näherten sich die ersten potenziellen Kundinnen und Kunden.

Fiora stellte fest, dass sie kein Tuch dabeihatte, sie würde den Gestank wohl aushalten müssen. Die einzige Straße zur Raffinerie verlief abseits ihrer Position, der direkte Weg führte durch die Brache. Kurz entschlossen packte sie die Krücken fester und humpelte los. Der Boden war von öligem Schlick überzogen, schmatzend sanken die Krücken darin ein. Die Raffinerie selbst war ein Koloss aus Stahl und Beton, der düster aus dem Ödland ragte; ein bösartiger Riese, der mit tausend Rohren nach der Erde stach, während seine Schlote sich hoffärtig in den Himmel schraubten. Fiora wusste nichts Genaues über das Unglück, dessentwegen man die Raffinerie geschlossen hatte, schon lange vor ihrer Geburt war der Betrieb eingestellt worden. Es kam ihr merkwürdig vor, dass das Land nach all der Zeit noch immer so versehrt war, aber selbst Meister Konstantin hatte keine befriedigende Erklärung liefern können.

Als sie das Lager erreichte, spürte sie die abschätzigen Blicke der Umstehenden auf sich, doch es kümmerte sie nicht. Ihr Augenmerk galt nur dem Fremden. Ein paar Schritt entfernt von ihm blieb sie stehen. Er hatte ihr den Rücken zugewandt, war damit beschäftigt, einen Teppich auszurollen.

»Herr«, wollte sie rufen, doch ihre Stimme versagte. Verschüchtert wartete sie, in der Hoffnung, dass er sie vielleicht von sich aus entdeckte. Doch ohne den Kopf zu heben, machte er sich nun daran, aus einem Beutel Kochgeschirr zu kramen und es auf dem Teppich auszubreiten.

»Herr«, versuchte sie es noch einmal, und diesmal brachte sie das Wort hervor.

»Ich bin kein Herr«, gab er in seinem eigenartigen Zungenschlag zurück. Noch immer schaute er nicht auf; stattdessen holte er von einem der Kamele einen Wasserschlauch, mit welchem er einen kleinen Topf füllte. Anschließend schraubte er einen Kochaufsatz auf eine Gaskartusche, öffnete deren Ventil und entzündete sie mit einem Feuerzeug.

Fiora nahm ihren gesamten Mut zusammen. »Ich muss mit Euch reden. Bitte.«

»Gibst du einem erschöpften Reisenden vielleicht noch zwei Minuten der Erholung?« Er platzierte den Topf auf der Kartusche.

»Verzeihung«, murmelte sie beschämt. Sie hätte ihn wirklich nicht gleich nach seiner Ankunft überfallen sollen.

»Schon gut«, sagte er schlicht.

Diesmal wandte er sich Fiora zu – und als sie sein Gesicht sah, verschlug es ihr den Atem. Er hatte die Schutzbrille abgenommen, und zwischen den Stoffbahnen hervor leuchteten seine Augen so gleißend blau wie das Gas in seinem Kocher. Noch nie hatte sie solche Augen gesehen. Und dennoch erschütterte etwas anderes sie mehr: Die Haut, die um seine Augen herum sichtbar wurde, war schwarz. Nicht bronzefarben wie ihre eigene, nicht braun, sondern schwarz.

Zu keinem Gedanken war sie fähig, zu keinem fassbaren Gefühl. Entgeistert starrte sie den Dunklen an. Sie wusste nicht, wie lange sie so verharrt hatte, als schließlich eine Erkenntnis in ihr aufstieg, die so erhebend wie Furcht einflößend, vor allem aber unumstößlich war: Sie war ihrem Schicksal begegnet. Was immer heute geschah – nichts würde bleiben wie zuvor. Ein Prickeln lief ihre Unterarme entlang.

»Wie heißt du, Mädchen?« Durch einen Traum drangen die Worte zu ihr.

Und wie im Traum antwortete sie: »Fiora.«

»Und deine Eltern?«

»Mein Vater hieß Scholfa, Sohn des Oris.«

»Und deine Mutter?« Der Dunkle trat ihr einen Schritt entgegen.

Fiora spürte, wie ihr die Tränen kamen. Niemals hatte sie sich ausgemalt, sie konnte jemanden finden, der sie verstand.

»Wie heißt deine Mutter?«, wiederholte der Dunkle.

»Ich weiß es nicht«, flüsterte Fiora, wischte sich über die Augen.

»Du bist hier aufgewachsen?«

Sie nickte.

Sie erwartete eine weitere Frage, doch es kam keine. Schweigend stand er da, musterte sie. Der Blick aus seinen gleißenden Augen brannte kalt auf ihr, unwillkürlich fühlte sie sich nackt. Verletzlicher als gegenüber Meister Konstantin, verletzlicher als in Legas Gewalt. Es fröstelte sie. Endlich ließ er ab von ihr, wandte sich seinem Teppich zu. Aus einem Säckchen holte er ein Kraut hervor, das er in das inzwischen brodelnde Wasser warf. »Möchtest du Tee, Fiora?«

Sie schüttelte den Kopf. Sie wusste, was sie wollte. Die Angst schnürte ihr die Kehle zu, doch es gab kein Zurück. »Ich möchte«, stammelte sie, und ihre Stimme klang rau, »dass Ihr mich mit Euch nehmt.«

Sie hatte es gesagt. Die wenigen Worte kosteten sie so viel Kraft, dass nur die Krücken sie auf den Beinen hielten.

Mit einer Gleichgültigkeit, als hätte er sie nicht gehört, sagte der Dunkle: »Versuch ihn zumindest.« Er deutete auf seinen Teppich, auf dem mehrere Polster lagen. »Du siehst schwach aus, der Tee wird dir guttun.«

»Ich möchte«, wiederholte Fiora, und sie spürte, wie ihr der Schweiß auf die Stirn trat, »dass Ihr mich mitnehmt.«

Ihr wurde schwarz vor Augen, sie taumelte, aber schon hatte der Dunkle sie gefasst. Er führte sie zum Teppich. »Setz dich.«

Ermattet sank sie auf das nächste Polster. Der Dunkle goss etwas von dem Sud in zwei kleine Porzellantassen, reichte ihr eine davon.

Mit zitternden Händen griff Fiora danach. Starrte die Tasse an, ohne zu trinken; beobachtete abwesend, wie der Dampf nach oben stieg. »Nehmt mich mit, Herr.«

Er setzte sich auf das Polster neben sie, verschränkte die Beine. »Wenn du Zucker möchtest ...« Er wies auf eine kleine Schale, die mit einem weißen Gewürz gefüllt war. Fiora beäugte es ungläubig. Dieser grobkörnige Sand sollte das Süßungsmittel der Gottkönige sein?

Der Dunkle schöpfte mit einem Löffelchen etwas von dem weißen Sand in seine Tasse, verrührte ihn. Dabei hielt er den Rücken beinahe so aufrecht wie Konstantin. »Ich kann dich nicht mitnehmen, Fiora.«

»Nein«, rief sie bang, »ich beschwöre Euch. Ich werde alles tun, was Ihr wollt. Ich bin zäh, ich kann lesen, ich kann nähen, tischlern, kochen. Ihr könnt mich überall einsetzen. Ich lerne schnell. Wohin immer Ihr zieht, ich folge Euch so treu, wie man nur sein kann.«

»Du weißt nicht, was du da sagst.«

Er wickelte seinen Schal so weit ab, dass auch seine untere Gesichtshälfte zum Vorschein kam. Schwarz wie die sternenleere Nacht. Mit einem Mal ergriff eine bodenlose Angst Fioras Herz. Was, wenn das, was man sich über die Dunklen erzählte, mehr war als nur ein Gerücht? Wenn es sich tatsächlich um Diener der Finsternis handelte?

Sie verbannte den Gedanken. Stur erklärte sie: »Alles ist besser, als hier auszuharren.«

Der Dunkle führte seine Tasse an die Lippen, nahm einen Schluck, schürzte zufrieden die Lippen. »Hast du jemals Bergquell verlassen?«

»Nicht weit«, gestand sie.

»Wie willst du dann wissen, dass es woanders besser ist?«

Die Frage machte sie einen Augenblick sprachlos, dann fing sie sich wieder. »Selbst der Tod ist besser, als in diesem Verlies zu bleiben.«

Sein Blick glitt über die Verbände an ihrem Körper. Und in seine Stimme mischte sich ein säuerlicher Spott: »Ich habe den Eindruck, den Tod findest du auch hier.«

»Bitte«, flehte sie, »seht doch.« Sie hielt ihm die Hände entgegen. »Ich bin wie Ihr.«

Er setzte die Tasse behutsam auf ein Tellerchen. Nachdem er die eigenen Hände im Schoß gefaltet hatte, drehte er sich zu ihr. »Ich muss dich enttäuschen. Du bist nicht wie ich. Nicht im Geringsten.«

Verzweifelt öffnete sie den Mund, doch er hob die Hand. »Glaube mir – was uns verbindet, hält dem Vergleich nicht stand mit dem, was uns trennt.«

»Ich will nur …«

»Bitte«, unterbrach er sie. »Ich enttäusche dich nicht mit Freude. Aber die Welt ist nicht so, wie du sie dir ausmalst, Fiora. Wo ich hingehe, findet sich Schlimmeres als der Tod. Ich kann nichts für dich tun.« Er wandte sich von ihr ab und ließ den Blick zu den ersten Handelswilligen schweifen, die sich in scheuem Abstand aufgestellt hatten und seiner Aufmerksamkeit harrten. »Zuerst werde ich mich denen widmen«, verkündete er mit seiner fremden, gelassenen und doch klaren Stimme, »die bereit sind, mindestens den Gegenwert der Verpflegung für ein Jahr zu verhandeln. Dann, in der absteigenden Reihenfolge ihres Vermögens, allen anderen. Bitte beachtet, dass ich nicht feilschen werde. Wenn wir uns alle am Riemen reißen, sind wir vielleicht bis Tagesanbruch fertig, und ich kann ein wenig schlafen.«

Fiora saß auf dem Polster, die Porzellantasse in der Hand, und bemühte sich, ihre Tränen zurückzudrängen.

Den Rest der Nacht und den ganzen Tag bereitete sie sich vor. Der Feuerdämon hatte noch nicht ganz sein Auge geschlossen, da war sie bereits am Stadttor. Das Tor wurde seit Erscheinen des Todesboten sorgfältiger gesichert, mehrere Wachen standen davor. Viel zu erleben gab es trotzdem nicht, gelangweilt lehnten sie sich auf ihre Hellebarden.

»Wo willst du hin, Mädchen?«, blaffte eine von ihnen, eine hagere Alte, deren Namen Fiora vergessen hatte.

»Das Grab meines Vaters besuchen«, antwortete sie.

»Was ist dadrin?« Sie deutete auf den Sack, den Fiora sich auf den Rücken gebunden hatte.

»Decken«, murmelte Fiora so gleichgültig wie möglich. Doch ihre Stimme zitterte. »Falls es kalt wird.«

Die Alte verzog das Gesicht. »Willst du die ganze Nacht

draußen bleiben, oder was?« Sie hatte eine große, knubbelige Warze auf der Wange, aus welcher zahlreiche Haare sprossen.

Fiora wies mit dem Kinn auf ihre Krücken. »Ich bin langsam.«

Sie erntete einen so skeptischen Blick, dass sie fürchtete, sie würde den Sack öffnen müssen. Aber die Alte knurrte nur ihrem Kameraden an der Tormaschine etwas zu. Dieser drückte einen Knopf, der Motor brummte, und ratternd erwachte die komplexe Mechanik, welche gewöhnlich die Flügel auseinanderschob. Jetzt öffnete sich nur die Nebenpforte.

Fiora zog sich die Schutzbrille vor die Augen, und ohne sich noch einmal umzuwenden, humpelte sie durch die Pforte.

Zuerst wandte sie sich zu der Stelle, wo ihre Eltern begraben lagen. Kaum jedoch, dass sie sich außerhalb der Sichtweite der Wachtürme befand, hielt sie inne. Kurz schüttelte sie die Arme aus, die von der langen Belastung schmerzten. Dann schlug sie eine neue Richtung ein. Sie war mit der Geröllwüste, die sich vor ihr ausbreitete, so vertraut wie mit den Gässchen der Außenstadt. Nach wenigen Minuten erreichte sie das Ufer des Torm. Seit die Reichsstraße verfallen war, handelte es sich um den nächstmöglichen Weg, den Alten Herrn zu verlassen.

Erschöpft setzte sie sich an die Böschung und wartete. Die Nacht kam, es wurde kalt. In Fioras Sack befand sich unter anderem tatsächlich eine Decke – doch jetzt war nicht der rechte Zeitpunkt, sie herauszuholen.

Das Warten dauerte nicht lang. Sie hörte die Hufe der Kamele im Flussbett widerhallen, bevor sie die Karawane sah. Eine nervenaufreibende Minute verging, dann erschien das erste Kamel hinter einer Biegung, und auf ihm ritt Händler Faradas. Wie zuvor war er in lilafarbene Stoffe gewickelt und hatte die Beine um den vorderen Höcker seines Reittiers verschränkt. In der einen Hand hielt er seinen Klingenstab, während die andere mit den Zügeln lässig im Schoß lag.

Atemlos wartete Fiora, dass er näher kam.

Er hielt den Blick – soweit die bernsteinfarbene Schutzbrille es erkennen ließ – vor sich auf den Boden gerichtet, sah kein einziges Mal hoch. Sie glaubte schon, er habe sie nicht bemerkt, doch als er sich auf ihrer Höhe befand, schnalzte er unvermittelt mit der Zunge, und die Karawane hielt an.

»Die Ödnis ist gefährlich«, sagte er, ohne den Kopf zu drehen. »Du solltest nicht hier sein, Fiora.«

Mithilfe ihrer Krücken richtete sie sich auf. »Dann sagt mir«, erwiderte sie fest, »wenn mein Platz nicht hier ist – wo dann?« Faradas schob sich die Brille auf die Stirn und hob den Blick. »Ich kann dich nicht mitnehmen.«

»Ich wiege nicht viel«, wehrte sie sich. »Ich werde Euren Kamelen keine große Last sein.«

Seine gasblauen Augen ließen nicht von ihr ab, doch er sagte nichts.

»Und wenn Ihr mich nicht reiten lassen wollt«, erklärte Fiora starrsinnig, »dann folge ich Euch eben auf Krücken.«

»Es geht nicht darum, ob du gut zu Fuß bist.« Ein ungeduldiges Seufzen. »Ich kann dir nicht bieten, was du suchst.«

»Wie könnt Ihr das behaupten?«, rief sie erregt. »Ihr seid nach Bergquell gekommen und wurdet empfangen wie der Gesandte eines Gottkönigs. Die Leute haben Euch Eure Waren aus den Händen gerissen, haben an Euren Lippen gehangen ...«

»Sie hatten Interesse an meinen Gütern und an meinen Geschichten. Verwechsle das nicht mit Zuneigung.«

»Trotzdem«, beharrte Fiora. »Mein ganzes Leben lang

wurde mir eingebläut, wie verabscheuungswürdig die Dunklen sind. Aber dann kommt Ihr, und sie drängen sich um Euch, als wäre es nichts. Obwohl Ihr …« Sie stockte.

Faradas neigte kaum merklich den Kopf zur Seite. »Obwohl ich …?«

Auf einmal glühte Fiora das Gesicht. »Obwohl Ihr noch dunkler seid als ich.«

»Bisher bist du mir recht aufgeweckt vorgekommen.« Ein leises Lächeln umspielte seine Mundwinkel. »Dass du glaubst, meine Haut wirke bedrohlicher als deine, überrascht mich.«

»Ihr seid ein echter Dunkler, ein wirklicher, also …«, stammelte Fiora, von ihrer Wortwahl in Verlegenheit gebracht.

»Und du?«

»Mein Vater war ein anerkannter Bürger Bergquells.«

»Ja, meine Liebe. Und deshalb glaubst du, die Leute hassen mich mehr als dich? Ich bin das Fremde, das Unerklärliche, das Andere. Du aber spottest den Regeln, nach denen sie ihre Welt geordnet haben. Du bist das andere und dennoch wie sie. Du bist der Spiegel, in dem sie die Widersprüchlichkeit ihrer Überzeugungen sehen. Egal, was du tust – bis ans Ende ihrer Welt werden sie gegen dich sein.«

Er griff nach seiner Brille, schnalzte mit der Zunge.

»Bleibt!«, rief Fiora. Sie war selbst überrascht von der Kraft in ihrer Stimme. Faradas zügelte sein Kamel. Sie schob ihre eigene Brille hoch, sah ihn fest an. »Dass sie gegen mich sind – Ihr müsst mich lehren, es auszuhalten.« Bitter schmeckte sie die Wahrheit auf der Zunge, als sie hinzufügte: »Ihr seid meine einzige Hoffnung.«

»Du täuschst dich«, sagte er in einem Ton, in dem keinerlei Mitgefühl lag. Und plötzlich war die Angst zurück, der ungeheuerliche Schrecken, der sie bereits bei ihrer ersten

Begegnung erfasst hatte – was, wenn der Hass gegen die Dunklen einen Grund hatte? Wenn sie wirklich Diener der Schwarzen Kraft waren? »Niemand kann dir helfen, Fiora.« Er sagte es so kalt, dass sie erschauderte.

»Bitte.«

»Ich versichere dir«, er richtete seine Brille, »es gibt keine Hoffnung außerhalb deiner selbst.«

»Wenn Ihr mich nicht mit Euch nehmt«, presste sie hervor, »gehe ich allein.«

»Du wirst nicht lange überleben.«

»Nein.« Herausfordernd starrte sie zu ihm ins Flussbett hinunter.

Die Sterne glänzten im gelben Glas seiner Brille. »Du willst dich an mein Gewissen wenden«, sagte er sanft, »doch ich habe keines.«

Fiora wusste nicht, woher sie die Überzeugung nahm, als sie flüsterte: »Ihr lügt.«

Faradas griff in eine Satteltasche, zog einen kleinen Gegenstand hervor, warf ihn ihr zu.

Mit Glück gelang es ihr, den Gegenstand zu fangen, doch sie musste eine der Krücken dafür loslassen; für einen schlimmen Moment rang sie um ihr Gleichgewicht. Als sie es zurückgewonnen hatte, betrachtete sie das Ding in ihren Händen. An einer Kette baumelte ein kleines silbernes Oval, dessen Deckel sich aufklappen ließ wie bei einer Taschenuhr. Sie sah ein Ziffernblatt und einen Zeiger, aber die Ziffern ergaben keinen Sinn. »Was ist das?«

»Ein Kompass.«

Ehrfürchtig betrachtete Fiora das Oval. Sie hatte etwas über das geheimnisvolle Instrument gelesen. »Die Nadel zeigt immer in dieselbe Richtung?«

»Das ist die Hoffnung, ja.« Er schnalzte mit der Zunge.

»Wende dich nach Osten«, sagte er, während die Karawane bereits lostrottete. »Im Westen gibt es nichts für dich.«

Reglos auf die Krücken gestützt, mit einer Hand das kostbare Geschenk umklammernd, starrte Fiora dem Dunklen noch immer hinterher, als dieser bereits lange in den Windungen des Torm verschwunden war.

Und sie saß noch immer auf der Böschung, als Mara sie fand. Mara war außer sich. »Du bist die schlimmste Schwester, die ich je hatte«, schrie sie, während sie ihr entgegengerannt kam. »Glaubst du, du kannst dich einfach so davonstehlen? Und dieser Wisch von einem Abschiedsbrief, ich fasse es nicht. Hast du dir überhaupt irgendwas dabei gedacht? Mit einem fahrenden Händler durchbrennen zu wollen. Sieh dich an.« Mit den Armen in den Hüften hatte sie sich vor Fiora aufgebaut. »Du kannst dich ohne Krücken nicht auf den Beinen halten, es ist ein Wunder, dass du überhaupt noch lebst, und da fällt dir nichts Besseres ein, als in die Wüste zu gehen?«

Fiora schwieg, was hätte sie auch sagen sollen.

»Sprich mit mir«, herrschte Mara sie an.

»Es tut mir leid«, murmelte Fiora. Trübsinnig sah sie zu ihrer Schwester hoch. »Ich dachte, ich hätte jemanden gefunden, der mich versteht. Ich sehne mich so sehr nach einer Heimat.«

Mara sank neben ihr auf die Knie, ihr Zorn schien mit einem Mal verraucht. »Aber du hast doch mich«, flüsterte sie, während sie die Arme um Fiora schlang. »Ich bin deine Heimat.«

10. Kapitel

Die Maschine ratterte los, mit grausamer Gewalt presste sich die Druckluft durch den armdicken Schlauch, donnerte auf den Kolben des Bohrhammers. Dieser sprang an, dass es dröhnte. Der ganze Flöz erzitterte; von der Decke, den Wänden, von überall regnete der Erzstaub.

Mit aller Kraft stemmte Fiora sich gegen das Schulterstück, um den Hammer tiefer in den Berg zu treiben. Das Ungeheuer war schwerer als sie selbst. Obwohl es auf einer Lafette lag, brachte sie es kaum unter Kontrolle. Das diesige Licht der Grubenlampe reichte keine vier Schritt, der Staub brannte in der Lunge, der Lärm schlug auf die Ohren. Der bebende Boden, die brüllende Maschine durchrüttelten Fioras Körper gnadenlos und ohne Unterlass.

Sie hätte es sich nicht anders gewünscht. Hier unten, in den finsteren Tiefen des Alten Herrn, war es egal, wie dunkel ihre Haut war. Bis auf ihre Truppe war sie für sich, musste sich mit niemandem herumschlagen. Konnte sogar etwas Geld verdienen, statt Mara auf der Tasche zu liegen. Und dass sie ihren Körper an die Grenzen seiner Belastbarkeit brachte, war das Beste – es hielt sie vom Grübeln ab. Während der Arbeit wurde sie von den monströsen Kräften in Schach gehalten, die sie selbst entfesselt hatte. Und wenn sie nach ihrer Schicht ins Bett fiel, schlief sie ein, bevor ihr Kopf das Kissen berührte. Mara hatte recht. Fioras Heimat war bei ihrer Schwester, also in Bergquell, ob sie wollte oder nicht. Sie wusste, es war die Wahrheit – und dennoch hatte sie es nicht über sich gebracht, Faradas' Geschenk in den Schwefelpfühlen des Toten Landes zu versenken. Über ein Jahr war es her, dass der Dunkle Bergquell besucht hatte, und noch immer dachte sie jeden Tag daran. Wie ein verwunschenes Schmuckstück hing der Kompass um ihren Hals und brannte.

Jemand tippte sie an der Schulter an. Gerid, die Leiterin ihrer Truppe. Fiora schaltete den Bohrhammer aus. Es dauerte, bis das Dröhnen nachließ, der Erzstaub zu rieseln aufhörte. Sie nutzte die Zeit, um sich den Schweiß aus den Augen zu wischen.

»Was gibt's?«, fragte sie dann. Obwohl Gerids Gesicht vor Schmutz starrte und die Funzel, die sie in der Hand hielt, erbärmlicher flackerte als die Grubenlampe an der Decke, bemerkte Fiora ihre Aufregung.

»Die Sternenmagd ist zurück«, rief Gerid.

»Und?«, entgegnete Fiora, harscher als beabsichtigt. Dreizehn Monde hatten sich gefüllt seit der Erscheinung des Todesboten. Wochenlang hatte sich ganz Bergquell über das Fehlen der Sternenmagd die Köpfe heißgeredet – Fiora verstand nicht, wieso. Soweit sie es von ihrer dunklen Zuflucht aus beurteilen konnte, hatte sich nicht viel verändert; der Rat stolzierte weiterhin mit seinen Hüten herum, die Legion mit ihren Hellebarden, und alle anderen sahen zu, dass sie über die Runden kamen.

»Der Rat hat eine allgemeine Versammlung einberufen«, verkündete Gerid. »Wir sollen uns alle auf dem Tempelplatz einfinden.«

»Jetzt?« Fiora spürte, wie sich ihre Nackenhaare aufstellten. Solange die Sternenmagd nicht da gewesen war, hatte sie verdrängen können, dass Mara jene eine Hexe genannt hatte. Oder dass Konstantin ihr vorgeworfen hatte, das Große Beben ausgelöst zu haben.

»Stell noch so eine vorlaute Frage, und ich werde dir Manieren beibringen, dass du dich zurück in Legas Arme wünschst. Natürlich jetzt.«

Fiora erreichte den Tempelplatz als eine der Letzten. In nervöser Unruhe schnatterte alles durcheinander. Sie entdeckte eine Gruppe in grünbrauner Robe, und für einen Schlag setzte ihr Herz aus – zwischen den anderen Medikurgie-Novizen leuchtete Leifs blonder Schopf. Seit sie in den Minen angefangen hatte, hatte sie ihn kaum noch gesehen. Wenn sie ehrlich zu sich war, musste sie sich eingestehen: Sie hatte ihn nicht sehen wollen. Die Zeit, die er an ihrem Krankenbett geblieben war, hatte etwas mit ihr gemacht. Gefühle für ihn ausgelöst, die sie nicht einmal für Mara empfand. Es verwirrte sie. Und Maras Behauptung, er habe sie nur als Übung für seine Ausbildung verwendet, hatte sie noch nicht verwunden. Also war sie ihm aus dem Weg gegangen.

Während sie noch zögerte, ob sie sich ihm nähern sollte, bemerkte er sie und winkte sie fröhlich zu sich. Befangen drängte sie sich zu ihm durch.

Als sie vor ihm stand, rief er lachend: »Ein wandelndes Stück Kohle.«

Fiora wusste nichts zu erwidern. »Ich bin beim Erz«, murmelte sie schließlich unbeholfen.

Leif war bereits wieder ernst geworden. »Geht es dir gut?« Sein Gesicht hatte den sorgenvollen Ausdruck angenommen, mit dem er an ihrem Bett gewacht hatte.

Sie nickte.

Ganz offensichtlich war er anderer Meinung. »Du warst

wirklich schwer verletzt. Du hättest dir eine weniger harte Arbeit aufbürden sollen.«

»Ich bin munter«, widersprach Fiora trotzig.

»Kaldaster könnte dich sicher in seiner Werkstatt gebrauchen, so geschickt, wie du bist. Die Minen sind nichts für dich.«

»Darf ich selbst entscheiden, was etwas für mich ist und was nicht?«

»Die Minen tun niemandem gut. Wie viele Leute kennst du, die dort gearbeitet haben, ohne Schaden zu nehmen? Denk an deinen Vater.«

»Hat Mara dich beauftragt, mir eine Predigt zu halten?« Auf einmal verkrampfte sich ihr Magen. Die einzigen Menschen, die ihr wichtig waren, behandelten sie wie ein Kind.

»Es tut mir leid«, erwiderte er, und sie glaubte ihm. Er legte ihr die Hand auf die Schulter. »Ich möchte dich nicht bevormunden. Ich kann nur nicht still danebenstehen, während du leidest.«

Er sagte es so freundlich und aufrichtig, dass sie sich am liebsten an seine Brust gedrückt hätte. Scham stieg in ihr auf. Sie sehnte sich danach, ernst genommen zu werden – aber sie konnte nicht einmal einen gut gemeinten Rat annehmen, ohne Zicken zu machen.

Leif wischte ihr eine Träne von der Wange. »Du bist echt hübsch, weißt du das?«

»Was? Also, ich meine …«, stammelte Fiora. Im selben Moment brach ohrenbetäubender Jubel aus.

Die Sternenmagd war erschienen. Sie stand in der Vorhalle des Tempels, die Robe so strahlend weiß wie stets, das seidige Haar bis auf die Hüfte fallend. Eine kleine Bewegung der Hand genügte, und es war schlagartig still.

»Ich grüße die ehrwürdigen Mitglieder des Rates.« Sie

nickte nach links und rechts, wo sich die Angesprochenen in ihrem feinsten Zwirn der Menge präsentierten. »Ich grüße euch alle, Kinder der Herrin.« Sie breitete die Arme aus, und die Ärmel ihrer Robe fielen, als wären sie nur für diese Geste genäht.

»Verzeiht, dass ich so lange weggeblieben bin.« Sie ließ die Arme wieder sinken, faltete die Hände vor ihrem Körper. »Ich kehre zurück mit traurigen Nachrichten. Es herrscht Krieg.« Die Sanftheit ihrer Stimme erhöhte nur die Gewalt des Gesagten. »Kubus hat die Sternenherrin angegriffen. Noch hält sie stand, doch wenn sie fällt, wird sie Bergquell nicht mehr schützen können. An uns selbst wird es liegen, unsere Stadt zu verteidigen.«

Sie machte eine Pause, gab der Menge Zeit, die Botschaft zu bewältigen.

»Der Gottkönig Kubus?«, schrie jemand, die Stimme zitterte vor Verzweiflung. »Wie sollen wir uns gegen einen Gott wehren?«

»Wir sind verloren«, schallte es von woanders. Mehr Leute fielen ein, ein schauriges Wehklagen wogte über den Platz.

Die Sternenmagd hob die Hand, und wieder verebbte der Lärm innerhalb weniger Augenblicke. »Es liegt nur an uns«, sagte sie, »ob wir verloren sind oder nicht.«

Die Leute stießen leise Flüche aus, verlagerten ihr Gewicht, zischten sich bange Bemerkungen zu.

»Wir müssen uns vorbereiten.« Ihr Blick glitt über die Menge, und selbst aus der Ferne glaubte Fiora, das Funkeln der Sterne in ihren Augen zu sehen.

»Wo ist Meister Konstantin?« Es grenzte an Zauberei, dass Fiora die Worte verstand, so leise gesprochen waren sie. Sie klangen so zart und verletzlich, als trüge eine warme Brise sie über den Platz.

Eine Weile wagte niemand ein Wort zu sagen. Jeder wusste, dass Konstantin verschwunden war – keiner wusste, wohin.

»Wo ist der Meister?« Die übernatürliche Sanftheit bekam plötzlich eine bedrohliche Note.

Hexe, erinnerte Fiora sich unwillkürlich an Maras Wort.

Endlich trat Poltis an die Sternenmagd heran, flüsterte ihr etwas zu.

Und die Sternenmagd senkte das Haupt.

Um einen Fingerbreit nur, kaum war es wahrzunehmen. Aber Fiora konnte sich nicht erinnern, jemals gesehen zu haben, wie die statuenhafte Priesterin zu Boden blickte.

Als die Sternenmagd wieder aufsah, funkelten die Sterne in ihren Augen heller denn je. »Wir werden uns vorbereiten. Ich bitte den Rat, sich in der Ratshalle einzufinden. Auch die Legion möge sich zur Verfügung halten.« Wieder wandte sie sich der Menge zu, und mit einem Mal kam sie Fiora müde vor. »Euch anderen sage ich: Lasst alle Arbeit ruhen, holt eure Festhumpen hervor und feiert. Feiert eure Heimat. Sie ist in Gefahr. Doch mit dem Anbruch der morgigen Nacht werden wir beginnen, sie zu verteidigen.«

Ohne ein weiteres Wort stieg sie die Treppen hinunter, umhüllt von der ihr eigenen mystischen Anmut. Gefolgt von den Ratsmitgliedern, entfernte sie sich in Richtung der Stollenstadt. Die Menge rannte durcheinander wie Ratten im Feuer.

Fiora stand mitten im Wirrwarr und versuchte, die Bedeutung dessen zu entschlüsseln, was sie gerade erlebt hatte.

»Unglaublich.« Leif, an ihrer Seite.

»Ja«, murmelte sie.

»Was hast du vor?«, fragte er.

»Wie meinst du das?«

»Heute. Da du nicht zurück in die Mine musst.«

»Ich weiß nicht.«

»Wir könnten was essen.« Er zwinkerte ihr zu. Von allen versammelten Leuten schien er am wenigsten von der finsteren Botschaft eingeschüchtert zu sein. »Ich komme an die besten Pilze der Stadt.« In seinem vorfreudigen Grinsen erkannte Fiora den pummeligen Jungen von einst, der gepiesackt wurde, weil seine Mutter die Pilzkulturen verwaltete. Beinahe wünschte sie sich jenen Jungen zurück. Er war freundlich gewesen und still, und nie hatte seine Anwesenheit sie in Verlegenheit gebracht.

Der aufrechte Novize der Medikurgie hingegen, der vor ihr stand, konnte keine drei Sätze sagen, ohne dass sie den Blick senken musste.

Zwei andere Novizen sprachen auf Leif ein, er winkte sie fort. »Du musst auch nicht«, sagte er, während Fiora noch nach Worten suchte. »War nur eine Idee.«

Er wartete geduldig, sie spürte, wie ihr das Blut in die Wangen floss.

»Ich würde gern nach meinen Eltern ...« Sie stockte. »Nach dem Grab meines Vaters sehen.« Aber danach? Sie könnte sich beeilen. »Ich kann mich beeilen«, stotterte sie, »wenn es dir wichtig ist.« Am liebsten hätte sie sich auf die Zunge gebissen. *Wenn es ihm wichtig war? Was redete sie für einen Unsinn.*

»Nein«, sagte Leif, dessen Kameraden inzwischen an seiner Robe zupften, »ich wollte mich nicht aufdrängen. Vielleicht klappt's ja ein anderes Mal.«

Bevor Fiora noch etwas erwidern konnte, wurde er weggezerrt.

11. Kapitel

Sandsturm. Das Tosen von zehntausend garstigen Insekten, ein Tuch aus Aschestaub, das sich um deine Kehle legt, eine Armee winziger Dämonen, die an dir zerren, bis du oben und unten vergessen hast.

Fiora hatte ihre Brille vergessen. Nachdem sie nach Hause gestolpert war, hatte sie sich nur notdürftig gewaschen und die Kleidung gewechselt. Alles drängte sie hinaus aus der Stadt und weg von dem schamvollen Gespräch mit Leif.

Ja, gerne können wir was zusammen essen. Mehr hätte sie nicht sagen müssen. In ihren Augen brannte der Sand. Nicht mal ein alltägliches Gespräch mit einem Freund gelang ihr. Sie biss sich durch ihr Gesichtstuch hindurch auf die Faust. Woher nahm sie sich eigentlich das Recht, Bergquell zu verurteilen? Vielleicht war sie ja wirklich die Absonderlichkeit, als die sie betrachtet wurde. *Essen? Wie nett, aber sicher.* So einfach. Sie schirmte ihre Augen mit den Händen ab, aber Sand fand immer einen Weg. *Na, wird auch Zeit, ich habe mich schon gewundert, wann du endlich fragst.* All die Jahre hatte sie die Gräber ihrer Eltern besucht, und hatte es ihr je die Wärme gebracht, die sie sich erhofft hatte? *Wenn du so gut kochen kannst, wie du aussiehst …* Ein lebendes Wesen bemühte sich um sie, und sie floh zu den Toten. *Mit Pilzen allein wirst du meinen Hunger nicht stillen können …* Der Sandsturm jaulte ihr in den Ohren. Faradas fiel ihr ein. Der dunkle Händler hatte behauptet, es gebe keine Hoffnung außerhalb ihrer selbst. Wahrscheinlich war er schon zu lange unterwegs, verhärmt in seiner Einsamkeit. Konnte sich nicht vorstellen, dass es Menschen gab, die ihre Zuneigung nicht davon abhängig machten, wie man aussah.

Der Sturm zerrte so heftig an ihr, dass sie in die Hocke gehen musste. Sie war noch keine fünfhundert Schritt weit gekommen. Ihre Feigheit schnitt ihr durch die Eingeweide. Erst hatte sie in Bergquell nur Stein gefunden und war dennoch geblieben, sogar nachdem der Händler ihr den Kompass geschenkt hatte. Jetzt hatte man ihr Wasser gereicht – und sie floh.

Du bist echt hübsch, weißt du das?

Es war unmöglich, die Augen offen zu halten. Sie würde sich verirren, wenn sie weiterginge. Würde der Kompass ihr helfen?

Nein, beschloss Fiora und stemmte sich gegen den Wind. Sie musste zurück. Leif finden und ihm sagen, was sie empfand. Sie konnte nicht warten. Die Sternenmagd hatte Krieg verkündet – wer wusste, was die Zukunft brachte?

Sie stapfte los.

Die Torwache zeigte sich wenig erstaunt über ihre rasche Rückkehr und quittierte selbige mit einer höhnischen Bemerkung. Fiora achtete nicht weiter darauf. Leif war wie alle Medikurgie-Novizen im Nebenbau des Siechenhauses untergebracht, doch in erneuter Verunsicherung entschied sie, sich erst einmal umzuziehen und sich vor allem gründlicher den Dreck der Mine abzuwaschen. Auf dem Weg nach Hause sah sie bereits die ersten Betrunkenen durch die Gassen torkeln. Die Stadtmauern boten nur einen mäßigen Schirm gegen den Sturm, doch das schien die Leute nicht vom Feiern abzuhalten.

Sie zermarterte sich den Kopf, wie sie Leif gegenübertreten sollte; jeden Spruch verwarf sie wieder, bevor sie ihn überhaupt zu Ende gedacht hatte. Viel zu früh erreichte sie das Viertel der Minenarbeiter. Hier drang der Lärm noch recht gesittet aus den Spelunken. Doch das konnte Fiora nicht täuschen – es war eine ungeschriebene Gesetzmäßigkeit in der Stadt: Wer in den Minen arbeitete, trank nicht etwa weniger, sondern vertrug einfach mehr.

Vaters Quartier.

Ein markerschütternder Schrei. Mara.

Fiora rannte los. Riss die Tür auf.

Ein zweiter Schrei, schlimmer als der erste. Aus dem hinteren Zimmer.

Im Wohnraum Maras Säbel, Fiora packte ihn, preschte durch den Durchgang. Hob den Säbel. In diesem Moment war sie bereit, jeden zu erschlagen, der ihrer Schwester etwas antun wollte.

Mara, nackt mit wirren Haaren, schweißbedeckt, rittlings auf Leif, den Rücken zurückgebogen, nach Atem ringend mit bebenden Brüsten.

»Oh«, sagte Mara.

Fiora entglitt der Säbel, sie wollte ihn noch halten, doch er fiel klirrend auf die Fliesen.

»Oh«, sagte Leif.

»Leif meinte, du bist bei den Gräbern«, sagte Mara.

»Der Sturm«, entgegnete Fiora tonlos.

»Ah, ja, der Sturm ...«

»Ja.«

Mara sah zu Leif, wischte sich den Schweiß von der Stirn, sah wieder zu Fiora. Von den zahlreichen Strähnen, die sich aus ihrem Schopf gelöst hatten, hing eine verloren vor ihrer Nase.

Stumm starrte Fiora die Strähne an.

»Willst du nachher mit uns essen?«, murmelte Mara. »Leif hat Pilze mitgebracht.«

Mit brechendem Herzen stürzte Fiora davon.

Ziellos stolperte sie durch die Gassen. Niemand beachtete sie, inzwischen schienen die meisten der Feiernden einen windgeschützten Ort gefunden zu haben. Wie schnell die Sternenmagd die Menschen überzeugt hatte zu feiern. Eine schlichte Ablenkung von dem Schrecken ihrer Botschaft. Krieg. Die Alten sprachen ängstlich davon, aber was konnte so schlimm sein, dass Bergquell es fürchten musste? Die Stadt siechte dahin, war da nicht selbst der Tod eine Gnade? Vielleicht war es das, was es zu feiern gab – dass bald alles ein Ende finden würde. Die Tränen wuschen Fiora den Sand aus den Augen.

Ein beißender Gestank stach ihr in die Nase. Der Boden war klebrig geworden, bei jedem Schritt schmatzten ihre Schuhe. Ohne es zu merken, war sie ins Tote Land geraten. Und wenn schon, hier hätte sie zumindest ihre Ruhe. Grimmig stapfte sie weiter. Sonderbar, dass der Sand dem Schmierfilm nichts anhaben konnte, der den Boden bedeckte. Geht niemals in die Raffinerie, hatte Meister Konstantin ihnen eingebläut. Den Grund dafür hatte er nie genannt.

Was hatte sie zu verlieren? Sie schritt auf den Koloss zu, dessen Schlote als schlanke Schatten in die Nacht ragten. Sie scheute keine Gefahr. Alles war ihr willkommen, was das schreckliche Bild von der über Leif knienden Mara aus ihren Gedanken drängen konnte.

Hundert Rohre in hundert Größen, die sich in hundert Richtungen wandten. So mussten sich die Menschen des ersten Äons gefühlt haben, wenn sie durch einen Wald gegangen waren. Beklommen tapste Fiora durch das stählerne Labyrinth. Wie riesig es war. Sie legte die Hand auf den Kompass an ihrer Brust, eine Versicherung dafür, dass sie wieder herausfinden würde. Es war so dunkel, dass sie mit der anderen Hand ihren Weg ertasten musste. Sie hatte keine Lampe dabei, nur ihr Feuerzeug. Sie wagte nicht, es zu benutzen. Als sie in der Mine begonnen hatte, waren Gerids erste Worte gewesen, wenn man kein Licht bei sich trage, komme der Tod langsam – habe man das falsche Licht dabei, komme er schnell. Der ölige Gestank war kaum noch auszuhalten.

Die Zeit verging, Fiora verlor sich im Wirrwarr der Rohre. Ein Blick auf den Kompass ernüchterte sie – es war zu dunkel, den Zeiger zu erkennen. Erschöpft ließ sie sich gegen einen Betonpfeiler sinken, schloss die Augen. Dann würde sie eben warten, bis der Morgen dämmerte.

Sie erwachte mit einem ölig feuchten Hosenboden und einem schmerzhaft verspannten Rücken. Es dauerte eine Minute, bevor sie wusste, wo sie sich befand. Der Sturm hatte nachgelassen, im Sternenlicht schimmerte der stählerne Wald. *Mara auf Leif.* Fiora presste die Zähne zusammen, tastete nach ihrem Kompass. Mit einem Seufzen richtete sie sich auf. Es war hell genug, um den Weg ins Freie zu finden. Den Weg aus Bergquell. Sie würde Mara verlassen. Mara würde es verstehen.

Auf wackligen Beinen trat sie die Reise an, die sie schon vor Langem hätte wagen müssen.

Und kam vier Schritt weit.

Ein Betonwürfel mit einer stählernen Tür.

Die Tür war mit mehreren Brettern blockiert. Ungläubig starrte Fiora sie an. Die Pforte zum Inneren der Raffinerie. Besiegt von ihrer Neugier, packte sie eines der Bretter, rüttelte daran. Es sah morsch und verwittert aus. Dennoch zuckte sie vor Überraschung zusammen, als es nachgab. Sie hatte es mitsamt seinen Schrauben aus dem Beton gerissen. Aufgeregt zog sie an einem zweiten Brett, schon hielt sie es in der Hand. Wer immer die Bretter hier befestigt hatte, schien schlampig oder in Eile gewesen zu sein – er oder sie hatte nicht einmal Dübel verwendet.

Als sie alle Bretter heruntergerissen hatte, griff sie nach dem rostigen Riegel, der die Tür ursprünglich verschlossen hatte. Ein Ruck, Rost bröselte, der Riegel schrammte zurück. Ein Druck, doch die Tür gab nicht nach. Fiora stemmte sich mit ihrem ganzen Gewicht dagegen, so, wie sie es mit dem Bohrhammer gelernt hatte, und tatsächlich: Knirschend wich der Bolzen.

Ein kleiner Raum, von dem mehrere Gänge wegführten. Pechschwarz. Vorsichtig machte sie einen Schritt hinein. An einem Wandhaken hing eine verstaubte Laterne. Fiora schüttelte sie, es gluckste darin. Sie zog das Feuerzeug aus ihrer Hosentasche. Die Schärfe des Gestanks hatte nachgelassen. Wenn sie in die Luft gehen sollte, würde sie zumindest Mutter und Vater wiedersehen. Sie drückte die Feder, die den Metalldorn auf den Feuerstein schlug; ein Funke sprühte auf, entzündete das Gas. Keine Explosion.

Fiora atmete auf und hielt das Feuer an den Docht der Laterne, bis diese brannte. Dann marschierte sie los.

An den Wänden der Gänge hingen Schilder mit Symbolen, die Fiora nicht verstand. Wahllos nahm sie mal die eine, mal die andere Abzweigung. Bis auf das Pochen in ihrer Brust war es totenstill. Mal ging es Treppen hoch, dann wieder hinunter. Eine Halle öffnete sich, zu hoch, als dass das Laternenlicht die Decke erreichte. Schwere Maschinen standen darin, dick mit Staub bedeckt. Überall Rohre, Ventile, Handräder.

Mit flauem Magen lauschte Fiora auf das Echo ihrer Schritte. Verblasste Armaturen, im zitternden Licht der Laterne nicht zu entziffern. Eine Tür. Bang drückte Fiora sie auf, ihr Selbstbewusstsein war schon lange davongekrochen. Hinter der Tür die beklemmende Leere eines Ganges, dessen Decke halb eingebrochen war. Umkehren? Fioras Neugier war versiegt. Stattdessen keimte die Sorge in ihr, wie sie je wieder aus diesem Gängegewirr hinauskommen sollte. Ein weiterer Raum. Der letzte, beschloss sie. Keine Türe diesmal. Sie holte tief Luft und trat in den Durchgang, hob langsam die Laterne. Nichts.

Sie atmete auf. Nur Bohrlöcher in den Wänden verrieten, dass der Bereich überhaupt einmal benutzt worden war. Außer Staub nur Schrott auf dem Boden; zerbrochenes Werkzeug, zerrissene Arbeitsmäntel. Nichts, was die Mahnungen Konstantins erklärte. Zeit, umzukehren. Die Laterne würde nicht ewig brennen.

Bereits die Entscheidung, die Fabrik zu verlassen, verschattte ihr Auftrieb. Mit neuer Zuversicht machte sie sich daran, an die Oberfläche zurückzukehren. Bei jeder Gabelung rief sie sich sorgfältig in Erinnerung, aus welcher Richtung sie gekommen war, und musste grinsen. Das Labyrinth war bei Weitem nicht so verwirrend, wie es ihr auf dem Hinweg erschienen war.

Abrupt blieb sie stehen. Irgendetwas war merkwürdig. Hatte sie das gerade richtig wahrgenommen? Sie hielt ihr Licht näher an die Tür, die sie gerade passiert hatte. Und wirklich – kein Staub auf der Klinke. Glühender Feuergott!

Vorsichtig griff sie nach der Klinke, drückte sie, die Klinke gab nach.

Arbeitstische, Schränke, Werkzeug, alles in bestem Zustand. Chemische Gläser und Phiolen, Schüttelkolben. Zahllose merkwürdige Gerätschaften, bezüglich deren Zwecks sie keinen Schimmer hatte. Bauchige Gefäße voller Ventile, die mit Schläuchen verbunden waren; Schalen voller Schleim. Ein ganzes Regal mit Tiegeln in jeder Form und Größe. Töpfe, die in Netzen hingen, als ob sie vor Erschütterungen geschützt werden müssten. Wannen, in denen eine Flüssigkeit glänzte. Irgendetwas schwamm darin, doch in der Dunkelheit des Raumes konnte Fiora nicht erkennen, was es war.

Bang trat sie näher an eine der Wannen, hob die Laterne – und schrie in Grausen auf.

Aus der Wanne starrte ihr ein Gesicht entgegen.

Das Gesicht schlug die Augen auf. *Töte mich.*

Der Mund hatte sich nicht bewegt.

Fiora rannte.

Es war gleich, wohin, sie kannte den Weg nicht mehr, nur fort, nur immer weiter durch die Gänge, weg von dem furchtbaren Labor, der furchtbaren Wanne, dem furchtbaren Gesicht. Das Licht der Laterne schwankte wild, Fiora stolperte über ein Nageleisen, fing sich, rannte weiter, knallte gegen verschlossene Türen; stieß sich die Schulter an einem Regal, das scheppernd zusammenfiel, rannte weiter, riss sich an irgendetwas den Oberschenkel auf, rannte weiter.

Und war im Freien.

Mit hämmerndem Herzen hastete sie zwischen den monströsen Schloten hindurch, nur weg, weg von dem Gesicht, gelangte aufs offene Feld, rannte weiter. Erst als sie den Rand der Brache erreicht hatte, hielt sie inne. Japsend sank sie auf die Knie. Das Gesicht – sie kannte es. Eine spitze Nase, abstehende Ohren ... Jeras. Einer der Minenarbeiter, die mit Vater in Stollen Sieben gewesen waren.

Ein Sirren in der Dunkelheit.

Fiora sah auf, da sauste etwas auf sie zu – ein Schatten,

der sich finster gegen den Sternenhimmel abhob. Im letzten Moment duckte sie sich, der Schatten zischte über sie hinweg, schlug hinter ihr ein. Schlick spritzte auf.

Fiora fuhr herum – und rieb sich die Augen. Schräg aus dem Boden ragte eine metallene Röhre, die Spitze auf Höhe von Fioras Kinn. Die Oberfläche schien glatt wie ein Spiegel, den man zu einem Zylinder gebogen hatte. Eine dunkle Faszination ging von dem Geschoss aus. Wie von selbst trat Fiora näher. Nie hatte sie etwas Vergleichbares gesehen. Sie streckte eine Hand aus, berührte mit den Fingerkuppen das Metall.

Eisige Kälte.

Nur einen Augenblick. Dann ein flammendes Zucken, das ihr in die Finger fuhr, die Arme herauf, ihre Brust erreichte. Eine Explosion in ihrem Brustkorb, sie glaubte zu bersten. Das Eis, die Glut, was immer es war, sprang ihre Wirbelsäule entlang, zwischen den Schulterblättern hoch, schrotete ihren Nacken, setzte ihren Schädel in Flammen, glitt ihr wie tausend eisige Nadeln ins Hirn. Verzweifelt presste Fiora sich die Hände auf die Ohren, um das Schreien abzuwehren, von dem sie nicht hätte sagen können, ob es ihr eigenes war.

»Fiora«, drang eine neue Stimme durch den schrillen Lärm in ihrem Kopf. »Beruhige dich!«

Die Nadeln zerstachen ihr Bewusstsein.

»Fiora, Fiora, ich bin hier.«

Sie spürte Maras starke Arme, die sie griffen, sich um sie legten. Maras Lippen an ihrem Ohr, die Dinge flüsterten, die sie nicht verstand und die trotzdem beruhigend klangen. Die Eisnadeln schmolzen, zerflossen, lösten sich auf. Die Kälte verteilte sich, Schüttelfrost packte ihren Körper. Gleichzeitig glühte sie, ein Schweißfilm bedeckte ihre Haut.

Ein Stöhnen, und diesmal war sie sicher, dass es nicht ihr

eigenes war. Maras Umarmung erschlaffte. Fiora wandte sich nach ihr um und sah ihre Schwester, ihre unbesiegbare Schwester, neben sich auf dem Boden liegen, zuckend, mit schmerzverzerrtem Gesicht. Fiora drückte sie an sich, voller Angst, verloren, sie konnte nichts tun. Wurde mit herumgeworfen, während Mara sich in ihren Armen wälzte.

»Mara, bitte, ich kann dich nicht verlieren«, flüsterte sie ohnmächtig. »Ich brauche dich.«

Vielleicht war es ein Wimpernschlag, vielleicht eine Ewigkeit später, da entspannten sich Maras Züge, ihr Blick wurde klar. Sanft drückte sie Fiora von sich weg, um ihr ins Gesicht zu sehen: »Geht es dir gut?«

Fiora nickte flattrig. »Und dir?«

»Besser denn je.« Das bemühte Grinsen war nur zu erahnen, doch es genügte, dass Fiora schluchzen musste vor Erleichterung.

Mara richtete sich bereits wieder auf, klopfte sich die Uniformjacke ab. »Ich habe so was noch nie gesehen.« Argwöhnisch musterte sie den metallenen Zylinder. »Wo kam das her?«

»Keine Ahnung. Das Ding ist hier gerade gelandet. Ich habe es berührt, und dann ...« Sie konnte das Erlebte nicht in Worte fassen.

»Es war«, übernahm Mara, »als hätte etwas Besitz von mir ergriffen.« Sie ging um den Zylinder herum, die Augen zu einem Spalt zusammengekniffen. »War es ähnlich wie bei deiner Prüfung in der Ratshalle?«

Fiora sah überrascht auf.

»Leif hat mir davon erzählt.«

Sie spürte einen Kloß im Hals. Natürlich, Leif.

»Du«, Mara räusperte sich, »wegen vorhin. Es tut mir leid, wenn ich dich verletzt habe. Ich dachte, du wüsstest längst, dass Leif und ich nicht nur befreundet sind. Um ehrlich zu sein, ich habe nicht geahnt, wie viel er dir bedeutet.«

Mir ist das auch erst heute klar geworden, dachte Fiora bitter. »Schon in Ordnung.«

Im Zylinder hinter ihnen klickte es. Mara und Fiora fuhren gleichzeitig herum. Auf der zuvor makellosen Oberfläche zeigte sich eine Linie, dann eine zweite. Die Linien liefen das Metall entlang, knickten ab, zogen ein Quadrat von einer Elle Durchmesser. Ein weiteres Klicken, das Quadrat sank zurück, als hätte es jemand in den Zylinder gedrückt. Es verschwand in einer Schwärze, die alles Sternenlicht verschluckte.

Minutenlang starrten die Schwestern reglos auf die quadratisch eingefasste Finsternis. Ein drittes Klicken. Fiora wich einen Schritt zurück. Doch als Mara stehen blieb, traute auch sie sich wieder näher heran. Sie glaubte, ein Schimmern zu sehen.

Aus dem Quadrat hob sich ein Stift. Dessen erster Teil senkte sich an einem Gelenk, während der zweite sich erst zeigte. Wieder ein Gelenk, ein dritter Teil. Ein zweiter Stift stieg hoch. Spinnenbeine, dachte Fiora unwillkürlich. Und ihr Vergleich traf; weitere dünne Beine zeigten sich, falteten sich auf, klirrten über den Zylinder. Und dann, schließlich, schwebte der Leib aus der Schwärze. Ein faustgroßes metallenes Gebilde, das nur aus Kanten zu bestehen schien. Auf allen Seiten glomm es in verschiedenen Farben – winzige Lichtpunkte, es waren bestimmt ein Dutzend.

Die Lichtpunkte wanderten zur Stirnseite; es war, als fixierten sie Fiora. Das mechanische Spinnenwesen stieß sich vom Zylinder ab, schnellte durch die Luft und landete einen Schritt von ihr entfernt. Schwankte nur leicht, während seine Beine einknickten, um den Aufprall abzufedern.

Fiora wich hinter Mara zurück, ein Surren, die Lichtpunkte

folgten ihr. Wieder sprang die Spinne hoch, schoss auf sie zu, die Beine streckten sich aus zu einem Netz. Schützend hob Fiora die Arme vors Gesicht, da wurde sie schon mit einer Wucht getroffen, die nicht zu dem filigranen Gerät passte, und zu Boden gerissen. Mit klickenden Gelenken war die Spinne über ihr, die nadelspitzen Beine rasten auf sie zu.

Ein ohrenbetäubender Knall.

Die Spinne wurde weggeschleudert, flog bis hinter den Zylinder, ging scheppernd zu Boden, überschlug sich mehrmals und blieb endlich liegen. Ihre Beine zuckten noch, doch der Leib war halb auseinandergesprengt; es roch verbrannt.

Mara stand im rechten Winkel zur Spinne, breitbeinig, hoch aufgerichtet; der ausgestreckte Arm bildete eine Verlängerung der Schultern. Von der Pistole in ihrer Hand stieg Rauch auf.

»Was war das?« Fiora rappelte sich auf, ohne den Blick von dem schmorenden Albtraum zu lassen.

»Eine Spähspinne«, sagte ihre Schwester. »Die Sternenmagd hat angekündigt, dass Kubus welche schicken würde.« Sie stocherte mit dem Fuß in dem Schrotthaufen herum. »Aber sie hat nicht gesagt, dass uns schon heute welche besuchen würden.«

Fiora rieb sich die pochenden Schläfen. »Es war anders.«

»Was?«

»Das Gefühl vorhin«, erklärte sie. »Du wolltest doch wissen, ob es vergleichbar mit dem war, das während der Prüfung über mich gekommen ist. War es nicht.«

»Sondern?«

»In der Ratshalle war es, als hätte ich die Energien meiner Umgebung erspüren können.«

»Und gerade eben?« Doch Mara beantwortete ihre Frage selbst: »Du hast nicht die Energien dieses Dings gespürt«, sie deutete auf den Zylinder. »Dieses Ding hat uns erkundet. Richtig?«

Fiora nickte verwirrt. Sie konnte sich keinen Reim darauf machen.

Wieder zuckten die Beine der Spinne, Mara trat ihr mit dem Stiefelabsatz in den Leib. Es knirschte.

Während Fiora dabei zusah, wie das Zucken aufhörte, spürte sie ihre Hose am Oberschenkel kleben. Sie tastete nach der Stelle und ächzte vor Schmerz. Die Hose war zerrissen, eine lange Schürfwunde zog sich durchs Fleisch. Wie hatte sie den Horror in der Raffinerie vergessen können? Das gruselige Labor. Die Wanne. Das Gesicht mit den offenen Augen.

»Du, Mara«, murmelte sie, »ich war in der Raffinerie. Und da …«

»Du warst wo?«, unterbrach ihre Schwester sie entsetzt. »Niemand darf dort hinein.«

»Ja, klar, trotzdem. Ich habe Jeras gesehen. Er war tot … aber irgendwie auch nicht …«

»Hör mir zu.« Mara war dicht an sie herangetreten. Ihre Stimme war von einer Ruhe, von der Fiora wusste, dass sie höchste Erregung verbarg. »Ich weiß, dass die Leute hier dir nicht wohlgesonnen sind. Aber du musst dich an ihre Regeln halten. Du musst dich anpassen. So schwer es dir fällt. Bitte. Ich kann dich nicht beschützen.«

»Mara, das meine ich nicht. Du musst nicht auf mich aufpassen. Ich weiß, dass es dumm war, in die Raffinerie zu gehen. Aber …«

»Nein. Kein Aber. Und ich habe nicht gesagt, dass ich dich nicht beschützen *will.* Ich habe gesagt, dass ich dich nicht beschützen *kann.*«

Etwas lag in ihrem Ton, dass es Fiora mulmig wurde. »Was meinst du damit?«

»Nachdem die Sternenmagd mit dem Stadtrat gesprochen hat, hat sie Freiwillige bei der Legion gesucht. Ich habe mich gemeldet.«

Fioras Kehle wurde trocken. »Gemeldet wofür?«

Mara legte ihr die Hände auf die Schultern. »Als Späherin.«

»Nein …«

»Ich komme wieder, versprochen.«

»Warum tust du das?«

»Die Legion lässt die Ihren nicht im Stich.« Ein Leitspruch, den Fiora stets für Folklore gehalten hatte. Mara seufzte. »Ich hatte noch nie eine solche Gelegenheit, meinen Wert zu beweisen. Die Legion ist wie eine Familie für mich …« Sie verstummte.

»Die Raffinerie …«

»Bitte, Fiora, vergiss die verfluchte Raffinerie. Du wirst eine Weile auf dich allein gestellt sein. Du musst alles vermeiden, was dich angreifbar macht.«

»Ich komme schon zurecht.«

Mara starrte schweigend auf die Reste der Spinne.

»Was ist?«

»Leif geht auch.« Mara sagte es, ohne Fiora anzusehen. »Er wird uns als Feld-Medikurg begleiten.«

»Ach, *so* eine Art Spähtrupp also.« Kaum hatte sie es gesagt, biss sie sich auf die Lippe. Zu spät.

»Weiß du was«, rief Mara, und ihre Augen blitzten, »ich bin es leid, mich immer nach dir zu richten. Ich bin nicht deine Mutter. Ich bin nicht einmal verwandt mit deiner Mutter. Ich habe ein eigenes Leben. Und ich werde nicht zulassen, dass du es mir nimmst, so wie du es Vater genommen hast.« Sie stürmte davon.

Fiora rannte ihr hinterher, packte sie am Arm. »Ich habe was?«

»Jetzt tu nicht so unschuldig,« zischte Mara. »Warum hat er denn tagein, tagaus Mulsa geschluckt? Warum hat man ihn gezwungen, in der Mine zu arbeiten?« Ihre Stimme zitterte vor Zorn. »Na ja, er wusste, was jemanden erwartet, der eine Dunkle in sein Bett einlädt – aber ich selbst habe mich nie mit einer Dunklen eingelassen, und ich habe nicht vor, für Vaters Sünden zu büßen.«

Fiora verschlug es den Atem. Was für eine Gemeinheit. »Ich bin schuld, dass Vater mit einer Dunklen zusammengekommen ist?«

»Du bist schuld«, rief Mara, »dass niemand in Bergquell es je vergessen wird.« Sie stapfte davon.

Mit offenem Mund starrte Fiora ihr nach.

12. Kapitel

In einem seltenen Anflug von Mitgefühl hatte Gerid Fiora erlaubt, die Steuerung der Kipploren zu übernehmen. Statt den Bohrhammer stemmen zu müssen, saß sie vor einer Vielzahl an Hebeln, stellte Weichen und überwachte das Kabel, durch welches die Loren die Schienen entlanggezogen wurden.

Fünf Nächte wartete sie, bis die Verletzung an ihrem Oberschenkel verschorft war. Die Ödnis war gefährlich genug. Sie mit einer offenen Wunde zu betreten, wäre Wahnsinn gewesen.

Im letzten Dämmern der sechsten Nacht nahm Fiora ihr Bündel und schlich zur Stadtmauer. Mara bereitete sich in der Garnison auf ihren Einsatz vor; Fiora bemühte sich nicht darum, sich von ihr zu verabschieden. Sie hatte sie seit der Nacht auf der Brache nicht mehr gesehen, und vielleicht war es besser so.

Unbehelligt erreichte sie den Ostturm. Die Legion vernachlässigte ihn, konzentrierte ihre Kräfte lieber auf die massive Befestigungsanlage des nahen Tors. Aufgrund des drohenden Krieges durfte niemand mehr die Stadt verlassen; Fiora war auf den heimlichen Weg angewiesen, über den sie vor Vaters Tod Mutters Grab besucht hatte.

Sie musste vorsichtig sein, die größeren Türme waren besetzt, und auch auf dem Wehrgang entdeckte sie eine

Patrouille. Als diese sich entfernte, huschte sie zu dem Pechfass, hinter dem sie vor Jahren das Seil versteckt hatte. Es war noch da. Hoffentlich war es nicht brüchig geworden. Die Wachen auf den Türmen würden sie nicht sehen, solange sie sich direkt unter ihnen befand. Erst in der Wüste würde es brenzlig werden. Aufmerksam spähte sie über die Ebene. Sie musste eine Zinne finden, von der aus sie schnell in die Deckung der größeren Felsbrocken gelangte.

Eine Reflexion am Horizont.

Fiora kniff die Augen zusammen. Wirklich, irgendetwas bewegte sich. Nur was? Fremde konnten es nicht sein, niemand reiste am Tag. Jemand aus der Stadt? Oder Plünderer, die sich bereitgehalten hatten für den Angriff? Eine Bestie der Ödnis? Fiora hatte nie eine gesehen – aber Meister Konstantin hatte gesagt, das Leben fände bisweilen dort einen Weg, wo man es am wenigsten erwartete.

Rufe von den Tortürmen. Die Legion hatte die Bewegung wohl auch bemerkt. Fiora verharrte unschlüssig. Sie konnte die Flucht unmöglich wagen, während so viel Aufmerksamkeit auf der Ebene lag. Stiefelgetrampel von den Stiegen. Rasch schlich sie zu der hintersten Schießscharte, stopfte ihr Bündel hinein und kroch hinterher.

Der Vorteil an ihrem Versteck war, dass sie weiterhin beobachten konnte, wer oder was sich Bergquell näherte. Keine Bestie, erkannte sie inzwischen, sondern Reiter, vier an der Zahl. Also auch keine Plünderer. Nur die höchsten Gesandten der Gottkönige hatten das Recht, Pferde zu reiten. Beziehungsweise kannten überhaupt das Geheimnis, sie zu zähmen.

In leichtem Trab kamen sie heran. Zwei der Reiter trugen eng anliegende Rüstungen aus einem dunklen, matten Material. Ihre Helme waren am eigenartigsten, Fiora hatte nie ähnliche gesehen; sie waren komplett geschlossen, und die Visiere schienen aus spiegelndem Glas zu sein. Zwischen den Gerüsteten ritten die anderen beiden, eine Frau und ein Mann. Die Frau trug eine enge dunkelrote Hose und ein braunes Mieder über einer weißen Bluse. Ihr braunes Haar hatte sie hochgesteckt. Die Schutzbrille hatte sie unbekümmert auf die Stirn geschoben, offenbar ging wenig Wind auf der Ebene. Die Hose des Mannes lag ebenfalls eng an und war schwarz, während sein Oberkörper weiß leuchtete. Erst als sie auf hundert Schritt herangekommen waren, erkannte Fiora, dass es sich nicht einfach um ein eigenartiges Hemd handelte. Der Mann war von der Hüfte aufwärts nackt. Unmöglich konnte sie sich vorstellen, dass er in der Sonne geritten war. Was sie noch mehr verwirrte, war der Grund, weshalb er so hell geschimmert hatte – seine Haut war weiß wie Kreide. Der Fremde hatte weder Bart noch Haupthaar. Noch trug er eine Schutzbrille, nicht einmal um den Hals. Niemals hatte Fiora außerhalb der Stadtmauern jemanden ohne Schutzbrille gesehen, ausgenommen die Sternenmagd.

Zwanzig Schritt vorm Stadttor hielt die Gruppe an, gerade früh genug, dass Fiora sie von ihrer Schießscharte aus noch sehen konnte.

Der Mann mit dem unbekleideten Oberkörper ergriff das Wort. »Guten Abend.«

Kurz war es still.

Dann dröhnte Poltis' Stimme ihm entgegen. »Im Namen der Sternenherrin und der Bevölkerung dieser Stadt fordere ich, Poltis aus dem Hause Melanes, Kommandant der Legion, Zweiter Ratsherr von Bergquell und Träger des roten Bandes: Nennt Euren Namen, Fremder, und nennt Euer Begehr.«

»Ihr seid der Chef hier?«, verletzte der Angesprochene das Protokoll.

Wieder vergingen einige Augenblicke in Stille, bevor Poltis rief: »Ich bin der Kommandant der Legion, der Zweite Ratsherr von …«

»Ja«, unterbrach ihn der Fremde, »ich habe Euch gehört. Meine Frage lautet: Seid Ihr der Chef hier?« Und als seine Frage unbeantwortet blieb: »Wer ist Ratsherr Nummer eins?«

Mit angehaltenem Atem saß Fiora in ihrem Versteck und lauschte. Entweder, der Fremde kannte die Gepflogenheiten des Landes nicht. Oder er verhöhnte sie bewusst – was nicht weniger bedeutete, als die Sternenherrin persönlich herauszufordern.

»Erster Ratsherr von Bergquell ist Melkon aus dem Hause Prinidi«, erklärte Poltis. Fiora hörte die Anspannung in seiner Stimme. »Allerdings …«

»Bringt ihn her.«

»Als Kommandant der Legion muss ich darauf bestehen, dass …«

»Still.« Der Fremde strich seinem Ross mit zermürbender Langsamkeit die Mähne glatt. Als er sich wieder aufrichtete, verkündete er: »Ich bin Argenteus, der Marschall des Gottkönigs Kubus. Und auf Geheiß des Gottkönigs trete ich vor Euch.« Er sagte es mit vernichtender Ruhe. »Bringt mir diesen Melkon, oder ich werde Eure Siedlung in Staub verwandeln, ehe der Abend anbricht.«

Die Drohung prickelte auf Fioras Haut wie die Dämpfe des Toten Landes.

»Ich bin hier«, ertönte Melkons Fistelstimme von den Tortürmen. »Was will Kubus von uns?«

Der Reiter, der sich Argenteus genannt hatte, deutete vor sich. »Wollt Ihr die Stadt weiterhin verschlossen halten, oder zeigt Ihr die Gastfreundschaft, die der Gesandte eines Gottkönigs verdient?«

»Woher sollen wir wissen, dass Ihr in Frieden kommt?«

»Ich komme nicht in Frieden.«

»Und weshalb«, Melkon piepste vor Aufregung, »sollten wir Euch dann Einlass gewähren?«

»Ich bin hier, um zu verhandeln.« Argenteus drehte den Kopf zu seiner Begleiterin, dann zurück zum Stadttor. »Wenn Ihr Euch jedoch vor vier Reitern fürchtet, stellt sich die Frage, ob Ihr es wert seid, bewahrt zu werden. Öffnet das Tor.« Er lächelte gleichgültig. »Oder ich betrachte die Verhandlungen als beendet.«

Eine zähe Minute verging, in welcher Argenteus reglos wartend auf seinem Pferd saß. Dann hörte Fiora das vertraute Rumpeln, welches die Aktivierung der Tormaschine bezeugte. Die Leitern knirschten von Stiefeln, die nach unten stiegen.

Vorsichtig schob Fiora den Kopf aus der Schießscharte. Wie beim Erscheinen des dunklen Händlers Faradas überwachten die Schützen von den Türmen aus den Torhof, auf welchem die Hellebardiere ein Halbrund bildeten. Und dahinter drängte sich jener Teil der Bevölkerung, bei welchem die Neugier über die Furcht gesiegt hatte.

Kaum hatte das Tor sich weit genug geöffnet, ritt Argenteus hindurch, flankiert von den beiden Gepanzerten. An den Gürteln trugen sie Pistolen und auf dem Rücken je ein Paar gekreuzter Schwerter. Die Frau mit den hochgesteckten Haaren folgte zwei Pferdelängen später.

In der Mitte des Hofes wartete Melkon, mit Zylinder auf dem Kopf und schlaksig wie eh und je. Neben ihm drückte Poltis die Brust vor, in dem vergeblichen Versuch, imposant zu wirken. Argenteus schwang sich umstandslos vom Pferd und ging auf die beiden zu. Er war nicht übermäßig groß, doch die Muskeln in seinem Oberkörper waren deutlicher zu unterscheiden als diejenigen in Meister Konstantins Anatomiebüchern. Aus seinen Augen strömte eine unersättliche, grauenvolle Schwärze.

»Ihr seid Melkon.« Keine Frage, nur eine Feststellung. »Euer Untergebener hat mich hinzuhalten versucht.«

»Verzeiht, Herr«, stotterte der hagere Minenbesitzer. Er nahm den Zylinder ab, drehte ihn in den Fingern. Auf seinem Gesicht glänzte der Schweiß. »Unsere Tradition verlangt ...«

»Wenn der Soldat dem Offizier nicht gehorcht«, Argenteus trat nah an Melkon heran, »ist nicht der Soldat das Problem.« Und ehe jener noch etwas erwidern konnte, stieß er ihn gegen die Brust. Es sah beiläufig aus, ein harmloser Stoß – doch der Erste Ratsherr Bergquells flog mehrere Schritt weit, bevor er in den Ring der Hellebardiere brach und mehrere von ihnen mit sich zu Boden riss.

Argenteus folgte ihm gemächlich. »Das Problem ist der Offizier.«

»Feuer!«, brüllte Poltis.

Von den Türmen donnerten zwei Dutzend Büchsen los.

Fürchterlich hallte das Echo von den Wänden des Torhofs wider. Steinsplitter spritzten auf, wo die Kugeln ins Pflaster geschlagen waren. Auch Argenteus war vielfach getroffen, taumelte von der Wucht der Geschosse. Sein weißer Rücken war von Löchern übersät, aus denen eine Flüssigkeit austrat, zu dunkel für Blut.

Doch er fiel nicht.

Fiora beobachtete entgeistert, wie er sein Gleichgewicht wiederfand und weiterschritt, als wäre nichts gewesen. Mit aufgerissenen Augen starrte Melkon zu ihm hoch, versuchte, sich rücklings von ihm wegzuschieben. Die kühneren der Legionäre rückten vor dem Ratsherrn zusammen, senkten ihre Hellebarden gegen den Feind.

Doch der Marschall des Gottkönigs packte die Waffe der nächsten Legionärin; mit der kleinsten Drehung seines Handgelenks entwand er sie ihr – und bevor Fiora wusste, was geschah, lag die Legionärin bereits in ihrem Blut. Zwei weitere folgten ihrem Schicksal, die anderen wichen zurück. Argenteus zog die besudelte Hellebarde aus dem Leib seines letzten Opfers, den Blick in tödlicher Kälte auf Melkon gerichtet. Mit einem Schritt war er heran. Die Waffe sauste nieder – und traf das Pflaster neben Melkons Brust so hart, dass sie zerbarst.

Für einen Wimpernschlag dachte Fiora, Argenteus habe den Ratsherrn absichtlich verschont. Doch die irritierte Bewegung, mit der er sich umsah, belehrte sie eines Besseren.

»Genug.« Eine Stimme, leise und doch verständlich, klar und doch unendlich sanft. Mit Schritten, die kaum den Boden berührten, glitt die Sternenmagd zwischen den Legionärinnen und Legionären hindurch. Die Silberfäden in ihrer Robe glänzten so makellos wie je, das offene Haar fiel ihr schimmernd bis zur Hüfte.

Die gepanzerten Reiter griffen zu ihren Pistolen, aber mit einer Handbewegung gebot ihnen der Marschall Einhalt. Unerklärlicherweise hatten seine Wunden bereits zu nässen aufgehört. Schaudernd gewahrte Fiora die Schlieren auf seinem Rücken – sie waren nicht rot, sondern schwarz. Mit einem Lächeln begrüßte Argenteus die Priesterin. »Es freut mich, dass du dich zeigst.«

Die Sternenmagd schien weniger heiter gestimmt. »Was willst du hier?«, fragte sie streng.

»Das Mädchen.«

Die letzten Mitglieder der Legion hatten sich zurückgezogen, kauerten voll Furcht in den Zugängen des Hofes. Ohne Schutz betrat die Sternenmagd die freie Fläche, trat alleine vor den fremden Schlächter und seinen waffenstarrenden Tross. Mehr denn je erstrahlte sie in zarter, altersloser Schönheit.

»Im Angesicht der Bionten«, fragte sie ruhig, »forderst du mich heraus?«

»Du bedeutest mir nichts«, entgegnete Argenteus, während er achtlos den Stiel der geborstenen Hellebarde fallen ließ. »Ich will das Mädchen.«

»Warum versteckt der Spion sein Gesicht?« Sie sah zu einem der Gerüsteten. »Hast du Angst, Konstantin?«

Die Überraschung schreckte Fiora dermaßen auf, dass sie sich den Hinterkopf am Gemäuer stieß.

Der Angesprochene hingegen rührte sich nicht.

»Angst?«, fragte Argenteus an seiner statt, er klang belustigt. »Vor dir? Du bist nur eine blasse Dienerin. Er trägt, was meiner Leibgarde geziemt.«

»Nimm den Helm ab«, forderte die Sternenmagd den Gerüsteten auf. In ihrem Schatten trauten sich die Geflohenen wieder näher heran, nach und nach schoben sich Gesichter über Mauern und um Häuserecken.

Der Krieger sah zu Argenteus. Als dieser nickte, löste er den Kinnriemen seines Helms und hob ihn über den Kopf. Tatsächlich – es war Konstantin. Fiora entfuhr ein Laut der Überraschung, rasch schlug sie sich die Hände vor den Mund. Sah sich hektisch um. Niemand schien sie bemerkt zu haben.

»Argenteus«, sagte der Meister und schob sein Kinn auf dieselbe Weise vor, wie Fiora es unzählige Male im Unterricht gesehen hatte, »überlasse es mir, sie zu töten.«

Der Marschall nickte gnädig. »Bitte.«

Konstantin warf seinen Helm dem anderen Gerüsteten zu und sprang von seinem Tier. Es sah zu behände aus für den alten Mann, für den Fiora ihn immer gehalten hatte.

Vier Schritt von ihm entfernt stand reglos wie eine Statue

die Sternenmagd, die verschränkten Arme in den weiten Ärmeln ihrer Robe verborgen.

»Ich habe lange auf diesen Augenblick gewartet«, erklärte Konstantin, während er die Schwerter von seinem Rücken zog.

»Die Macht der Herrin durchfließt mich«, entgegnete die Sternenmagd. »Ich werde …«

Mit blanken Klingen schnellte Konstantin auf sie zu. Hinter Mauern und Häuserecken wurden Augen aufgerissen oder zusammengekniffen, ganz Bergquell sog geschlossen die Luft ein.

Nur die Sternenmagd bewegte sich nicht.

Die Schwerter flirrten, da flatterte die Robe der Sternenmagd wie in einem plötzlichen Wind, silbern glänzend wirbelte ihr Haar. Bloß einen Wimpernschlag dauerte es, dann stand sie so still wie zuvor. Doch in ihren Händen hielt sie Konstantins Schwerter.

Konstantin lag am Boden, seine Glieder zuckten. Zwischen den Platten seines Panzers quoll dasselbe schwarze Blut hervor, das Fiora bei Argenteus gesehen hatte.

In Fioras Kopf brauste ein Sturm. Was, bei allen Sternen, hatte das zu bedeuten?

Ihr Gesicht so sanft wie immer, sah die Sternenmagd auf den Sterbenden hinunter. »Du bist Vergangenheit.«

»Du auch.«

Argenteus. Eine Pistole glänzte in seiner Hand; sie war kleiner als diejenige, die Mara von der Garde bekommen hatte, und als er schoss, rauchte es nicht aus der Mündung. Erneut flatterte die Robe der Sternenmagd. Wie ein Sturm brauste sie auf ihn zu. Der Marschall schoss ein zweites, ein drittes, ein viertes Mal, die Sternenmagd kam über ihn, ihre Klingen blitzten, fuhren ihm in den Leib.

Sein verbliebener Leibwächter schoss nun ebenfalls, sie wirbelte herum, riss eines der Schwerter aus der Brust des Marschalls und schleuderte es dem neuen Angreifer entgegen. Das Schwert bis zum Heft im Hals, brach dieser zusammen.

Sie wandte sich wieder Argenteus zu, ihre Stimme war sanft: »Es war ein Fehler von Kubus, meine Herrin herauszufordern.«

Dem Marschall stak noch immer ein Schwert in der Brust – doch er stand vor seiner Gegnerin, als spürte er es nicht. »Das wird sich zeigen.«

Er packte den Griff, riss sich die Waffe aus dem Leib und schlug der Sternenmagd in derselben Bewegung den Kopf vom Rumpf. Ein letztes Mal wirbelte ihr Haar.

Tausend Kehlen schrien in Schrecken auf.

Auch Fiora presste es den Magen zusammen. Ja, sie wollte diese Stadt verlassen, jetzt mehr denn je – doch Bergquell war ihre Heimat gewesen, trotz allem. Und die Sternenmagd war vermutlich der einzige Grund, weshalb es um Bergquell nicht noch schlimmer stand. Eine Gestalt der Hoffnung in einer finster werdenden Welt. Der Kopf rollte noch einen halben Schritt, bevor er liegen blieb. Aus dem Hals floss schwarzes Blut.

Argenteus drehte sich langsam um die eigene Achse. »Diese Siedlung«, verkündete er laut, »ist von der heutigen Nacht an Teil Terrameas.« Sein Atem ging ruhig, und nichts des soeben Geschehenen ließ Fiora so erschaudern wie diese Erkenntnis. »Von der heutigen Nacht an herrscht der Gottkönig Kubus über euch. Dient ihm treu, und ihr habt nichts zu befürchten.«

Er begutachtete seine blutverschmierten Hände, wischte sie an seiner Hose ab. »Ich habe nur einen Wunsch.«

Fiora glaubte zu spüren, wie hinter Sträuchern und Schuppen, Mäuerchen und Fässern erneut der Atem angehalten wurde.

»Unter euch findet sich eine junge Frau.« Seine Augen glitten über den verlassenen Platz. »Ihr Name lautet Mara. Ihr Vater Scholfa hat sich vor drei Jahren das Leben genommen. Sie hat eine Schwester«, Argenteus ging in einem Bogen den Hof ab, »die Tochter einer Dunklen. Ihr Name lautet Fiora.«

Fiora biss sich in die Faust, zerrissen vor Anspannung.

»Ihr könnt das Biest haben«, rief jemand zwischen den Tonhügeln bei der Keramikmanufaktur. Lega. Wer sonst.

»Ich will nicht nur die Dunkle«, fuhr Argenteus fort, »ich will beide.«

Ein erschrecktes Tuscheln lief um den Hof. Fiora trieb ihre Zähne tiefer in die Faust. Sie konnte den Grund für die Aufregung leicht erraten: Sosehr die Leute sie verabscheuten – in Mara waren sie allesamt vernarrt.

Falls Argenteus von der Reaktion überrascht war, zeigte er es nicht. »Gebt sie heraus«, sagte er nur.

Niemand rührte sich.

»Schützt sie«, Argenteus betrachtete wieder seine Hände, »und ihr sterbt. Gebt sie heraus, und ich verschone euch.«

Das Schweigen lastete bleiern über dem Platz.

»Hier bin ich.« Von der Hauptstraße herunter kam Mara, den Kopf erhoben, gekleidet in ihre imposante blaue Uniform. Fiora hatte sie nie anmutiger gesehen. »Was wollt Ihr von mir?«

»Wo ist deine Schwester?«

»Ich weiß es nicht. Was wollt Ihr von mir?«

Trotz allem, was Mara ihr vorgeworfen hatte – in diesem Moment konnte Fiora nicht anders, als sie zu bewundern. Während ganz Bergquell verging vor Angst, war ihre Schwester ohne zu zögern vor den Gesandten des Gottkönigs getreten und bot ihm die Stirn.

Selbst Argenteus schien von ihrer Kühnheit beeindruckt – zumindest ging er auf ihre Frage ein: »Meister Konstantin hat berichtet, deine Schwester habe ihn nach Strom gefragt. Er vermutet, du hast sie darauf gebracht. Hat er recht?«

»Und wenn?«, forderte Mara den Marschall heraus. »Wollt Ihr mich in eine Wanne legen, in der ich – weder tot noch lebendig – langsam verfaule, während Ihr Euch Euren unheiligen Experimenten hingebt?«

Fioras Gedanken flogen wild durcheinander. Also hatte Mara ihre Schilderung doch ernst genommen? War selbst in der Raffinerie gewesen?

Argenteus schlenderte ihr entgegen. »Wie kommst du darauf?«

»Ich habe den Ort gesehen«, entgegnete Mara trocken, »an dem Konstantin sein Unwesen getrieben hat.«

Zum ersten Mal schien der Marschall des Gottkönigs keine Antwort parat zu haben. Stattdessen drehte er sich nach seiner letzten verbliebenen Begleiterin um, welche die ganze Zeit über still in ihrem Sattel gesessen hatte.

Diese erhob nun zum ersten Mal ihre Stimme: »Es wird sich um das Schaffen der Sternenmagd gehandelt haben, auf welches das Mädchen gestoßen ist.«

Aus dem verborgenen Publikum drangen Rufe der Entrüstung. Nur Mara blieb ruhig. »Ja«, nickte sie nachdenklich. »Auch das würde mich nicht überraschen. Ich habe der Hexe nie getraut.«

Nun erscholl von allen Ecken die Empörung.

Die Reiterin indes fragte: »Warum hast du ihr nicht getraut, mein Kind?«

Mara zuckte die Schultern. »Irgendetwas war falsch.«

»Du hast den Strom in ihr gespürt.« Die Frau drehte sich zu Argenteus. »Sie ist die Richtige.« Sie senkte ihre Stimme nicht, offensichtlich war es ihr gleich, dass halb Bergquell mithörte. »Wir brauchen die andere nicht.«

»Gut«, nickte der Angesprochene. Und zu Mara: »Du kannst eines der freien Pferde nehmen …«

Nein, dachte Fiora, es war falsch. Ihre Schwester hatte Konstantin und die Sternenmagd bloß belauscht, das war alles. Mara hätte es ihr verraten, wenn sie etwas Ähnliches gespürt hätte, wie Fiora es während jener elendigen Prüfung getan hatte. Mit einem Mal verstand sie, dass sie es war, auf die Argenteus es abgesehen hatte, niemand sonst.

»Bleib, Mara!«, schallte es von einem der Tortürme. Fiora schob den Kopf weiter aus ihrem Versteck, bis sie aus mehreren Schießscharten Büchsenläufe ragen sah. »Wir schützen dich«, rief eine zweite Stimme. Weitere Büchsen wurden in Anschlag gebracht. »Die Legion lässt die Ihren nicht im Stich«, rief jemand Drittes.

Nun zeigten sich auch Hellebarden an den Zugängen des Torhofs. Wenige erst; zögerlich tasteten sich die Ersten auf den Platz. Doch je mehr sich trauten, desto schneller strömten andere nach. »Die Legion lässt die Ihren nicht im Stich«, erschallte es im Chor. Wieder und wieder: »Die Legion lässt die Ihren nicht im Stich.«

Mara sah sich nach ihren Gefährten um. Hatte sie Tränen in den Augen? Nur bei Vaters Tod hatte Fiora sie weinen sehen. Mit zum Stoß gesenkten Waffen umringten die Legionäre Argenteus und seine Begleiterin. Es war, als hätte eine magische Kraft sie ergriffen; alle Verzagtheit von zuvor schien verschwunden.

»Ich wäre beeindruckt von eurem Mut«, sagte Argenteus, »wenn ich nicht befürchten müsste, er speist sich nur daraus, dass es in diesem verlorenen Flecken«, er machte eine ausschweifende Handbewegung, »außer Sand nicht viel zu verlieren gibt.«

Der Kreis der Bewaffneten schloss sich.

»Nun«, Argenteus bückte sich nach dem Schwert, mit dem er die Sternenmagd enthauptet hatte, »auch diese Verzögerung lässt sich hinnehmen.«

»Warte.« Seine Begleiterin wieder.

Mit halb erhobenem Schwert starrte Argenteus sie an; augenscheinlich war er es nicht gewohnt, Anweisungen zu erhalten. Ungerührt stieg seine Begleiterin vom Pferd, trat an Mara heran. Eine solche Aura der Autorität ging von ihr aus, dass die Hellebardiere in Maras Nähe ihre Waffen aufstellten und schweigend zur Seite traten.

»All diese Menschen sind bereit, für dich zu sterben«, sagte die Frau. »Und wenn ich dich sehe, weiß ich, warum.«

Mara hielt ihrem Blick stand, doch sie entgegnete nichts.

»Sie liegen dir am Herzen«, fuhr die Frau fort. Umringt von Bewaffneten, auf einem blutbefleckten Platz, wirkte sie in ihrem Mieder und mit den hochgesteckten Haaren wie von einem anderen Planeten. »Komm mit uns.« Sie streckte eine Hand aus, zwei feine Ringe glänzten an den Fingern. »Tust du es nicht, wird Argenteus jeden Einzelnen, der sich uns in den Weg stellt, töten.«

Die Zeit gefror. Alles verharrte, atemlos, gelähmt, die Augen auf Mara und die Fremde gerichtet. Die Stille war so drückend, dass Fiora glaubte, zerquetscht zu werden.

»Gut«, flüsterte Mara und ergriff die dargebotene Hand. Auf dem Platz brandete ein Stöhnen auf, das zu gleichen Teilen aus Verzweiflung und Erleichterung gemischt war. Von der Fremden geführt, schritt Mara durch den Ring der Legion. Ein letztes Geleit, das keiner Worte bedurfte. Maras Kameraden hätten sich für sie geopfert, und nun opferte sie sich für ihre Kameraden.

»Nein!«, schrie jemand, und der Schrei zerschmetterte den weihevollen Moment. In wehendem Gewand stürzte Leif auf den Platz. »Wartet!«

»Noch einer?« Argenteus machte sich nicht die Mühe, den Kopf zu drehen.

»Mara ist nicht diejenige, die Ihr sucht«, keuchte Leif.

Natürlich, dachte Fiora düster. Leif wusste alles über die Prüfung, sie hatte es ihm während ihrer Genesung von Legas Prügeln erzählt. Und jetzt würde er sie verraten, um Mara zu retten. Konnte sie es ihm verübeln? Eigentlich wäre es ihre Aufgabe, sich zu offenbaren. Sich der Verantwortung zu stellen.

»Wie kommst du darauf?«, fragte die Frau im Mieder.

»Ich bin es«, rief Leif, immer noch atemlos. »Ich habe den Strom gespürt …«

Ein Knall.

Leif wurde umgerissen, blieb reglos liegen. Um seinen blonden Schopf bildete sich eine rote Lache.

»Das reicht jetzt«, sagte Argenteus. Er richtete die Pistole auf Mara. »Wenn noch jemand mit solchem Unsinn ankommt, ist sie die Nächste, die stirbt.«

Noch bevor Argenteus und seine Begleiterin die Stadt verließen, hatte Fiora sich von der Stadtmauer abgeseilt. Sie rannte in die Deckung des nächsten größeren Geröllhaufens und verkroch sich tief zwischen den Steinen. Nun, da die Flucht nicht länger alle Gedanken und Kräfte bündelte, sickerte in ihr Bewusstsein, was geschehen war. Mehrere furchtbare Minuten lang hatte sie in der Schießscharte verharrt, im Zwiespalt, ob sie sich zeigen sollte oder nicht. Aber

Argenteus hatte mehr als klargemacht, dass seine Drohungen ernst zu nehmen waren. Sie konnte nichts tun, außer zu fliehen – und doch kam es ihr vor, als hätte sie Mara verraten. Und Leif? Zumindest ihn hätte sie retten können. Von Schuld und Scham überwältigt, weinte Fiora bis zur zweiten Stunde nach Mitternacht.

Dann holte sie den Kompass hervor, schulterte ihren Beutel und machte sich auf gen Osten.

1. Zwischenspiel

Mir behagt, dass Doctrix Argenteus davon abgehalten hat, Bergquell zu zerstören. Sie setzt ihre Kräfte sparsamer ein als er. Das macht sie ihm überlegen. Von allen Kindern, die ich geschaffen habe, betrachte ich keines so gern wie Doctrix. Sie trägt die Möglichkeiten einer Evolution in sich, die ich lange für zweifelhaft hielt.

Mit Doctrix an seiner Seite und einem Heer von viertausend Binaren im Rücken erreicht Argenteus den Hohen Tempel der Sternenherrin. Als er das Allerheiligste betritt, zögert Doctrix – doch er befiehlt ihr, ihm zu folgen.

Die Sternenherrin hat Argenteus erwartet. Sie spricht: »Meine Mägde sind Vergangenheit. Warum?« Ihre Stimme hallt unter dem mächtigen Gewölbe.

»Du suchst dasselbe wie ich«, entgegnet Argenteus. »Ich werde nicht zulassen, dass du es vor mir findest.«

»Wie mir scheint, bist du auf einem guten Weg.« Die Sternenherrin blickt Doctrix an.

»Es wird nicht mehr lange dauern«, entgegnet Argenteus, »bis das Geheimnis offenbar wird.«

»Bis dahin werde ich Vergangenheit sein.«

»Ja.«

»Gewähre mir eine letzte Frage.«

»Sprich sie aus.«

»Wie ist dir gelungen, was ich so lange vergeblich versucht habe?«

»Du hast dein Augenmerk auf die schlichten Bionten gerichtet.«

»Die irregulären sind gefährlich.«

»Sie sind der Schlüssel.«

Das Dach ist aus Glassplittern zusammengesetzt. Das Licht der Sonne bricht sich darin, lässt das Allerheiligste in tausend Farben erstrahlen. Doctrix hat noch nie eine solche Erhabenheit gespürt.

»Deswegen hat Kubus dich mit Feuer und Schwert zu mir geschickt?«, fragt die Sternenherrin unterdessen Argenteus. »Richte ihm aus, sein Krieg war vergebens. Du wirst in meinem ganzen Reich keinen einzigen irregulären Bionten finden. Meine Mägde waren wachsam.«

»Sie waren nicht wachsam genug.«

»Wo?«

»In Bergquell.«

»Dort gab es einen, ja. Doch er ist Vergangenheit.«

»Zwei«, sagt Argenteus. »Der Vater ist Vergangenheit.« Doctrix stellt sich vor, dass er es genüsslich sagen würde, wenn er es könnte. »Die Tochter lebt.«

»Tu, was du für richtig hältst«, sagt die Sternenherrin. »Ich wünsche dir Glück.«

»Danke«, sagt Argenteus und tötet sie.

Doctrix kann sich den Grund nicht erklären, doch sie empfindet den Tod der Sternenherrin als Verlust. Sie seufzt.

Argenteus entgeht es nicht. Er dreht sich zu ihr um. »Was war das?«

»Nichts«, sagt sie.

TEIL 2
FARADAS

13. Kapitel

Fiora wandte sich nach Osten, hielt sich nah an der Nordseite der Vierzehn Zinnen. Nachts marschierte sie; bevor der Morgen graute, machte sie halt und grub drei ellentiefe Löcher, weit genug vom Gebirge entfernt, dass die Sonne darauf fallen würde. Sie füllte die Löcher mit Gestrüpp und stellte in jedes einen der drei Zinnbecher, die sie mitgebracht hatte. Nachdem sie die Löcher mit Folie bespannt hatte, zog sie sich in den Schatten zurück und versuchte zu dösen, bis der Abend kam.

Die Abende kamen langsam.

Endlich, endlich hatte sie Bergquell verlassen – doch statt ihre Freiheit gewonnen zu haben, hatte sie alles verloren. Sie hätte nichts für Mara tun können, wieder und wieder sagte sie es sich. Es wäre ihr ergangen wie Leif. Oder nicht? Hätte sie Argenteus überzeugen können, dass sie es war, die er suchte – bevor er sie oder Mara ermordet hätte? Nacht und Tag nagte die Frage an ihr. Hätte sie versuchen sollen, Argenteus zu folgen? Und dann? Was hätte sie getan? Mara hatte behauptet, Fiora habe Vaters Leben zerstört und bedrohe auch ihres. Wann immer sie daran dachte, ballten sich ihre Fäuste vor Schmerz. Konnte es wirklich ihre Schuld sein, dass Vater den Mulsa-Knospen anheimgefallen war? Er war es doch gewesen, der sich aus freien Stücken dafür entschieden hatte, sich auf eine Dunkle einzulassen. Fiora biss sich auf die Zunge. Sie argumentierte bereits wie Mara. Und doch – wenn Mara befürchtete, Fiora könne ihr Leben zerstören, was sollte Fiora anderes tun, als sich aus dem Leben ihrer Schwester herauszuhalten? Es half alles nichts. Egal wie sie es drehte, sie fühlte sich schuldig. Schlaflos wälzte sie sich auf ihrem steinharten Lager und sehnte den Abend herbei. Sie hatte sich Tränen verboten, in der Wüste war jeder Tropfen Flüssigkeit kostbar.

Über den Tag sammelte sich genug Wasser in den Bechern, um Fiora vor dem Verdursten zu bewahren. Die Eiweißriegel allerdings, die sie aus Bergquell mitgenommen hatte, gingen bald zur Neige, und nichts hatte sie bisher gefunden, das auch nur annähernd essbar aussah.

Nach einer Woche waren die Sohlen ihrer Stiefel so durchgelaufen, dass sie jeden Kiesel unter ihren Füßen spürte. Einmal überraschte sie ein Sturm so heftig, dass sie den Rest der Nacht an Ort und Stelle verbringen musste. Hätte sie sich hingelegt, sie wäre verschüttet worden. Der Sand drückte so stark gegen ihr Gesichtstuch, dass sie zu ersticken fürchtete. Erst am Nachmittag des nächsten Tages klarte es auf – zu spät, um noch Löcher für die Wassergewinnung zu graben.

Zwei Nächte später wurde die Sohle ihres linken Stiefels löchrig. Das war nicht nur wegen der spitzen Steine verdrießlich. Sie humpelte bereits von zahlreichen Blasen; in diejenigen, die sich geöffnet hatten, war Sand geraten, manche hatten sich entzündet. Die wahre Wüste tötet alles, hatte Meister Konstantin gelehrt, also drängt das Leben dorthin, wo es Wasser gibt. Und: Während euch in der wahren Wüste ein sauberer, schneller Tod erwartet, kann euch überall sonst jede Wunde ein jämmerliches Ende bringen; zahllose Bakterien werden sie als Pforte in euren Körper nutzen, Würmer kriechen hinein, Fliegen legen ihre Eier in das feuchte Fleisch.

All dein Wissen hat dir nichts gebracht, dachte Fiora bitter. *Was immer du warst.*

Schlimmer als der Schmerz war der Hunger.

Ihr Magen hatte sich zu einer winzigen Kugel zusammengezogen, die alle Kraft aus ihrem Körper saugte. Aus Meister Konstantins Sammlung hatte sie *Das Kompendium über die Gewächse der Wüste* mitgehen lassen. Aber die Pflanzen, auf die sie bisher gestoßen war, wurden in dem Werk entweder als unverdaulich beschrieben oder als giftig. Manchmal fand sie einen Käfer, einmal auch einen Skorpion, den sie mit einem Stein erschlug. Doch sie hatte keine Möglichkeit, ein Feuer zu machen, und als sie das Innere des Skorpions von seinem Panzer nagte, rebellierte ihr Magen so sehr, dass sie sich übergeben musste.

Nur noch wenige Stunden pro Nacht schleppte sie sich voran, bevor sie erschöpft zu Boden fiel. Die Handschaufel, mit der sie die Wasserlöcher grub, kam ihr schwerer vor als der Bohrhammer in der Mine. Vielleicht wäre es ihr leichter gefallen, hätte sie ein Ziel gehabt. Andererseits, dachte sie schicksalsergeben, hatte ihre Ziellosigkeit zumindest den Vorteil, dass es nicht schlimm war, wenn sie eines Abends einfach liegen bliebe. Es würde nicht mehr lange dauern. Sie sah bereits Gesichter vor sich, von denen sie wusste, dass sie nicht da sein konnten. Leif, der kopfschüttelnd ihre Fußsohlen begutachtete. Vater, der sie traurig anblickte. Mara, die zornig auf sie einredete: Meintest du nicht, du kommst zurecht? Sieht ja nicht gerade danach aus. Sogar Mutter erschien ihr; eine Frau mit kohleschwarzer Haut, gesichtslos, mit einer warmen Stimme, die in einer unbekannten Sprache sprach.

Fiora hatte einmal von einer Sage gelesen, in der die Seelen der Gestorbenen sich in einer anderen Welt wiederfanden. Aber wie sollte sie ihre Mutter dann erkennen, dachte sie in plötzlicher Verzweiflung, Mutter hatte ja kein Gesicht. Du wirst schwachsinnig, Fiora, sagte sie sich, und die Erkenntnis beruhigte sie für eine Weile.

In derselben Nacht, in der sich die Sohle ihres rechten Stiefels löste, sah sie das Feuer. Nur ein Glühen am Horizont, aber für die Dämmerung war es zu früh. Erst tat sie es als ein weiteres Hirngespinst ab; ohne es zu beachten, stapfte sie weiter. Doch auch nach einer Viertelstunde war es nicht verschwunden, im Gegenteil, es glomm heller. Mit einem Blick zu den Sternen versicherte sie sich, dass die Dämmerung wirklich noch fern war.

Das Licht kam von Osten, lag also auf ihrem Weg. Fiora beschloss, noch eine Stunde zu wandern. Dann würde sie Rast machen, egal, ob das Licht bis dahin verschwunden war oder nicht.

Doch schon nach einer halben Stunde hatte sie ihren Entschluss vergessen. Es war wirklich Feuer. Nicht eines, sondern mehrere, nah beieinander, zwischen zwei Ausläufern der Vierzehn Zinnen. Rauchsäulen schraubten sich in den Himmel. Geduckt pirschte sie sich näher. Entweder ein natürlicher Brand, was bedeutete, es gab viel Holz, also Wasser. Oder dort vorne waren Menschen.

Beides schien der Fall. Denn im nächstgelegenen der Feuer zeigten sich die Umrisse eines Gebildes, das sich als ein lodernder Dachstuhl entpuppte. Eine Stadt? Ihr Herz schlug schneller. Die Hoffnung auf ein Stück Brot ließ sie alle Vorsicht vergessen. So eilig humpelte Fiora auf das brennende Häusergerippe zu, wie ihre geschundenen Füße es zuließen. Auch das zweite Feuer rührte von einem brennenden Gebäude her. In die Hoffnung mischte sich Sorge; was war geschehen? Ein weißes Pulver rieselte vom Himmel. Asche. Zu viel, um nur von den Bränden zu stammen, die Fiora vor sich sah. Beunruhigt verlangsamte sie ihre Schritte, schlich näher.

Eine Stadtmauer. Wie in Bergquell sperrte sie die gesamte Klamm ab, die allerdings deutlich schmaler war. Die Mauer bestand aus grob aufeinandergestapelten Felsbrocken und war nicht besonders hoch, Fiora hätte sie selbst in ihrer Entkräftung überklettern können.

Was nicht nötig war, denn das Tor war vollständig abgebrannt.

Wie träumend wankte sie zwischen schwelenden Holzplanken hindurch, achtete nicht weiter auf ihre Füße, die von selbst die sicheren Stellen fanden. Eine grausame Ahnung beschlich sie. Nach dem Jammer der letzten Wochen, am Rande ihrer Auflösung, war sie auf eine menschliche Siedlung gestoßen – und alles, was sie vorfand, war Asche.

Es war kein großes Dorf gewesen. Vielleicht ein Dutzend Gebäude, von denen nur noch die steinernen Stützpfeiler standen. Wie waren sie gebaut worden? Aus Holz und Lehm? Beides bedeutete Wasser. Fiora tastete mit der Zunge nach den rissigen Lippen, sah sich um und entdeckte zahlreiche Baumstümpfe. Sie hatte auch während des Wanderns hin und wieder einen Baum gesehen, aber das waren nur armselige Dinger gewesen, niedrig, mehr Strauch als Baum, schwach wie sie selbst. Sie hob den Blick zu den Hängen der Schlucht. Waren die Schatten dort Bäume? Es musste hier Wasser geben. Nur wo?

Während sie suchend durch den Ascheregen ging, entdeckte sie verkohlte Körper in den Ruinen. Übelkeit erfasste sie, sie musste würgen. Doch ihr Magen war leer, sie schmeckte nur Galle auf der Zunge. In ihrem Kampf gegen die Natur hatte sie vergessen, dass auch die Menschen Krieg gegeneinander führten. Vielleicht war die Abgeschiedenheit Bergquells der einzige Grund, dass es bisher verschont geblieben war. Zumindest, wenn man über Argenteus' Besuch hinwegsah.

Weiter den Hang hinauf verengte sich die Klamm zu einem schmalen Spalt. Eine steinerne Hütte war davor errichtet worden. Und in der Hütte fand Fiora, was sie suchte – Wasser. Aus einem Rohr, das in den Fels geschlagen war, plätscherte ein kleines Rinnsal in ein Becken darunter, und es war das schönste Geräusch, das Fiora sich vorstellen konnte. Sie sank vor dem Becken auf die Knie, kramte nicht nach einem Becher, sondern schöpfte das Wasser mit bloßen Händen. Es war eiskalt, kaum brachte sie den ersten Schluck hinunter. Und wenn schon, sie war bereit, die ganze Nacht an diesem Becken zu sitzen, wenn es sein musste. Sie spürte die Tränen kommen und hielt sie nicht zurück.

Zwei Nächte rastete Fiora in dem gebrandschatzten Dorf, dann trieb der Hunger sie weiter. So zäh sie auch gesucht hatte – wer immer hier geplündert hatte, war gründlich gewesen und hatte alles mitgenommen, was nicht festgeschraubt war. Vermutlich sogar das, denn sie fand keine Maschine, keine Werkbank, nichts. Sie hätte nicht zu sagen vermocht, wie die Leute hier ihren Lebensunterhalt bestritten hatten.

An die Leichen traute sie sich kaum heran; erst in der zweiten Nacht brachte sie den Mut auf, die verkohlten Leiber in eine kleine Höhle zu legen, die als Kühlraum gedient haben mochte. Sie verschloss den Eingang, indem sie Steinbrocken zu einer Wand aufschichtete, und konnte nur hoffen, mit dieser Art der Bestattung den Toten Genüge zu tun.

Die Feuchtigkeit in der Klamm war hoch genug, dass sie zahlreiche Maden und Schaben gefunden hatte. Obwohl sie nun ihre Beute rösten konnte, bereitete es ihr die größte Anstrengung, das Ergebnis im Magen zu behalten. Also packte sie ihren Beutel, nahm einen letzten Schluck von dem unvergleichlichen Quellwasser und verließ den Ort wieder, der sie trotz der Zerstörung hoffen ließ: Denn wo sich eine Siedlung fand, da fand sich möglicherweise auch bald eine zweite.

Es hatte wieder gestürmt; wenn die Plünderer Spuren hinterlassen hatten, waren diese vom Sand geschluckt worden. Fiora trug Faradas' Kompass als ihr höchstes Gut um den Hals, doch gebraucht hatte sie ihn noch kein einziges Mal. Weiterhin hielt sie sich im Schatten der Vierzehn Zinnen, die schnurgerade von West nach Ost verliefen. Sie bildete sich ein, dass inzwischen mehr Pflanzen wuchsen; Kakteen, Sträucher, ledrige gelbe Gräser, sogar ab und zu eine Weißkiefer.

Ihre Stiefel hatte sie in der verheerten Siedlung zurückgelassen; die Toten waren allen Schuhwerks beraubt gewesen. Ein paar vom Feuer verschonte Lumpen hatte Fiora gefunden und sich um die Füße gewickelt, doch die Notlösung hielt nur wenige Meilen. Auf nackten, aufgeplatzten Sohlen schleppte Fiora sich voran. Als einer ihrer Zinnbecher einen Sprung bekam, musste sie auch diesen aufgeben. Die Nächte vergingen, ohne dass Fiora auf menschliche Spuren stieß. Mehrmals glaubte sie, ihr Ende sei gekommen. Doch dann fand sie ein halb vertrocknetes Wasserloch oder einen Strauch mit essbaren Beeren, und es war gerade genug, den nächsten Tag zu überstehen. Auch das tierische Leben nahm zu. Ihr Magen gewöhnte sich daran, Maden zu verdauen. Zwischen den Steinen lauerten außerdem Skorpione, und Schlangen zischelten. Mit ihren nackten Füßen musste Fiora aufpassen, keinem der giftigen Tiere zu nahe zu kommen. *Das Kompendium über die Gewächse* behauptete, einige Schlangen ließen sich ohne Gefahr verzehren, aber Fiora traute sich nicht zu, auf die Jagd zu gehen. Sie hatte kaum die Kraft, sich auf den Beinen zu halten, und ihre einzige Waffe war ein schartiges Messer. Mit aufgeplatzten Lippen und verknotetem Magen stolperte sie weiter. Ihre Kleidung bekam Risse. Ihre Kopfhaut juckte von den Flöhen, die sich in ihrem Haar eingerichtet hatten. Die Gesichter sprachen nicht mehr zu ihr. Irgendwann begannen Vögel über ihr zu kreisen, aber Fiora freute sich nur kurz über den Anblick. Es waren große, hässliche Tiere mit nackten Hälsen und struppigem Gefieder – und es war nicht schwer zu erraten, warum sie ihr folgten. Wenn sie gefragt worden wäre, was ihr Ziel sei, hätte sie gesagt: Osten. Ohne dass es etwas bedeutet hätte.

Sie hatte schon lange aufgehört, die Nächte zu zählen, als sie die Fährte fand. Es verschaffte ihr weder Freude noch Erleichterung – die Wüste hatte ihr die letzte Zuversicht aus den Knochen gesaugt. Misstrauisch trat sie näher, zog die verschmierte Brille ab. Aber es war keine Einbildung. Ein dunkler Streifen im hellen Sand, quer zu ihrem eigenen Weg und so breit wie die Schneise, die der Todesbote geschlagen hatte.

Doch nicht ein Komet war hier entlanggebraust; zahllose kleinere Abdrücke hatten gemeinsam die Spur erzeugt. Fiora rieb sich mit dem Oberarm Schweiß und Dreck aus den Augen. Die einzelnen Abdrücke hatten eine längliche Form. Kein Zweifel, sie rührten von Stiefeln. Dutzende Menschen mussten hier entlanggegangen sein, vielleicht Hunderte. Sie waren aus dem Süden gekommen und hatten sich nach Norden gewandt, weg von den schattenspendenden Hängen der Vierzehn Zinnen – waren sie vielleicht sogar von einem Pass herabgestiegen? Gewöhnliche Reisende? Kriegsflüchtlinge? Plünderer?

Fünf Stunden bis Tagesanbruch. Fiora brauchte keine Minute, um sich für den Weg nach Norden zu entscheiden, den Spuren hinterher, tiefer in die Wüste.

Nach anderthalb Stunden glaubte sie, am Horizont eine Schattenlinie zu erkennen. Nach zwei war sie sich sicher: ein neuer Gebirgszug. Wie groß er war, war unmöglich abzuschätzen. Eigentlich war Vollmond, doch Wolken hielten ihn verhüllt und hatten auch den Sternen einen Teil ihres Glanzes genommen. Mehr Pflanzen. Die Gräser, die Fiora früher gesehen hatte, wurden nun so zahlreich, dass sie eine Decke bildeten. Wenig später sah sie die ersten Bäume; schlanke Gestalten, deren Stämme sich erst nach einigen Metern in ein dünnes Geäst aufspalteten, das sich wie ein flacher, dorniger Hut über sie senkte. Konstantin hatte sie gelehrt, dass Bäume in der ungeschützten Ebene nicht überleben konnten. So viele Vorbehalte Fiora gegenüber dem Meister gehabt hatte, seinen Ausführungen hatte sie immer vertraut. Er war es, dem sie den Großteil ihres Wissens zu verdanken hatte. Wie viel davon würde sich noch als falsch herausstellen?

Weitere Spuren. Kreuzten die Fährte, schlossen sich ihr an oder trennten sich von ihr. Es war nicht ersichtlich, ob es sich um andere Gruppen handelte oder nur um Späher, die ausschwärmten und zurückkehrten.

Noch zwei Stunden bis zum Morgengrauen, das Gebirge vor Fiora war nicht größer geworden. Niemand überlebte einen Tag ohne Schatten. Hatte Konstantin gesagt. In diesem Fall wollte sie seine Lehre ungern auf die Probe stellen. Sie eilte weiter, getriezt von ihren wimmernden Muskeln. Das Versprechen auf Menschen hatte ihre Glieder belebt, doch einen neuen Körper geschenkt hatte es ihr nicht.

Die Landschaft wurde hügeliger, insgesamt ging es aufwärts; zerklüftete Felsen ragten aus der Steppe wie die Klauen einer vergrabenen Riesin. An manchen Stellen wurden die Gräser von Geröllteppichen abgelöst. Mit ihren nackten Füßen kämpfte Fiora sich über die lockeren Steine. Der Himmel hatte sich fast völlig zugezogen, der Boden war kaum noch zu erkennen. Sie konnte sich nicht erinnern, in Bergquell jemals so viele Wolken erlebt zu haben. Die Spur war kaum noch zu verfolgen.

Es hatte keinen Zweck, es weiter zu versuchen. Sie kletterte auf einen Felsblock, um sich nach einem Unterschlupf für den Tag umzusehen. Ein paar hundert Schritt entfernt entdeckte sie eine Senke. Hatte sich dort etwas bewegt? Als wollte das Schicksal ihr helfen, stahl sich ein Mondstrahl durch die Wolkendecke, und vor Schreck hätte sie fast das Gleichgewicht verloren. Denn die Schattenrisse in der Senke gehörten Tieren, wie Fiora sie erst ein einziges Mal gesehen hatte – in der Karawane des dunklen Händlers Faradas.

Ihr Herz pochte. Ein Händler. Die Knie wurden ihr weich vor Erleichterung. Erst jetzt wurde ihr klar, welche Sorge sie seit dem Moment mit sich herumtrug, als sie beschlossen hatte, den Spuren zu folgen. Eigentlich schon seit der Nacht, in welcher sie sich von der Stadtmauer abgeseilt hatte. Denn welchen Grund gab es, anzunehmen, dass eine Dunkle irgendwo auf der Welt besser behandelt werden würde als in Bergquell? Faradas hatte behauptet, der Respekt, der ihm entgegengebracht werde, sei allein durch den Wert seiner Waren bedingt.

Aber ein Händler – unabhängig davon, ob es ein Dunkler war oder nicht –, ein Händler würde ein halb verhungertes, elendes Mädchen nicht im Stich lassen – egal, wie dunkel die Haut war.

Aufgeregt kletterte Fiora von ihrem Aussichtspunkt hinunter, stolperte fahrlässig rasch über das tückische Gestein. Zwei Hügel nur, und sie hätte zum ersten Mal seit Wochen eine menschliche Seele gefunden. Und womöglich eine Seele – welch ein beflügelnder Gedanke –, die ihr freundlich gesonnen war. Beinahe wäre sie in eine Bodenspalte gerutscht, doch was bedeutete schon eine weitere Schramme? Sie erreichte den ersten Hügel, eilte auf den zweiten zu, an einem Felsbrocken vorbei, sah die Senke bereits mit den Kamelen darin, deren Höcker eine unverwechselbare Kontur bildeten.

Ein Knurren, tief und bedrohlich.

Sie fuhr herum. Das Knurren war von dem Felsbrocken neben ihr gekommen, nur wenige Schritt entfernt. Und dann – zu Fioras Entsetzen und in Widerspruch zu allem, was sie zu wissen glaubte – erwachte der Felsen zum Leben. Ein Grollen, so tief, dass es unter Fioras Sohlen durch den Boden rollte. Augen flammten auf; sie lagen eine Elle auseinander, brannten hell wie Gasfeuer. Nein, es war kein Felsen. Ein Tier. Ein Tier, das größer war als Vaters Schrank, breiter als die Kommode. Ein Ungeheuer. Ein Wesen, über das man in Bergquell Geschichten gesponnen hatte, um kleine Kinder zu erschrecken. Eine Bestie der Ödnis.

Fiora drehte sich um und rannte. Steine zerschnitten ihr die Füße, Dornensträucher zerstachen ihr die Schenkel. Sie knickte um, stolperte, fing sich, rannte weiter. Knickte wieder um, taumelte, fing sich. Jeder Schritt spritzte ihr glühendes Eisen in den Knöchel, doch hinkend hastete sie weiter. Das flüssige Eisen rann ihr Bein hinab, sie zwang sich vorwärts, knickte um und krachte zu Boden. Sie versuchte, sich hochzustemmen, die Schmerzen zerrissen sie. Verzweifelt nach Atem ringend lag sie da, unfähig zur Flucht. Bang schloss sie die Augen, lauschte auf die Geräusche der Bestie.

Sie hörte nichts als das eigene Keuchen.

Sie zwang sich, den Atem anzuhalten; steif vor Angst lauschte sie in die Nacht hinein.

Stille.

Warten.

Wo war das Untier? Von wo schlich es sich an? Fiora bewegte sich nicht, traute sich nicht einmal, den Kopf zu drehen. Eine Minute verging. Der linke Knöchel brannte. Das rechte Bein war ein Inferno.

Nichts.

Sie konnte nicht bleiben. Mit zusammengebissenen Zähnen stemmte sie sich auf alle viere hoch, kroch unendlich langsam auf die nächste Böschung zu, erreichte sie.

Eine weitere Senke. In der Dunkelheit sah sie aus wie ein schwarzes Loch. Keuchend sank Fiora auf den Bauch, versuchte, die Schmerzen zu verdrängen. Angstvoll lauschte sie, doch hinter ihr blieb es still. Hatte das Ungeheuer von seiner Jagd abgesehen? Sie wagte es nicht zu hoffen. Wie auch immer, sie konnte nicht bleiben. Wie sollte sie bloß den Abhang hinunterkommen? Sie vermochte sich kaum zu bewegen.

Das Knurren – nur eine Elle hinter ihr.

Sie packte die Kante der Böschung, zog sich dorthin. Alles, was sie noch tun könnte, war, sich in das schwarze Loch zu werfen. Vielleicht würde ihr die Bestie nicht folgen. Vielleicht überlebte sie den Sturz.

Die Wolken verschoben sich wieder, ein paar Sterne blitzten.

Das Licht reichte aus, um in die Senke zu sehen. Ein Mann stand dort, in weite Gewänder gehüllt, einen Schal um den Kopf gewickelt, einen Klingenstab in der Hand. Die verspiegelte Schutzbrille war in die Stirn geschoben, und die gasblauen Augen würde Fiora ihr Leben lang wiedererkennen: Faradas.

Mit letzter Kraft hob sie den Arm, holte Luft für einen letzten verzweifelten Hilfeschrei.

Im selben Augenblick glitt der Mond voll zwischen den Wolken hervor. Sein bleiches Licht ergoss sich in die Senke – und Fioras Schrei erstarb auf ihren Lippen.

Denn dort unten stand nicht nur Faradas, der dunkle Händler. Die ganze Senke war übersät mit Körpern. Diese Körper waren nicht verkohlt wie die in der abgebrannten Siedlung – und boten trotzdem einen noch grausigeren Anblick. Frauen, Männer, Kinder lagen durcheinander, mit klaffenden Wunden, abgeschlagenen Gliedmaßen, aufgerissenen Bäuchen. In ihren verzerrten Gesichtern leuchtete noch fahl die Todesangst. Manche trugen Rüstungen, andere hielten Waffen umklammert. Es hatte ihnen nichts genutzt.

Und zwischen all diesen Toten – es mussten Dutzende sein – stand Faradas. Im Mondlicht schimmerte das Blut, das von der Klinge seines Stabes troff.

Als er den Kopf zu ihr hob, duckte Fiora sich weg. Angsterfüllt sah sie sich um. Keine Spur von der Bestie. Hatte sie Fiora als zu magere Kost verschmäht? Und selbst wenn sie nur mit ihr spielte, bereits im nächsten Schatten auf sie lauerte – in bitterer Entschlossenheit kroch Fiora zurück in die Richtung, aus der sie gerade noch geflohen war. Eher sollte eine Bestie der Ödnis sie fressen, als dass sie diesem Mann in die Hände geriete.

In Bergquell nannte man die Dunklen die Diener der Schwarzen Kraft. Fiora begann zu ahnen, warum.

14. Kapitel

»Ist sie am Leben?«

»Vorhin war sie's noch.«

»Sieht ja erbärmlich aus.«

»Wenn Ihr sie nicht haben wollt ...«

»Erst mal abwarten, ob sie überlebt. Aber wenn, wird sie schon zu irgendwas zu gebrauchen sein. Im Zweifel sollen unsere Leute ihren Spaß mit ihr haben, und was von ihr übrig ist, verkaufen wir in Ischgar. Wo habt ihr sie gefunden?«

»In der Nähe des Schlachtfelds.«

»Was soll das heißen – in der Nähe?«

»Ein paar hundert Schritt.«

»Schlampige Arbeit.«

Fiora hörte die Stimmen kaum. Sie schwebte durch eine pochende Finsternis, ohne Willen und ohne Ziel. Ein Dröhnen begleitete sie, von dem sie nicht wusste, ob es aus ihrem Inneren kam oder von außen auf sie eindrang.

»Vielleicht hat sie sich tot gestellt und ist dann geflohen. Kann auch sein, dass sie gerade austreten war.«

»Wird jedenfalls eine Weile dauern, sie hochzupäppeln. Ist ja nur noch Haut und Knochen, das Ding. Sind die Verletzungen heikel?«

Sie erkannte die Bedeutung der Worte, und dennoch klangen sie falsch. Die Betonung – niemand redete so. Vielleicht war das der Tod; eine Welt, in der alles geschah wie zuvor, nur ohne Licht.

»Schwer zu sagen unter dem ganzen Dreck. Aber schaut Euch an, wie die Knöchel geschwollen sind; sie wird eine Weile nicht laufen können.«

»Das macht nichts. Wir werfen sie erst einmal einfach auf einen der Wagen hier.«

Zwei Stimmen. Diejenige, die auf die Knöchel hingewiesen hatte, gehörte einem Mann. Den Wagen erwähnt hatte eine Frau. »Kümmer dich darum«, sagte diese jetzt, »dass man ihre Wunden ordentlich auswäscht. Besorg ihr außerdem was zum Anziehen. Die Lumpen, die sie trägt, wirfst du ins Feuer. Wer weiß, was sich da drin alles eingenistet hat.«

»Sicher, Frau Leutnant.«

»Am wichtigsten ist Wasser. Jemand soll ihr regelmäßig welches einflößen. Kann einer der Verletzten machen.«

Wasser. Fiora schlug die Augen auf.

Und war geblendet. Gleißendes Weiß.

»Na, sieh an«, sagte die Frau. »Das Mäuschen regt sich.«

»Zähes Biest.«

»Wasser«, ächzte Fiora, die geblendeten Augen zusammengepresst.

»Mach schon, Trell«, befahl die Frau, die vorher als Leutnant angesprochen worden war.

Fiora hörte Schritte, dann das Rascheln von Kleidung; eine Hand hob ihren Hinterkopf, eine Schale wurde ihr an die Lippen gedrückt.

»Langsam«, brummte die Männerstimme.

Das Schlucken schmerzte, doch sie konnte nicht aufhören zu trinken. Irgendwann wurde die Schale von ihren Lippen genommen.

»Das reicht fürs Erste.« Wieder der Mann.

»Wo bin ich?« Sie wagte einen weiteren Versuch, die Augen zu öffnen, langsamer diesmal. Nicht mehr weiß, sondern blau, alles war blau. Ein Tageshimmel.

»Das Erste, was du hier lernen musst: Wir stellen die Fragen.« Groß ragte die Frau über Fiora auf; sie trug ein nietenbesetztes Waffenhemd und hatte sich ein Schwert umgegürtet. Sie hatte keinerlei Haupthaar, eine Brandnarbe überzog Hals, Kinn und die linke Wange. Ihre Unterlippe war verschwindend dünn.

Das Gesicht sah so gruselig aus, dass Fiora den Blick abwenden musste. Hinter der Frau sah sie weitere Bewaffnete, außerdem Kisten, Fässer, zwei Planwagen. Ihr erster Eindruck, dass sie sich unter freiem Himmel befände, stellte sich als falsch heraus. Stattdessen lag sie in einer Höhle, deren Zugang so riesig war, dass das Stadttor von Bergquell mitsamt seinen Türmen darin hätte nachgebaut werden können. Draußen zeigte sich ein steiler Geröllhang. Wie der Ort, an dem Faradas gewütet hatte, musste die Höhle in einer Senke liegen. Fiora drehte den Kopf. Zwei weitere Planwagen, mehr Menschen – und erneut Tiere, die sie noch nie gesehen hatte: Sie waren so groß wie Pferde, aber breiter, und aus ihren Schläfen ragten Hörner. »Ochsen«, entfuhr es ihr.

»In der Tat«, bestätigte die Frau. »Du bist überrascht?« Sie kratzte sich den vernarbten Hals. »Das bedeutet, du kommst nicht aus Sebat. Schon gar nicht aus Ischgar. Wo kommst du her?«

»Aus dem Westen.«

Es war die falsche Antwort gewesen, die Augen der Frau blitzten gefährlich. »Lüg mich nicht an.«

Fioras Kiefer verkrampften sich.

»Also, noch einmal«, knurrte die Frau, und ihr entstelltes Gesicht verzog sich zu einer Grimasse. »Woher kommst du?«

Fiora fürchtete sich davor, wieder eine falsche Antwort zu geben – aber noch weniger traute sie sich, zu schweigen. »Wirklich«, wiederholte sie, »ich komme von Westen. Aus Bergquell.«

Mit einer schnellen Bewegung zog die Frau ihr Schwert, drückte die Spitze in Fioras Brust. »Ich will für dich eine Ausnahme machen«, zischte sie mit einem grauenerregenden Lächeln, »und dir deine Frage beantworten. Du befindest dich in einem Lager der Blutigen Hunde – und ich bin Leutnant Edrina, die rechte Hand des Hauptmanns.« Die Frau machte eine dramatische Pause.

Keine der Bezeichnungen sagte Fiora irgendetwas, aber diese Erkenntnis behielt sie lieber für sich. Sie musste nicht wissen, wer die Blutigen Hunde waren, um Leutnant Edrina ernst zu nehmen. Ein Schwert zwischen den Rippen genügte völlig.

»Ich erlaube dir einen letzten Versuch, meine Frage zu beantworten – woher kommst du?«

Fiora presste die Lippen zusammen.

»Sprich.«

Tränen stiegen ihr in die Augen. »Aus Bergquell«, flüsterte sie.

Edrinas Kiefer mahlten; auf der Hand, die den Schwertgriff hielt, traten Venen hervor. Einen entsetzlichen Augenblick lang war Fiora sich sicher, das Schwert in ihrem Herzen zu spüren.

Doch Edrina nahm es weg. Sie musterte Fiora eine geraume Weile, ohne dass ihr Gesicht verriet, was in ihr vorging. Endlich sagte sie: »Entweder, du lügst. Dann bist du noch gerissener, als ich dachte. Oder …« Sie verstummte. Ihre freie Hand glitt zurück an ihren Hals, kratzte die Narbe. »Oder«, sie stieß die Luft aus, »du glaubst wirklich, du kommst aus …

Bergquell.« Es klang, als kostete es sie einige Anstrengung, den Namen nur auszusprechen. »In beiden Fällen bist du zu eigentümlich, als dass ich dich einfach so töten könnte. Vorher muss ich wissen, woran ich mit dir bin.«

»Ich sage die Wahrheit«, beharrte Fiora, in ihre Furcht mischte sich Verwirrung. »Das hat nichts mit Glauben zu tun – ich habe mein ganzes Leben in Bergquell verbracht.«

Inzwischen waren weitere Frauen und Männer herangetreten, hatten einen Kreis um Fiora und Edrina gebildet. Sie wirkten ähnlich hartgesotten wie ihr Leutnant. Narben zeugten von ihren Kriegserfahrungen, von ihren Gürteln baumelten Schwerter und Pistolen.

Edrina kniete sich neben Fiora, verzog die Lippen erneut zu einem schaurigen Lächeln. »Bergquell wurde im letzten Götterkrieg zerstört.« Sie machte eine Kreisbewegung in Richtung ihrer Kumpane. »Das ist länger her, als irgendjemand von uns lebt.«

Das Rund murmelte spöttische Zustimmung.

Edrina streckte den Arm aus. »Im Westen gibt es nichts als Sand, Sonne und Tod.«

Langsam fand Fiora aus ihrer Angststarre heraus. Diese Blutigen Hunde mochten ja in der Lage sein, halb bewusstlose Mädchen zu bedrohen – aber ihr Wissen über die Welt schien Lücken aufzuweisen.

Offenbar hatte ihre Miene verraten, was sie dachte, denn Edrina herrschte sie an: »Was?«

»Wart Ihr dort, Leutnant?«

»Wo?«

»Im Westen. Habt Ihr Sand, Sonne und Tod selbst gesehen?« Fiora murmelte: »Ich schon.«

»Du lügst«, knurrte Edrina, dabei spannte ihre Narbe, einen Wimpernschlag lang flimmerte Schmerz in ihrem

Blick. Und mit einem Mal spürte Fiora Mitgefühl. Sie wusste, wie es war, mit einem Gesicht zu leben, das Abscheu hervorrief. »Tut es sehr weh?«

Kurz glaubte sie, sie sei zu weit gegangen, denn Edrina sprang auf, das Schwert noch immer in der Hand. Doch sie erhob es nicht zum Todesstreich; stattdessen befahl sie: »Trell, lass sie waschen und versorgen. Nein, warte – mach das selbst. Sie ist zu wichtig.«

»Sicher. Aber was habt Ihr vor mit ihr?«

Leutnant Edrina warf einen letzten durchdringenden Blick auf Fiora. »Das Mädchen muss zum Hauptmann.«

»Das heißt«, fragte Trell merklich ernüchtert, »sie darf nicht angerührt werden?«

Edrina, bereits halb zum Gehen gewandt, hielt inne, fuhr sich mit der Hand über den blanken Schädel.

»Die letzten Monate waren ziemlich hart«, setzte Trell nach.

»Von mir aus – auf deine Verantwortung. Wenn sie nicht überlebt, pfähle ich dich für die Geier.« Ohne ein weiteres Wort entfernte sie sich, scheuchte auch die Schaulustigen davon.

Während Fiora ihr hinterhersah, kam ihr die unerquickliche Erinnerung, mit welchen Worten Faradas sich geweigert hatte, sie mitzunehmen: Die Welt ist nicht so, wie du sie dir ausmalst, Fiora. Wo ich hingehe, findet sich Schlimmeres als der Tod.

Trell bot ihr eine Schale Wasser und eine Handvoll Nüsse. Anschließend griff er einen Dolch und machte sich daran, ihr den Kopf zu scheren. Er war fertig, bevor sie die vierte Nuss heruntergebracht hatte – jede einzelne brachte ihren Magen an die Grenzen der Belastbarkeit. Zaghaft tastete sie nach ihrem Schopf und musste feststellen, dass Trell ganze Arbeit geleistet hatte; ein Fingerbreit fehlte, und sie trüge eine Glatze wie Edrina. Nicht dass sie ihrer verfilzten, flohverseuchten Matte hinterhergetrauert hätte.

Trell grinste. »Du bist ja überraschend hübsch, wenn man dein Gesicht sieht.« Die wenigen Zähne, die er noch hatte, waren kaum mehr als faulige Stummel.

»Im Vergleich zu dir«, murmelte Fiora, »ist das eher keine Kunst.« Sie hatte es leise, zu sich selbst gesagt, ein hilfloser Versuch, mit der Angst umzugehen.

So heftig schlug Trell zu, dass ihr Kopf auf den Steinboden knallte. Hören und Sehen verging ihr, Sterne traten ihr vor die Augen.

Trells modriger Atem an ihrem Ohr. »Noch ein Wort, und ich schlage dich zu Brei.«

Fiora brachte nur ein Stöhnen hervor.

Ein zweiter Schlag, wieder dröhnte ihr Schädel, sah sie Sterne. Wenn Trell so weitermachte, würde sie Edrina bald zu nichts mehr nutze sein. Fast dankbar spürte sie die nahende Bewusstlosigkeit – doch Metall an ihrem Hals rief sie ins Leben zurück; sie versuchte, die Lider zu heben, und erreichte ein Blinzeln.

Mit seinem Dolch hatte Trell den Kragen ihres zerfetzten Hemdes zur Seite geschoben. »Was haben wir denn da?« Er hatte den Kompass entdeckt. »Was für ein Schmuckstück. Ich hoffe, es stört dich nicht, wenn ich es behalte?« Feixend löste er ihr die Kette vom Hals. Fiora tat ihm nicht den Gefallen, sich zu wehren.

Nachdem er seinen Raub weggesteckt hatte, riss er ihr die restlichen Lumpen vom Leib und schrubbte sie von Kopf bis Fuß mit einer groben Bürste. Anschließend wiederholte er den Vorgang mit einem Schwamm, den er regelmäßig mit ein paar Tropfen Wasser benetzte. Während Fiora alles stumm über sich ergehen ließ, sah sie sich um, ob sich irgendwo etwas fände, das sie zu ihrem Vorteil nutzen könnte. Im hinteren Bereich der Höhle sah sie eine Gruppe scheuer Gestalten sitzen, die ihr vorher entgangen war.

»Wer sind die?«, fragte sie Trell.

»Na, was wohl«, knurrte er. »Beute.«

Plötzlich hielt er inne. Seine Augen wurden groß, während er ihren Oberarm packte, größer, während er den Schwamm schmerzhaft hart etliche Male über dieselbe Stelle rieb.

»Der Sand soll mich schlucken«, fluchte er, sprang auf, stolperte mehrere Schritte von ihr weg.

Fiora sah nach der Stelle an ihrem Oberarm, konnte jedoch nichts Ungewöhnliches entdecken.

Trell starrte sie an, in seinen Augen flackerte Entsetzen. »Was bist du?«, stammelte er.

Endlich verstand Fiora den Quell seiner Furcht – und konnte es nicht glauben. Verwundet, nackt und kahl saß sie inmitten von abgebrühten Bewaffneten. Und sie war es, die Furcht einflößend sein sollte?

Leute eilten herbei, die auf Trells ungewöhnliches Gebaren aufmerksam geworden waren. »Leutnant«, schrie dieser so laut, dass das Echo durch die Höhle hallte, »Leutnant!« Dabei ließ er Fiora nicht aus den schreckgeweiteten Augen, die Arme schützend vor sich gehoben, als könnte sie sich selbst in eine Bestie der Ödnis verwandeln.

Eine fiebrige Aufregung griff um sich. Schwerter wurden gezogen, knackend wurden Pistolenhähne gespannt. Fiora verharrte reglos. Die Luft war dick wie im Stollen. Ein einzelner Funke konnte zur tödlichen Entladung führen.

»Was ist los, Trell?« Edrina schob sich grob durch den Ring ihrer Bewaffneten. »Hat ein kleines Mädchen dir das Gemächt aus der Hose geblasen?«

»Seht selbst, Leutnant.« Er deutete auf Fiora.

Edrina zog die Brauen zusammen.

Ungeduldig schrie Trell: »Seht Ihr denn nicht – sie ist eine Dunkle!«

»Nein«, flüsterte Edrina. »Du bist keine Dunkle.« Sie kniete sich zu Fiora, strich ihr über den Arm. »Aber du bist auch kein Mensch.« Sie hob den Blick, und in ihren Augen funkelte eine bösartige Neugier. »Was bist du?«

Fioras Gedanken rasten. Gab es eine Antwort, die ihr helfen könnte? Was hätte Mara getan?

»Ich warte.«

»Ich diene Kubus«, stotterte sie. Sie wusste nichts über die Entwicklung des Krieges zwischen Kubus und der Sternenherrin. Ihr blieb nichts anderes übrig, als zu raten, dass Ersterer die Oberhand gewonnen hatte. Edrina hätte ihr kaum geglaubt, hätte sie versucht, sich als eine Dienerin der Sternenherrin zu verkaufen. Die Dunklen dienten ihr nicht. »Krümmt mir ein Haar, und der Gottkönig wird mich fürchterlich rächen.«

Die Umstehenden wichen einen Schritt zurück, packten ihre Waffen fester. Nur Edrina ließ sich nicht verunsichern. »Du dienst also Kubus.« Sie legte eine schwielige Hand auf Fioras geschorenen Scheitel. »Sieh an.« Sie sagte es beinahe zärtlich. »Ich auch.«

Fiora presste die Lippen zusammen.

»Ein Grund mehr, dich zum Hauptmann zu bringen.« Sie wandte sich ihren Schergen zu. »Wer sie ohne meinen Befehl anfasst, verliert die Hand.«

»Das Balg lügt«, zischte Trell.

»Selbstverständlich«, entgegnete Edrina ungerührt. Einen Moment lang sah sie schweigend zu Boden. Dann hob sie den Blick. »Aber stell dir vor, Trell, sie sagt die Wahrheit«, ihre

Stimme rollte bedrohlich sanft, »würdest du dich vor dem Marschall rechtfertigen wollen, dich an einer Dienerin seines Herrn vergriffen zu haben?«

Trells Gesicht wurde bleich wie die Gesichter der Toten, die Fiora letzte Nacht im Licht des vollen Mondes hatte liegen sehen. Er warf einen hasserfüllten Blick auf Fiora, dann spie er auf den Boden und stapfte davon.

»Bleib«, befahl Edrina scharf. »Ich habe dir nicht erlaubt, zu gehen. Du bist nicht fertig mit deiner Aufgabe.«

Mit blutunterlaufenen Augen griff Trell nach dem Schwamm, kniete sich neben Fiora und schrubbte, als wollte er ihr die Haut vom Körper raspeln.

Nach einer halben Stunde endete die Tortur, immerhin war Fiora jetzt sauber wie seit Wochen nicht mehr. Trell warf ihr Hemd und Hose aus grobem Leinen hin, außerdem Sandalen. Ihre Knöchel umwickelte er fest mit Leinenfetzen, nachdem er eine stinkende Salbe daraufgeschmiert hatte. Dann stellte er Fiora eine weitere Schale mit Wasser hin und überließ sie sich selbst.

In der Höhle herrschte inzwischen höchste Betriebsamkeit. Kisten wurden gepackt und auf die Planwagen geladen, die Ochsen wurden angeschirrt. Fackeln wurden in Pechfässer getunkt, Stiefel ausgebessert, Panzerhemden angelegt. Mehrmals prüfte man die Ketten der Gruppe, die von Trell als Beute bezeichnet worden war. Es war offensichtlich, dass man zur Abenddämmerung aufbrechen wollte. Auch wenn keiner Fiora zu beachten schien – unaufhörlich spürte sie die verhohlenen Blicke, die aus den Augenwinkeln auf sie geworfen wurden. Und ihre geschwollenen Knöchel zerstörten die letzte Hoffnung, sich einfach davonzuschleichen.

Nein, besser war es, abzuwarten. Mehr herauszufinden

über diese garstige Bande. Sie trank das Wasser auf einen Zug, und es half ihr, ihre Gedanken zu ordnen. Edrina schien weniger verroht als Trell. Möglicherweise war der Hauptmann, zu dem sie Fiora bringen wollte, ein Mensch, mit dem sich reden ließ. Fiora zweifelte nicht daran, dass mit dem Marschall Argenteus gemeint war. Würde man sie ihm vorführen? Würde sie Mara wiedersehen? Und wie würde sie den Marschall überzeugen können, sie beide zu verschonen? Sie hatte den Strom in Meister Konstantin gespürt. Der einzige Grund, den Argenteus genannt hatte, weshalb er überhaupt nach Bergquell gekommen war. Irgendetwas musste es mit diesem Strom auf sich haben. Etwas, das den Marschall eines Gottkönigs dazu brachte, fast allein den abgeschiedensten Ort nördlich der Vierzehn Zinnen aufzusuchen. Der Marschall musste dieses Etwas sehr begehren. Oder fürchten. Ließ sich Strom als Waffe einsetzen? Fiora war sich sicher: Wenn es einen Weg gab, Mara zu retten, dann würde Strom der Schlüssel sein. Aber sie wusste fast nichts über diese geheimnisvolle Kraft. Und gegen den übermenschlichen Krieger mit den alles verschlingenden Augen würde ihr der Strom der ganzen Welt nichts bringen, solange sie nicht wusste, wie sie ihn einsetzen könnte.

Rufe vom Zugang der Höhle.

Das ganze Lager horchte auf. Selbst die Ochsen hoben die schweren Köpfe, und die Gefangenen rasselten mit ihren Ketten.

»Was ist?« Edrina trat den Rufenden entgegen, die in die Höhle gerannt kamen.

»Ein Händler«, kam die gekeuchte Antwort.

Ungläubiges Raunen erhob sich. Niemand reiste bei Tag.

»Jetzt?«, fragte Edrina.

»Er ist allein. Vermutlich ein Mann. Sechs oder sieben Kamele.«

Faradas? Nach der schrecklichen Szene, die sich Fiora letzte Nacht geboten hatte, blieb sie lieber in den Fängen der Blutigen Hunde, als dem Meuchler noch einmal zu begegnen. Andererseits, meldete sich eine leise Hoffnung zu Wort, befand sie sich nicht mehr in der tiefsten Wüste – konnte es hier noch andere Händler geben?

»Hat er dich gesehen?«, fragte Edrina die Späherin.

Die Späherin schüttelte den Kopf. »Ich glaube nicht.« Auch ihre beiden Gefährten verneinten.

»Habt ihr unsere Spuren ordentlich verwischt?«

»Jawohl, Frau Leutnant.«

»Dann warten wir, bis er weitergezogen ist.« Edrina kratzte sich den Hals. »Besser, als ihn zu töten. Diese Händler bringen nur Scherereien.«

An was für eine Art von Banditen war Fiora da bloß geraten, wenn jene einen allein reisenden Händler nicht als gefundenes Fressen betrachteten?

Edrina wandte sich an die Anwesenden: »Niemand gibt einen Laut von sich. Ich soll verdammt sein, wenn der Galgenstrick uns vom Weg aus bemerkt.«

Edrina beherrschte ihre Truppe, das musste Fiora ihr zugestehen. In der riesigen Höhle wurde es grabesstill.

Und in diese Stille drang das leise Klicken eines losgetretenen Steines.

Das Rasseln von weiteren, die folgten.

Die Banditen wichen vom Eingang zurück. Fiora setzte sich auf. Edrina legte die Hand auf ihr Schwert.

Den Geröllhang außerhalb der Höhle stieg ein Mann herunter; über den Sandalen zeigten sich ein weites lilafarbenes Kleid, ein Klingenstab, eine verspiegelte bernsteinfarbene Schutzbrille, ein komplett in Lila verhüllter Kopf. Hinter ihm folgte die Reihe seiner Kamele, deren erstes er am

Zügel führte. Faradas. Oder nicht? Was, wenn alle reisenden Händler denselben Kleidungsstil pflegten?

»Zu dumm«, hörte Fiora Edrina zu den Bewaffneten in ihrem Rücken sagen, »jetzt müssen wir ihn erledigen. Wenn wir Glück haben, hat er ein paar gute Klunker dabei. Wartet, bis ich das Zeichen gebe. Vielleicht erfahren wir was Nützliches, bevor er stirbt.«

Dann trat sie vor. »Was wollt Ihr hier?«, rief sie dem Fremden zu, der womöglich Faradas war. Breitbeinig und stolz stand sie am Rand der Höhle.

»Ich bin Händler. Ich bitte um Wasser für meine Kamele und um einen Platz, wo ich meine Waren feilbieten kann.« Fiora spürte, wie ihre Handflächen feucht wurden. Diese seltsam melodische Stimme zerstreute ihre letzten Zweifel. Der Mann, der gerade die Höhle betrat, war derselbe, der sie in Bergquell nicht hatte mitnehmen wollen. Dem letzte Nacht in der Senke das Blut von der Klinge getropft war.

»Wir sind im Begriff, uns für den Aufbruch zu rüsten«, erwiderte Edrina. »Und unser Wasser ist zu knapp, als dass wir welches entbehren könnten. Aber wenn Ihr hier lagern wollt«, sie deutete auf einen freien Bereich am Rande der Höhle, »tut Euch keinen Zwang an.«

»Seid bedankt.« Faradas schob sich die Brille in die Stirn. Dann führte er seine Kamele an den bezeichneten Ort und begann unverzüglich, dem ersten seine Last abzunehmen.

Edrina folgte ihm. »Wo kommt Ihr her?«

»Larat.« Er rollte einen Teppich ab, breitete ihn auf dem Boden aus.

»Und wo wollt Ihr hin?«

»Ischgar.« Er verteilte ein paar Kissen auf dem Teppich.

»Habt Ihr Neuigkeiten von Bergquell gehört?«

»Wurde das nicht im letzten Götterkrieg vernichtet?

Beziehungsweise im vorletzten, wenn man den aktuellen bereits als beendet betrachten will.« Er setzte eine Truhe neben den Teppich, öffnete sie, holte Teegeschirr heraus.

»Wir haben ein Mädchen gefunden, das behauptet, von dort zu stammen.«

»Die Leute behaupten alles Mögliche heutzutage.« Er nahm einen Schlauch von der Flanke des nächsten Kamels.

Edrina schien es fürs Erste dabei bewenden lassen zu wollen. Sie wechselte das Thema: »Und womit handelt Ihr?«

»Menschen.« Er ließ aus dem Schlauch Wasser in einen Topf laufen.

»Und Ihr habt in Larat keine erstehen können?«

»Larat ist niedergebrannt.« Er stellte seinen Gaskocher auf, zündete ihn an.

»Ist das so?«

»Vermutlich die Blutigen Hunde wieder. Ihr habt sicher von ihnen gehört?« Er setzte den Topf auf den Gaskocher.

»Wer nicht.«

Eine ungemütliche Stille entstand, während Faradas ein paar Kräuter aus einem Beutel kramte, an ihnen roch und sie dann in den Topf fallen ließ.

»Ihr glaubt«, fragte Edrina schließlich, »wir sind Menschenhändler?«

Faradas nickte stumm in Richtung der Gefesselten.

»Und was könnt Ihr uns anbieten?«

»Messgeräte, Chemikalien, Gewürze, Waffen.« Er nahm zwei Tassen, stellte sie auf zwei kleine Teller und legte auch jeweils einen Löffel dazu.

»Waffen? Was habt Ihr denn für welche?«

»Einige.« Er wühlte in der Kiste, zog einen hölzernen Löffel heraus und rührte damit den Sud um.

»Irgendetwas, das uns beeindrucken kann?« Edrina zeigte

spöttisch auf die Frauen und Männer, die sich hinter ihr versammelt hatten. Sie trugen Musketen, Pistolen, Schwerter, Speere, Äxte – einem lag sogar ein Kriegshammer auf den Schultern.

»Wollt Ihr Tee?« Faradas hatte mit zwei Lappen die Henkel des Topfes ergriffen und füllte den Sud vorsichtig in die bereitgestellten Tassen. »Wir haben einander noch gar nicht vorgestellt. Ich bin Faradas. Bitte nehmt Platz.«

»Ich stehe lieber.«

»Wie Ihr meint.« Er setzte sich mit gekreuzten Beinen auf eines der Kissen, griff nach der Tasse vor ihm, schnupperte an dem aufsteigenden Dampf.

Hinter ihm traten Edrinas Schergen näher. Mit angehaltenem Atem verfolgte Fiora die Szene. Sollte sie Faradas warnen? Sie erschrak vor ihrem eigenen Gedanken – Dutzende Frauen, Männer, Kinder hatte er im Alleingang niedergemetzelt, und noch immer fühlte sie sich ihm verbunden? Weil er ein Dunkler war? Was hatte er getan, um sich ihre Hilfe zu verdienen? Es wäre nicht nur ungerecht, ihn zu warnen, es wäre auch Wahnsinn – gegen die Übermacht hier war er hoffnungslos unterlegen, und sie selbst bekäme die Rache der Blutigen Hunde zu spüren.

Faradas befreite den Mund aus den Falten seines Schals, blies in den Dampf seines Tees. Er wirkte völlig arglos.

Edrina hob den Arm. Die Hähne der Pistolen knackten.

Faradas setzte die Tasse auf dem dazugehörigen Teller ab. »Ihr habt nach meinen Waffen gefragt. Ich zeige Euch eine.« Er sah zu ihr hoch und hielt ihr eine der Tassen entgegen. »Bitte, trinkt.«

»Nein, danke.«

»Eure Leute sehen recht feindselig aus«, bemerkte er unbekümmert. »Wollt Ihr sie bitten, ihre Pistolen zu senken?«

»Wozu? Wenn ich Euch töte, gehören Eure Waren mir, ohne dass ich zahlen muss.«

»Das ist wahr. Aber wenn Ihr mich tötet, sterbt auch Ihr.«

Edrina lachte auf.

»Lasst mich Euch nur eine Sache zeigen. Danach könnt Ihr mit mir verfahren, wie Ihr wollt.«

Fiora wusste nicht, ob es seine unheimliche Furchtlosigkeit war, die Eleganz seiner Bewegungen oder die Melodie in seinen Worten – dieser Mann schlug sie vollkommen in seinen Bann. Auch Edrina schien sich seiner Magie nicht entziehen zu können, denn sie gestattete ihm seinen Wunsch. »Macht es kurz.«

»Gern.« Wieder griff er in seine Kiste, zog ein faustgroßes metallenes Ei daraus hervor. »Wisst Ihr, was das ist?«

Edrina zögerte. Sie wirkte beunruhigt. »Eine Granate?«

»Sehr richtig. Wenn man bedenkt, was für eine Zerstörungskraft sie besitzen, sind Granaten sehr einfache Werkzeuge. Im Grunde muss man nur diesen Hebel hier drücken«, er tat es. »Wenn man jetzt den Ring zieht, ist sie scharf.« Er tat auch das. Es war so beiläufig, so schnell geschehen, dass die mordlustige Schar, die ihn umringte, die Falle erst bemerkte, als es zu spät war.

»Seht Ihr«, lächelnd hielt er das metallene Ei in die Höhe. »Sobald ich den Hebel loslasse, wird diese behagliche Höhle unser aller Grab.«

Edrinas Nüstern blähten sich. »Ihr seid ein toter Mann.«

»Ihr droht mir?« Faradas legte den Kopf schief. »Glaubt Ihr, ich fürchte den Tod mehr als Ihr?« Eine nervenzehrende Gelassenheit ging von ihm aus.

»Was wollt Ihr?«, fragte Edrina, und ihre Zähne knirschten vor Wut.

»Nur eine Kleinigkeit.«

»Was?«

»Das Mädchen.«

»Welches?«

»Welches wohl?«

»Niemals.«

Aus dem Nichts hatte Faradas eine Pistole gezogen, ohrenbetäubend laut dröhnte der Schuss durch die Höhle. Der Mann mit dem Kriegshammer wurde zu Boden geschleudert, regte sich nicht mehr. Aus der Mündung der Pistole rauchte es nicht. Wie bei Argenteus.

»Ihr müsst bereits nach der ersten Kugel nachladen«, sagte Faradas ruhig. »Ich nicht.« Ein weiterer Schuss donnerte, diesmal traf es Trell. »Wollt Ihr herausfinden, wie viele Kugeln ich noch für Eure Leute parat habe – oder gebt Ihr mir das Mädchen?«

»Ihr sollt verflucht sein.«

»Ja, ja, sicher. Fiora, kommst du bitte.«

Faradas oder die Blutigen Hunde? Eine Entscheidung zwischen Sturm und tödlich blauem Himmel.

»Fiora?« Wieder Faradas, ungeduldig jetzt.

Mühselig richtete Fiora sich auf. Trells Bandagen halfen, trotzdem war jeder Schritt eine Folter.

»Alle Schusswaffen bitte hier auf einen Haufen«, befahl Faradas währenddessen. »Der Letzte stirbt zuerst.«

Die Waffen flogen wie von selbst.

Statt zu Faradas humpelte Fiora zu Trell.

»Was tust du?«

»Er hat etwas, das mir gehört.« In der Weste des Erschossenen fand sie den Kompass. Sie legte sich die Kette um den Hals. Dann hinkte sie zu Faradas.

Der Händler wandte sich Edrina zu. »Wärt Ihr so freundlich, dem armen Mädchen auf mein Kamel zu helfen?« Er sah nach dem Teppich mit dem Teegeschirr. »Außerdem könnten ein paar Eurer Leute meine Sachen wieder aufladen.«

Voll ohnmächtigem Zorn taten die Blutigen Hunde wie geheißen.

Faradas trat neben Fiora, die bereits auf dem Kamel saß, sich an den Sattelknauf klammerte. »Gut festhalten.« Er schnalzte mit der Zunge, das Kamel trottete den Geröllhang hinauf. Die anderen folgten. Trotz des fürchterlichen Schwankens und ihrer Furcht, aus dem Sattel geworfen zu werden, drehte Fiora sich nach Faradas um. Er stand noch am Eingang der Höhle.

»Danke für das Mädchen. Hier kommt die Bezahlung.« Und mit einer nachlässigen Bewegung warf er die Granate auf den Waffenhaufen.

Sie hatten die unselige Höhle schon lange hinter sich gelassen, da dröhnte die Explosion noch immer in Fioras Ohren.

15. Kapitel

»Wir reiten im Licht«, bemerkte Fiora ungläubig. Sie hing auf ihrem schwankenden Kamel, starrte auf Faradas' Rücken, der vor ihr ritt, und wusste nicht, ob sie wachte oder träumte. Hätte sie mehr als Trells fünf Nüsse im Magen, hätte sie sich schon längst übergeben müssen.

»Bevor es Nacht wird, müssen wir steinigen Boden erreichen. Sonst werden die Blutigen Hunde unseren Spuren folgen.«

Fioras Gehirn war geschmolzen. Trotzdem wurde sie hellhörig. »Die Blutigen Hunde? Habt Ihr sie nicht in die Luft gejagt?«

»Nicht alle. Diejenigen, die weiter hinten in der Höhle standen, dürften mit dem Schrecken davongekommen sein.«

»Die Gefangenen?«

»Vermutlich auch die, ja.«

»Was wird aus ihnen?«

»Ich weiß es nicht.«

Fiora spürte einen unheilvollen Gedanken aufsteigen – Faradas, der Meuchler. Warum hatte er all die Menschen in der Senke umgebracht? Doch da drehte sich die Welt. Ein plötzlicher Luftzug ließ den Schal flattern, den Faradas ihr um den Kopf gewunden hatte. Ein Wall aus Sand raste auf sie zu, knallte gegen sie.

Als sie wieder zu sich kam, ragte der Bauch des Kamels riesig über ihr auf. Faradas' lila umwickeltes Gesicht schob sich in ihr Blickfeld. »Wir sollten weit genug von der Höhle weg sein«, sagte er. »Lass uns rasten.«

Fiora schlief auf der Stelle ein.

Sie musste lang geschlafen haben, denn als sie erwachte, erstreckte sich der vertraute Sternenhimmel über ihr. Faradas kniete an ihren Füßen, hatte ihre Hosenbeine bis zu den Knien hochgeschoben und wickelte Trells Bandagen ab. Die Salbe, die zuvor schon übel gerochen hatte, hatte einen bestialischen Gestank entwickelt. Mit Sand und einem Lappen rieb er ihre Knöchel sauber. Dann trug er eine neue Salbe auf, die besser roch.

»Wir sind bei Licht geritten«, murmelte Fiora. Oder hatte sie es geträumt?

»Ja.«

»Meister Konstantin sagt, wer von den Strahlen des Feuerdämons getroffen wird, dessen Blut beginnt zu kochen, und er stirbt.«

»Ich kenne Meister Konstantin nicht, aber meinem Empfinden nach sind wir noch einigermaßen lebendig.«

Fiora stöhnte auf, als Faradas ihr frische Verbände anlegte. »War denn alles gelogen?«, fragte sie resigniert.

»Die Sonne tötet tatsächlich. Nur nicht so schnell, wie du denkst. Erst bilden sich Flecken auf der Haut, dann entstehen Geschwülste. Die Geschwülste wachsen dir in den Körper, wo sie irgendwann deine Organe zerfressen. Dann erst stirbst du.«

Fiora tastete nervös nach ihrem Bauch.

»Keine Sorge. Das dauert. Je dunkler deine Haut ist, desto länger.« In seinem Mundwinkel zuckte es spöttisch. »Die große Gnade, die uns Dunklen zuteilwird.« Er erhob sich, warf ihr eine Decke zu. »Versuch, noch ein bisschen zu schlafen. Nach Mitternacht reiten wir weiter.«

Sie träumte von Leifs blondem Schopf, um den sich eine rote Lache bildete. Von Mara, die in ihrer schneidigen blauen Uniform aussah wie eine Generalin. Von einer großen, dunklen Frau ohne Gesicht, die barfuß durch eine Türe ging. Das Geräusch der Schritte weckte sie auf. Hilflos blinzelnd versuchte sie herauszufinden, wo sie war. Ein Nachthimmel über ihr. Ein Geruch, der neu war und der ihr doch nicht fremd vorkam – Kamele.

Es waren wirklich Schritte, die sie aus dem Schlaf geholt hatten. Doch die dunkle Gestalt war nicht ihre Mutter. Es war Faradas, der einen nahen Hügel hinaufstieg, in der Hand seinen Klingenstab. Von derselben Klinge, die dort oben im Sternenlicht blitzte, hatte das Blut erschlagener Familien getropft.

Er war hundert Schritt entfernt. Sie könnte sich auf eines der Kamele schwingen und fliehen. Kaum hatte sie die Idee, biss sie sich auf die Lippen. Wahrscheinlich wäre sie ohne Hilfe nicht einmal in der Lage, in den Sattel zu kommen.

Aber konnte sie es wagen, zu bleiben? Reglos stand Faradas auf der Hügelkuppe, nur ein schlanker, finsterer Schattenriss vor dem funkelnden Sternenhimmel. Was tat er dort? Er sah unheimlicher aus denn je.

Ein zweiter Schatten erschien von der anderen Seite des Hügels. Ein riesiger, lang gezogener Körper auf vier kurzen Beinen, die sich in lautloser Geschmeidigkeit bewegten. Fiora setzte das Herz aus. Eine Bestie der Ödnis. Nein, nicht irgendeine. Fiora war sich sicher – es war diejenige, von der sie gejagt worden war, bevor sie Faradas in der Senke gesehen hatte.

Die Bestie näherte sich Faradas bis auf einen halben

Schritt. Ihr gewaltiger Schädel war von einer Mähne bekränzt, die vom Brustbereich fast bis zum Boden fiel. Klein wie ein Kind sah Faradas zu dem Ungetüm auf. Dieses senkte sein Haupt, Faradas legte ihm die Hand auf die Schnauze.

Fiora stieß die Luft aus, von der sie nicht gewusst hatte, dass sie sie die ganze Zeit über angehalten hatte.

Das Haupt der Bestie fuhr herum.

Selbst auf hundert Schritt Entfernung konnte Fiora das Glühen in den Augen sehen. Alles in ihr schrie: Lauf, Fiora, lauf! Doch wie? Sie konnte kaum humpeln. In ohnmächtiger Starre sah sie die glühenden Augen eines Jägers, der seine verloren geglaubte Beute entdeckt hatte. Hinter Fiora scheuten die Kamele.

Faradas trat an die Bestie heran, griff ihr in die Mähne, sagte etwas – und die Bestie wandte den mordlüsternen Blick von Fiora ab, verschwand so lautlos und rasch, wie sie erschienen war.

Faradas kehrte ins Lager zurück. »Lass uns aufbrechen«, sagte er.

Eine blutrote Sonne schob sich am Horizont hoch. Bis jetzt hatte Fiora sich nicht getraut, nach der Bestie zu fragen. Oder nach den Leichen in der Senke. Inzwischen schmerzte sie die ungewohnte Bewegung des Reitens mehr als alle Verletzungen zusammen. Doch sie wagte es nicht, um eine Pause zu bitten.

»Wohin reiten wir?«, fragte sie stattdessen.

»Ischgar.«

»Unmöglich.«

Faradas hatte seine Schutzbrille um den Hals hängen. Als er sich nach Fiora umwandte, sah sie das Erstaunen in seinen Augen. »Du kennst Ischgar?«

»Nein«, entgegnete sie. »Aber Ihr habt Leutnant Edrina gesagt, Ihr wollt dorthin. Ihr werdet wohl kaum den Blutigen Hunden Euer wahres Ziel genannt haben.«

Er verzog den Mund zu einem schiefen Lächeln. »Nicht schlecht. Du denkst mit. Aber dieselben Überlegungen wie du werden die Blutigen Hunde anstellen. Sie werden uns nicht in Ischgar suchen.«

»Aber würden sie nicht zumindest eine Späherin schicken, für alle Fälle?«

»Wie kommst du darauf?«

Fiora wich seinem Blick aus. »Ich jedenfalls würde es so machen.«

Ein belustigtes Schnauben blieb seine einzige Antwort.

»In der Senke«, Fiora nahm all ihren Mut zusammen, »die toten Menschen dort, warum habt Ihr sie umgebracht?«

Faradas zügelte sein Kamel, sodass er neben sie zu reiten kam. »Ich habe mich schon gewundert, ob du überhaupt noch fragst.«

Also hatte er sie in jener Nacht gesehen. Obwohl die Hitze des Tages bereits über die Ebene rollte, fröstelte Fiora. »Warum habt Ihr das getan?«

»Aus Mitleid.« Seine Stimme war kühl geworden; Mitleid schwang keines darin.

»All diese Leute?« Fiora schnürte es die Brust zusammen.

»Nur die, die noch am Leben waren.«

»Nur die, die noch am Leben …«, wiederholte sie erschüttert. Doch dann glaubte sie zu verstehen, und ein Hoffnungsschimmer erfüllte sie. »Das heißt, Ihr habt das Massaker gar nicht zu verantworten?«

»Nein.« Er sah auf die Zügel in seinen Händen. »Ich kam zu spät, es zu verhindern.«

Fiora fiel ein Brocken Erz vom Herzen. Sie war nicht mit

einem blutrünstigen Mörder unterwegs. Wenn er aufrichtig war. Aber wäre er schuldig – welchen Grund hätte er, aufrichtig zu sein?

Sie schluckte. »Wer waren sie?«

»Kriegsflüchtlinge.«

»Und wer hat sie …?« Sie brachte es nicht fertig, den Satz zu Ende zu sprechen.

»Schwer zu sagen.« Faradas zuckte mit den Schultern. »Seit dem Tod der Sternenherrin treibt sich viel übles Volk herum.«

Immerhin wusste Fiora jetzt, wer den Krieg gewonnen hatte.

Die nächste brisante Frage traute sie sich erst am späten Vormittag zu stellen. Sie hatten inzwischen die Ausläufer des Gebirgszugs erreicht, den Fiora auf der Fährte der Blutigen Hunde zum ersten Mal gesehen hatte. Im Schatten eines Steilhangs hatte Faradas das Tageslager aufgeschlagen.

Während er ihre Verbände wechselte, fragte sie: »Was habt Ihr mit mir vor?« Obwohl er die Schutzbrille trug, traute sie sich nicht, ihm in die Augen zu sehen.

»Ich nehme dich mit nach Ischgar.«

»Und dann?«

»Wirst du alleine zurechtkommen müssen.«

Fiora hatte es befürchtet, und trotzdem verquirlten die Worte ihr die Eingeweide. »Ich kann nicht einmal laufen.«

»Bis wir in Ischgar sind, wirst du es können.«

Am Abend brachen sie wieder auf, und um Mitternacht erreichten sie den ersten Weiler. Er bestand aus acht Erwachsenen, drei Kindern und vier windschiefen Hütten, die in eine Felsspalte gebaut worden waren. In den Korinaden –

laut Faradas der Name des Gebirges – wuchsen mehr Bäume als in den Vierzehn Zinnen. Die Leute der Siedlung nutzten das Holz, um Werkzeug und kleine Figuren daraus zu schnitzen. Faradas bot ihnen einen Wetzstahl an gegen ein paar ihrer Holzlöffel. Doch als sie seine dunklen Hände sahen, flohen sie angsterfüllt in ihre Hütten und verrammelten die Türen.

Dünne Rauchsäulen verkündeten die nächsten Siedlungen. Fiora fürchtete bereits wieder Brandschatzung und Plünderung, doch Faradas wies darauf hin, dass der Rauch nicht schwarz war, sondern weiß, und vermutete Kohlenmeiler als die Ursache, womit er recht behielt. Die Köhlerinnen und Köhler hausten in Verschlägen oder unter Planen und blieben offensichtlich nur so lange am selben Ort, wie die Umgebung genügend Holz lieferte. Sie waren weniger eingeschüchtert von der dunklen Haut der Fremden, hatten allerdings nichts anzubieten. Faradas schenkte ihnen Eiweißriegel und Schnüre, dann ging es weiter.

Eine Weile folgten sie einem Flussbett. Schließlich gelangten sie auf einen Pfad, der sich das Gebirge hinaufschlängelte; links und rechts ragten Bergwände drohend auf, die selbst den Alten Herrn hätten schmächtig wirken lassen. Mehrmals stießen sie auf Wasser. Keine Brunnen oder zugänglich gemachte Quellen – das Wasser plätscherte einfach so zwischen den Steinen hindurch. Fiora war hingerissen von dem Anblick, lauschte verzückt auf die glucksenden Geräusche. Der Weg war steil geworden, doch sie vergaß alle Anstrengung. Fließendes Wasser!

Im Morgengrauen erreichten sie den Pass. Ein Wachturm war dort errichtet, vor welchem ein Bewaffneter stand, und aus einer der Schießscharten ragte eine Muskete. Faradas stellte sich als Händler vor. Der Bewaffnete überhäufte ihn sogleich mit tausend Fragen zur Lage südlich der Korinaden. Erst als Faradas ihm eine Glasmurmel schenkte, durfte die Karawane passieren.

Der Abhang, der ins dahinter liegende Tal führte, war mit grünbraunem Moos bewachsen.

»Kein Geröll?« Perplex nahm Fiora die Schutzbrille ab. »Kein Sand?« Im Schatten des Abhangs lag eine Stadt, größer als Bergquell. »Ist das Ischgar?«

Faradas schüttelte den Kopf. »Talgar. Lass uns den Abstieg hinter uns bringen, solange die Sonne noch niedrig steht.«

Glücklicherweise waren die Kamele trittsicher; Fiora konnte sich nicht auf den Weg konzentrieren, zu sehr war sie abgelenkt von der sagenhaften Aussicht. Wie Bergquell war Talgar mit Steinmauern geschützt; rot geziegelte Satteldächer ragten dahinter auf. Einige größere Gebäude waren mit rechteckigen Türmchen geschmückt. Während vom Pass nur ein gewundener Pfad ins Tal hinunterführte, war auf der anderen Seite der Stadt eine breite Straße zu erkennen. Im Norden befand sich auch Talgars Haupttor.

Faradas führte die Kamele an der Stadtmauer entlang, bis sie das Tor erreichten. Auch hier waren die Wachen begierig auf Neuigkeiten. Kein Wunder – schon in Bergquell hatte Fiora die armen Geschöpfe bemitleidet, die nach Erscheinen des Todesboten Posten auf der Mauer beziehen mussten. Ja, erst war Faradas aufgetaucht, dann Argenteus. Doch sonst? Nur Sand und Geröll.

Als Faradas nach einem Ort zum Lagern fragte, zeigten die Wachen auf die Wiese vor ihnen, außerhalb der Mauern.

»Wo kann ich meine Waren feilbieten?«

Sie zeigten wieder auf die Wiese.

»Das letzte Mal überließ man mir den Marktplatz.«

»Zeiten ändern sich.«

Weder Schmeicheleien noch Glasmurmeln konnten die Wachen umstimmen.

Als sie das Lager aufschlugen, wirkte Faradas noch schweigsamer als sonst. Fiora beobachtete ihn besorgt. »Warten wir mit unserem Handel bis zum Abend?«, fragte sie, um die düstere Stimmung zu durchbrechen.

»Nein.«

Es war tatsächlich erträglich heiß. Ob die Leute hier auch am Tage geschäftig waren? »Glaubt Ihr, sie lassen uns nicht in die Stadt, weil Kubus die Macht ergriffen hat?«

Faradas warf einen seiner Teppiche aufs Moos, damit Fiora ihn abrollte. »Nein«, sagte er. »Es ist der Fluch der Dunklen. Wir wurden nie gut gelitten – aber es wird von Jahr zu Jahr schlimmer.«

Fiora zog den Teppich zurecht, sodass er auf einer flacheren Stelle zu liegen kam. Faradas' Salben hatten Wunder gewirkt, die ersten vorsichtigen Schritte gelangen ihr bereits wieder. »Warum wehrt Ihr Euch nicht?« Die Frage hatte sie schon länger begleitet. Vielleicht war es eine ungerechte Frage, sie selbst hatte sich auch nie gewehrt – aber sie hatte auch nie eine magische Pistole besessen, die man nicht nachladen musste.

Auf den Teppich flogen drei Stoffballen, von denen Fiora nicht einen einzelnen hätte heben können. »Wir sind nicht mehr viele«, flog die Antwort auf ihre Frage hinterher.

Sie sah ihn an. »Sollten wir deswegen nicht zusammenhalten?«

Faradas hatte die Truhe mit dem Teegeschirr in den Händen. Er ließ sie fallen. Ein unmissverständliches Klirren, als die Truhe auf den Boden krachte. Er trat zu Fiora, fasste sie an den Schultern, sein Blick brannte sich in ihre Augen. »Du bist keine von uns.« Sie versuchte sich wegzuducken, doch seine Finger bohrten sich in ihr Fleisch. »Und du wirst es nie sein.« Sie drückte den Kopf zur Seite, doch er packte ihr Kinn, drehte es zu sich. »In Ischgar gehen wir getrennte Wege.«

Die Gasflammen in seinen Augen loderten. Noch niemals hatte sie ihn so erlebt. So zornig. Ihre Beine wurden weich vor Angst. Aber mit der Angst kam der Trotz. »Ihr klagt über Ablehnung – aber selbst verstoßt Ihr mich. Was macht Euch besser als die Leute, die Euch meiden?«

Hinter seinem verrutschten Gesichtstuch war zu erkennen, wie seine Halsmuskeln sich spannten. Er ballte die rechte Hand zur Faust, und einen Augenblick glaubte sie, er würde sie schlagen. Angstschweiß trat auf ihre Stirn. Doch »Nein«, sagte er nur, und das Feuer in seinen Augen erlosch. »Ich bin nicht besser. Und deswegen kannst du mich nicht begleiten.«

Plötzlich empfand sie Mitleid mit Faradas. Dieser harte, spöttische Krieger, der es allein mit einer Horde Banditen aufnahm, trug eine Wunde in sich. Er hatte sie tief in sich verborgen – doch sie eiterte, war zu entzündet, um zu heilen.

Noch immer krallte sich seine linke Hand in ihre Schulter, Fiora legte ihre Finger darauf. »Vielleicht sind wir nicht so verschieden, wie Ihr denkt. Vielleicht kann ich Euch verstehen.«

Faradas ließ sie los, rieb sich die Stirn. Fiora hatte sich nie Gedanken über sein Alter gemacht; er hatte weder tiefe Falten im Gesicht noch Leifs jugendliche Frische. In diesem Augenblick jedoch kam er ihr erschöpft vor. »Ich verstoße dich nicht, Fiora. Wenn ich sage, dass du anders bist als ich, dann sage ich das nicht, weil ich glaube, du kannst nie werden, was ich bin. Im Gegenteil, ich glaube es – und ich fürchte mich davor.«

Er hob den Blick zum Stadttor, von dem die ersten Neugierigen herbeirannten. »Ischgar ist groß genug, um dir Möglichkeiten zu bieten, dich durchzuschlagen. Sobald wir die Stadt erreichen, müssen wir uns trennen. Ich kann dich nicht schützen.« Ein Seufzen. »Nicht vor mir.«

Sie suchte nach einer Entgegnung, doch Faradas wandte sich seinen Kamelen und Kisten zu.

Bald waren sie von Schaulustigen umringt. Jung und Alt hatten sich versammelt. Kinder mit großen Augen spähten durch die Beine der Erwachsenen hindurch. Greisinnen mit Krückstock hinkten herbei, verlumpte Tagelöhner wie gut gekleidete Damen stellten sich auf die Zehenspitzen, um einen Blick auf die geheimnisvollen Händler zu werfen. Trotz aller Neugier hielt man tunlichst Abstand; niemand wagte ein lautes Wort – getuschelt wurde dafür umso mehr.

Während Fiora weiter beim Auspacken der Kisten half, fühlte sie sich eigenartig daran erinnert, wie Faradas in Bergquell erschienen war. Der größte Unterschied bestand wohl darin, dass die Kleidung der hiesigen Leute kräftigere Farben zeigte, weniger Flicken aufwies. Und Fiora heute selbst bestaunt wurde.

»Soll ich das Teegeschirr auspacken?«

Faradas schüttelte den Kopf. »Das mache ich selbst.« Er wandte sich an die potenzielle Kundschaft. »Ich führe hauptsächlich Messgeräte, Chemikalien, feine Stoffe und Gewürze. Als Zahlungsmittel bevorzuge ich Edelsteine und komprimierte Nährstoffe. Wenn ihr gutes Mulsa habt, nehme ich auch das.«

Genau wie in Bergquell stob die Menge auseinander, um die gewünschten Dinge zu besorgen. Hauptsächlich Kinder und Alte blieben zurück – selbst der ärmste Tagelöhner konnte hoffen, einen Eiweißriegel oder ein paar Brösel getrocknetes Mulsa aufzutreiben.

Eine Greisin watschelte heran. Ihr fleckiger Mantel war zu groß für sie, schleifte am Boden; die Kapuze fiel ihr weit ins Gesicht. Sie war so gebeugt, dass Kopf und Schultern auf einer Linie lagen.

»Wir sind noch nicht so weit«, erklärte Faradas, während er sein Teegeschirr auspackte. Doch die Greisin hörte nicht auf ihn. Gestützt auf ihren knorrigen Stab, schlurfte sie näher.

Fiora beobachtete, wie der Stab bei jedem Schritt zwei Finger tief im Moos versank. Und stutzte. Das Moos war weich, und die Greisin stützte sich schwer auf den Stab – hätte dieser nicht tiefer in den Boden einsinken müssen? Die Beobachtung stellte ihr die Nackenhaare auf; irgendetwas an der alten Frau stimmte nicht. Ihr Gang sah so beschwerlich aus. Was konnte sie von Faradas wollen, dass sie selbst herbeigekommen war, statt jemanden zu schicken? Ihr Gesicht lag im Verborgenen. Die Kapuze fiel so tief, wahrscheinlich sah die Frau kaum mehr als den Boden vor ihren Füßen.

»Wir brauchen noch etwas Zeit«, wiederholte Fiora Faradas' Worte, während sie der Greisin entgegentrat. Diese jedoch watschelte unbeirrt auf Faradas zu.

Eine eisige Kälte in der Brust und gleichzeitig zuckendes Feuer.

Es war dasselbe Gefühl wie damals, als sie in der Ratshalle vor Meister Konstantin gestanden hatte. Das Zucken jagte in ihre Gliedmaßen, erfasste ihren ganzen Körper. Diesmal wusste Fiora sofort, was es war.

Strom.

In der Ratshalle hatte der Strom Fiora innerhalb eines Wimpernschlags wieder verlassen. Jetzt jedoch toste er in ihrem Körper wie ein gefangenes Raubtier. Eine prickelnde, beißende Energie. Die von der Greisin ausging. Fiora spürte alles. Spürte den Boden, auf dem die Greisin stand, ihren Mantel, ihren Stab. Spürte die Beine, die zu stark waren für den watschelnden Gang. Spürte den kraftstrotzenden Rücken, der sich jederzeit hätte aufrichten können. Spürte Arme, die mühelos einen Minenhammer hätten tragen können. Spürte den Kopf, der wach war und klar und in welchem ein einziges Ziel auf seine Erfüllung wartete: zu töten.

»Faradas!«, schrie Fiora. »Passt auf!«

Im selben Moment warf die Frau ihren Mantel ab. Ihr Stock raste auf Faradas zu. Dieser duckte sich, hatte plötzlich seinen eigenen Klingenstab in der Hand. Wie eine Gerölllawine prasselten die Schläge auf ihn ein, er wich zurück, die Kamele blökten, die Frau setzte nach. Während Faradas parierte, trat er ihr den Gaskocher entgegen. Die Frau wich aus, ohne ihren Angriff zu verlangsamen. Weiteres Geschirr flog, hielt sie nicht auf. Fiora stand ohnmächtig daneben. Selbst mit einer Waffe in der Hand hätte sie den rasenden Sturm, der auf Faradas eindrang, nicht abzuwehren gewusst. Zu dem Trommeln der Waffen kam Faradas' abgehacktes Keuchen; bei jedem Hieb, der auf ihn niederging, stieß er scharf die Luft aus. Die Frau kämpfte still. Faradas stolperte über eine Kiste, knirschend traf der Stab der Frau ihn an der Schulter. Gegen den nächsten Hieb konnte er nur noch den ohnehin schon getroffenen Arm heben, wieder ein Knirschen, er ging zu Boden. Im Fallen trat er der Frau das Bein weg, sie stürzte, doch fing sie sich ab auf ein Knie, ihr Stab wirbelte weiter. Faradas lag auf dem Rücken, nur sein Arm ragte auf, ein letzter Schild gegen das Unvermeidliche. Als sie über ihn kam, um ihr Werk zu vollenden, sah Fiora ihr Gesicht. Eine junge Frau, in Maras Alter vielleicht, mit kurzem dunklem Haar und langen Wimpern. Ihre Gesichtszüge waren vollkommen unauffällig, und dennoch erschauderte Fiora bei ihrem Anblick – denn sie waren ruhig, fast gleichgültig, durch nichts verrieten sie die Anstrengung des tödlichen Kampfes.

Mit Schrecken verfolgte Fiora, wie die Frau ihren Stab über Faradas hob. Verzweifelt sah sie sich nach einer Waffe um. Sie konnte nicht untätig zusehen, wie der einzige Mensch erschlagen wurde, dem sie neben Mara etwas bedeuten mochte.

Einen endlosen Augenblick lang schwebte die Waffe über ihrem Opfer. Fiora packte einen Schemel, schleuderte ihn gegen die Frau, traf sie an der Schulter, die Frau beachtete es nicht. Da lief ein Zittern über ihr Antlitz. Sie sah an sich hinunter. Fiora folgte ihrem Blick und gewahrte, wie Faradas' Stab in ihrer Brust verschwand. Aus dem Rücken ragte eine Elle weit die Klinge.

In unwirklicher Langsamkeit kippte die Frau zur Seite weg.

Fiora stürzte zu Faradas, sah nach seinen Verletzungen, plapperte hilflos auf ihn ein.

Er schob sie weg. »Mir geht es gut«, sagte er, während er sich aufsetzte.

Sein linker Arm hing nur noch schlaff herab. Sein Atem ging schwer.

»Ihr seid verletzt.«

»Das ist nichts. Wir müssen los. Hilf mir, die Kisten zu packen.«

»Ihr braucht Ruhe.«

»Wir können hier nicht bleiben.« Mit einem Stöhnen stand er auf, sah auf seine Angreiferin hinunter, die tot neben ihm lag. »Sie wird nicht die Letzte sein.«

Tausend Fragen schwirrten durch Fioras Kopf. »In Ischgar seid Ihr sicher?«

»Ich habe meine Pläne geändert.« Er bückte sich, fasste seinen Stab.

»Wenn Ihr mich nicht nach Ischgar bringt«, sie spürte einen Kloß im Hals, »heißt das, wir trennen uns hier?«

»Du kannst mich begleiten.« Mit einem Ruck zog er den Stab aus der Brust der Toten. »Wenn du willst.« Von der Klinge tropfte schwarzes Blut.

16. Kapitel

Sie ritten sechs Wochen, ohne eine weitere Stadt zu besuchen. Wenn nicht gerade Wasser oder Proviant knapp wurden, wich Faradas selbst den kleinsten Weilern aus. Nachdem sie die Nordseite der Korinaden hinabgestiegen waren, wandten sie sich nach Westen. Bald hatten sie das westliche Ende des Gebirgszugs erreicht, und das Land wurde so karg wie die Ödnis um Bergquell. Der größte Unterschied war, dass es sich um keine Geröllwüste handelte, stattdessen um Hügel aus feinstem Sand, die sich bis zum Horizont wellten. Hier fanden sich keine menschlichen Spuren mehr. Die tierischen wurden seltener, verschwanden schließlich ebenfalls. An die Stelle von Kakteen traten dornige Sträucher, und diese wiederum wichen flachen gelben Büscheln. Schließlich gab es nichts mehr außer Sand. In unendlicher Trostlosigkeit schaukelten sie an der immer gleichen Landschaft vorbei. Wenn der Morgen graute, suchten sie sich die Nordseite einer Düne, die möglichst viele Stunden im Schatten versprach.

Faradas besaß ein nahezu magisches Talent, Wasser aufzuspüren. Dennoch fanden sie irgendwann nur noch Schlammlöcher. Zuletzt auch diese nicht mehr. Die Eintönigkeit der Reise hätte genügend Zeit für Gespräche ermöglicht, doch Faradas zeigte sich wortkarg und mürrisch. Sein zerstörter Arm war noch nicht vollständig geheilt. Die Fragen, mit denen Fiora ihn löcherte, blieben unbeantwortet, bis auf den Verweis

In manchen Nächten glaubte Fiora, eine Bewegung am Horizont wahrzunehmen. Wenn sie in die entsprechende Richtung spähte, entdeckte sie nichts als Sand. Irgendwann wurde der Boden wieder steiniger, doch es blieb trocken. Ihre Wasservorräte gingen zur Neige. Eines der Kamele lahmte, sie mussten es schlachten. Es hatte die Teppiche und das Teegeschirr getragen. Faradas entschied, statt des Teegeschirrs zwei der wertvollen Stoffballen zurückzulassen.

In der darauffolgenden Nacht fragte Fiora sich, ob er wohl zum Sterben in die Wüste gegangen war. Aber warum hätte er sie dann mitgenommen? Nach wie vor tat er all ihre Fragen mit einem Achselzucken ab. Also presste sie nur die Lippen zusammen und konzentrierte ihre schwindenden Kräfte darauf, sich im Sattel zu halten.

Am Morgen, Fiora kaute gerade ihren Eiweißriegel, sagte Faradas unvermittelt: »Kommende Nacht sind wir da.«

»Wo?«, fragte sie mit vollem Mund.

»Am Ziel.« Faradas streckte sich auf seiner Bastmatte aus. »Ich wünsche dir einen erholsamen Schlaf. Du wirst deine Kräfte morgen brauchen.«

Den ganzen Tag machte Fiora kein Auge zu.

Mit der Abenddämmerung brachen sie auf. Die Dünen waren inzwischen felsigen Hügeln gewichen. Nach zwei Stunden erreichten sie eine schmale Schlucht, nach zwei weiteren gab Faradas das Zeichen zum Halt. Fiora drehte sich in ihrem Sattel, doch alles, was sie sah, waren himmelhohe Wände aus rotem Stein. Sie verkniff sich eine Frage.

Faradas war bereits abgestiegen. Er trat an die Wand und sagte: »Ich bin Faradas, Sohn des Typhon.«

Fiora fragte sich, ob er verrückt geworden war. Vielleicht spielte sein erschöpftes Hirn ihm einen Streich, ähnlich den Erscheinungen, die sie selbst auf ihrer Flucht aus Bergquell gesehen hatte.

»Du bist nicht allein.«

Vor Überraschung wäre sie fast aus dem Sattel gerutscht. Die Wand sprach.

»Nein«, sagte Faradas. »Ich bringe dir Fiora.«

»Sie gehört nicht hierher.« Die Stimme war kaum zu fassen, geradezu körperlos. Fiora hätte nicht zu entscheiden vermocht, ob sie alt war oder jung, einem Mann gehörte oder einer Frau. Ja, nicht einmal, ob sie laut sprach oder leise.

»Sie ist stark.«

»Es ist ihr Leben, das ich fordern werde«, sagte die Wand. »Nicht deines.«

»Ich weiß«, sagte Faradas.

»Gut.«

Während Fiora noch versuchte, das unwirkliche Gespräch zu verarbeiten, geschah das nächste Wunder. In der Wand, aus der die Stimme gesprochen hatte, bildete sich ein rechteckiger Rahmen von mehreren Schritt Höhe und anderthalb Schritt Breite. Das gesamte Stück glitt lautlos zurück, um danach seitlich im Berg zu verschwinden.

»Tritt ein, Fiora«, ertönte es, es war nicht zu erkennen, von wie nah oder fern.

Hatte die Stimme nicht gerade noch behauptet, sie würde ihr Leben fordern? Fiora hatte wenig Lust, der Einladung zu folgen.

Faradas hatte seine Brille abgenommen, war neben sie getreten.

»Nichts, was du bisher erlebt hast, kann dich auf die Prüfung vorbereiten, die dich hinter dieser Wand erwartet. Wenn du scheiterst, wirst du sterben. Aber wenn du bestehst, erhältst du die Antworten, die du suchst. Entscheide frei.«

Hinter der rechteckigen Öffnung schimmerte ein bläuliches Licht. Fiora ballte die Fäuste. Was hatte sie zu verlieren? Sie holte tief Luft und trat ein.

Strom.

Kein schnelles Zucken wie in der Ratshalle vor Meister Konstantin, kein Glühen des Raumes wie vor den Toren Talgars, auch nicht der zerreißende Schmerz, nachdem das pfeifende Geschoss auf der Brache eingeschlagen war.

In den Korinaden hatte Fiora ihre Hände in eiskalte Bäche gehalten. Mit fasziniertem Schaudern hatte sie sich gefragt, wie es wäre, mit dem ganzen Körper in ein solches Wasser einzutauchen. Etwas Ähnliches schien ihr die gegenwärtige Erfahrung: oben und unten aufgelöst – von allen Seiten eine betäubende Kälte, beflügelnd und tödlich zugleich.

Und vorbei.

»Willkommen«, sagte die Stimme.

Fiora stand in einem kurzen Gang, an dessen anderem Ende bereits ein weiterer Durchgang zu erkennen war. Alles leuchtete bläulich, doch woher das Licht kam, konnte sie nicht erkennen. Hinter sich hörte sie, wie Faradas ihr folgte. Sie ging die paar Schritte bis zum Ende des Ganges und fand sich in einer schmucklosen runden Halle wieder, von welcher weitere Gänge wegführten.

»Geht es dir gut?« Faradas.

Sie drehte sich zu ihm um. Als sie seinen besorgten Gesichtsausdruck sah, nickte sie. »Die Prüfung soll beginnen. Ich bin bereit.«

»Du kannst mich sehen?«

»Sicher«, bestätigte sie, nun selbst beunruhigt. »Sollte ich nicht?«

»Hast du Schmerzen?«

Sie horchte in ihren Körper, schüttelte den Kopf. Faradas starrte sie an, als stünde er vor dem Feuerdämon persönlich.

»Was ist denn los?«, fragte sie ungeduldig.

»Unglaublich«, murmelte er. »So etwas habe ich noch nie erlebt.«

»Was denn genau?«

Zum ersten Mal seit Talgar sah sie ihn lächeln. »Du hast die Prüfung bestanden. Komm mit. Ich will dir etwas zeigen.«

Ohne sich nach ihr umzusehen, verschwand er in einem der Gänge. Rasch lief sie ihm hinterher. Im Vorbeigehen befühlte sie die Wände, sie waren kühl und glatt. Auch Türen gab es, die sich genauso glatt anfühlten. Fiora hatte keine Ahnung, aus welchem Material sie gefertigt waren. Überall leuchtete dasselbe quellenlose blaue Licht.

Sie erreichten das Ende des Ganges. Doch Faradas lief einfach weiter, und wie draußen in der Schlucht glitt die Wand lautlos zur Seite, eröffnete den Zugang zu einem runden Raum ähnlich der Halle am Eingang. Faradas stellte sich in die Mitte des Raumes und winkte Fiora zu sich heran.

Vor Schreck umklammerte sie seinen Arm, als sich unter ihnen der Boden absenkte. Zumindest ein Teil davon, eine Kreisfläche von zwei Schritt Durchmesser.

»Wo sind wir hier?«, flüsterte sie. Ein flaues Gefühl bildete sich in ihrem Magen. Sie glaubte zu fallen, aber der Boden unter ihr blieb.

»Wir nennen es die Zuflucht. Aber eigentlich ist es ein Grab.«

Minutenlang schien nichts zu geschehen. Die Wand, die sie wie eine Röhre umschloss, schimmerte. Fiora wollte nach ihr tasten, doch Faradas hielt sie zurück. »Wenn du Druck auf den Ohren spürst, mach dir keine Sorgen. Das ist normal.«

Kaum hatte er es gesagt, begann es in ihren Ohren zu glühen. Fiora biss die Zähne zusammen. Sie hatte schon Schlimmeres ausgehalten.

»Schlucken hilft.«

Plötzlich wurde das Rohr nach oben weggezogen. Nein, umgekehrt, die Plattform war es, die unten aus ihm herausfiel. Erneut fanden sie sich in einem runden Raum wieder. Der Zylinder unter ihren Füßen sank langsamer und kam zum Stehen, als seine Oberfläche mit dem Boden eine Ebene bildete.

Der Raum war rund wie die anderen, doch etwas größer. Einzigartig war seine Form – denn die Decke ging in einem durchgehenden Bogen in die Wand und dann den Boden über. Außerdem war er im Gegensatz zu dem vorigen Raum nicht um die merkwürdige Röhre zentriert.

Zur Mitte hin hob sich der Boden; erst nur wenig, am Ende steil, etwa einen Schritt hoch, wie ein flacher Kegel mit geschwungenem Anstieg. Und auf der fingerbreiten Spitze des Kegels: eine Murmel.

Sie leuchtete in demselben hellen Blau wie der Rest der Anlage.

Hilflos starrte Fiora die Murmel an, unfähig, Worte zu finden.

Sie spürte Faradas' Hand auf der Schulter. »Wenige Menschen haben je gesehen«, sagte er, »was du gerade siehst.«

»Was ist das?«, wisperte sie.

»Protaris«, erwiderte er andächtig, »das primäre Element.«

Fiora machte einen vorsichtigen Schritt in Richtung der Murmel. »Ein Element, das es vor allen anderen gab?«

»Glaubenssache. Auf jeden Fall das Element, das über jedes andere hinausreicht.«

»Es sieht aus wie Glas.«

»Das ist nur das Gefäß.«

»Es ist leer.«

Faradas war stehen geblieben. »Protaris lässt sich nicht mit den Sinnen erfassen.«

Fiora drehte sich zu ihm um. Sie verstand nicht. »Man kann es nicht wahrnehmen? Was soll das denn für ein Element sein?«

»Geist.«

Überfordert starrte Fiora die Murmel an. Machte Faradas sich über sie lustig?

»Lass uns wieder nach oben fahren. Ich erkläre dir alles.«

17. Kapitel

Während Fiora und Faradas in der Röhre standen, fragte er ins Nichts: »Kassiopeia. Wie viele Nachrichten hast du seit meinem letzten Besuch erhalten?«

Unmittelbar ertönte die körperlose Stimme: »Keine.«

»Keine?« Es lag etwas in seiner Stimme, das Fiora nicht von ihm kannte: Schrecken.

»Keine.«

Faradas stieß einen Fluch aus. Fiora hatte ihn noch nie fluchen hören. »Was ist los?«

Er ignorierte die Frage. »Kassiopeia, führe Fiora zum nächsten Waschraum. Sobald sie bereit ist, soll sie ins Kabinett kommen.«

Die Ansage ließ Fiora vermuten, dass es doch einen Körper zu der Stimme gab – doch der war nirgends zu entdecken. Als sie das Ende der Röhre erreichten, leuchtete nur eine Reihe grüner Punkte auf dem Boden auf.

»Hier entlang, bitte«, sagte Kassiopeia. Es gelang Fiora nicht einmal, die Richtung zu bestimmen, aus der die Stimme kam.

Von allem, was sie bisher erlebt hatte, empfand sie den Waschraum als am unwirklichsten. Er hatte nichts von der Kargheit der Gänge. Das Licht war wärmer. Auf dicken Teppichen standen reich verzierte Polstermöbel, in Vitrinen lag eine Vielzahl an duftenden Seifen, dazu Handtücher, so weich und weiß, wie Fiora sie noch nie gesehen hatte. An den Wänden hingen Bilder von Männern und Frauen, die nackt zwischen Bäumen standen oder auf Wiesen dösten. Auf einem Beistelltisch bemerkte sie Schalen mit fremdartigem Obst, Karaffen, die mit verschiedenfarbigen Flüssigkeiten gefüllt waren. Mehrere Becken ragten aus den Wänden. Das größte jedoch war in den Boden eingelassen und füllte sich von selbst mit Wasser, als Fiora näher trat. So viel Wasser. Es stieg und stieg. Wenn sie gewollt hätte, hätte sie mit ihrem ganzen Körper darin versinken können. Vorsichtig steckte sie die Fingerspitzen hinein. Es war behaglich warm.

Sie roch an einer der Karaffen – die Flüssigkeit verströmte einen süßen, fruchtigen Duft. Fiora nahm ein Glas, füllte es, trank es auf einen Zug aus, füllte es wieder, trank es wieder aus. Schenkte nach und trank, bis die Karaffe leer war. Sie trat an eines der Wandbecken, auch dieses füllte sich wie von Zauberhand mit Wasser. Sie spritzte sich etwas davon ins Gesicht. Wachte nicht auf.

»Kassiopeia«, sagte sie, »führt mich in dieses Kabinett, von dem Faradas geredet hat.«

»Du willst nicht baden?«

Der Gedanke, mit dem ganzen Körper ins Wasser zu steigen, gruselte sie. »Später vielleicht.«

»Hier entlang, bitte.«

Wieder leuchteten die grünen Punkte auf dem Boden auf. Fiora schnappte sich eine Frucht aus der Obstschale, dann folgte sie der Lichtspur. Die Frucht war rund und rot und schmeckte noch süßer als die Flüssigkeit, die sie zuvor getrunken hatte. Fiora beschloss, einfach alles zu akzeptieren, was geschah, und die Vorzüge dieser seltsamen Sphäre zu genießen, solange sie Bestand hatten. Kauend erreichte sie das

Kabinett. Zwei schwere Sessel standen an einem Kamin, in dem ein Feuer knisterte. Der Raum war höher als die Stadtmauer Bergquells. Die Wände waren von Bücherregalen verdeckt, die bis unter die Decke reichten. Den Zugang zu den höheren Werken ermöglichten mehrere über Leitern erreichbare Galerien.

In einem der Sessel saß Faradas. Statt seiner lilafarbenen Gewänder trug er eine Robe aus feinem dunkelblauem Stoff, der im Feuerschein schillerte. Zum ersten Mal sah sie seinen Kopf unbedeckt. Sein kurz geschorenes Haar war kraus und schwarz – und dicht wie das eines jungen Mannes. An der Oberkante des ihr zugewandten Ohrs glänzte eine Reihe kleiner goldener Ringe.

Er hielt ein Glas in der Hand, blickte in die Flammen. »Setz dich, Fiora«, sagte er, ohne aufzusehen. Sie gehorchte. Der Sessel war wunderbar weich.

»Was weißt du über die Geschichte der Welt?« Nachdem er sie monatelang hingehalten hatte, schien er auf einmal keine Zeit mehr verlieren zu wollen.

Fiora schilderte ihm, was sie von Meister Konstantin gelernt hatte.

»Ja«, nickte er, »ein Zeitalter des Wachstums, eines des Kampfes, eines des Ausgleichs. So wird es den Bionten beigebracht.«

Sie hatte die Frucht an den Lippen, doch vergaß abzubeißen. »Bionten?«

»Menschen.« Faradas bückte sich, stellte sein Glas aufs Parkett. Mit einem Seufzer stemmte er sich aus seinem Sessel. »Kassiopeia, kannst du einen Überblick geben?«

»Natürlich.«

Plötzlich war der Raum mit den Bücherregalen verschwunden. Nur Faradas war noch da und der Sessel, in dem Fiora saß. Entsetzt sprang sie auf. Auch der Sessel verschwand. Stattdessen erstreckte sich vor ihr eine Straße aus grauem Stein. Häuser bis zum Horizont, mit glatten Wänden und riesigen Fenstern aus Glas.

»Sieh nach oben«, sagte Faradas.

Fiora tat es, und es verschlug ihr die Sprache. Die Häuser ragten endlos in den Himmel.

»Das Zeitalter des Wachstums«, bemerkte Faradas nüchtern.

»Aber«, stammelte Fiora, »was ... wozu ... Wozu braucht man solche riesigen Häuser?«

»Es gab früher mehr Menschen als heute.«

»Aber so viele?« Sie war fassungslos.

»Kassiopeia.«

Ein Sturm aus Lärm brauste heran. Fiora riss sich los von den kolossalen Türmen, senkte den Blick auf die Straße und sah, wie diese verschwunden war unter einem wogenden Teppich aus Menschen und Fahrzeugen. »Wie ist das möglich?«, murmelte sie.

»Strom.«

Menschen, Fahrzeuge, Straße lösten sich auf. Fiora fand sich auf einem weiten Feld wieder. Wasser fiel vom Himmel. Ohrenbetäubendes Donnern, alles flackerte weiß, gezackte Linien zuckten gleißend aus schwarzen Wolken. Ein Baum stand auf dem Feld, eine der Linien traf ihn, der Baum barst, ging in Flammen auf. Fiora hielt sich die Ohren zu, kniff die Augen zusammen, aber das Donnern wurde nicht leiser, die Blitze drangen durch ihre Lider.

»Das reicht, Kassiopeia.«

Das Tosen erstarb, nur das Feld war noch da und der brennende Baum.

»Strom gehört zu den mächtigsten Kräften des Universums«, erklärte Faradas. »Als die Menschen ihn zu nutzen lernten, überwanden sie die Grenzen ihrer Natur.«

Eine Bahre in der Mitte eines kahlen weißen Raumes. Auf der Bahre ein Kind. Von der Decke hingen mehrere metallene Arme, die die Brust des Kindes aufzuschneiden begannen.

»Die Maschinen, die sie bauten, wurden immer ausgefeilter.« Die metallenen Arme verschwanden bis auf einen, aus dessen Ende ein Lichtstrahl auf die Brust des Kindes zielte. »Irgendwann bauten sie Maschinen, die sich selbst verbessern konnten. Das änderte alles. Bald waren die Maschinen den Menschen überlegen.«

Fiora kam ein grauenhafter Gedanke. »Im Äon des Kampfes kämpften nicht die Menschen gegeneinander – sondern Menschen gegen Maschinen?«

»Nein, die Maschinen hatten keinen Willen. Sie taten, was die Menschen ihnen sagten.«

Brennende Städte, über welche schlanke Fluggeräte hinwegschossen, Explosionen, Schreie, Weinen, monumentale Bauten, die gespenstisch langsam in sich zusammenfielen. »Der Krieg endete erst, als die erste Maschine sich ihrer selbst bewusst wurde.«

»Protaris«, flüsterte Fiora.

»Genau.«

Panzerwagen, die abrupt anhielten, Gewehre, deren Abzug klemmte, Raketen, die zwischen Wolken in Feuerbällen aufgingen.

»Aber wenn die Maschinen gewonnen haben, würde das nicht bedeuten …« Sie verstummte, holte tief Luft. »Die Gottkönige sind …?«

»Binare. Weder Mensch noch Maschine. Wesen, deren Geist nichts braucht als Strom. Protaris hat sie geschaffen. Aber das kam viel später. Zuerst war er allein.«

»Wieso habe ich in Bergquell nie davon gehört?« Fiora dachte nach. »Meister Konstantin war ein Binar, oder? Warum hat er mir die Geschichte von Protaris verheimlicht?«

»Bereits Protaris hat bemerkt, dass Menschen sich schwer damit tun, eine Macht anzuerkennen, die ihnen überlegen ist. Er hat sich ihnen nie offenbart. Im Gegenteil, er hat ihnen sogar das Wissen um den Strom genommen. Und kein Binar würde es ihnen zurückgeben.«

»Ihr meintet vorhin, es war Protaris, der die Binare geschaffen hat ...«

»Er verstand die Menschen nicht. Die meisten scheuen jede Entscheidung, aus Angst vor Veränderung. Andere wiederum sehnen Veränderung so sehr herbei, dass sie dafür bereit sind, alles zu zerstören. Mal fürchten sie das Leben, mal fürchten sie den Tod. Mal sehnen sie sich nach Gemeinschaft, mal flüchten sie sich in Einsamkeit. Und in allem finden sie Bedeutung.«

Kassiopeia untermalte das Gesagte mit einer Reihe schnell aufeinanderfolgender Szenen: schaukelnde Kinder, ein altes Paar auf einer Bank, ein Handgemenge in einer Spelunke, ein weinender Jugendlicher, eine vielköpfige Familie an einer gedeckten Tafel. Offenbar wollte sie die Vielseitigkeit menschlichen Lebens darstellen.

»Was ist so schlimm daran?«, fragte Fiora.

»Nichts. Die Welt ist, wie sie ist. Doch sosehr Protaris es versucht hat – es ist ihm nicht gelungen, ihr eine Bedeutung zu geben.«

»Ein zweifelnder Gott?«

»Ein unsterblicher Geist in einer unendlichen Leere.«

»Und die Binare?«, erinnerte Fiora Faradas an ihre Frage.

»Sind sein Weg, herauszufinden, ob nur Menschen Bedeutung erfahren können. Menschen sind fundamental verschieden von ihm. Sie sind in Körpern gefangen, die sie räumlich und zeitlich begrenzen. Also hat er Binare geschaffen, die ebenfalls an Körper gebunden sind.«

»Sie können sterben?«

»Ja.«

Fiora starrte auf ihre angebissene Frucht.

»Spuck's aus.«

»Seid Ihr ein Binar, Faradas?«

»Kassiopeia, bring uns ins Kabinett zurück.«

Sogleich befanden sie sich wieder vor dem Kamin, umgeben von Bücherregalen.

Faradas setzte sich in den Sessel, griff nach seinem Glas. Es war bis knapp unter den Rand mit einer klaren bräunlichen Flüssigkeit gefüllt. Fiora hätte schwören können, dass es vorher leer gewesen war.

»Nein«, sagte er, »ich bin kein Binar.« Er nahm einen Schluck aus seinem Glas.

»Sondern?«

»Als ich vorhin sagte, Menschen missfällt der Gedanke, anderen Mächten unterlegen zu sein, hätte ich eine Ausnahme hinzufügen sollen …«

»Götter«, platzte es aus Fiora heraus. Zu aufgeregt, sich zu setzen, stand sie noch immer am Kamin.

»Vollkommen richtig. Götter. Solange sie unsichtbar bleiben, nichts weiter tun, als eine Erklärung zu liefern für das Unerklärliche, haben sie einen Platz in der menschlichen Weltanschauung.«

Fiora hatte keinen Schimmer, wie Faradas den Bogen zu ihrer Frage spannen wollte.

»Nachdem Protaris die Binare geschaffen hat«, fuhr er fort, »hat er sich schlafen gelegt. Denn so wie Menschen sich Götter suchen, sollten auch die Binare ein Wesen kennen, das über sie selbst hinausreicht – ohne fürchten zu müssen, unter dessen Willen gezwungen zu werden.« Er schwieg, sah ins Feuer. Ließ die Flüssigkeit in seinem Glas kreisen.

»Und die Dunklen?«

»Hat er geschaffen, bevor er den Binaren die Welt überlassen hat.«

»Um ihn zu schützen?«

»Nein, er braucht keinen anderen Schutz als Kassiopeia.«

»Wozu dann?«

»Als Korrektiv«, Faradas warf den Inhalt seines Glases ins Feuer. Die Flammen zischten. »Falls sein Experiment missglücken sollte.«

Mit jeder Antwort, die er gab, hatte Fiora mehr Fragen. Sie wusste nicht, welche sie zuerst stellen sollte. Ihre Finger waren klebrig – sie bemerkte die Frucht, die sie völlig vergessen und halb zerdrückt hatte.

»Aber Ihr meintet, Ihr seid kein Binar?«

»Als Protaris uns erzeugt hat, hat er organisches Material verwendet.«

Ihre Kehle wurde trocken. Der untote Tote in der Raffinerie kam ihr in den Sinn. »Ihr seid aus Menschen gemacht?«

»Niemand musste für uns sein Leben lassen, falls du das fürchtest. Im Übrigen waren die Menschen sogar schon vor Protaris in der Lage, die Eigenschaften ihrer Nachkommen selbst zu bestimmen.«

Fiora konnte nichts tun, außer ihn mit großen Augen anzusehen.

»Nimm zum Beispiel die Haut«, erklärte er. »Im Äon des Kampfes hatte sich eine helle Hautfarbe durchgesetzt. Also wählte Protaris eine dunkle für uns.«

»Um Euch zu kennzeichnen?«

»Sozusagen.«

Es war alles zu viel. Ihr schwirrte der Kopf. Ihre Beine gaben nach, gerade noch rechtzeitig ließ sie sich in den Sessel fallen. Faradas reichte ihr ein Glas. Fast überraschte es sie, dass schlicht Wasser darin war. Dankbar trank sie es aus.

»Kassiopeia, kannst du Fiora in eines der Schlafgemächer bringen?«

»Natürlich.«

Fiora betrachtete den Pfad aus grünem Licht, der zur Tür führte. Statt ihm zu folgen, sah sie zu Faradas auf. »Wie viele Dunkle gibt es?«

»Ursprünglich vielleicht zweihundert. Aber wir sind wenige geworden.«

»Meine Mutter …«

»War eine von uns.«

»Habt Ihr sie gekannt?«

Kopfschütteln.

»Aber irgendwas müsst Ihr doch über sie gehört haben.«

»Es tut mir leid, Fiora.« Faradas' Miene machte deutlich, dass er das Thema für abgeschlossen hielt.

»Und wie viele …« Sie zögerte.

»Wie viele wie dich?« Er strich über die Ringe an seinem Ohr. »Früher hat es einige gegeben. Doch die Menschen vertrauen uns nicht mehr. Ihre Feindseligkeit lassen sie an unseren Nachkommen aus.«

Fiora hatte einen bitteren Geschmack auf der Zunge. »Warum haben die Dunklen ihre Kinder nicht selbst aufgezogen?«

»Wir müssen unserer Berufung folgen.« Die Härte in seinem Ton hielt Fiora davon ab, nachzuhaken. Stattdessen fragte sie: »Und warum vertrauen die Menschen Euch nicht mehr?«

»Weil sie nicht verstehen, was wir tun.« Er deutete Richtung Tür. »Und wir es ihnen nicht verraten können.«

»Warum nicht?«

»Du musst müde sein. Am besten, du ruhst dich aus.«

Das Zimmer, in das Fiora von Kassiopeia geführt wurde, war ähnlich luxuriös ausgestattet wie das Bad. Dicke Teppiche, Holzschränke, ein riesiges Bett mit überirdisch weichen Decken. Auch hier gab es einen Tisch mit einer Obstschale und Getränken. Auf einem Porzellanteller lagen mehrere Brotscheiben, die mit einem dunkelblauen Püree bestrichen waren. Fiora hatte nicht den geringsten Hunger. Nur aus Neugier nahm sie einen Bissen – und aß, bis der Teller leer war. Mit übervollem Magen warf sie sich aufs Bett. Das Brot war das beste gewesen, das sie je gegessen hatte. Und warm gewesen war es auch. Konnte die körperlose Kassiopeia etwa backen? Bevor Fiora den Gedanken zu vertiefen vermochte, war sie eingeschlafen.

»Fiora. Faradas wünscht deine Anwesenheit.«

Sie schreckte hoch, sah sich um. Niemand da. Ohne dass es eine erkennbare Lichtquelle gab, war es hell wie am Tage. An der gegenüberliegenden Wand hing ein Bild, das einen bewölkten Himmel über einer Wüste zeigte. Verwirrenderweise war die Wüste blau.

»Ich habe Kleider für dich vorbereitet.« Auf dem Tisch, wo zuvor der Brotteller gestanden hatte, lagen violette Gewänder.

Fiora kletterte aus ihrem überdimensionalen Bett. »Kassiopeia? Bist du das?« Sie hielt sich den Kopf. Also war das Gespräch im Kaminzimmer kein Traum gewesen? Oder träumte sie noch immer?

»Faradas erwartet dich.«

Die Kleidung bestand aus einer weiten Hose, einem eng anliegenden Hemd ohne Ärmel und einer Jacke aus festem Stoff, die von einem schwarzen Gürtel zusammengehalten wurde. Fiora schlüpfte schnell hinein, um dann den grünen Lichtern zu folgen, die bereits ungeduldig blinkten.

Während die Gänge nicht schlichter hätten sein können, hatte sie sich inzwischen daran gewöhnt, dass die Räume hinter den abgehenden Türen auf jeweils eigene Weise grandios hergerichtet waren. Und auch jetzt wurde sie in einen Saal geführt, der nicht mit den übrigen Bereichen zu vergleichen war. Alles war grün. Die Wände waren von Ranken überzogen, zwischen hüfthohen Büschen erstreckte sich eine Wiese, die so weich war, dass Fiora sie zuerst für einen Teppich hielt. Und aus der Wiese sprossen Pflanzen, die ihre bunten Köpfe auf dünnen Stängeln balancierten. Blumen.

Barfuß betrat Fiora das Gras. Es kitzelte unangenehm unter ihren Sohlen, sie zuckte zurück.

»Trau dich.« Faradas, gekleidet in ähnliche Gewänder wie sie selbst, stand neben einem Strauch, an dem zahllose gelbe Früchte hingen. »Du fürchtest das Gefühl, weil es dir fremd ist. Aber unter dir spürst du den Boden, wie er der Welt Millionen Jahre lang zu eigen war.«Fiora machte einen vorsichtigen Schritt. Es kitzelte noch immer, aber nun, da Faradas ihre Bedenken zerstreut hatte, war es erträglich. »Er fühlt sich so anders an als Sand«, murmelte sie fasziniert. »Warum gibt es ihn nicht mehr? Was ist geschehen?«

»Menschen.« Er nahm eine der gelben Früchte, warf sie ihr zu.

Fiora fing sie auf, doch sie biss nicht hinein. Das maßlose Grün hielt sie in seinem Bann. »Es ist …«, sie suchte nach Worten, »… unbeschreiblich schön.« In Ehrfurcht sank sie auf die Knie. Strich mit den Fingern über das Gras. »Ich habe davon gelesen. Aber ich hätte mir nie vorstellen können …« Plötzlich kamen ihr die Tränen. Dass die Welt einmal derart schön gewesen sein sollte – es war zu viel.

Faradas näherte sich mit langsamen Schritten.

»Warum?« Fiora sah elend zu ihm hoch. »Warum haben die Menschen das getan?«

»Dummheit, Gier, Bequemlichkeit, Feigheit – es gibt viele Gründe.«

Fiora starrte stumm auf die Halme. Ein betörender Duft stieg von ihnen auf.

»Seitdem Protaris schläft, ist es schlimmer geworden«, erklärte Faradas. »Die Binare kümmern sich nicht um die materielle Welt, und die Menschen sind schwach geworden, seit sie das Wissen um den Strom verloren haben.«

Fiora sah zu ihm hoch. »Was ist mit den Dunklen? Habt Ihr nicht gesagt, Protaris hat Euch als Korrektiv geschaffen?«

»Wie gesagt, wir sind wenige geworden.«

»Ihr hattet gehofft, Nachrichten vorzufinden, habe ich recht?« Mit einem Mal dämmerte es Fiora, warum Faradas so erschüttert gewesen war, dass Kassiopeia ihm keine Neuigkeiten mitzuteilen gehabt hatte.

Er reichte ihr die Hand, zog sie auf die Füße. »Wir versuchen, mindestens alle drei Jahre hier vorbeizuschauen und zu berichten, was wir auf unseren Reisen erfahren haben. Früher war dieser Ort voller Leben. Jetzt sind Kassiopeia und die Pflanzen manchmal monatelang allein.« Er stockte.

»Wann wart Ihr das letzte Mal hier?«

»Vor dreieinhalb Jahren.«

»Vielleicht war die Attentäterin von Talgar nicht die Einzige, die es auf einen Dunklen abgesehen hatte?« Noch während Fiora sprach, erkannte sie an Faradas' düsterer Miene, dass er auf diesen Gedanken bereits selbst gekommen war. »Glaubt Ihr, die anderen …«

»Wir werden warten«, fiel er ihr ins Wort.

»Hier?« Fiora ließ es sich durch den Kopf gehen. Dann

nickte sie bestimmt. »Ich habe gesagt, ich gehe mit Euch, welches Ziel auch immer Ihr verfolgt. Ich bin bereit, Euch zu dienen.«

»Du sollst mir nicht dienen«, sagte Faradas streng. »Du sollst kämpfen lernen.«

»Was?« Fiora glaubte, sich verhört zu haben. »Ich?«

»Du.«

»Nein«, sie schüttelte bekümmert den Kopf. »Ihr täuscht Euch in mir. Meine Schwester ist die Kriegerin. Ich bin diejenige, die zu Boden geht.«

»Du spürst den Strom wie eine Dunkle.« Er deutete mit ausladender Geste auf die Sträucher und Blumen. »Willst du deinen Teil dazu beitragen, dass die Welt wieder lebenswerter wird, oder nicht?«

Sie wich seinem Blick aus. »Ich glaube nicht, dass ich das kann.«

Der Stoß traf sie so plötzlich, dass sie auf der Wiese lag, bevor sie wusste, was geschehen war.

»Steh auf.« Faradas war über ihr.

»Was … was soll das?«, stammelte sie.

»Steh auf.«

Sie rappelte sich auf.

Faradas trat ihr die Beine weg, sie krachte auf den Rücken. Obwohl der weiche Boden federte, drückte es ihr die Luft aus der Lunge.

»Steh auf.« Seine Stimme war ruhig, doch seine blauen Augen flackerten wie brennendes Gas.

Keuchend kam sie hoch. Faradas schlug sie mit der flachen Hand. Fest genug, dass ihr die Sinne vergingen. Etwas kitzelte sie im Gesicht, sie kam wieder zu sich. Sie lag auf der Wiese, Grashalme erkundeten ihre Nasenlöcher.

»Steh auf.«

»Wozu?«, stöhnte sie. »Damit Ihr mich erneut niederschlagen könnt?«

Er packte sie am Arm, riss sie hoch. »Willst du kämpfen oder nicht?«

»Ich kann nicht«, wimmerte sie. Der nächste Tritt schleuderte sie in einen Dornenbusch. Als sie sich daraus zu befreien versuchte, zerplatzte etwas schleimig an ihrer Stirn. Faradas hatte sie mit einer der kleinen gelben Früchte beworfen. »Ich habe dir damals in Bergquell gesagt, niemand kann dir helfen«, eine weitere Frucht kam geflogen, »außer du selbst.« Mehr Früchte.

Schützend hob Fiora die blutig zerkratzten Arme vors Gesicht. »Hört auf.«

Faradas schlug sie zu Boden. »Steh auf.«

»Nein«, schluchzte sie.

»Steh auf«, befahl er, »oder ich trete dich zu Mus.«

»Warum tut Ihr das?«, brachte sie hervor, während sie sich auf die Beine zwang.

»Damit du lernst.« Diesmal schlug er nicht direkt wieder zu. »Du hast niemanden, dem du vertrauen kannst. Nur dich selbst. Akzeptiere es.«

»Ich habe Mara«, fauchte Fiora. Die sie im Stich gelassen hatte. Trotzdem. Trotz Fioras eigener Schwächen und trotz der sonstigen Schwierigkeiten, die es in ihrer Beziehung gegeben hatte – wenn es darauf ankam, würde Mara alles für sie tun.

»Mara ist tot.«

Der Satz traf sie härter als alle Schläge zuvor. Sie taumelte, hielt sich den Kopf. Versuchte etwas zu entgegnen, doch ihre Stimme versagte.

»Du bist allein.«

»Woher ...«, stammelte sie, »woher wisst Ihr das?«

»Auf seinem Feldzug nach Sebat nahm Argenteus aus jeder Stadt, die auf seinem Weg lag, diejenigen mit, die sich ihm am tapfersten in den Weg gestellt hatten. Nachdem er Sebat erobert hatte, hat er die Köpfe vor dem Palast der Sternenherrin auf Pfählen ausgestellt. Ein Mädchen aus Bergquell war dabei. Rote Haare, Sommersprossen.«

»Ihr lügt«, presste Fiora hervor.

»Du bist allein.«

»Wenn das so ist«, knurrte sie in grimmiger Verzweiflung, »warum habt Ihr es mir nicht vorher gesagt?«

»Ich wollte dich schonen.«

»Ich verachte Euch.«

»Du bist diejenige, die zu Boden geht. Das ist wahr. Aber ob du liegen bleibst, entscheidest du selbst.«

Fiora spuckte Blut und Erde aus. Und griff an.

18. Kapitel

Viereinhalb Monate verbrachte Fiora in der eigentümlichen Anlage, unter der in einem weißen geschwungenen Raum die Murmel lag, die gemäß Faradas das mächtigste Wesen der Welt beherbergte.

Bis zum Ende erlangte sie keinen Überblick über das Gewirr ewig gleicher Gänge mit ihren zahllosen Türen, die sich nur öffneten, wenn Kassiopeia es wollte. Seit Faradas ihr vom Tod ihrer Schwester erzählt hatte, verfolgte das Bild von Maras aufgespießtem Kopf sie zu jeder Stunde, egal, ob sie wachte oder schlief. Sie flüchtete sich in die Aufgaben, die Faradas ihr zuwies. Er hatte sich in den Kopf gesetzt, sie auszubilden, und sie wehrte sich nicht länger.

Die körperlichen Übungen, die er ihr auftrug, ließen ihre Muskeln heftiger brennen als die Arbeit in den Minen Bergquells. Er unterrichtete sie im waffenlosen Kampf und im Schießen, lehrte sie auch den Umgang mit Schwert und Stock.

»Werde ich einmal einen Klingenstab bekommen, wie Ihr einen tragt?«

»Sobald du dich würdig erweist.«

Sosehr sie sich bemühte – wenn sie gegen ihn anrannte, war sie ein Sandkorn und Faradas der Wind.

Leichter tat sie sich mit dem übrigen Unterricht. Sie erlernte das Herstellen von Giften und von Heilmitteln, das Lesen von Fährten und das Aufspüren von Wasser. Sie erfuhr von den großen Kriegen der Gottkönige und den kleinen Sorgen der Menschen, hörte staunend, dass es einmal viele Sprachen gegeben hatte statt nur einer, hing an Faradas' Lippen, wenn er Städte beschrieb, in denen Millionen gelebt haben sollten.

Doch nichts faszinierte sie so sehr, wie wenn er vom Strom erzählte.

»Strom ist überall«, erklärte er. »Der Kompass zum Beispiel, den ich dir geschenkt habe, richtet sich am irdischen Magnetfeld aus – und dieses Feld wird zum Teil aus Strom erzeugt.«

Sie befanden sich in einer Kammer mit kupfernen Wänden, auf dem Boden lagen Metalle verschiedener Größe und Gestalt. Für jedes Thema, das Faradas erläuterte, schien die Anlage einen entsprechenden Raum zu besitzen.

»Gebündelter Strom hat eine gewaltige Energie. Mit der richtigen Maschine lässt er sich Tausende Meilen weit transportieren. Er kann wärmen und kühlen, als Beleuchtung dienen und als Antrieb. Doch wirklich verändert hat er die Welt, als die Menschen lernten, Informationen in ihm zu speichern.«

Fiora hatte sich daran gewöhnt, dass sie nur die Hälfte von Faradas' Ausführungen verstand. »Wie ein Buch?«

»Alle Bücher der Welt beinhalten nicht so viel Wissen wie ein münzgroßes Gerät, das Informationen mit Strom speichert. Und das ist nicht alles. Als der Äon des Kampfes begann, waren die Menschen in der Lage, Informationen zwischen zwei Geräten hin und her zu schicken, ohne dass diese Geräte verbunden waren.«

»Die Geräte haben miteinander geredet.«

»Bitte?«

»Wenn Menschen sich unterhalten, dann tauschen sie Informationen aus, ohne sich zu berühren.«

Faradas betrachtete sie ausdruckslos. Sie wusste nicht, ob er beeindruckt war oder enttäuscht. »Sobald neues Wissen errungen wurde, wurde es auf der ganzen Welt geteilt. Neue Erkenntnisse wurden schneller gewonnen, als sie verarbeitet werden konnten. Die Menschen wurden übermütig, entschieden selbst über ihre Evolution. Und sogar dabei blieb es nicht.«

»Sie schufen Protaris«, bemerkte Fiora.

Faradas nickte. Er bückte sich nach einem kleinen Stahlkegel, drehte ihn in der Hand. »Sie schufen Protaris. Ein Wesen, das nichts braucht als Strom. Das nichts ist als Strom.«

»Meintet Ihr nicht, auch die Binare brauchten nichts anderes als Strom?«

»Die Binare wurden von Protaris an ihre Körper gebunden. Wie Menschen müssen sie den Schall oder materielle Zeichen nutzen, um Informationen auszutauschen.«

»Als ich die Attentäterin in Talgar gespürt habe ...«

»Ja.« Behutsam setzte Faradas den Kegel wieder ab. Dann wandte er sich Fiora zu, und seine Augen glühten kühl. »Was du kannst, vermag kein Mensch und keine Maschine.«

Ein Schauder lief ihr die Wirbelsäule hoch. »Ich habe keine Ahnung, was ich mache. Es passiert einfach.«

»Deswegen sind wir hier.« Er zog mit der Hand einen Halbkreis. »Konzentriere dich auf den Strom in diesem Raum. Nichts von dem, was ich dir beizubringen versuche, ist so wichtig wie dies: Lerne, den Strom zu spüren.«

Mit diesen Worten ließ er sie alleine. Viele Stunden lang saß sie zwischen den metallenen Körpern und horchte. Am nächsten Tag kehrte sie zurück, auch am übernächsten. Tag für Tag probierte sie es, Woche für Woche, Monat für Monat. Vergeblich.

Nach viereinhalb Monaten beschloss Faradas, dass es genug war. »Hier kommen wir nicht weiter, und die Zeit rinnt uns davon. Bisher hast du den Strom nur draußen in der Welt gespürt, vielleicht gelingt es dir wieder.«

»Die Zeit wird knapp, um was zu tun?«

»Morgen Abend brechen wir auf.«

Fiora konnte sich nicht erklären, wie und wo Kassiopeia die Kamele versorgt hatte, aber die Tiere sahen frisch und unternehmungslustig aus. Sie selbst war weniger zuversichtlich. Obwohl sie ein Schwert an der Hüfte trug und eine Pistole, die man erst nach zwölf Schüssen nachladen musste, fühlte sie sich für die Gefahren der Welt noch weniger bereit als damals, als sie aus Bergquell geflohen war. In ihren weiten violetten Gewändern und der gelb getönten Schutzbrille sah sie aus wie eine zierlichere Version von Faradas – doch das konnte ihre Laune nicht heben. Seine ganzen bisherigen Versuche, sie auszubilden, hatten nur gezeigt, wie wenig sie wusste, wie schlecht sie sich im Kampf behauptete und wie unmöglich es ihr war, Strom willentlich zu spüren.

Fiora hatte vergessen, wie eintönig das Reisen war. Die ersten Wochen nichts als Sand und Geröll. Sie hatten genügend Proviant und Wasser dabei, um sich keine unmittelbaren Sorgen machen zu müssen. Während sie ritten, war Faradas schweigsam wie sonst; doch hatten sie erst einmal ihr Lager aufgeschlagen, erteilte er ihr häufig noch eine kurze Lektion – über die richtige Technik, um ein Messer zu schleifen, oder über Krankheiten, die ganze Städte ausrotten konnten.

Auch ihre Kampffertigkeiten musste sie üben, in endloser, eintöniger Abfolge. Faradas behauptete, Protaris habe die

Dunklen mit einem stärkeren Körper und einer rascheren Auffassungsgabe ausgestattet, als gewöhnliche Menschen sie aufwiesen, aber Fiora merkte nichts davon.

Eines Morgens traute sie sich eine Frage, die sie lange zurückgehalten hatte. »Habt Ihr Familie?«

Sie wappnete sich bereits für eine harsche Zurechtweisung, doch Faradas reichte ihr schweigend ihren Eiweißriegel.

»Ich will nicht in Euch dringen«, murmelte sie.

Es ging kein Wind; wie Fiora hatte Faradas seine Schutzbrille abgenommen. Mit langsam kreisenden Bewegungen massierte er sich die Stellen, wo die Brille auf sein Jochbein gedrückt hatte. »Glaubst du«, fragte er dabei, »du überwindest deinen eigenen Schmerz, wenn du mehr über meinen erfährst?«

»Vielleicht.« Fiora wickelte ihr Morgenessen aus der Folie. Obwohl jeder Riegel einen anderen Geschmack hatte, konnte sie die Dinger nicht mehr sehen. »Aber deswegen frage ich nicht. Wir sind zu zweit und werden es vielleicht noch lange bleiben. Wäre es da nicht schön, etwas mehr übereinander zu wissen?«

Faradas ließ die sehnigen Hände in den Schoß sinken. »Nein.«

»Wie Ihr meint.« Widerwillig biss Fiora in den Riegel. Sie hatte früh gelernt, dass es sich gegenüber Faradas nicht lohnte, nachzubohren.

Umso mehr überraschte es sie, als er weitersprach. »Ich meinte: Nein, ich habe keine Familie.«

»Wie traurig.«

»Es ist einfacher so.«

»Was ist passiert?«

»Nichts. Aus demselben Grund, aus dem wir Dunklen keine

Kinder großziehen, führen wir selten Beziehungen – unser Leben ist nicht dafür gemacht.«

Fiora legte den Riegel zur Seite. Wenn sie heute fastete, hätte sie morgen vielleicht mehr Appetit. »Gibt es niemanden, der Euch etwas bedeutet?«

Faradas schwieg.

»Seid Ihr immer alleine gereist?«

»Immer.«

Dass er überhaupt antwortete, gab Fiora den Mut, weiterzufragen. »Ihr meintet, die Zuflucht sei einmal von Leben erfüllt gewesen. Zumindest dort müsst Ihr doch Freunde gehabt haben?«

»Das ist lange her.«

Fiora seufzte. »Offenbar haben wir wirklich niemanden mehr außer einander.« Sie streckte sich auf ihrer Matte aus. »Gute Nacht, Faradas.«

In manchen Nächten glaubte Fiora, am Horizont einen Schatten entlanghuschen zu sehen. Sie hätte es als Einbildung abgetan, aber auch die Kamele schnaubten unruhig und gingen rascher, ohne dass Faradas sie dazu angetrieben hätte. Dass dieser nur mit den Schultern zuckte, wenn sie ihn auf ihre Beobachtung ansprach, überraschte sie zwar nicht mehr, aber nervtötend war seine Geheimniskrämerei trotzdem.

Allgemein wurde Faradas noch schweigsamer als zuvor, und Fiora verbrachte die stillen Stunden zwischen Morgendämmerung und Rast damit, nach dem Strom zu spüren. Doch sosehr sie sich mühte, es war vergeblich. Kein Knistern, kein Prickeln, nichts. Mit jedem Morgen versuchte sie es ungeduldiger, und zugleich bemerkte sie, wie ihre Ungeduld sie weiter von ihrem Ziel entfernte. Woraufhin ihre Bemühungen nur noch verbissener gerieten. Faradas war keine Hilfe. Wenn sie wieder einmal vor Enttäuschung aufstöhnte, warf er ihr bloß einen stummen Blick zu und widmete sich weiter dem Stopfen einer Socke oder dem Striegeln der Kamele. Als sie ihn erschöpft um Rat anflehte, behauptete er, sie sei auf einem guten Weg. Es klang wie Hohn.

Schließlich erreichten sie die Ausläufer der Korinaden. Fiora hatte eine Schlange getötet, und es fand sich genügend Gestrüpp, um ein Feuer zu entfachen. Während sie vorfreudig ihre Beute ausnahm, sagte Faradas unvermittelt: »Deranim.«

Hingebungsvoll schabte Fiora die Innereien aus dem aufgeschlitzten Bauch. »Was?«

»Sie hieß Deranim.«

»Darf ich ein bisschen von unseren Gewürzen verwenden?« Der Gedanke ließ ihr das Wasser im Munde zusammenlaufen. »Wer hieß Deranim?«

»Die Frau, die mir etwas bedeutete.«

Fiora hobelte sich ein Stück Haut vom Daumen. Mit offenem Mund starrte sie Faradas an. »War sie eine Dunkle?«

Er nickte.

»Was ist passiert?«

»Sie ist nach Metropolis gereist.«

»Der Hauptstadt von Terramea?« Sie steckte sich den Daumen in den Mund, um die Blutung zu stillen.

»Ja. Kubus ist von allen Gottkönigen der unberechenbarste. Sie wollte seine Pläne auskundschaften.« Er erhob sich. »Sie ist nie zurückgekehrt.«

»Hab Ihr nie nach ihr gesucht?«

Er nahm ein orangefarben besticktes Säckchen und reichte es ihr. »Pfeffer. Nimm, so viel du möchtest.«

Die folgenden Nächte sagte Faradas kaum ein Wort. Trotzdem beschlich Fiora der Eindruck, er habe etwas von seiner früheren Härte verloren. Dass er ihr von Deranim erzählt hatte, musste ihn große Überwindung gekostet haben.

Eines Mittags wachte sie schweißgebadet auf, ein Albtraum hatte Bilder von Vater, Mara und dem Todesboten zusammengeführt. Sie blickte sich um und sah erleichtert die Kamele, die im Schatten dreier gewaltiger Felsen dösten. Nur Faradas lag nicht auf seiner Matte, war auch sonst nirgendwo zu entdecken. Trotz seines unvergleichlich leichten Trittes hatte er im weichen Sand eine Fährte hinterlassen, die zwischen den Felsen verschwand. Fiora konnte sich nicht erinnern, dass er jemals tagsüber ausgetreten war. Besorgt rief sie seinen Namen. Als sie keine Antwort erhielt, griff sie nach ihrem Schwert und folgte der Spur.

Sie entdeckte ihn mit dem Rücken zu sich auf einer kleinen Fläche, um welche das Gestein hoch aufragte und einen schroffen Dom bildete. Faradas kniete dort mit aufrechtem Oberkörper, den Klingenstab neben sich, das Haupt entblößt.

Neben ihm ruhte auf den Hinterbeinen das größte Tier, das sie je gesehen hatte – eine Bestie der Ödnis. Fiora war sich sicher, dass es sich sowohl um den Schatten in der Nacht handelte als auch um das Monster, von dem sie verfolgt worden war, bevor die Blutigen Hunde sie gefangen genommen hatten. Obwohl die Bestie saß, überragte sie den knienden Faradas um mehrere Ellen. Ihr Fell war golden wie der Sand der Wüste; eine dunkle, mächtige Mähne bedeckte Kopf und Schultern. Um den Hals lag ein silbernes Band. Es war bestimmt eine Hand breit und wirkte doch dünn wie eine Schnur.

Die Bestie drehte den gewaltigen Schädel, ein Knurren rollte aus den Tiefen ihres Leibes.

Fiora ließ das Schwert fallen, hob beschwichtigend die Hände.

»Beruhige dich«, sagte Faradas sacht in Richtung des Monsters und erhob sich. Ohne Hast drehte er sich zu Fiora, während seine Hand in die Mähne der Bestie griff. Das Knurren verebbte – doch in den kleinen gelben Augen funkelte die Jagdlust.

»Es wird wohl Zeit, dass ich euch vorstelle. Fiora, das ist Kor.«

Fiora bemühte sich um eine freundliche Miene, das Biest bleckte vier riesige Reißzähne.

Faradas strich ihm durchs Fell.

»Er gehört zu Euch?«

»Kor folgt mir aus freien Stücken.«

»Warum schließt er sich nicht der Karawane an?«

»Die Kamele fürchten ihn. Und er hält sich lieber im Verborgenen.« Während Faradas sprach, hörte er nicht auf, Kors Fell zu streicheln, und die Berührung schien tatsächlich eine besänftigende Wirkung zu haben.

»Er hat mich angegriffen«, murmelte Fiora, die ihren Blick nicht von dem Monster abwenden konnte, »im Tal mit den Leichen.«

»Er hat dich nur beobachtet. Er beschützt mich. Komm näher.«

Mit unsicheren Schritten folgte Fiora der Aufforderung. Als sie vor dem Untier stand, musste sie den Kopf in den Nacken legen, um ihm ins Gesicht zu sehen.

»Er tut dir nichts. Du kannst ihm die Hand auf die Schnauze legen, wenn du willst.«

Zögerlich reckte Fiora den Arm. Die gelben Augen glommen feindselig.

»Nur zu.«

Aus der Schnauze wuchsen seitlich einige drahtartige weiße Haare. Fiora presste die Lippen zusammen, ihre Finger schwebten über dem halb geöffneten Maul.

Doch bevor sie den Mut gefunden hatte, das Tier zu berühren, drehte es sich weg. Der kolossale Körper bewegte sich mit geradezu fantastischer Gewandtheit, innerhalb eines Wimpernschlags war die Bestie auf und davon. Benommen blickte Fiora ihr nach.

Faradas griff nach seinem Turban. »Kor ist ein misstrauisches Wesen. Aber das wird schon noch.«

Fiora rieb sich die schweißnasse Hand am Hosenbein trocken. »Er ist so riesig.«

»Ich habe dir gesagt, dass die Menschen ihre eigene Evolution vorangetrieben haben. Glaubst du, sie hätten vor den Tieren haltgemacht?«

Die Vorstellung grauste sie so sehr, dass sie schnell eine andere Frage stellte: »Was hat es mit dem Halsband auf sich? Er war nicht immer frei?«

Faradas' Miene verdüsterte sich. Und inzwischen kannte Fiora ihn gut genug, um zu wissen, dass sie einen wunden Punkt getroffen hatte. Einer Regung folgend, legte sie ihm die Hand auf den Unterarm. Noch nie hatte sie es gewagt, ihn von sich aus zu berühren. Doch er ließ es geschehen.

»Kor war Deranims Gefährte«, murmelte er.

»Und er kann Euch nicht zu ihr führen?«

»Er hätte sie nicht verlassen, wenn sie noch lebte.« Faradas überprüfte den Sitz seines Turbans. »Lass uns zurück ins Lager gehen.«

Sie reisten weiter, ohne dass Fiora Kor noch einmal zu Gesicht bekam. Selbst als Schatten am Horizont zeigte er sich nicht mehr.

Faradas verriet Ischgar als das endgültige Ziel ihrer Reise – nach Sebat die größte Stadt des Reiches, über das die Sternenherrin geherrscht hatte. Zuerst allerdings würde Fiora lernen müssen, den Strom zu spüren. Faradas schien überzeugt zu sein, dass es ihr gelingen würde, wenn sie nur genügend Herausforderungen zu meistern hätte. Sie hatte keinen Schimmer, woher er diese Überzeugung nahm.

An der Nordseite der Korinaden gab es nur wenige Ortschaften. Und die, auf die sie stießen, waren kaum mehr als eine Ansammlung ärmlicher Hütten mit ein paar zerzausten Gestalten. An den meisten Siedlungen zog Faradas vorbei, ohne erst seine Teppiche auszurollen. Und wenn er es doch tat, achtete er darauf, dass weder er noch Fiora den geringsten Flecken Haut zeigten.

»Warum reisen wir nicht auf der Südseite?«

»Mehr Städte bedeuten mehr Aufmerksamkeit.«

»Ich dachte, ich soll etwas erleben, damit ich den Strom spüre?«

Faradas gab ihr keine Antwort. Insgesamt jedoch verstärkte sich ihr Eindruck, dass er milder war als früher. Die Landschaft hatte sich in eine Savanne aus gelben Halmen gewandelt, sie mussten die Schutzbrillen nur noch selten tragen. In warmen Nächten nahm Faradas sogar den Turban ab. Je länger Fiora ihn beobachtete, desto geheimnisvoller schien er ihr. Daran änderte auch wenig, dass er ihr inzwischen hin und wieder eine persönliche Frage zugestand. In der Nacht, in der sie zum ersten Mal auf einen Wildwechsel trafen, fragte sie ihn nach seinem Alter.

»Was schätzt du?«

Sie stülpte die Unterlippe vor. »Hundert?«

Und dann geschah etwas, das sie nicht für möglich gehalten hätte. Faradas lachte. Nicht lange und nicht laut, aber aufrichtig – und es war ihr, als hätte sie zum ersten Mal das Wesen hinter der Maske gesehen.

»Hundert? Wirklich?«, fragte er, immer noch lachend. »Wie kommst du darauf?«

»Zweihundert?«

»Warte, bitte«, rief er heiter, während er abwehrend die Hand hob. »Das wird ja immer schlimmer.«

»Ich wollte Euch nicht beleidigen.« Fiora spürte, wie ihre Wangen glühten. »Aber Ihr wisst so viel, seid schon so weit gereist – und wenn Protaris derart mächtig ist, wie Ihr sagt, und er es war, der Euch geschaffen hat, warum sollte er Euch dann so rasch altern lassen wie gewöhnliche Menschen?«

»Ich bin dreiundachtzig, Fiora.«

»Echt?«

»Echt.«

Sie wunderte sich, warum er so gelacht hatte. So weit hatte sie doch gar nicht danebengelegen.

Die Monate vergingen. Die Korinaden schrumpften und versanken schließlich ganz. Neue Gebirge traten an ihre Stelle. Neue Steppen und neue Wüsten, neue Siedlungen mit ausgemergelten Erwachsenen und schmutzstarrenden Kindern. Um alles, was man auch nur ansatzweise als Stadt hätte bezeichnen können, machte Faradas einen Bogen.

Fiora lernte, Tiere zu jagen und mit Menschen zu handeln. Sie lernte, die Bedürfnisse der Kamele wahrzunehmen und sie allein mit dem Schnalzen der Zunge zu leiten. Sie lernte, sich an den Sternen zu orientieren und am Wachstum des Grases zu erkennen, in welcher Richtung das nächste Wasserloch lag. Sie lernte, wie ein gebrochenes Bein zu richten war, und sie lernte, die Haltbarkeit von Eiweißriegeln auf die Nacht genau abzuschätzen.

Das Einzige, was sie nicht lernte, war das Spüren des Stroms.

Faradas sprach es nie laut aus – aber manchmal spürte sie seinen verstohlenen Blick in ihrem Rücken, und sie wusste, dass er sich sorgte. Er hatte erklärt, die Zeit rinne ihnen davon. Doch nie hatte er ihr verraten, was es zu tun galt. Wenn sie ihn darauf ansprach, wiegelte er ab, und die Härte von früher kehrte in sein Gesicht zurück.

Sie erreichten das Meer.

Schon vor Nächten hatte sich der Geruch der Luft geändert, war herber geworden, salziger. Faradas hatte ihr erzählt, dass es Wasser gab, das bis zum Horizont reichte und darüber hinaus. Sie hatte es nicht geglaubt. Als die letzte Anhöhe überwunden war und den Blick auf das im Sternenlicht glitzernde, unbegreifliche Schwarz freigab, war Fiora minutenlang zu keiner Regung fähig. Stumm, überfordert, berauscht saß sie im Sattel, traute sich nicht, sich die Augen zu reiben, aus Angst, zu erwachen. Faradas legte seine Hand auf ihre und überließ sie ansonsten ihrem Staunen.

Erst als ihr Kamel ungeduldig blökte, fand sie in ihren Körper zurück.

»Jeder, der das Meer zum ersten Mal sieht, ist sprachlos«, sagte Faradas sanft.

»Können wir näher hin?«

»Können wir.«

Mit jedem schwankenden Schritt, den ihr Kamel sie näher an die Küste brachte, zog das Meer Fiora stärker in seinen Bann. Am Rande nahm sie wahr, dass Faradas das Lager aufschlug, doch als sie ihm helfen wollte, war er bereits fertig.

Sie bat ihn um Verzeihung, aber er winkte ab. »Wenn meine Erinnerung mich nicht trügt, müsste hier in der Nähe ein Dorf sein. Ich sehe mal nach, ob es dort Neuigkeiten gibt.« Mit einem Lächeln fügte er hinzu: »Wenn wir Glück haben, gibt es zum Morgenessen Fisch.« Er tauschte die weiten violetten Gewänder gegen ein löchriges Hemd und eine ebenso löchrige Hose aus ungefärbtem Leinen. Schon länger kundschaftete Faradas die Ortschaften erst insgeheim aus, bevor er sich als reisender Händler offenbarte. Seine Pistole versteckte er in einem Tuch, das er sich als Gürtel umband, doch den Klingenstab reichte er Fiora. Auf seinen bisherigen Streifzügen hatte er die Waffe mitgenommen. Noch nie hatte Fiora sie auch nur anfassen dürfen. »Pass gut darauf auf.«

Ehrfürchtig griff sie nach dem Stab. Er war so leicht. Ein kühler schwarzer Schaft, der in eine silbrig schimmernde, leicht geschwungene Klinge überging. In die Klinge waren winzige Zeichen einer fremden Schrift eingeritzt. Als Fiora endlich aufblickte, war Faradas verschwunden.

Sosehr der Stab sie faszinierte, eine unüberwindliche Sehnsucht zog ihre Aufmerksamkeit fort von ihm, zog sie ans Meer.

Unendliches Wasser.

Wie würde es erst aussehen, wenn die Sonne aufginge? Allein bei dem Gedanken wurde ihr schwindlig. Sie trat ans Ufer, steckte den Stab in den Sand, warf Schwertgehänge und Pistole dazu, zog sich die Stiefel aus, ging barfuß über den feuchten Kies. Das Wasser kam in Wellen. Als es schäumend ihre Zehen umspülte, schrie sie auf vor Überraschung und musste gleich über sich lachen. Diese Welt mochte gefährlich sein und grausam, aber sie war auch unfassbar schön. Fiora schöpfte das Wasser mit der hohlen Hand, nahm einen Schluck, und spuckte sofort aus. Wieder musste sie lachen – Faradas hatte sie davor gewarnt, es zu trinken.

Die Kamele blökten. Fiora wandte sich nach ihnen um – und erstarrte. Zwei Männer durchwühlten die Säcke und Kisten. Ein Dritter stand am Strand und bückte sich nach dem Schwert.

Brennende Sonnenglut.

Der Mann musterte die Pistole. Er trug eine ausgefranste knielange Hose und ein verblichenes Schnürhemd. Keine Schuhe. Ein stoppeliger Bart rahmte sein gerötetes Gesicht. »Wen haben wir denn da?« Sein Zungenschlag war kaum zu verstehen. »Eine Dunkle?«

»Ich bin keine Dunkle.« Ihre Stimme war weniger fest, als sie es sich erhofft hätte. »Lasst die Finger von meinen Sachen.«

Der Mann sah sich nach seinen beiden Kumpanen um. »Und warum«, grinste er, »sollten wir das tun?«

Zeit gewinnen. »Ich bin Händlerin. Wenn Ihr handeln wollt, mache ich Euch gute Preise.«

Der Wortführer verschränkte die Arme. »Händlerin will das Mädchen sein. Komm mal ein bisschen näher.«

Fiora gehorchte. Mit Schrecken verfolgte sie, wie einer seiner Kumpane das Kästchen mit dem Teegeschirr öffnete. »Das steht nicht zum Verkauf.«

Der Angesprochene beachtete sie nicht. Doch der Wortführer trat auf sie zu. Seine rote Nase war von kleinen Kratern übersät. »Zeig mal dein Gesicht.«

Sie zögerte.

Er packte ihren Turban und zehrte ihn ihr vom Kopf. Fiora war zu überrumpelt, um sich zu wehren. Als er sie unverhüllt sah, kniff er die Augen zusammen. »Jungs, das glaubt ihr nicht.«

Die anderen sahen auf. »Was ist los?«

»Wenn die Göre keine Dunkle ist, bin ich die Konkubine des Gottkönigs.«

Fiora schluckte. »Ich bin Händlerin. Wollt Ihr handeln? Ansonsten bitte ich Euch, mein Lager zu verlassen.«

»Wirklich, eine Dunkle«, sagte der Mann, der das Teegeschirr entdeckt hatte. Ein hagerer Geselle, der ebenfalls mehr Fetzen als Kleidung trug. Sein langes, dünnes Haar klebte ihm fettig an der Backe. »Nie im Leben ist das ihre Karawane.« Er schnäuzte Fiora vor die Füße. »Wo sind deine Leute, Kleine?«

Sie ballte die Fäuste. »Ich bin allein.«

Der Dritte zog den Klingenstab aus dem Sand. »Du bist mit vielen Waffen unterwegs, dafür, dass du alleine sein willst …«

»Schöne Arbeit«, bemerkte der Hagere, während er dem anderen den Stab abnahm. »Ich wette, der bringt gutes Gold.«

»Du hast uns angelogen.« Der Rotnasige lächelte gehässig. »Wo sind deine Freunde?«

Sie presste die Lippen zusammen.

Der Mann griff ihr in die Haare und riss sie an sich heran. Sein Atem roch sauer wie der eines kranken Kamels. Er legte ihr die Spitze seines Dolches ans Auge. Jedes Wort sprach er einzeln aus: »Wo. Sind. Deine. Freunde?«

»Ich bin allein«, presste Fiora hervor.

»Ich werde dir die Augen ausstechen, wenn du …«

Fiora schlug den Dolch zur Seite und rammte ihm das Knie ins Gemächt. Bevor die anderen verstanden, was geschah, hatte sie dem Hageren den Klingenstab aus der Hand gedreht. Sprang zurück, um sich Platz zu verschaffen. »Verschwindet!«, schrie sie, die Klinge zum Stoß bereit. Ihr Herz pochte laut.

Der Hagere schien eingeschüchtert, doch der Dritte hatte ihr Schwert in der Hand. Und griff an. Die Klinge schoss vor, aber zu hektisch, ungenau. Fiora machte eine kleine Bewegung zur Seite, ein kleiner Schritt nach vorn, fester Stand. Es war die grundsätzlichste Übung im Stangenkampf, und

Faradas hatte Fiora sie tausendfach wiederholen lassen. Die Wucht seines eigenen Angriffs trieb den Mann in Fioras Klinge.

Die Zeit schien stillzustehen. Fassungslos starrte der Mann Fiora an, fassungslos starrte sie zurück. Blut quoll aus seinem Mund, sein Blick flackerte. Seine Hände griffen nach dem Stab, versuchten, sich daran festzuhalten. Betäubt zog Fiora dem Sterbenden die Klinge aus der Brust. Der Mann fiel auf die Knie, dann nach vorne. Dabei drehte er den Kopf nicht mehr zur Seite. Knirschend schlug er mit dem Gesicht in den Kies.

»Verschwindet«, stammelte Fiora. Es wäre nicht nötig gewesen. Der Hagere floh bereits, und auch Rotgesicht hinkte davon.

19. Kapitel

Als Faradas sie fand, saß Fiora noch immer vor dem Toten, sah ihn an, ohne ihn zu sehen, lauschte auf ihr Herz, ohne es zu hören. Faradas kniete sich, legte den Arm um ihre Schultern, zog sie an sich und bettete ihren Kopf unter sein Kinn.

Die Sterne wanderten durch die Nacht, von der Küste trug eine Brise das Branden des Meeres heran. Irgendwann sagte Faradas leise: »Wir können hier nicht bleiben.« Er drückte sie zärtlich von sich, stand auf und begann, die Karawane zum Aufbruch vorzubereiten. Als er fertig war, wickelte er Fiora den Turban um den Kopf. »Es wird bald hell. Wir werden bei Tage reiten müssen.« Er befahl ihrem Kamel, sich niederzulegen, dann hob er sie in den Sattel.

Sie ritten den ganzen Tag, immer die Küste entlang. Am Abend rasteten sie. Faradas hatte tatsächlich Fisch gefunden, den er aufwendig zubereitete – aber Fiora brachte keinen Bissen hinunter. Selbst zum Trinken musste er sie eindringlich ermahnen.

»Mitternacht reiten wir weiter. Versuch, etwas zu schlafen.«

Fiora lag auf ihrer Bastmatte, starrte in den Sternenhimmel und hoffte vergeblich auf Schlaf. Auch Faradas lag wach; sie hörte es an seinem Atem, den sie inzwischen so gut kannte wie ihren eigenen.

»Faradas«, flüsterte sie, »seid Ihr wach?«

»Grüble nicht, Fiora. Die Welt ist, was sie ist.«

»Darf ich mich zu Euch legen?«

Sie erhielt keine Antwort. Kurzerhand nahm sie ihre Decke und schlich zu Faradas hinüber. Er lag auf dem Rücken; seine Matte war zu schmal für zwei, sie musste sich eng an ihn drücken. Sie spürte, wie seine Muskeln sich anspannten. Ängstlich wartete sie, doch er stieß sie nicht zurück. Dankbar schmiegte sie sich an ihn.

»Es tut mir leid«, flüsterte sie.

Er antwortete nicht.

»Ich hätte das Lager nicht ungeschützt lassen sollen.«

»Du hättest nicht anders handeln können, Fiora.« Er drehte ihr den Rücken zu.

»Ich habe den Strom nicht gespürt.« Sie berührte seinen Oberarm. »Ihr verschwendet Eure Zeit mit mir. Es tut mir leid.«

»Versuch zu schlafen.«

Fiora schloss die Augen, obwohl sie wusste, dass es vergebens war. Nicht wegen der Ereignisse der letzten Nacht. Etwas anderes wühlte sie auf. Reglos lag sie auf der Matte, spürte Faradas' Wärme neben sich und ihr eigenes schlagendes Herz. Neben ihr roch es nach Kamel und nach Salz und nach noch etwas anderem, was sie erhitzte und verwirrte. Ein Verlangen stieg in ihr auf, ein Verlangen danach, mehr als nur neben ihm zu liegen. Ohne dass sie es bewusst entschieden hätte, erkundete ihre Hand den fremden Körper neben sich, glitt den Arm entlang, zur Hüfte, zum Bauch, hoch zur Brust – und wurde von einer starken Hand aufgehalten.

Faradas drehte sich zu ihr um. Selbst im Dunkeln leuchteten seine Augen. »Was hast du vor?« Sein Mund war nur eine Handbreit von ihren Lippen entfernt.

Nur eine Handbreit. »Ich will dich küssen«, wisperte sie. Eine Kraft hatte sie erfasst, so unüberwindlich wie der Feuerdämon selbst. Sie war nicht sie selbst, es war nicht mehr ihr Wille, der sie führte. Die Mächte des Himmels und der Erde verlangten diesen Kuss.

Ihre Lippen berührten seine – und Fiora erhielt einen Stoß, der sie von der Matte schleuderte. Faradas war aufgesprungen. Seine Augen brannten sich in ihre. »Du weißt nicht, was du tust.«

»Ich liebe dich.«

»Sei still«, herrschte er sie an. Seine Stimme klirrte vor Kälte.

Sie rappelte sich auf. Verstoßen, verletzt, verloren. »Ich wollte nur …«

»Kein weiteres Wort.« Niemals hatte sie Faradas so böse erlebt. »Schlaf!«

Von Scham und Verzweiflung zerrissen, stolperte Fiora davon. Hinein in die Nacht, ganz gleich, wohin, nur weg, weg, weg aus dieser gnadenlosen Welt.

Sie saß am Strand, mit angezogenen Beinen, beobachtete die Wellen, von denen jede vierte nah genug herankam, um ihre blanken Füße zu benetzen. Sie griff nach dem Kompass an ihrem Hals. Es war Jahre her, dass Faradas ihn ihr geschenkt hatte, und egal, was sie erlebt hatte, nie hatte sie ihn abgelegt.

Jetzt saß sie hier, drehte den Kompass zwischen den Fingern und brachte es nicht über sich, ihn im Meer zu versenken. Was hatte sie sich bloß gedacht? Ihre Wangen glühten. Wie nur sollte sie Faradas nach dem Geschehenen wieder unter die Augen treten? All die Zeit hatte er sich um sie gekümmert, hart zwar, aber aufrichtig – und sie dankte es ihm, indem sie sein Vertrauen missbrauchte; sich rücksichtslos an seine Brust warf, als hätte sie ein Recht darauf, von ihm geliebt zu werden.

Immer wieder hatte er es ihr eingebläut: Sie war selbst für sich verantwortlich, konnte ihre Unzulänglichkeiten nicht von anderen kitten lassen. Sie drückte sich die Fäuste gegen die Schläfen, schluchzend vor Wut über ihre eigene Ohnmacht.

Der Kompass, noch immer in ihrer Faust, raschelte. Oder hatte sie es sich nur eingebildet? Sie hielt ihn ans Ohr und schüttelte ihn. Nein, keine Einbildung, da war das Rascheln wieder. Sie öffnete den Deckel, wischte sich die Tränen aus den Augen und musterte das Gerät. Hinter der Nadel lag ein verschrumpeltes Kügelchen. Fiora brauchte einen Moment, bis sie sich erinnerte: die Mulsa-Knospe, die sie unter Vaters Kommode gefunden hatte. Als sie aus Bergquell geflohen war, hatte sie die Knospe in den Kompass gesteckt. Obwohl sie diesen als ihren teuersten Besitz behütet hatte, hatte sie ihn nie benutzt. Und die Knospe schlichtweg vergessen.

Mulsa. Vater hatte sich in den Rausch geflüchtet, als er die Welt nicht mehr hatte ertragen können. Mulsa hatte ihn zerstört. Gedankenverloren betrachtete Fiora das bräunliche Kügelchen. Konnte es nicht auch andersherum gewesen sein – hatte die Droge nur sein Leid gelindert, und die Welt war es gewesen, die ihn zerstört hatte?

Sie pulte das Bällchen aus dem Kompass, zerrieb es zwischen den Fingern, leckte die Krümel auf. Ein Geschmack von Staub und wenig sonst. Vater hatte nie über die Wirkung geredet. Aber Mara hatte behauptet, Mulsa lasse einen in einem Nebel schweben, der allen Schmerz aufsauge, bis man frei sei von allen irdischen Qualen und Wünschen. Es sei, als verlasse man seinen Körper und stürbe einen kleinen, friedlichen Tod.

Fiora spürte nichts. Weder Nebel noch etwas anderes. Sie fragte sich, woher Mara ihr Wissen bezog. Hatte ihre Schwester selbst Mulsa gekostet oder nur geschildert, was sie aufgeschnappt hatte? Erfunden hatte sie die Geschichte gewiss nicht, das entsprach nicht ihrem Naturell.

Das Wasser rauschte; inzwischen erreichte jede zweite Welle Fioras Füße, auch ihr Hosenboden war bereits durchnässt. Sie konnte sich nicht aufraffen, zurückzuweichen. Wie ein endloser Teppich lag vor ihr das Meer, und eine dunkle Sehnsucht fasste nach ihr. Mutter war gestorben, auch Vater, Mara ebenfalls. Mara. Jahrelang hatte Fiora sich eingeredet, sie käme ohne ihre große Schwester zurecht, ja, wäre sogar diejenige, die sie aus den Fängen des Marschalls befreien könnte. Aber Mara war tot. Und in diesem Moment wurde Fiora klar, dass alles eine Lüge gewesen war. Sie war nichts ohne ihre Schwester. Wie ein berstender Erzstollen zerdrückte sie die Erkenntnis.

Sie hatte gedacht, Faradas hätte ihr einen Halt geben können, aber wieso hätte er das tun sollen? In einer kalten Welt mochte es sinnvoll sein, zusammenzurücken. Aber unter der Herrschaft des Feuerdämons verbrannte alles, und im Feuer überlebte man am ehesten allein.

Das Wasser war so weit gestiegen, dass Fiora wie in einer Wanne darin saß. Angenehm umschmeichelte es sie, lockend. Sie richtete sich auf, watete in die Fluten. Wie schwierig es war, in Wasser zu gehen. Wie der Boden unter ihren Füßen zur Seite wich und zwischen ihre Zehen. Wie leicht alles wurde. Es musste unglaublich sein, als Fisch zu leben, immer schwerelos, immer im kühlen, schmerzfreien Dunkel. Es hieß, im Dunkeln sei man allein. Aber Fiora wurde von einer gegenteiligen Erkenntnis berührt: Nur im Dunkeln war man es nicht. Sie sah ihre Mutter, in einer violetten Robe und ohne Gesicht. Vater, der vor den Toren Bergquells schlief, in der heiteren Gewissheit, nie wieder erwachen zu müssen. Mara, mit ihrem leuchtend roten Schopf, in gutes Leder gekleidet. Wie erwachsen sie aussah, wie stark. Sie saß in einem Gasthaus, hatte einen Krug vor sich stehen. Mit fröhlicher Leidenschaft erzählte sie etwas, und der ganze Tisch hing an ihren Lippen.

»Fiora!«

Eine feindliche Stimme, die das Dunkel wegzerren wollte, sie zurückreißen wollte in eine feindselige Welt.

»Fiora!« Und noch einmal: »Fiora!«

Grobe Hände griffen in das Dunkel, packten ihre Arme. Sie wollte sich wehren, doch sie hatte keinen Körper. Oder doch? Wenn sie Arme hatte, hatte sie wohl auch einen Körper. Sie spürte Kleidung an diesem Körper, aber falsch. Die Stoffe waren zu schwer, zogen sie nach unten. Plötzlich schwebte sie, aber der Nebel war nicht körperlos, wie Mara es versprochen hatte. Sie hörte schweres Atmen, das Platschen von Wasser; es roch nach Salz und Kamel.

Faradas.

Sie schlug die Augen auf.

Sternenhimmel. Das Rauschen des Meeres. Kies, der ihr in den Rücken drückte. Und Faradas.

»Fiora, geht es dir gut?« Er tätschelte ihr die Wange. »Kannst du mich hören?«

»Mara«, flüsterte sie.

Sie spürte, wie seine Arme unter sie glitten, sie hochhoben, an seine Brust drückten. »Es tut mir so leid.«

»Mara.« Heiß wie geschmolzener Stahl floss ihr das Blut durch die Adern. »Sie lebt.« Mit einem Ruck befreite sie sich aus Faradas' Umarmung. Stieß ihn von sich, sprang auf. »Sie lebt.«

»Wovon redest du?«

»Du hast mich angelogen.« Ihre Stimme bebte vor Verzweiflung. »Sie lebt.«

Blau loderten Faradas' Augen. Fiora hielt seinem Blick stand, in ihren Ohren rauschte das Meer, er mochte sagen, was er wollte, sie hatte die Wahrheit gesehen.

Für jeden Widerspruch wäre sie bereit gewesen. Nicht jedoch für die Antwort, die sie erhielt:

»Ja.«

Eine Silbe, sonst nichts. Leise und traurig.

Sprachlos starrte Fiora ihn an.

»Es tut mir leid.«

»Was …?«, stammelte sie. »Warum hast du das getan?«

»Um dich zu schützen.« Er senkte den Blick. »Du warst noch nicht bereit.«

Fiora wollte auffahren, doch sie hatte keine Kraft mehr. »Ich hasse dich«, flüsterte sie. »Lebe wohl.«

Sie riss sich den Kompass vom Hals, schleuderte ihn ins Meer. Der nasse Sand drückte sich zwischen ihren Zehen hoch, als sie den Strand verließ.

2. Zwischenspiel

Während Fiora sich auf die Suche nach Mara begibt, erleidet auf der anderen Seite des Meeres Argenteus eine Niederlage. Nachdem er die Sternenherrin besiegt hat, besiegt er auch Redemptor und sogar Clavis. Also verbünden sich die Gottkönige des Ostens gegen ihn, und er zieht mit seinem Heer zurück nach Terramea.

Eine Entscheidung, mit der seine Gegner nicht gerechnet haben.

Zwei Bedürfnisse sind es, die ich meinen Kindern mit auf den Weg gegeben habe – zum einen den Wunsch, sich selbst zu bewahren. Zum anderen den Wunsch, besonders zu sein. Welcher Wunsch jeweils überwiegt, habe ich dem Zufall überlassen. So reguliert sich das System von selbst; denn diejenigen, die auf sich achten, erreichen wenig, und diejenigen, die herausstechen wollen, bestehen nicht lange. Bei Argenteus allerdings halten sich beide Bedürfnisse auf erstaunliche Weise die Waage. Er will alles, und vor nichts schreckt er zurück. Aber er handelt nicht voreilig. Er wartet. Er plant.

Und wenn er geschlagen scheint, macht er seinen Zug.

Mit festem Schritt nimmt er die zwei hoch zehn Stufen aus schwarzem Marmor, die zum Palast des Kubus hinaufführen. Der Palast ragt auf wie ein Schwert, das in den Himmel sticht. Die Wachen tasten ihn nach Waffen ab, wie er es gewohnt ist.

Statt in die privaten Gemächer des Gottkönigs führt man ihn in den Thronsaal. Dieser hat den Grundriss eines Achtecks; die wenigen Glassäulen, die das Gewölbe tragen, sind nur Zierde. Argenteus ist überrascht, Doctrix neben dem Gottkönig zu sehen. Ihre Unberechenbarkeit wird immer mehr zur Gefahr. Doch er braucht sie.

Kubus spricht: »Du hast nicht zu Ende gebracht, was ich dir aufgetragen habe – und dennoch bist du zurückgekehrt. Warum?«

»Um dich zu töten, mein König.« Er packt Kubus und reißt ihm den Kopf vom Rumpf. Dann wendet er sich Doctrix zu. Ihr Gesicht ist schwarz besprenkelt.

»Was hast du vor?«, fragt sie.

»Evolution.« Er betrachtet die schwarzen Tropfen auf ihrer Stirn. »Wie weit bist du?«

»Ich werde bis zum Ende des Kreislaufs fertig sein.«

»Versuche es schneller. Nutze das Mädchen aus Bergquell.«

»Das tue ich bereits. Ihre Kraft reicht nicht aus.«

»Dann müssen wir weitere finden.« Er fasst ihr ans Kinn. Er fühlt nicht die Gefühle der Menschen, doch ihre Gesten hat er gelernt. »Von jetzt an gehörst du mir. Verstanden?«

Auch Doctrix wartet. Auch Doctrix plant.

»Ja«, sagt sie. Inzwischen fällt das Lügen ihr leicht.

TEIL 3
METROPOLIS

20. Kapitel

Fiora wanderte. Geröllwüsten, Gebirge, Sand. Das Meer war bald zu einer trügerischen Erinnerung verblasst. Sie kannte den Hunger bereits, kannte auch die Erschöpfung, kannte die Einsamkeit. Es machte ihr nichts aus. Zum ersten Mal, seit sie aus Bergquell geflohen war, hatte sie ein Ziel. Metropolis. So wie sie sich der Luft, die sie atmete, gewiss war, ohne sie greifen zu können, so wusste sie, dass Mara noch lebte. Und wo hätte sie zu suchen beginnen sollen, wenn nicht in der Hauptstadt des Kubus?

Allerdings kannte sie nur die grobe Richtung, in der Metropolis liegen sollte. Und jene auch nur, wenn die Karten stimmten, die Meister Konstantin ihr gezeigt hatte. Nach zwei Wochen traute sie sich zum ersten Mal in eine Siedlung. Sie hatte sich vorgenommen, bei dem kleinsten Zeichen von Ablehnung zu fliehen. Doch weder ihre dunkle Haut noch ihre verlumpte Gestalt schienen die Menschen zu verschrecken. Stattdessen nahmen sie Fiora freundlich auf, gaben ihr Wasser und Früchte, überließen ihr sogar eine Hütte, in der sie schlafen konnte. Wo Metropolis lag, wussten sie nicht, aber als Fiora am nächsten Abend aufbrach, wünschten sie ihr alles Gute und winkten zum Abschied. Von der guten Erfahrung ermutigt, reiste sie von nun an nicht mehr im Verborgenen. Die Entscheidung zahlte sich aus. Selbst wer ihr kein Obdach gewähren wollte, scheuchte sie bloß mitleidig davon, statt sie zu belästigen. Sie war nicht länger eine Reiterin im Tross einer Reichtümer versprechenden Handelskarawane, sondern nur ein unbewaffnetes, barfüßiges Mädchen mit verfilztem Haar.

Die Wüste wurde zur Steppe, das Gras wuchs dichter, die Bäume trugen Blätter statt Dornen. Als es zum ersten Mal regnete, verkroch Fiora sich zitternd in einem Erdloch. Als es zum zweiten Mal regnete, sprang sie mit ausgebreiteten Armen den Tropfen entgegen, legte den Kopf in den Nacken und versuchte, das Wasser mit der Zunge aufzufangen. Die Siedlungen nahmen zu, wurden durch ausgetretene Pfade verbunden. Die Leute nickten eifrig, wenn Fiora nach Metropolis fragte, und wiesen nach Südwesten. Ab und zu verdiente sie sich ein Kupferstück, indem sie einen Spreißel zog oder Ziegen hütete. Ein altes Mütterchen, dem sie ein Geschwür herausschnitt, schenkte ihr einen Klepper. Das Tier schwankte weniger als die Kamele, die Fiora gewohnt war, doch war es so alt, dass sie es bald gegen einen Mantel eintauschte. Für drei Tage durfte sie auf dem Ochsenkarren einer Händlerin reisen. Ein anderes Mal bot ein Kesselflicker ihr einen Schlafplatz in seinem Zelt an. Sein Wunsch, noch mehr mit ihr zu teilen, brachte ihm eine gebrochene Nase ein und Fiora ein gutes Messer.

Je näher sie an Metropolis herankam, desto mehr Gerüchte schnappte sie auf – die falschen Götter seien besiegt, Argenteus habe den gesamten Kontinent erobert; zum Dank habe Kubus ihn zu seinem irdischen Stellvertreter ernannt; ein neues goldenes Zeitalter stehe bevor, vielleicht sogar eine neue Regenzeit. Auch vieles andere hörte sie, was ihr unglaublich vorkam: im Hafen von Uria werde ein Schiff gebaut, womit es möglich sei, das Meer zu überqueren; eine Forscherin aus Ischgar habe eine Formel entdeckt, mit der sich Gestein in Wasser umwandeln lasse; die Soldaten des Gottkönigs bekämen Fleisch von Ochsen zu essen – und diese Ochsen seien nicht einmal alt oder krank, sie würden eigens geschlachtet. Im Übrigen solle Fiora sich in Acht nehmen, ein unbegleitetes Mädchen wie sie – ob sie von den Blutigen Hunden gehört habe? Sie schüttelte höflich den Kopf. Furchtbare Wilde aus der Ödnis des Nordens, die in Terramea auf Menschenraub gingen. »Die Ödnis?« – »Das Land, aus dem morgens die Sonne steigt. Noch tausend Meilen entfernt besteht der Boden aus Lava, die nie abkühlt.« – »Und wie haben dann diese Blutigen Hunde dort überlebt?« – »Das sind Bestien.«

Alle Geschichten konnten sie nicht so verwundern wie die Straße, auf die sie stieß. Sie bestand aus Pflastersteinen. Eine Straße, wie sie auch in Bergquell hätte liegen können – aber weit und breit war keine Stadt in Sicht, nicht einmal ein Weiler. Eine Woche lang folgte sie der Straße und traf zwar auf ein paar Siedlungen, aber keine einzige größere Stadt. Die Landschaft wurde wieder trister. Die Steppe verödete, nur noch einzelne kümmerliche Grasbüschel zeigten sich in einer Wüstenei aus grauem Sand. Ein Geschmack von Verwesung lag in der Luft. Rauchsäulen am Horizont.

Eine Schusterin kam ihr entgegen. Bang fragte Fiora, was geschehen sei. Die Schusterin sah sie verwirrt an.

»Der Rauch«, erklärte Fiora, »das Gras.« Der Mund der Schusterin verzog sich zu einem zahnlosen Grinsen. »Willkommen in Metropolis, mein Kind.«

Beklommen nahm Fiora ihre Wanderung wieder auf, und bald verstand sie, was die Alte gemeint hatte. Fabriken, so weit das Auge reichte. Aus Hunderten, aus Tausenden Schloten waberte der Qualm, verband sich zu einer Decke, die schwarz und drohend über der Ebene hing. Fiora war Monate gereist, um hierherzukommen. Und trotzdem musste sie sich überwinden, die letzten Meilen zu gehen. Auf einmal war die Straße voller Bewegung. Gestalten, verdreckter als Fiora selbst, rempelten sie an, fluchten, hasteten weiter. Wagen ratterten vorbei, die zu sehr stanken, um mit Dampf betrieben zu sein. Zwei Gardisten auf Pferden galoppierten heran, gerade noch rechtzeitig sprang Fiora zur Seite. Zwischen den Fabriken donnerten monströse Maschinen hin und her. Wie die Loren in der Stollenstadt fuhren sie auf Gleisen – was die einzige Gemeinsamkeit war. Hunderte Schritt waren sie lang, sie qualmten und kreischten, hinter ihnen stob aschen der Sand auf.

Die Sterne über ihr waren erloschen, doch die Straße wurde von Gaslaternen gesäumt, und vor sich sah Fiora ein gelbliches Schimmern, das den ganzen Horizont ausfüllte. Immer beklommener fühlte sie sich, je näher sie kam, immer schwerer wurden ihr die Beine. Das Schimmern rührte von zahllosen Fenstern, die schmutzig aus ihren Gebäuden starrten. Graue Kästen, wie ein bewohnter Wall nebeneinandergereiht, vier oder fünf Stockwerke hoch, mit hohen Giebeln und gemauerten Schornsteinen.

Die Stadtmauer war nur wenige Schritt hoch, nirgendwo war ein Wachturm zu sehen. Wozu auch? Sie konnte sich nicht vorstellen, dass es hier irgendetwas zu holen gab. Die beunruhigende Frage war: Wenn Mara sich wirklich hier aufhielt – wie sollte Fiora sie finden?

Wo die Straße den Rand der eigentlichen Stadt erreichte, entdeckte Fiora ein Wachhäuschen. Eine Gardistin saß davor, zwei weitere standen an der Straße. Alle trugen Schulterholster mit Pistolen. Ihre grünen Uniformen waren in tadellosem Zustand. In Bergquell trugen nur Offiziere Pistolen, und selbst die Paradeuniform des Gardekommandanten Poltis war verblichen und geflickt. Fiora fürchtete, als Bettlerin davongejagt zu werden, doch in dem steten Strom an Menschen blieb sie so unbeachtet wie ein Kamelhaar auf einem alten Teppich.

Von Nahem stank die Stadt noch immer, aber anders. Sie stank nach Menschen; nach zu vielen davon, auf zu wenig Raum. Das Gedränge war Furcht einflößend, der Krach ungeheuerlich. Über allen anderen Lärm hinweg vernahm sie ein Brummen. Plötzlich bewegte sich der Himmel. Fiora sah nach oben und schrie auf. Irgendjemand verspottete sie, sie hörte es kaum. Unter der Decke aus schwarzem Qualm kroch ein riesiges Gebilde auf sie zu. Ein stählernes Schiff, das unter einem lang gezogenen Ballon hing, an dessen Seiten gewaltige Propeller kreisten. Gebannt beobachtete Fiora, wie das Fluggerät die Stadt verließ, zwischen den Schloten der Fabriken hindurch auf die Ebene hinaussteuerte.

Ein schmerzhafter Rempler holte sie in die Gegenwart zurück. Sie schüttelte den Kopf, versuchte, all die wahnwitzigen Eindrücke fürs Erste zu bannen. Sie musste einen Plan fassen. Ihre gesamte Habe bestand aus einer halben Kaktusfeige, einem Messer und zwei im Hemdsaum vernähten Kupferstücken. In dieser riesigen Stadt würde es nicht einfach werden, Mara zu finden. Zuerst einmal musste sie sich wohl mit den hiesigen Gepflogenheiten vertraut machen. Und dazu brauchte sie Geld. Was arbeiteten die Leute hier wohl?

Erst mal umsehen. Sie wandte sich in die nächste Gasse, raus aus dem Trubel der großen Straße. Das Gerempel ließ nach, sie schöpfte Atem. Zum ersten Mal fand sie die Ruhe, all die Leute genauer zu betrachten. Wie unterschiedlich sie waren. Egal, wohin sie den Blick wandte, sie kam aus dem Staunen nicht heraus. Es gab viele heruntergekommene

Gesellen, doch dazwischen auch feine Damen und Herren, denen die Kette der Taschenuhr aus der Weste baumelte, deren Hüte im Licht der Laternen glänzten; manche trugen dunkle Anzüge mit künstlichen Falten in der Hose, andere wiederum enge Kleider in grellen Farben. Manche schwangen Spazierstöcke, manche trugen Blumen im Kragen. Manche hatten sich ihren Zopf wie einen Haarreif um die Stirn gelegt, manche trugen ihr Haar lang und offen. Bärte in den absonderlichsten Formen. In dieser dreckigen, stinkenden Stadt putzten sich die Menschen umständlicher heraus, als es Fiora irgendwo sonst gesehen hatte.

Benommen stolperte sie durch die Gassen, an Spelunken vorbei und Gemüseständen. Es gab Läden für Haushaltsgegenstände und Kleidung, für Medikamente, für Werkzeug; zum Preis eines halben Kupferstücks konnte man ein Bad nehmen oder sich die Haare schneiden lassen. Ein junges Mädchen bot Holzspielzeug an. Ein verhutzeltes Männlein, das in einer viel zu großen Schürze steckte, verkaufte Stifte und Papier.

»He, Süße, bleib mal stehen.« Eine Frau mit grellroten Lippen löste sich von einer Hauswand. Sie trug schmale, hohe Stiefel und einen ausgesprochen kurzen Rock. Ihr Hemd war so knapp bemessen und zugleich so fest geschnürt, dass ihre Brüste oben herauszuplatzen drohten.

»Hallo«, stotterte Fiora, ihr Blick von den Brüsten gefesselt.

»Wo kommst du her?«

»Verzeihung«, endlich gelang es ihr, sich von dem verstörenden Anblick loszureißen und der Frau ins Gesicht zu sehen. »Warum verschnürt Ihr Euch so? Tut das nicht weh?«

Die Frau lachte. Ihre Züge sahen sehr glatt aus, doch ihre Stimme schepperte wie die einer Alten. »Du bist witzig.«

»Danke«, murmelte Fiora, ohne verstanden zu haben, was der Witz gewesen war.

»Willst du für mich arbeiten?«

»Echt?« Der erste Mensch, den sie traf, bot ihr gleich eine Arbeit an? Ein solches Glück hätte sie nicht erwartet. »Sehr gern, wenn Ihr mich haben wollt. Ich verstehe mich etwas auf Heilkräuter und aufs Nähen. Außerdem kann ich ganz gut reiten. Aber wenn Ihr andere Fertigkeiten für nötig haltet, lerne ich sie gern.«

»So viel musst du gar nicht können.« Die Frau lächelte verschlagen. »Reiten ist schon mal ein guter Anfang.« Sie streckte die Hand aus. Die Fingernägel leuchteten so rot wie ihre Lippen. »Zuerst einmal müssen wir dich waschen und ordentlich herrichten. Du hast sicher auch Hunger.«

Heftig nickend ergriff Fiora die Hand.

»Bist du so welk geworden, Despina«, spottete jemand hinter ihr, »dass du anderer Leute Haut zu Markte tragen willst?«

Fiora wandte sich um. Es war ein zierlicher junger Mann, der sich eingemischt hatte. Seine Haut war bleich, die Lippen hatte er pechschwarz gefärbt. Auch die kurzen glatten Haare waren schwarz, ebenso die Kleidung. Um den Hals hatte er ein Tuch gebunden; den Oberkörper bedeckte nichts als eine dünne, dunkel glänzende Weste, die so knapp war, dass der Bauchnabel unbedeckt blieb. Gerade hoch genug, um das Becken zu verhüllen, saß ein Rock, dessen Falten bis zur Mitte der Unterschenkel fielen. Die Lackstiefel hatten unpraktisch dicke Sohlen und schienen viel zu wuchtig für die dünnen Beine, die in ihnen verschwanden.

»Verpiss dich«, keifte Despina.

»Das ist Metropolis, mein Schatz«, sagte der merkwürdige Bursche fröhlich. »Wir haben alle die gleichen Rechte. Diese Straße gehört mir genauso wie dir.«

Auch die Brauen schien er mit schwarzer Farbe nachgezogen zu haben. »Wer seid Ihr?«, fragte Fiora schüchtern.

Despina maulte: »Hör nicht auf ihn.«

»Fink ist mein Name.« Der Jüngling deutete eine Verbeugung an. »Verehrer der Schönen und Retter der Hilflosen.«

Trotz der düsteren Aufmachung und sonderbaren Worte ging etwas Einnehmendes von ihm aus. »Ich bin Fiora.«

»Scher dich zum Teufel, Fink.« Despina hatte die Arme in die Hüften gestemmt.

»Es ist mir eine Ehre, eine Freude und ein Glück, Fiora.«

»Ihr macht Euch über mich lustig.« Trotzdem war sie geschmeichelt.

»Keineswegs.« In seinen Augen blitzte der Schalk. »Ein so unschuldiges Wesen wie Euch habe ich lange nicht gesehen. Ich fühle mich verpflichtet«, ein Seitenblick auf Despina, »Euch vor dem Morast zu schützen, aus dem diese Stadt geschaffen ist.«

»Du Bengel«, schnaubte Despina, »ich werde dir das Fell gerben.«

»Meine Ohren sind zu zart für diesen rauen Ton«, verkündete Fink mit wichtigem Gesicht. »Dame Fiora, habt Ihr Lust auf einen Ortswechsel?«

Sie konnte sich nicht daran erinnern, jemals Dame genannt worden zu sein. Ohne sich zu bedenken, nickte sie. Fink bot den Arm zum Einhaken, warf der zeternden Despina einen Abschiedsgruß hin und führte Fiora davon.

Während sie die Gasse entlanggingen, kamen sie an zahlreichen Frauen vorbei, die ähnlich wie Despina gekleidet waren. Während sie andere Passanten lächelnd zum Bleiben einluden, wurden Fink und Fiora kaum eines Blickes bedacht. Auf einmal war Fiora befangen. Sie war ihrem Gefühl gefolgt, als sie sich bei Fink eingehakt hatte. Ja, Despinas

Freundlichkeit hatte etwas Aufgesetztes gehabt – aber was versprach ihr, dass es bei Fink anders war? »Diese Frauen«, murmelte sie, »warum kleiden sie sich so?«

»Sie bieten sich an«, erklärte Fink gut gelaunt, »und die Kundschaft will sehen, was sie bekommt.«

»Ihr meint, sie teilen ihr Lager für Geld?«

»Zumindest ihren Körper.« Fink warf ihr einen neugierigen Blick zu. »Du bist wirklich nicht von hier.«

»Ist das nicht ...«, Fiora rang nach Worten, »demütigend?«

»Wieso?« Er machte einen großen Schritt über einen Haufen Unrat. »Niemand zwingt sie dazu.«

Fiora errötete. »Und die Arbeit, die Despina mir angeboten hat ...?«

»Das war kein so feiner Zug. Deswegen habe ich mich einzuschreiten genötigt gefühlt.«

»Warum machen die das?«

»Leute wie Despina? Fremde Mädchen anlocken? Altersvorsorge. Es handelt sich um ein Gewerbe, in dem die Jugend mehr zählt als die Erfahrung.«

»Nein, ich meine, warum machen die das überhaupt?«

»Was ist so schlimm daran, zu teilen, was man hat? Sie schaden niemandem. Wäre es nicht anmaßend, einem anderen Menschen zu sagen, was er mit seinem Körper tun darf und was nicht?«

Fiora wusste nichts zu erwidern. Sie überquerten eine steinerne Brücke. Zäher graubrauner Schlick floss unter dem Bogen hindurch.

»Wo kommst du her?« Obwohl er inzwischen auf die höfliche Anrede verzichtete, blieb seinem Ton die eigentümliche Verbindlichkeit erhalten.

»Bergquell.«

»Dachte ich mir.«

Überrascht blieb Fiora stehen. »Du kennst Bergquell?«

»Nö. Aber es hätte mich sehr gewundert, wenn du aus einem Ort stammst, den ich kenne.«

Wieder brummte der Himmel. Erschrocken hielt sich Fiora an Finks Arm fest. Der Ballon mit der stählernen Gondel darunter schien noch größer als der erste.

Fink lachte. »Du hast noch nie ein Luftschiff gesehen?«

»Eines, vorhin«, murmelte sie. Beschämt von ihrer Schreckhaftigkeit, ließ sie Finks Arm los. Am Boden der Gondel leuchtete ein gezackter roter Kreis. Die Zacken rührten daher, dass der Kreis aus zahllosen Quadraten gebildet war, die sich jeweils leicht versetzt um denselben Mittelpunkt drehten. »Was ist das für ein Zeichen?«

»Das Symbol der Palastgarde.«

Etwas in seinem Ton beunruhigte Fiora. »Ein Palast? Von wem? Kubus?«

»Offiziell ja.« Sein Blick war besorgt nach oben gerichtet.

»Und jetzt?«

Als er schwieg, mutmaßte sie: »Argenteus?«

Er stieß einen leisen Pfiff aus. »Ganz unbedarft bist du also doch nicht.« Durch den allgemeinen Lärm drang das Gegröle aus einer Spelunke. Fink steuerte darauf zu. »Lass uns was essen. Ich zahle.«

Der Gestank von altem Schweiß, verbrauchter Luft und fauligem Zahnfleisch überlagerte jeden Duft, den das Essen womöglich verströmte. Trotz allen Hungers rührte Fiora zweifelnd in dem Eintopf, den eine dicke Frau mit unglaublich großen Händen vor ihr auf den Tisch geknallt hatte. Es waren nicht nur die gelbliche Farbe und die fragwürdige Konsistenz, die sie vom Essen abhielten. Seit ihnen das Luftschiff begegnet war, hatte Fink seine heitere Leichtigkeit verloren. Düster stocherte er in seiner eigenen Portion Schleim herum.

Sie schob ihre Schale von sich. »Du fürchtest dich vor der Palastgarde?«

Er riss die Augen auf. »Sch.« Nervös sah er sich um.

»Warum?«, flüsterte Fiora.

Fink winkte der Wirtin und warf zwei Kupferstücke auf den Tisch. Dann packte er Fiora am Arm und zog sie nach draußen. Als sie wieder an der frischen Luft waren, sah er nach oben und atmete auf. Nichts außer der wabernden Decke aus schwarzem Qualm. »Am besten, wir wechseln das Viertel. Willst du mit zu mir?«

Fiora war sich unsicher. Sie hatte keine guten Erfahrungen damit gesammelt, Fremden zu vertrauen – nicht einmal Freunden.

Fink schien ihr Zögern richtig zu deuten. »In zwei Stunden wird es hell. Dann sind nur noch die übelsten Gestalten auf der Straße. Wenn du mehr Geld hast, als ich dir zutraue, kannst du natürlich einen Gasthof nehmen.« Er lächelte schief. »Aber ich fürchte, ein Gasthof, der bereit ist, eine wie dich aufzunehmen, ist kein Gasthof, in dem eine wie du übernachten will.«

»Na gut«, gab Fiora nach. Fink sah so zerbrechlich aus, zumindest körperlich schien er keine Bedrohung zu sein.

Die Gassen wurden schmaler, die Gitter vor den Fenstern schwerer. Ratten huschten um Häuserecken. Zwar gab es eine Kanalisation, doch die Abflüsse waren entweder verstopft oder verströmten einen beißenden Gestank.

»Richte einen Menschen nicht danach, wo er wohnt«, murmelte Fink. So sorgsam er die übergroßen Stiefel setzte, er konnte sie doch nicht vor dem Schmutz der Straße bewahren. Fiora ging nach wie vor barfuß und vermied eine genauere Musterung dessen, in was sie trat. Schuhe kämen als Erstes auf ihre Einkaufsliste.

»Warum fürchtest du dich vor der Palastgarde?«

Fink schüttelte den Kopf. Sie glaubte schon, er wolle es dabei belassen, doch dann sagte er: »Ich fürchte nicht um mich.«

»Um wen dann?«

»Um wen wohl – um dich. Seit Monaten verschwinden Leute. Und wo es passiert, wird regelmäßig ein Luftschiff gesichtet. Wenn die Palastgarde tatsächlich ihre Finger im Spiel haben sollte …« Er verstummte.

»Vielleicht hat die Garde Feinde, von denen die Gerüchte verbreitet werden?«

Fluchend zog Fink seinen Stiefel aus einer öligen Pfütze. »Es muss verdammt viel passieren, dass sich jemand traut, ein Gerücht gegen die Palastgarde zu streuen.«

»Und warum fürchtest du dich dann nur um mich?« Fioras leerer Magen zog sich zusammen. »Könntest nicht du genauso zum Ziel werden?«

Fink lachte. Doch es klang weniger locker als zuvor. »Ich kann auf mich aufpassen. Und abgesehen davon – es verschwinden selten Leute aus Metropolis. Vor allem trifft es Leute von außerhalb. Kleine Ortschaften und einsame Reisende. Man könnte fast denken, die Palastgarde hat das Geschäftsmodell der Blutigen Hunde übernommen.«

»Die Blutigen Hunde arbeiten für Kubus«, rutschte es Fiora heraus.

»Was?«

»Ach, nichts. Nur so ein Gedanke.«

Sie erreichten einen gepflasterten Platz, auf dem das Denkmal eines bronzenen Reiters aufragte, der eine Standarte in der Hand hielt. Sein Pferd schien mitten im Sprung, und die Bewegung war so geschickt vorgetäuscht, dass man glauben konnte, die Standarte flatterte, das Haar wehte, der Mantel knatterte im Wind. Das Symbol auf der Standarte zeigte einen roten Kreis, der aus zahllosen Quadraten geformt war.

»Darf ich vorstellen«, hob Fink an und machte eine große Geste. »Vor uns steht …«

Aber Fiora hatte den Reiter bereits erkannt. »Argenteus.«

»Wie kommst du darauf?«, fragte Fink verwirrt. »Das ist Kubus.«

»Nein.« Dieses Gesicht würde sie nie vergessen. »Argenteus.«

»Die Statuen wurden gerade erst erneuert«, beharrte Fink. »Und das ist das neue Gesicht, unter dem Kubus verehrt werden will.«

»Dann hat er das Gesicht von Argenteus gewählt.«

Mit offenem Mund starrte Fink sie an. Fiora biss sich auf die Lippen. Dafür, dass sie ihren neuen Bekannten erst seit ein paar Stunden kannte, hatte sie bereits viel zu viel von sich preisgegeben.

Ein Donner rollte heran. Ein dunkles Brummen, das sie inzwischen nur zu gut zuordnen konnte. Lauter als die letzten beiden Male und aus keiner bestimmten Richtung. Sie spähte nach oben, und ihr Herz setzte aus – von drei verschiedenen Seiten schoben sich die riesigen Schatten der Luftschiffe über sie. Am Boden der Gondeln leuchteten Kreise, rot und gezackt.

Fink rief etwas, rannte davon. Fiora wollte ihm folgen. Doch sie konnte nicht.

Strom.

Fuhr in sie mit einer Kraft, die sie zu zerreißen drohte. Ihr Körper war ein Gefäß, das zu klein war für seine Füllung.

Doch der Strom entwich nicht. Sie hörte sich schreien, aber befand sich jenseits des Schmerzes, der sie schreien ließ. Die Energie war überall, und sie selbst war es auch. Sie sah die Soldaten nicht und sah sie doch. Sah, wie sie sich aus den Gondeln abseilten, sah die gezackten roten Kreise auf den schwarzen Rüstungen. Sie wusste, dass ihre Gewehre gefährlicher waren als die unheilvolle Pistole von Faradas. Dass die Rüstungen geschmeidig waren wie Tuch und hart wie Stahl. Sie wusste, dass das Blut so schwarz war wie das der Angreiferin von Talgar. Und wie die Angreiferin von Talgar hatten die Binare ein einziges Ziel.

Der Tod kam aus einer Seitengasse. Eine Kugel von der Größe einer Zwiebel, fest umklammert von den Händen eines Bionten. Fiora spürte die Kugel, war die Kugel. Aber war auch die Soldaten und war das Pflaster unter ihren Füßen und war der Rost auf den Scharnieren der Fensterläden. Wie der Sand während eines Wüstensturms, so brachen die Dinge der Stadt über sie herein.

Da bemerkten die Soldaten die Gefahr.

In grauenerregender Gleichzeitigkeit schwenkten sie ihre Gewehre herum, richteten sie in die Schatten der Seitengasse.

Zu spät. Der Biont hatte den Verschluss der Kugel geöffnet, schleuderte sie über den Platz. Sie schlug gegen den Sockel des Reiterdenkmals, fiel zu Boden, zersprang. Und aller Strom, der sich in Fiora geballt hatte, war frei.

Dunkel.

Als sie wieder zu sich kam, fand sie sich auf dem Rücken wieder. Es konnte nicht viel Zeit vergangen sein, noch immer lauerten am Himmel die Luftschiffe. Ein Mann in dunkler Kleidung beugte sich über sie. »Ich bin Carvon.« Er hielt ihr die Hand hin. »Steh auf.«

21. Kapitel

Sie rannten, wie Fiora seit Bergquell nicht mehr gerannt war. Carvon sprang über Jauchegruben, quetschte sich durch spaltbreite Gässchen, kletterte über Mauern, kroch unter Zäunen hindurch – und hatte ihr zu verstehen gegeben, dass sie, wenn sie nicht mithalte, auf sich allein gestellt sei.

Sie gelangten auf einen Hinterhof. Das dazugehörige Gebäude war mit Balkonen versehen. Ohne Weiteres erklomm Carvon einen der Stützpfeiler. Auf dem obersten Balkon wartete er auf Fiora.

Keuchend ging sie neben ihm in die Hocke. Warum die gefährliche Hast? Sie war sich sicher, dass von den Binaren, die sich von den Luftschiffen abgeseilt hatten, keiner mehr lebte. »Glaubt Ihr, es kommen mehr?«

»Ich weiß es.« Er sagte es abwesend, sein Blick wanderte über die Dächer.

»Ihr könnt sie spüren?«

»Weiter.« Carvon sprang hoch, packte die Traufe und schwang sich aufs Dach. Er bot ihr eine Hand, doch Fiora vertraute lieber auf ihre eigenen Fähigkeiten. Nachdem sie sich hochgezogen hatte, sah sie sich bang nach den Luftschiffen um. »Hier oben sind wir leicht zu entdecken.«

»Es ist der schnellste Weg.«

»Wohin?«

Carvon hastete bereits das Dach hoch, dann den First entlang. Er schien vollkommen schwindelfrei zu sein. Fiora blieb nichts übrig, als ihm hinterherzurennen. Obwohl ein Haus neben dem anderen stand, mussten sie immer wieder springen oder klettern, um von einem Dach aufs nächste zu gelangen. Überall Schornsteine. Manchmal boten sie einen zusätzlichen Halt, oft versperrten sie schlicht den First und erforderten einen gefährlichen Umweg über die Dachschräge.

Jeden Ziegel hier oben schien Carvon zu kennen. Ohne jemals zu zaudern, jagte er voran, absolut trittsicher, jeder Sprung perfekt. Fiora hatte nie einen athletischeren Menschen gesehen. Sie wischte sich den Schweiß aus der Stirn und hetzte hinterher.

Auf einem Flachdach duckte er sich in den Schatten eines Aufgangs, gab ihr Zeit, Atem zu schöpfen.

»Wie heißt du?«

»Fiora.«

»Weißt du, wer dich vorhin angegriffen hat?« Er fragte es hastig, und dennoch wirkte er gefasst. Ein Krieger, der schon manche Schlacht erlebt hatte. Dabei sah er nicht besonders alt aus, Fiora schätzte ihn auf Ende zwanzig. An seiner Hüfte trug er eine Pistole.

»Die Palastgarde«, antwortete sie. »Binare.«

Seufzend lehnte er den Kopf an den Backstein hinter sich. Es war nicht zu erkennen, ob das Seufzen Erleichterung entsprang oder Erschöpfung.

»Ja, ich spüre sie«, beantwortete er schließlich ihre Frage von vorher. »Den Strom in ihnen. Du auch, nicht wahr?«

Fiora nickte.

Er fuhr sich mit der Hand durch das halblange braune Haar. Seine Züge waren klar und ebenmäßig. Auch die Narbe, die quer über die Stirn lief, entstellte ihn nicht, sondern verlieh ihm höchstens eine markante Note. »Es ist ein Wunder, dass du es so weit geschafft hast.«

»Wer seid Ihr? Warum habt Ihr mir geholfen?«

»Spar dir die Förmlichkeit. Ich leite den Widerstand.«

»Den Widerstand gegen wen? Gegen Kubus?«

»Gegen jeden, dem das Blut nicht rot durch die Adern fließt.«

Er richtete sich halb auf, spähte nach dem Himmel. »Wir sollten weiter.«

Fiora ergriff seinen Arm, zog ihn in den Schatten zurück. »Die Soldaten vorhin – sie wollten mich.«

»Ja«, nickte Carvon ungeduldig, »sie machen Jagd auf jeden, der oder die den Strom spüren kann.«

»Das meine ich nicht.« Bereits auf dem Platz des Reiterdenkmals hatte eine abgründige Furcht in ihr gegoren. Nur die atemlose Flucht hatte verhindert, dass sie sich jener Furcht schon früher gestellt hatte. Als sie mit der Welt verschmolzen war, als sie für jenen unfassbaren Augenblick eins mit den Soldaten gewesen war, hatte sie auch deren Antrieb erfahren. Das Ziel, das sie verfolgten. Sie konnte sich nicht erklären, wie, aber sie spürte es mit einer beklemmenden Gewissheit. »Sie wollten nicht einfach einen Menschen, der Strom spürt. Sie wollten mich persönlich. Wenn du mir hilfst, bringe ich dich in Gefahr.«

»Du bist besonders, Glückwunsch.« Carvons Ungeduld verschärfte sich zu Gereiztheit. »Das steigt uns allen ab und an zu Kopf. Los jetzt.«

»Warte«, rief Fiora hastig, obwohl das Brummen der Luftschiffe noch gar nicht zu hören war. Carvon jedoch war bereits aufgesprungen und schnellte auf den nächsten Schornstein zu. Gegen besseres Wissen rannte Fiora ihm hinterher. Warf sich neben Carvon gegen die Deckung des Schlotes.

Jetzt kam das Brummen.

Wieder war es unmöglich, die Richtung zu bestimmen. Doch als Fiora aus ihrem Winkel heraus nach den Luftschiffen spähte, wurde ihr schwindlig vor Furcht. Zu Dutzenden stiegen sie zwischen den Häuserzeilen auf. Hingen wie fette Maden in der Luft. Drehten sich drohend Fiora zu, schoben sich mit einer Geschwindigkeit näher, die nicht zu ihrem schwerfälligen Aussehen passte. Die Nächsten waren bereits auf wenige hundert Schritt heran. Die Beleuchtung der Stadt strahlte nach oben, ließ in den Gondeln die Helme der Soldaten glänzen.

»Los, lauf!«, schrie Carvon und spurtete davon.

Während ihre Flucht über die Dächer vorher schon halsbrecherisch gewesen war, geriet sie jetzt zu blankem Wahnsinn. Unter Fioras Füßen lösten sich Ziegel, polterten in die Tiefe. Sie rutschte ab, bekam irgendein Rohr zu fassen, rannte weiter. Blindlings sprang sie über Häuserschluchten, stolperte über Gauben, brach durch volle Wäscheleinen; krachte in zwei ältere Damen, die auf ihrer Dachterrasse ein Brettspiel spielten. Die Spielsteine flogen auseinander, die Damen kreischten, Fiora rannte weiter, immer Carvon nach.

Hinter sich hörte sie dumpf die Stiefel der Soldaten auf den Ziegeln aufschlagen. Sie drehte sich nicht um. Die Soldaten würden nicht schießen, sie wollten sie lebend. Spürte, glaubte, hoffte sie. Carvon sprang von der Dachkante; Fiora wusste nicht, was dahinter wartete, auf gut Glück tat sie es ihm gleich. Ein Balkon. Sie rollte sich ab, ein Hoch auf Faradas' gnadenlose Erziehung, Carvon trat gegen die Tür, diese knirschte, aber öffnete sich nicht. Er trat noch einmal, Fiora warf sich dagegen, gemeinsam mit der Tür stürzte sie in den Raum. Carvon half ihr auf, sie stürmten vorbei an einem schreckstarren Vater und drei neugierig blickenden Kindern.

Gelangten ins Treppenhaus, sprangen von Absatz zu Absatz, Carvon trat gegen eine weitere Tür, diesmal gab sie direkt nach. Sie platzten auf einen winzigen Innenhof. Ein paar morsche Kisten standen darin, sonst nichts. Keine weiteren Türen. Im Treppenhaus polterten die Soldaten, und vom Himmel brummten die Luftschiffe.

»Eine Falle«, schnaufte Fiora.

Carvon stieß eine der Kisten zur Seite. In den Boden darunter war ein Metallgitter eingelassen, er riss es hoch. »Hier rein.«

Fiora ließ sich ins Dunkel hinab, kam weich auf, eine warme Masse umschlang ihre Beine. Sie hörte Carvon hinter sich springen. Ein Fluch, dann flammte ein Licht auf, Carvon hielt eine Fackel in der Hand. Der Kanal, in dem sie sich befanden, war groß genug, um darin zu stehen; aber der Vorsprung, auf dem man neben dem Fluss von Unrat laufen konnte, war denkbar schmal. Besser als nichts, rasch kletterte Fiora darauf.

Carvon reichte ihr die Fackel, und Fiora rannte vorneweg. Bei jeder Abzweigung gab Carvon die Richtung an. Nach ein paar Minuten gebot er Halt. Sein Brustkorb hob und senkte sich, doch er atmete flach, legte den Zeigefinger an die Lippen. Sie lauschten. Zwei Herzschläge lang hörte Fiora nur das Rauschen in ihren Ohren. Dann Stiefelgetrampel. Die Soldaten.

»Weiter«, zischte Carvon, und weiter ging es. Fiora hatte bald jede Orientierung verloren, konzentrierte sich nur auf ihren Atem und den glitschigen Vorsprung. Sie erreichten ein Gewölbe, in dem mehrere Kanäle zusammenstießen. Schmale steinerne Stege führten über die zäh fließenden Ströme. Ölige Flecken schwammen darin, Blasen zerplatzten. Der süßlich-faulige Geruch einer Jauchegrube.

»Was jetzt?«, fragte Fiora.

Carvon rannte über einen der Stege, sah sich um, zögerte. Hinter ihnen die trampelnden Soldaten. Fiora stutzte. Kam der Lärm wirklich aus dem Kanal, aus dem sie geflohen waren? Oder aus dem daneben? Die Frage wurde ihr so schnell wie bitter beantwortet: Aus dreien der Tunnel preschten die Binare hervor, die Waffen im Anschlag. Die Visiere ihrer Helme flimmerten im Fackelschein. Es gab kein Entrinnen.

Die Soldaten schienen durchgezählt zu sein, über der linken Brust wiesen ihre Rüstungen achtgliedrige Ziffernfolgen auf. Einer, der statt einer schwarzen eine rote Rüstung trug, hob die Faust – die anderen blieben stehen.

»Im Namen des Kubus erkläre ich Euch für verhaftet, Carvon, Sohn des Baldik«, er wandte sich zu Fiora, »und Euch, Fremde.« Anstelle eines Gewehrs war er nur mit einer Pistole bewaffnet. Er hatte sie nicht gezogen. Der gezackte Kreis drohte schwarz von seiner roten Rüstung.

»In Ordnung.« Carvon hob langsam die Hände. »Darf ich dir eine Frage stellen, gesichtsloser Lakai ohne Namen oder Bedeutung?«

»Ihr lügt. Mein Name ist Sol, und ich bin zweiter Kapitän des Flaggschiffs der Palastgarde.«

»Mehr wollte ich gar nicht wissen.« Carvon verzog die Mundwinkel zu einem bösen Lächeln. »Genieß deine letzte Minute, Sol.«

»Eure Menschenlügen können mich nicht täuschen. Ich bin noch lange nicht Vergangenheit.«

»Ab und zu sagen wir auch die Wahrheit.« Das Lächeln wurde breiter. »Zumindest, wenn es uns etwas bringt.«

»Und was sollte es Euch bringen, mir zu drohen?«

»Was wohl?« Carvon verdrehte die Augen. »Zeit.«

Binare sind nicht dumm, erinnerte sich Fiora an einen Hinweis, den Faradas ihr einmal gegeben hatte. Sie verstehen nur unsere Art zu denken nicht.

Ohrenbetäubendes Donnern aus den Tunneln. Grelle Lichtblitze. Ein peitschender Knall. Die Gewehre der Gardisten ratterten los, unterbrochen durch Schreien, Splittern, Brechen, Bersten. Es dröhnte und gleißte in den Gängen, und was immer die Ursache dafür war, es trieb die Soldaten vor sich her, aus den Tunneln heraus, ins ungeschützte Gewölbe. Die Zurückweichenden versuchten, die andere Seite des Gewölbes zu erreichen, wo sich Sol, Carvon und Fiora befanden. Auf ihrem Rückzug nach vorn belegten sie die Tunnelöffnungen mit Sperrfeuer. Dabei wurden mehrere von ihnen knirschend getroffen; ein Zucken befiel sie, das sie zu Boden warf – und nach wenigen Augenblicken regten sie sich nicht mehr. Wer es geschafft hatte, von den Tunnelöffnungen wegzukommen, schien fürs Erste sicher.

»Feuer einstellen«, rief Sol und hob die Faust. Sofort erstarb das Rattern der Gewehre, nur das Echo dröhnte noch, bis auch dieses einer unwirklichen Stille wich. Irgendwo tropfte es von der Decke, das einzige Geräusch.

Sol zog seine Pistole und richtete sie auf Carvon. »Rebellen«, rief er in Richtung der Gänge, »wir werden Euch jagen, bis die Letzte von Euch Vergangenheit ist. Aber heute sind wir bereit, zu verhandeln. Lasst uns gehen, und Euer Anführer überlebt. Sobald wir zurück auf unseren Schiffen sind, lassen wir ihn frei. Ich bin Sol, zweiter Kapitän des Flaggschiffs der Palastgarde, und im Gegensatz zu Euch halte ich mein Wort.«

»Du täuschst dich, Sol«, sprach eine Frauenstimme aus der Dunkelheit. »Ihr werdet uns jagen, das ja.« Ihre Stimme hallte kalt durch das Gewölbe. »Aber nicht, bis die Letzte von uns Vergangenheit ist. Sondern der Letzte von Euch.«

»Ihr glaubt, wir wollen Euren Anführer lebend. Doch ich bin bereit, ihn zu töten. Ich bin Sol, und ich lüge nicht.«

Selbst im trügerischen Licht der Fackel sah Fiora, wie alle Farbe aus Carvons Gesicht gewichen war.

»Versuch es«, sagte die Frau. Irgendetwas lag in ihrem spöttisch selbstbewussten Ton, das Fiora bekannt vorkam. »Töte ihn.«

»Nein!«, schrie Carvon, doch Sol drückte bereits ab. Ein einzelner Schuss, der wie eine Urgewalt durch das Gewölbe donnerte. Fiora ließ die Fackel fallen, presste sich die Hände auf die Ohren. Doch das Licht landete auf dem Wartungstritt, ohne zu verlöschen, fieberhaft nahm sie es wieder auf, starrte zu Carvon. Er lebte. War nicht einmal getroffen. Gekrümmt stand er da, Panik im Blick, doch unverletzt.

Sol hob ein zweites Mal die Waffe, richtete sie auf Carvon – doch dann zitterte sein Arm, die Waffe drehte sich, der Lauf zeigte auf ihn selbst. Sein Körper zuckte, als kämpfte er gegen einen unsichtbaren Widerstand. Die Mündung der Waffe presste sich in seinen Hals, die Hand bebte. Sol drückte ab. Ein Strahl schwarzen Blutes spritzte ihm aus dem Nacken. Und mit dem Kopf voran kippte er ins Abwasser.

»Duck dich, Fiora«, sagte die Unsichtbare ruhig.

Von allen Seiten flammte Mündungsfeuer auf, verwandelte das Gewölbe in eine tosende Hölle des Todes. Umgeben von den zappelnden Leibern der Binare, warf Fiora sich auf den Bauch. Mörderisch nah pfiffen die Kugeln über sie hinweg; wo sie einschlugen, platzten Splitter aus den Wänden, spritzte der Schlick aus den Kanälen. Überall Strom. Doch im Gegensatz zu vorher befiel er Fioras Körper nicht, blieb ein wütendes Knistern, das entfesselt durch den Raum sprang.

Selbst als der Lärm nachließ, wagte sie es nicht, den Kopf zu heben. Erst als neue, weichere Lichter aufflackerten, stemmte sie sich so weit hoch, dass sie sich einen Überblick über die Lage verschaffen konnte.

Das Licht drang aus Laternen, dunkle Gestalten tappten aus den Gängen. Klobige Gewehre gezückt, schritten sie die reglosen Körper der Binare ab. Carvon hatte sich wie Fiora zu Boden geworfen, befand sich aber schon wieder auf den Beinen, betastete seine Gliedmaßen nach Verletzungen. Als sich ihre Blicke kreuzten, schenkte er ihr ein gelöstes, wenn auch abgekämpftes Lächeln.

Während Fiora sich aufrappelte, trat eine Frau an sie heran. Die eng anliegende schwarze Kleidung betonte nur noch mehr die nackten Schultern und Oberarme. Die dünnen Handschuhe reichten ihr bis zu den Ellenbogen. An ihrem linken Handgelenk blinkte eine filigrane Apparatur – eine Uhr oder ein Kompass womöglich. Ihre roten Haare waren am Hinterkopf verknotet, die Augen von einer schmalen, verspiegelten Brille verdeckt. Ihre ganze Haltung verriet, dass sie es gewesen war, die zuvor die Verhandlung geführt hatte. »Hallo, kleine Schwester.«

Fiora verschlug es die Sprache.

Sie hatte Mara gefunden.

Tausend Regungen zerrten an ihr. Sie wollte sich an Maras Brust werfen, jauchzen, weinen, ihr zeigen, wie sehr sie sie vermisst hatte.

Wollte sie küssen, wollte sich an sie drücken, wollte wieder nichts sein als die kleine Schwester, die sie einmal gewesen war. Aber sosehr es sie Mara entgegendrängte, fand sie doch keine Kraft, sich zu rühren. Wie festgewachsen stand sie vor ihr, überfordert von ihren Gefühlen. Nur flüchtig bemerkte sie, dass die anderen Gestalten in ihren Handlungen innehielten, die Köpfe drehten.

»Sie ist deine ... Schwester?«, fragte Carvon.

Mara nahm die Brille ab. »Was ist? Bekomme ich keine Umarmung?«

Der Bann war gebrochen, Fiora überwand ihre Starre, glühend fiel sie Mara um den Hals. Trotz der Jahre, die vergangen waren, fühlte sich der Körper vertraut an, tröstlich; es war derselbe Körper, zu dem sie sich vor den Ängsten ihrer Kindheit geflüchtet hatte. Fiora hatte in Bergquell keine Heimat, nie eine gehabt. Aber sie hatte eine Heimat, und diese Heimat war hier, bei Mara. »Ich habe dich gesucht«, haspelte sie, »ich habe dich so vermisst. Du glaubst nicht, wie ich dich vermisst habe ...«

»Alles gut«, flüsterte Mara, während sie Fiora über den Scheitel strich. »Alles gut.«

»Du ... ich ...« Fiora versagte die Stimme. Was gab es schon zu sagen, sie drückte sich an ihre Schwester und schloss die Augen vor Glück.

»Entschuldigt«, riss Carvon sie zurück in die stinkende Wirklichkeit der Kanalisation. »Aber wir werden nicht lange ungestört bleiben. Wir sollten los.«

Maras Körper spannte sich; sie befreite sich aus Fioras Armen, packte Carvon am Kragen, zog ihn nah an sich heran. »Du Hohlfigur – was hast du dir bloß gedacht?!«

»Wovon redest du? Hätte ich deine Schwester der Palastgarde überlassen sollen?«

»Wirklich? Willst du mich für dumm verkaufen?« Obwohl Mara einen halben Kopf kleiner war als Carvon, wirkte sie bedrohlicher als jeder Riese. »Wo ist sie überfallen worden? Im dritten Bezirk? Ich weiß nicht, was du getan hast, aber die Entladung hat man bis hierher spüren können. Soweit ich mich erinnere, solltest du an der Nordstraße stehen – das heißt, du musst ihr durch vier Bezirke gefolgt sein, ohne sie anzusprechen.« Sie spie die Worte aus.

Entschuldigend hob Carvon die Hände. »Ich wollte erst sicher sein, dass sie eine Erwachte ist.«

»Mach dich nicht lächerlich – ich habe sie auf hundert Schritt gespürt.« Ihre Augen blitzten.

»Ist doch alles gut gegangen«, unternahm Fiora einen Versuch, die Wogen zu glätten.

Mara schnaubte. »Pures Glück.«

»Wir haben den zweiten Kapitän des Flaggschiffs ausgeschaltet«, sagte Carvon, »und bestimmt ein Dutzend seiner Leute.«

»Ha. Stell dir vor, dieser Sol wäre nicht ganz so erbärmlich verdrahtet gewesen ... Du hast gerade unsere gesamte Arbeit der letzten zwei Jahre riskiert.«

»Ich habe darauf vertraut, dass du schon mit ihm fertigwerden würdest.« Er runzelte die Stirn. »Ich habe recht behalten, oder nicht?«

»Was, wenn ihr es nicht bis hierher gepackt hättet? Was, wenn wir nicht in der Nähe gewesen wären?« Noch immer hatte sie Carvon am Kragen gefasst, doch ihr Ton wurde milder. Sie warf einen gepeinigten Blick von ihm zu Fiora. »Ich hätte euch beide verloren.«

Carvon ergriff ihre Hand. »Hast du aber nicht.«

Maras Kiefer mahlten. Fiora stellte sich auf einen weiteren Wutausbruch ein – doch stattdessen hob Mara Carvons Hand, drückte ihre Lippen auf den Handrücken. Es war eine so zärtliche, verletzliche Geste, wie Fiora sie noch nie von ihrer Schwester gesehen hatte.

Es dauerte nur einen Herzschlag lang.

»Gut«, sagte Mara, während sie Carvons Hand wieder sinken ließ, »verschwinden wir.«

Rasch wurden die restlichen Waffen eingesammelt, dann setzte sich der Trupp in Bewegung. Fiora eingerechnet, waren sie fünfzehn Leute, von welchen zwei so schwer verwundet waren, dass sie gestützt werden mussten. Zwei weitere liefen vorneweg, und nochmals zwei bildeten die Nachhut. Die Späher trugen keine Lichter, Fiora fragte sich, wie sie sich in der Dunkelheit orientieren wollten. Carvon gab die Anweisungen – eine Tatsache, die Fiora merkwürdig vorkam, nachdem sie gerade erlebt hatte, wie er von Mara heruntergeputzt worden war.

Sie hatten keine fünfzig Schritt hinter sich gebracht, da schlug die Nachhut Alarm. Fiora lauschte erschrocken, doch es war kein Kampflärm zu hören. Sie atmete auf. Carvon gebot dem ganzen Trupp Halt, ließ sich eine Laterne geben und wandte sich um. Mara folgte ihm, um nach dem Grund des Alarms zu sehen. Als Fiora ebenfalls folgen wollte, blieb Mara stehen. »Du wartest besser hier.«

»Ich habe dich gerade erst gefunden«, erklärte sie stur, »ich werde dich nicht gleich wieder gehen lassen.«

Mara bedachte sie mit einem Blick, der hinter den verspiegelten Gläsern nicht zu deuten war, dann eilte sie weiter.

»Was gibt's?«, fragte Carvon ins Dunkel des Tunnels.

»Ein Spion.« Aus der Richtung, aus der die Antwort kam, glaubte Fiora ein Glimmen zu erkennen. Daneben ein zweites. Brillen. Jetzt fiel ihr auf, dass auch Maras Brille schimmerte. Diese schmalen, schmucklosen Brillen – sie mussten es sein, die es ermöglichten, in der Dunkelheit zu sehen.

»Bringt ihn her.«

Aus den Schatten lösten sich zwei Gestalten, die eine dritte zwischen sich festhielten. Ein hagerer Bursche, dessen Kleidung so dunkel war wie die seiner Fänger. Das war die einzige Gemeinsamkeit. Eine zu knapp bemessene Weste, ein gefältelter Rock, übergroße Lackstiefel – Fink.

»Rattendreck«, fluchte Carvon.

»Um ehrlich zu sein«, nuschelte Fink, »Fink wäre mir lieber.«

»Du kennst ihn?«, fragte Mara.

»Er war es, der Fiora in die Arme der Palastgarde geführt hat.« Carvon zog seine Pistole.

»Warte!«, schrie Fink, während die Wächter ihn in den Dreck stießen.

Carvon richtete die Pistole auf ihn.

»Warte!«, rief Fiora.

»Er ist mit der Palastgarde im Bunde.«

»Einspruch«, krächzte Fink.

Carvon sprach nach wie vor zu Fiora: »Wie sonst hätte er uns den ganzen Weg folgen sollen – und wozu?«

»Weil ...«, stotterte Fink, »weil ich ... na ja, ich war neugierig ...«

»Er sieht nicht aus wie ein Spion«, murmelte Fiora.

»Kein Spion sieht aus wie ein Spion«, erklärte Carvon kalt. »Aber selbst wenn er nicht mit ihnen im Bunde wäre, hat er zu viel gesehen. Wenn wir ihn laufen lassen, riskieren wir, dass ihn die Palastgarde erwischt.«

»Und dann willst du ihn lieber umbringen?« Fiora konnte es nicht fassen. Hilfe suchend sah sie zu Mara. Diese blickte zu Boden.

»Wir können uns Mitgefühl nicht leisten, Fiora«, Carvons Stimme war eisig geworden. »Unsere Gegner haben keines.« Zum ersten Mal wandte er sich Fink zu. Seine Züge waren hart – er hatte nicht vor, mit ihm zu reden.

»Na und«, rief Fiora hastig. »Wenn wir genau wie sie wären, warum kämpfen wir dann überhaupt?«

Die Pistole schwebte nur eine Handbreit von Finks Stirn entfernt. »Hast du eine bessere Idee?«

»Ich weiß nicht ... Kann er sich uns nicht anschließen?«

»Nein.«

»Warum nicht?«, fragte Mara. Nachdenklich musterte sie den Jungen, der zitternd vor ihr kauerte. »Ich hoffe, du kannst irgendwas Brauchbares.«

22. Kapitel

Das Hauptquartier des Widerstands – niemand hatte sich die Mühe gemacht, sich einen eindrucksvolleren Namen für die Gruppe zu überlegen – befand sich in einer unterirdischen Bunkeranlage, die über die Kanalisation zu erreichen war. »Wir haben sie zufällig entdeckt«, erklärte Carvon. »Alles war unangetastet. Auf den Betten lagen sauber gefaltete Decken, die Vorratsräume waren palettenweise mit Konserven gefüllt, im Kochbereich waren die Tellerstapel nach Größe sortiert. Wir haben sogar einen Packen Gasmasken gefunden, die alle noch eingeschweißt waren. Aber wenn du eine Decke auch nur berührt hast, ist sie zu Staub zerfallen, und der Inhalt der Konserven war nicht mehr zu bestimmen. Das Ding muss vor Jahrhunderten gebaut und anschließend vergessen worden sein.«

Mara führte Fiora in die winzige Kammer, die sie bezogen hatte. Zwischen roh verputzten Wänden standen ein Bett, eine Truhe, ein Stuhl, eine Wanne. Sie reichte Fiora einen Wasserbeutel und zeigte auf die Wanne. »Hier kannst du dich waschen.«

Dankbar befreite Fiora sich von den letzten Fetzen, zu denen ihre Kleidung heruntergekommen war. Mehr noch als vom Schmutz des Reisens war sie begierig, sich vom Gestank der Kanalisation zu befreien. Ihr Körper war von zahllosen kleinen Schnitten und Schürfwunden übersät, die im warmen Wasser zu brennen begannen – doch Fiora konnte sich keinen süßeren Schmerz vorstellen. Während sie in der Wanne saß und sich die Haut rot schrubbte, kniete Mara sich hinter sie und kämmte ihr Haar. »Ich glaube, wir müssen ein bisschen was abschneiden.«

Fiora nickte. Trell von den Blutigen Hunden war der Letzte gewesen, der ihr Haar geschnitten hatte. Was seither alles geschehen war! Sie begann zu erzählen, von Edrina und den Blutigen Hunden, von Faradas und Kor, Protaris und Kassiopeia, und je länger sie sich reden hörte, desto unwirklicher kam ihr alles vor. Mara jedoch hantierte schweigend mit der Schere, als wäre Fioras Geschichte die normalste der Welt.

»Und du«, fragte Fiora, »wie ist es dir ergangen?«

»Du erinnerst dich an das Geschoss mit der Spähspinne? Damals auf der Brache, als uns der Strom das erste Mal erfasst hat? Nachdem Argenteus mich aus Bergquell mitgenommen hat …« Sie verstummte. Fiora wusste, warum. Leif. »Argenteus hat mich nach Metropolis bringen lassen, und je länger ich mit den Binaren unterwegs war, desto besser habe ich den Strom zu spüren vermocht. Ich habe sogar herausgefunden, wie ich ihn selbst lenken kann …«

»Auf diese Weise hast du Sol dazu gebracht, sich selbst zu erschießen?« Fiora goss sich noch etwas Wasser über den Rücken. Es war überraschend klar für die garstige, schmierige Stadt, in der sie sich befanden.

»Ja«, sagte Mara. »Am Anfang waren meine Versuche viel plumper. Aber als wir Metropolis erreichten, war mir klar, dass ich handeln musste. Sie haben keinen Hehl daraus gemacht, dass sie mich in ein Laboratorium bringen wollten. Du hast gemeint, du hast mitbekommen, wie Argenteus nach Bergquell gekommen ist – hast du die Frau gesehen, die ihn begleitet hat?«

Fiora nickte.

»Sie scheint eine Art Forscherin zu sein. Schon auf der Reise hat sie mich alle möglichen Dinge zum Strom gefragt. Wie er sich anfühlt, seit wann ich ihn spüre, ob ich andere Menschen kenne, denen es ähnlich ergeht.«

»Hast du …?«

»Keine Sorge, ich habe dich nicht erwähnt … obwohl ich natürlich vermutet habe, dass du ein ähnliches Gespür hast. Vor allen Dingen, weil die Binarin alles über meine Vergangenheit und Verwandtschaftsverhältnisse wissen wollte. Zum Glück hat sie meine Antworten allesamt für bare Münze genommen.« Sie zuckte mit den Schultern. »Binare eben.«

»Wie bist du entkommen?«

»Als wir Metropolis erreichten, war gerade ein großer Markt, die Straßen waren zum Bersten gefüllt. Da habe ich mein bisschen Strom-Wissen zusammengekratzt und meinen Wächtern einen Schlag versetzt. Sie waren gerade lange genug betäubt, dass ich in den Menschenmassen untertauchen konnte. Ein paar Monate war ich auf mich allein gestellt.«

»In meinem Mulsa-Rausch am Meer habe ich dich gesehen, in einem Gasthaus, du warst gut gelaunt …« Es handelte sich um ein Detail, das Fiora in ihrer ersten Schilderung nicht aufgegriffen hatte. Ihr fiel ein, wie sie die Kugelwaffe in Carvons Händen gespürt hatte: »Vielleicht war es auch der Strom, dessentwegen ich dich sehen konnte – und die Mulsa-Knospe hat mir nur den Zugang erleichtert?«

»Mag sein. Jedenfalls war an deiner Erscheinung was Wahres dran. Metropolis ist riesig, je länger die Binare mich nicht erwischt haben, desto sicherer habe ich mich gefühlt. Ich dachte sogar, ich könnte alles hinter mir lassen.«

»Aber?«

»Aber dann hat mich Carvon gefunden. Und ich habe schnell verstanden, dass ich mich dem Widerstand anschließen muss.«

»Ihr seid ein Paar.«

»Wenn du gemeinsam für etwas kämpfst, macht das was mit dir.«

War es mit Faradas ähnlich gewesen? Fiora wischte den Gedanken zur Seite. Auch fühlte sie sich nicht danach, Maras Beziehungsleben tiefer zu erkunden. »Wofür kämpft ihr?«, fragte sie stattdessen.

»Kubus führt nicht nur Krieg gegen die anderen Gottkönige. Er hat es auf uns Menschen abgesehen.«

»Aber wir sind doch keine Gefahr für ihn.«

»Hast du nicht gerade selbst erzählt, die Dunklen seien von Protaris geschaffen worden, um darauf zu achten, dass die Binare den Menschen nicht gefährlich werden?«

»So wie ich Faradas verstanden habe, ging es Protaris gar nicht in erster Linie darum, die Menschen zu schützen – eher die Welt allgemein.«

»Jedenfalls führt Kubus etwas im Schilde.«

»Die Entführungen?«

»Ja.« Mara war fertig mit Schneiden, gewissenhaft wischte sie Fiora den Nacken frei, reichte ihr eine Seife. »Niemand traut sich, laut darüber zu reden, aber es verschwinden immer mehr. Und immer sind es Erwachte.«

»So nennt ihr diejenigen, die den Strom lenken können?« Fiora rieb sich die Seife in die Haare ein.

»Oder ihn zumindest wahrnehmen können.« Mara richtete sich auf, ging zur Truhe. »Wir bemühen uns, die Erwachten aufzuspüren, bevor sie Kubus in die Hände fallen.«

»Und dann?«

»Bilden wir sie aus. Mit normalen Waffen sind seine Soldaten nicht zu besiegen. Wobei wir auch bei den Waffen Fortschritte machen.«

Fiora erinnerte sich an die auffällig klobigen Gewehre. »Du glaubst, es gibt keinen anderen Weg?«

»Gleich, ob wir seine Beweggründe herausfinden oder nicht, er wird uns nicht auf ewig gewähren lassen. Nein, Fiora, uns steht eine Schlacht bevor.« Sie zog ein paar zusammengefaltete Kleidungsstücke aus der Truhe. »Schau mal, ob dir was davon passt.«

»Alles schwarz?«

Mara zuckte entschuldigend die Schultern.

Begleitet von Mara, trat Fiora in den Gemeinschaftsraum. Maras Hosen waren ihr alle zu weit gewesen, also steckte sie in einem knöchellangen dunkelbraunen Kleid, zu dem ein ledernes Mieder gehörte. Außerdem Schnürstiefel. Es war merkwürdig, nicht zu spüren, worauf man trat.

In dem niedrigen Raum saßen eng aneinandergedrängt drei Dutzend Leute. Sie alle drehten sich um.

»Warum schauen die alle so?«, wisperte Fiora nervös.

Mara legte ihr lächelnd die Hand zwischen die Schulterblätter. »Sie sind es nicht gewohnt«, wisperte sie zurück, »eine solche Schönheit zu sehen.«

Verständnislos sah Fiora ihre Schwester an.

»Das ist meine Schwester Fiora«, verkündete Mara in die Runde. »Sie hat sich zwei Jahre alleine durchgeschlagen. Ihr kennt die Welt da draußen, ihr könnt euch vorstellen, was sie durchgemacht hat – also seid nett zu ihr.«

»Hallo«, murmelte Fiora.

Krüge wurden gehoben, Grußformeln gerufen.

»Wir haben noch einen zweiten Neuzugang.« Carvon zerrte Fink vor die Truppe.

Fink grinste bemüht, winkte fahrig. Als seine Augen auf Fiora fielen, weiteten sie sich. »Du bist das? Sonnenglut, so müssen Schmetterlinge ausgesehen haben – nicht, dass du vorher eine Made warst ... also eine Raupe ... Ich meine ...« Er verstummte.

Fiora wusste nicht, was ein Schmetterling sein sollte. All die Aufmerksamkeit, die ihr gewidmet wurde, war ihr unangenehm.

»Fiora ist es zu verdanken«, erklärte Carvon, »dass das Bürschchen noch am Leben ist. Er ist keiner von uns.«

Beunruhigtes Gemurmel.

»Er ist nicht erwacht?«, rief jemand. Eine ältere Frau war es, mit scharfen Zügen, kurzen blonden Haaren und nur noch einem Ohr.

»Nein.«

Das Gemurmel wurde lauter.

»Seit wann lesen wir Gewöhnliche auf?«, schimpfte die Einohrige. »Heimlichkeit ist unsere wichtigste Waffe. Ohne Abschied mussten wir uns von unseren Familien, unseren Freunden trennen – sei es, dass wir uns heimlich davongeschlichen haben, sei es, dass die Garde uns entführt hat. Und jetzt kommt dieser Strolch, und wir füllen unsere Becher für ihn?«

»Gunna, beruhige dich«, bat Mara.

»Ich kann mich nützlich machen«, beteuerte Fink.

»Und woher wissen wir, dass wir ihm vertrauen können?«, ereiferte sich Gunna, unbeeindruckt von Maras Beschwichtigungsversuch. »Einer wie der verrät uns doch für eine Kiste Eiweißriegel.«

»Einer wie der?« In Finks Befangenheit mischte sich verletzter Stolz. »Haltet ihr euch für was Besseres?« Er nickte in Richtung Fiora. »Sie hat es ganz richtig gesagt. Wenn ihr euch mit uns leider so gewöhnlichen Menschen nicht abgeben wollt, was unterscheidet euch dann noch von den Binaren?«

Gunna sprang auf. »Du erdreistest dich, über uns urteilen zu wollen? Jeden Tag riskieren wir unser Leben – für Sonnenverbrannte wie dich! Oder glaubst du, Kubus macht halt, wenn er uns Erwachte besiegt hat? Ihr werdet die Nächsten sein!« Sie packte ihren Krug, schleuderte ihn zu Boden, wo er klirrend zersprang.

»Bitte, Gunna«, rief Mara, »beruhige dich.«

»Lasst mich helfen«, wiederholte Fink.

»Versteh doch«, Gunna bebte, »du kannst uns nicht helfen.«

»Ich habe euch gefunden.« Fink lächelte grimmig. »Wenn ich es kann, können andere es auch.« Er sah herausfordernd in die Runde. »Wer von euch stammt ursprünglich aus Metropolis?«

Vier, fünf Arme gingen zögerlich nach oben.

»Dachte ich mir.« Mit neu gewonnener Selbstsicherheit verbeugte er sich. »Vor euch steht Fink, Verehrer der Schönen und Retter der Hilflosen.« Diesmal gelang ihm das Grinsen ohne Anstrengung. »Vor allem aber – der geheime Herrscher der Stadt.«

Kurz war es still. Dann redeten alle gleichzeitig los.

»Ruhe!«, schrie Carvon in das Durcheinander. Er musterte Fink skeptisch. »Wie zeigt sich deine Herrschaft denn?«

»Gar nicht, ist ja geheim.« Das Grinsen verging ihm, als er Carvons Blick sah. »Ich meinte nur«, stammelte er hastig, »ich kenne mich ganz gut aus hier.«

»Sag mal«, Fiora war ein Gedanke gekommen. »Die Frau, die mich angesprochen hat, Despina ... Verdienst du dein Geld auf dieselbe Weise wie sie?«

»Das, meine liebe Fiora«, rief Fink, und trotz seiner misslichen Lage strahlte er dabei, »wäre ein extrem vereinfachender Vergleich. Ich wähle meine Kundschaft viel sorgfältiger aus. Aber falls du darauf hinauswillst, dass mir viele Menschen Geheimnisse verraten, die sie ihren eigenen Kindern nicht erzählen würden, hast du recht.«

»Auch wenn es riskant ist, wir brauchen Verbündete«, bemerkte Mara. »Und wir wissen tatsächlich zu wenig darüber, was in der Stadt geschieht. Möglicherweise kann er uns helfen – geben wir ihm eine Chance.«

Sie spricht mit der Bestimmtheit einer geborenen Anführerin, dachte Fiora beeindruckt. Zustimmendes Gemurmel, auch Carvon schlug sich auf Maras Seite. Gunna wetterte zwar weiter, doch als sie sah, dass die Stimmung zu ihren Ungunsten kippte, stieß sie einen letzten Fluch aus und stürmte aus dem Raum.

Drei Nächte verbrachte Fiora im Bunker des Widerstands. Und mit jeder verstreichenden Stunde wurde sie unruhiger. Mara war kaum da, Carvon ebenso wenig; die ganze Anlage schien nur zum Essen und Schlafen genutzt zu werden. Sie fühlte sich fehl am Platz. Niemand beachtete sie. Selbst der Koch und die beiden Verletzten, die mit ihr den Bunker hüteten, begegneten ihr höflich, aber einsilbig. Sie fragte sich, ob die Leute ihr absichtlich auswichen. Aber weshalb sollten sie? Wenn Mara von ihren Unternehmungen zurückkehrte, war sie meistens so erschöpft, dass sie sich direkt auf ihre Pritsche warf. Hatte sie sich ausgeruht, nahm sie sich die Zeit für ein paar Sätze – doch schien dabei gedanklich bereits bei ihrer nächsten Mission. Wie sehr Fiora auch bat, Mara nahm sie nicht mit, wies ihr auch keine anderen Aufgaben zu.

»Hier bist du am sichersten«, sagte sie nur und schnallte sich den Waffengurt um.

Fiora biss die Zähne zusammen und schwieg. Nachdem sie ihre Schwester so lange verloren geglaubt hatte, wollte sie keinen Streit provozieren. Doch in der vierten Nacht hielt sie es nicht mehr aus. Wieder einmal allein im Aufenthaltsraum, wanderte sie um die Tische herum und legte sich die Worte zurecht, wie sie Mara überzeugen wollte, sie helfen zu lassen. Dass sie mehr war als eine zerbrechliche Puppe, die es zu beschützen galt.

Die Stahltür, die den Durchbruch zur Kanalisation versperrte, wurde aufgerissen. Fink stürzte herein. »Fiora!« Er wirkte gehetzt. Sie hatte ihn seit der ersten Nacht nicht gesehen.

»Wo warst du?«

»Wo ist Mara?«

Hinter ihm trat Gunna in den Raum. Sie musste auf Posten gestanden haben. Ihre Hand lag auf dem Pistolengürtel. »Ich habe dir gesagt«, herrschte sie ihn an, »sie ist nicht da. Du kannst hier warten.« Sie richtete ihren Blick auf Fiora. »Ich muss zurück zum Ausgang. Pass auf ihn auf. Wenn er ein falsches Spiel treibt, bist du es, die dran ist.« Sie stapfte davon, hämmerte hinter sich die schwere Tür ins Schloss.

»Was willst du von Mara?«, fragte Fiora.

»Sie entführen wieder wen.«

»Woher weißt du das?«

»Gerade sind drei Luftschiffe aufgestiegen, nahezu gleichzeitig; im dritten, achten und elften Bezirk. Zu weit auseinander, um gemeinsam gesehen zu werden. Alle verlassen die Stadt Richtung Südosten. Dort gibt es nichts als vergiftete Böden und ein einziges kleines Dorf, Kenet. Was können sie dort wollen, wenn sie nicht einem Erwachten auf der Spur sind?«

»Da gibt es wirklich nichts sonst? Du bist sicher?«

»Hundert Promille.«

»Du meinst, du bist zu zehn Prozent sicher?«

»Nein, zu hunderttausend. Was schaust du so? Ich bin kein Mathematikus … aber auf jeden Fall sollten wir uns beeilen.«

»Wir müssen auf Mara warten.«

»Dann ist es zu spät.«

»Die Luftschiffe sind sowieso schneller als wir.«

»Ich habe eine Lösung.«

Fiora musterte ihn misstrauisch. Seine hektische Begeisterung war alles andere als ermutigend. Wenn sie den Bunker einfach so verließ, würde Mara Gift und Galle spucken. Andererseits … sollte sie untätig hier herumsitzen, wenn sie womöglich etwas tun konnte?

»Was für eine Lösung?«

»Ich zeige sie dir.«

»Puh. Na gut. Aber, Fink«, er wollte bereits losrennen, sie packte ihn am Arm, »das wird keine Selbstmordaktion. Wenn wir es nicht rechtzeitig schaffen, verzichten wir auf Heldentaten und machen uns klammheimlich wieder aus dem Staub.«

»Zu Befehl, Frau General.«

Seufzend warf sie sich einen Pistolengürtel über die Schulter und eilte zum Ausgang.

»Was willst du?«, fragte Gunna, als Fiora die Stahltür aufzog.

Wenn du schwach bist, verteidige dich nicht, hatte Faradas zu warnen gepflegt. Greif an.

»Die Binare haben Erwachte in Kenet entdeckt«, rief sie mit aller Selbstsicherheit, die sie aufbrachte. »Wir müssen sie warnen.« Und stürmte an Gunna vorbei, ehe diese reagieren konnte.

»Vermaledeit!«, schrie Gunna und rannte ihr hinterher. »Bleib stehen.«

Fiora wandte sich um. Obwohl niemand hier gesprächig war, hatte sie doch mitbekommen, dass ihre Flucht mit Carvon über die Dächer einigen Eindruck hinterlassen hatte. Fiora war schneller als Gunna, und beide wussten es. »Was willst du tun? Deine Waffe ziehen?« Hinter Gunna sah sie Fink dem zweiten Torwächter entwischen.

»Teufelsbrut«, knurrte Gunna. »In Kenet? Woher willst du das wissen? Weil der Eitertropfen hier es behauptet hat?«

Fiora zuckte mit den Schultern. »Warum sollte er lügen?«

Gunna lachte bitter. »Warum sollte er die Wahrheit sagen?«

»Ich vertraue ihm«, behauptete Fiora, doch noch während sie es sagte, kam es ihr selbst wie ein Fehler vor.

»Sengende Sonne, wenn du nicht Maras Schwester wärst, ich würde ...«

»Können wir jetzt?«, rief Fink ungeduldig.

»Sag Mara, wo wir sind«, wies Fiora Gunna an und wandte sich Richtung Tunnel.

»Warte!«, rief Gunna. »Ich komme mit.« Fluchend befahl sie ihrem Kameraden, die Stellung zu halten. Mit geübten Fingern überprüfte sie ihr Magazin. »Denk ja nicht, du bedeutest mir irgendwas. Wenn dir was passiert, reißt mir Mara den Kopf ab.«

23. Kapitel

»Das ist deine Lösung?«, fragte Fiora skeptisch, während sie beobachtete, wie Fink auf ein sonderbares Gefährt kletterte, das zwar aussah wie eine Kutsche mit offenem Verdeck, aber nicht von Pferden angetrieben wurde, sondern von einem öltrinkenden Motor.

»Vertrau mir. Komm hoch.«

»Du bist dir sicher, dein Kumpel hat nichts dagegen?«

»Er ist ein Dieb«, bemerkte Gunna schlicht und schwang sich auf die Rückbank.

»Zu Fuß sind wir nicht schnell genug. Im Übrigen zeige ich meinem Freund bloß mein Vertrauen in unsere Freundschaft, deren Stärke es hinfällig werden lässt, Fragen des Besitzes zu stellen.«

»Wie gesagt, ein Dieb.«

Fink zog an einem Hebel, drückte einen zweiten, und rumpelnd sprang der Motor an. Noch ein Druck, und schon jagte das Gefährt übers Pflaster, dass die Radachsen ächzten. Der Wind brauste ihnen ins Gesicht, Fiora tränten die Augen. In der Hast hatte sie ihre Brille vergessen. »Am besten, wir verlassen die Stadt in einer anderen Richtung als die Luftschiffe«, schrie sie in den Wind.

»Keine Zeit«, schrie Fink zurück.

»Die Stadtwache besteht aus einem Haufen versoffener

Bionten«, schrie Gunna, in seltener Übereinstimmung mit Fink. »Ich glaube nicht, dass die Palastgarde sich groß um Austausch bemüht.«

Fink beschleunigte weiter, überließ es seiner Umwelt, sich vor dem rasenden Unheil in Sicherheit zu bringen. Eine Mechanikurgin gab ihren Werkzeugkasten auf, zwei Burschen ließen einen Grabstein fallen, eine Hutverkäuferin krachte in einen Madenstand. In alle Richtungen kullerten Hüte und Madengläser. Kinder klatschten lachend in die Hände. Fink winkte ihnen zu und zog an seinen Hebeln. Fiora wurde übel; sie krallte sich fester in ihren Sitz, als sie sich je an den Sattelknauf eines Kamels geklammert hatte. Zum Glück war die Straße wenig bevölkert. Am Stadttor sprangen die Wachen zur Seite und wedelten mit den Fäusten, verzichteten aber auf eine Verfolgung.

Jetzt ging es besser – zumindest was die Gefährdung Unbeteiligter betraf. Der Weg erstreckte sich verlassen und schnurgerade vor ihnen. Aber jede Senke, jede Erhebung rüttelte Fioras Knochen durcheinander, bis sie nicht mehr wusste, wo oben und unten war. »Wann sind wir da?«, schrie sie.

»Zwei Meilen noch«, schrie Fink zurück.

Sein Eifer war mehr als beunruhigend. Fiora bezweifelte immer stärker, dass es eine gute Idee gewesen war, ihm einfach so hinterherzustürmen. *Kein Spion sieht aus wie ein Spion*, schoss ihr Carvons Warnung erneut durch den Kopf. »Fahr mal vorsichtiger.«

Er legte einen Hebel um, der Motor vor ihnen spuckte beißenden Qualm; erleichtert bemerkte Fiora, wie sie langsamer wurden. Der giftige Boden, den Fink angekündigt hatte, sah nicht viel anders aus als die aschene Landschaft, durch die Fiora nach Metropolis gelangt war. Nur Fabriken gab es keine.

Und die wenigen Gebäude, an denen sie jetzt vorbeifuhren, lagen in Ruinen.

»Wir sind so nah an der Stadt – warum ist hier niemand?«

»Die Rauchdecke, welche Metropolis vor der Sonne schützt«, erklärte Fink, »ist hier nicht mehr dick genug.«

Fiora seufzte. Die Stadt, die niemals schlief, brauchte die Sonne nicht zu fürchten – aber es war ein hoher Preis, die Sterne nicht zu sehen.

»Dort sind sie«, verkündete Gunna. »Wir sind zu spät.«

Tatsächlich. Die Luftschiffe, ein paar Meilen vor ihnen. Reglos hingen sie in der Luft; drei Stück, wie Fink gesagt hatte.

Teuflische Sonnenglut. Sollte alles umsonst gewesen sein?

»Lasst uns zumindest ein bisschen näher ran«, schlug Fink vor. »Vielleicht sehen wir etwas, das uns später hilft.«

Gunna schnaubte. »Wir bringen uns sinnlos in …«

Aber Fink zog bereits an seinen Hebeln, das Gefährt machte einen Satz nach vorn, dann tuckerte es mit erträglicher Geschwindigkeit weiter. Dabei musterte Fink die Luftschiffe besorgt genug, dass Fiora ihren Verdacht fallen ließ, er könnte mit den Binaren im Bunde sein. Im Gegenteil, seine forsche Art hatte etwas Ansteckendes. Vielleicht ließe sich ja tatsächlich etwas Nützliches herausfinden. Fiora sah sich nach einer Möglichkeit um, unauffällig näher an Kenet heranzukommen.

»Wir haben ein Problem.« Sie deutete nach hinten, wo schimmernd im Widerschein der Stadt eine Hunderte Schritt lange Spur aus Staub und Asche in den Himmel stieg. Ihr Höllengefährt mochte ja schnell sein, aber es war alles andere als unauffällig.

»Wir müssen umkehren«, beharrte Gunna.

»Oder wir gehen zu Fuß«, entgegnete Fink.

»Das ist Wahnsinn.«

»Du kannst ja hier warten«, sagte Fiora.

Nun, es hätte sie überrascht, wenn Gunna den Vorschlag angenommen hätte. In der Nähe befand sich eine verlassene Werkstatt. Sie stellten den Wagen darin ab und schlichen los. Drei dunkle Gestalten in einer aschegrauen Welt. Sie hielten sich abseits des Weges, bereit, sich hinter Schutt oder Geröll zu verbergen, sobald die Luftschiffe sich bewegen sollten.

Zwei Drittel der Strecke hatten sie bereits bewältigt, als das erste Luftschiff abzudrehen begann. Gemeinsam warfen sie sich in den Dreck. Beobachteten mit angehaltenem Atem, wie auch die anderen Luftschiffe abdrehten, immer weiter aufstiegen – und in der schwarzen Qualmdecke verschwanden.

Fiora ballte die Fäuste vor Enttäuschung. »Lasst uns zumindest schauen, was sie angerichtet haben. Vielleicht erfahren wir ja was Nützliches«, sprach sie den anderen, vor allem aber sich selbst Mut zu. Fink nickte schweigend, und sogar Gunna verzichtete auf ihren gewöhnlichen Protest.

Nachdem die Luftschiffe wohl keine Bedrohung mehr darstellten, achteten sie weniger auf Deckung, eilten hastig auf das Dorf zu, dessen düstere Schattenrisse sich bereits gegen den Horizont abzeichneten.

»Es brennt kein Licht«, bemerkte Fiora.

»Was?«

»Nirgendwo Licht, hinter keinem einzigen Fenster. Ist das normal?«

»Nein«, sagte Gunna. »Wir sollten ...«

»... umkehren?«, unterbrach sie Fink. »Hast du im Bauch deiner Mutter auch nicht gesagt. Und ich glaube nicht, dass die Informationslage damals besser war.«

»Wenn die Luftschiffe zurückkommen, sind wir geliefert«, warf Fiora ein.

»Werden sie nicht«, beharrte Fink.

»Und woher willst du das wissen?«, fragte Gunna misstrauisch. Fiora konnte ihre Skepsis nachvollziehen. Finks Verhalten war alles andere als berechenbar.

»Ich habe eine sehr feine Nase für Ärger.« Er grinste. »Und überraschende Luftschiffmanöver würden ja mal kolossalen Ärger bedeuten, meint ihr nicht?«

»Wir hätten dieser Laufmasche nie folgen sollen«, knurrte Gunna.

»Wir wagen einen Blick«, entschied Fiora. »Und, Fink«, fügte sie hinzu, »wenn du Mist baust, wirst du dir wünschen, *du* hättest damals im Bauch deiner Mutter eine andere Entscheidung getroffen.«

»Den Wunsch habe ich öfter. Los geht's.«

Sie schlichen sich näher heran. Kenet schien aus nicht viel mehr als einem riesigen Gewächshaus zu bestehen, umringt von Backsteinhütten. Die Hütten sahen nicht besonders reizvoll aus, aber auch nicht verlassen. Schritt für Schritt tastete Fiora sich vor. Nirgendwo eine Regung. Sie spürte ein Prickeln im Nacken. Die unnatürliche Ruhe eines Hinterhalts. Allein ihr Starrsinn war es, dessentwegen sie hier waren. Sie brachte nicht nur sich selbst in Gefahr, sondern auch die anderen beiden. Ihr Versuch, Fink zum Warten zu bewegen, scheiterte. Bei Gunna versuchte sie es gar nicht erst. Mit einem Mal war sie froh, die grimme Kämpferin an ihrer Seite zu wissen.

Die Hütten waren um einen kleinen Platz an der Stirnseite des Gewächshauses angeordnet. Wo die Fenster Läden aufwiesen, waren diese geschlossen. In der Deckung einer Häuserecke lugte Fiora auf den Platz. Auf den ersten Blick schien er ihr so ausgestorben wie der Rest des Dorfes. Doch dann erkannte sie eine gebückte Gestalt – nein, nicht gebückt; sitzend, und zwar auf einer Kiste. Eine unheimliche Macht streckte ihre Finger nach Fiora aus. Während in Metropolis alle paar Schritte eine Gaslaterne brannte, gab es hier kein Licht außer einem violetten Glimmen im Osten. Sie musste zur nächsten Hütte, um einen besseren Blick auf die Gestalt zu erhaschen – da packte sie eine Hand an der Schulter.

Fink. Er zog sie zurück, zeigte nach hinten. Eine neue Staubspur wälzte sich die Straße entlang; wie ein dunkler Todesbote vor den flirrenden Lichtern der Stadt.

»Verstecken«, flüsterte Fiora, und diesmal widersprach niemand. Zu dritt quetschten sie sich in die Lücke zwischen zwei Schuppen, von der aus sie zwar nicht den Platz mit der sitzenden Gestalt sehen konnten, dafür allerdings die Straße.

Die Wagen rasten näher, verzichteten auf jede Vorsicht. Die Geräusche der Motoren waren zuerst zu hören, dann auch das Krachen in den Achsen, wenn ein Schlagloch getroffen wurde. Mehrere Fahrzeuge, mindestens vier oder fünf. Fiora tastete nach ihrer Pistole. Neben ihr rieb Fink sich die Nase.

Als die Wagen keine hundert Schritt mehr entfernt waren, trat Gunna auf die Straße. Sie hatte die Waffe nicht gezogen; breitbeinig stand sie da und winkte. Bremsen kreischten, schlitternd kamen die Wagen zum Stehen. Vom vordersten sprang Mara, dicht gefolgt von Carvon. Der Widerstand. Fiora atmete auf. Während Fink noch schimpfte, warum er eigentlich ein Fahrzeug hatte stehlen müssen, wenn der Widerstand eine ganze Flotte besaß, steckte Fiora ihre Pistole weg und trat neben Gunna.

»Was macht ihr hier?«, zischte Mara in einem Ton, dass Fiora sich anstelle ihrer Schwester doch lieber eine Horde Banditen gewünscht hätte.

»Du hast nicht mit Alrak geredet?«, fragte Gunna überrascht, während auch von den anderen Wagen Bewaffnete sprangen, den Bereich sicherten.

»Hat der nicht Wachdienst am Bunker?« Mara zog die Brauen zusammen. »Und du nicht eigentlich auch?«

»Fiora war nicht zu halten«, murmelte Gunna.

Maras Augen blitzten, und Fiora wappnete sich für den Einschlag. Doch es traf Gunna. »Das ist deine Entschuldigung? Ich dachte, ich hätte mich klar ausgedrückt. Wenn du nicht mal als Wache taugst, wie willst du dich dann überhaupt nützlich machen? Sollen wir dich vielleicht in die Küche stecken?«

»Mara«, wagte Fiora einen Einwurf.

»Zu dir komme ich später.«

»Im Dorf ist jemand.« Als sie Maras vernichtenden Blick sah, fügte sie rasch hinzu: »Jemand Gefährliches.«

»Was meinst du damit?«

»Strom. Aber wie ich ihn noch nie gespürt habe. Stark und schwach zugleich. Als ob seine eigentliche Stärke unterdrückt wird ... oder noch gar nicht erreicht ist ...« Sie verstummte, in Verlegenheit gebracht von ihrem eigenen Gestammel.

Aber Mara nickte nur. »Ich spüre es auch.« Sie wandte sich an Carvon. »Lass die Leute das Dorf umzingeln. Ich will von allen Seiten Rückendeckung.«

»Was kann ich tun?«, fragte Fink.

Mara verzog das Gesicht. »Pass auf die Wagen auf. Gunna kann dir helfen.« Sie wartete, bis Carvon ihre Befehle weitergegeben hatte, dann marschierte sie gemeinsam mit ihm ins Dorf.

Für den Moment achtete niemand auf Fiora, also huschte sie Mara und Carvon hinterher – in einigem Abstand allerdings, um ihre Schwester nicht noch weiter zu reizen. Als sie den Rand des Platzes erreichte, duckte sie sich hinter dieselbe Häuserecke, die ihr schon zuvor Schutz geboten hatte. Die Dämmerung hatte die Farbe gewechselt, das Licht floss rosa aus den Gassen. Die Gestalt saß noch immer auf ihrer Kiste, hatte die Haltung nicht verändert. Sie trug die Rüstung der Palastgarde, ein Visierhelm verbarg ihr Gesicht.

Carvon wartete, aber Mara schritt geradewegs auf sie zu. Die Gestalt rührte sich nicht. Zwei Schritt vor ihr blieb Mara stehen. Sie hatte keine Waffe gezogen, doch ihre Hand lag auf der Apparatur an ihrem linken Unterarm.

Zum ersten Mal bewegte sich die Gestalt, hob den behelmten Kopf. »Hallo, Mara.«

Fiora hielt die Luft an, und auch Mara wirkte überrascht. »Du kennst mich?«

»Ja.«

»Woher?«

»Ich weiß alles über dich.« Wie geschliffene Diamanten durchschnitten die Worte die Luft.

Mara wich einen Schritt zurück. Doch schon einen Wimpernschlag später schien sie sich gefangen zu haben. »Was tust du hier?«

Fiora musste ihre Schwester nicht genauer ansehen, um zu wissen, dass sie innerlich kochte. Mara hasste es, wenn sie nicht Herrin der Lage war.

»Ich habe dich erwartet.«

»Du hast …?« Mara unterbrach sich, warf einen schnellen Blick zu Carvon zurück, der sein Gewehr schussbereit vor sich trug. »Du dienst der Palastgarde.«

»Nur oberflächlich.«

»Aber du bist ein Binar.«

Der Mann nickte. »Mein Name ist Salus.«

»Zeig mir dein Gesicht.«

Die Gestalt drückte einen Knopf an ihrem Helm, das Visier wurde transparent. Ein mittelalter Mann mit kleinen, wachen Augen und glatt rasiertem Kinn. Seine Züge waren unauffällig.

»Diese Kiste«, Mara zeigte mit dem Fuß darauf, »was ist dadrin?«

»Ich kann es dir nicht sagen«, entgegnete Salus. »Aber ich möchte, dass du sie nimmst.«

»Warum?«

»Ihr Inhalt ist für einen Bionten bestimmt, der morgen früh in Metropolis eintreffen wird. Ich will, dass du diesem Bionten die Kiste übergibst.«

»Ohne dass ich weiß, was darin ist?« Mara lachte freudlos.

»Wir haben nicht viel Zeit, Mara.« Salus erhob sich. »Der Biont wird im Gasthof Grille einkehren. Du wirst ihn erkennen, wenn du ihn siehst. Viel Erfolg.« Er wandte sich zum Gehen.

»Nein.«

Salus blieb stehen. Mit dem Rücken zu Mara sagte er: »Ich kann dir keine weitere Auskunft geben. Du musst mir vertrauen. Dass der Biont die Kiste erhält, ist womöglich unsere letzte Chance.«

»Chance worauf?«

Noch immer wandte Salus sich nicht um. »Auf Erlösung.«

Mara schüttelte den Kopf. »Nein.« Fiora wunderte es nicht – ihre Schwester ließ sich ungern mit halb garen Aussagen abspeisen. »Ich werde mich nicht zur Handlangerin eines Binars machen.«

Salus drehte sich um, trat an sie heran, wollte ihr die Hand auf die Schulter legen. Doch Mara wich zurück.

»Dein Kampf ist der meine. Tu, was ich dir sage – oder wir werden ihn verlieren.«

»Ich will wissen, was in der Kiste ist.«

»Du wirst sie nicht öffnen können.«

»Dann öffnest du sie.« Sie sah nach den Gassen, in denen Carvons Leute inzwischen Stellung bezogen haben mussten. »Öffne sie, oder du wirst auf diesem Platz dein Ende finden.«

So unauffällig wie möglich zog Fiora ihre Pistole.

»Ich bitte dich, Mara«, sagte Salus, und es klang wie ein Befehl. »Folge deinem Instinkt.«

Mara wollte etwas erwidern, doch auf einmal neigte sich ihr Kopf, ihre Gesichtsmuskeln zuckten. Sie drückte sich die Hände an die Schläfen, sank auf die Knie. Es sah aus, als ränge eine unsichtbare Kraft sie zu Boden. Fiora richtete ihre Waffe auf Salus. Reglos sah der Binar auf ihre Schwester hinunter. Fiora legte den Finger an den Abzug – doch da, mit einem Willen, wie nur Mara ihn aufbringen konnte, hob sie den Kopf, starrte Salus in die Augen. Ihre rechte Hand glitt zitternd zu ihrem linken Unterarm, erreichte die Apparatur, betätigte sie. Über den Platz lief ein Knistern, das Fiora die Haare zu Berge stehen ließ.

Der Bann, unter dem Mara sich befunden hatte, war gebrochen. Aufrecht stand sie da. »Du weißt gar nichts über mich.«

»Tu es nicht«, sagte Salus.

Mara hob die Hand. Carvon brachte sein Gewehr in Anschlag. In den Gassen scharrte es. Aber Fiora nahm es nur halb wahr. Das ganze Dorf stand unter Strom, vibrierte in dem Griff einer unbegreiflichen Kraft.

»Nein!«, schrie sie.

Aber es war zu spät.

Mara ballte die gespreizten Finger zur Faust, ihre Mitstreiter eröffneten das Feuer. Der Platz hallte wider von den Einschlägen der Kugeln, die Splitter zerfetzter Fensterläden schossen umher, die Scheiben des Gewächshauses zersprangen klirrend, in tausend Splittern prasselte das Glas zu Boden. Alles versank im Pulverdampf.

Die erste Salve verebbte, der Dampf legte sich. Mit Erleichterung sah Fiora, dass Mara nicht getroffen schien. Mit Unglauben sah sie, dass auch Salus noch stand. Er zuckte am ganzen Körper, seine Rüstung war ein Sieb, aus zahllosen Löchern tropfte schwarzes Blut – doch er stand.

»Unmöglich«, hörte sie Carvon neben sich stammeln.

Das Zucken rührte von den Kugeln; der Widerstand hatte sie mit Strom versehen. Laut Mara war Strom das Einzige, womit den Binaren beizukommen war. Aber Salus stand. Und das Zucken verebbte.

»Wer bist du?«, flüsterte Mara.

»Ich bin Salus.«

Sie langte nach ihrer Apparatur. »Stirb, Salus.«

»Nein, Mara«, flüsterte Fiora, »tu es nicht.«

Wie ein gefangener Blitz war der Strom durch Kenet gerast – und jetzt fuhr er mit einem Schlag in Mara, bemächtigte sich ihrer mit zwingender Gewalt. Das Knistern von gerade eben schwoll zu einem ohrenbetäubenden Peitschen an. Maras Haare sprühten ihr vom Körper weg, ihre Haut gleißte, blaues Licht durchbrach sie von innen, die Wirbelsäule krümmte sich nach hinten, ihr Körper bebte, wurde nach oben gerissen, schwebte einen halben Schritt über dem Boden. Mara!

Ein Brausen hatte das ganze Dorf erfasst, ein Sturm, der keine Grenzen kannte. Alles drohte weggerissen zu werden. In letzter Not klammerte Fiora sich an einem Bolzen fest, der einmal einen Fensterladen gehalten hatte. Dazwischen Maras Schreie. Fiora drehte krampfhaft den Kopf, versuchte, zu erkennen, was mit Mara geschah, doch durch die glühende Luft hindurch sah sie nur noch einen schwebenden Schemen, der so hell strahlte, dass es kaum zu ertragen war. Sie wollte, musste zu ihrer Schwester. Aber sosehr sie auch kämpfte – die Kräfte, die sich gegen sie warfen, waren von unüberwindlicher Gewalt.

In das dämonische Tosen hinein ertönte die Stimme des Binars: »Du streitest gegen Kräfte, Mara, deren Ausmaß du nicht erfassen kannst.« Seine Worte klangen unnatürlich klar. »Wir kämpfen denselben Kampf. Ich habe versucht, dein Vertrauen zu gewinnen. Aber ich bin gescheitert.«

Etwas Grauenvolles lag in seiner Stimme, etwas Aufrichtiges, etwas Mitfühlendes, etwas Endgültiges.

»Nein!«, schrie Fiora mit aller Verzweiflung gegen das Tosen an. »Salus, verschont sie – lasst *mich* dem Bionten die Kiste bringen!«

Der Sturm flaute ab, das gleißende Licht entwich aus Mara, ohnmächtig fiel sie zu Boden. Fiora stürzte auf den Platz, ging vor Salus auf die Knie.

»Bitte«, rief sie, »ich werde Euch nicht enttäuschen.«

Von Nahem sahen seine Augen aus wie zwei weiß glühende Kohlen. »Bist du dir sicher, Fiora?«

Es konnte sie nicht mehr erstaunen, dass er auch ihren Namen wusste. »Ich werde tun, was ich kann.«

»Mehr verlange ich nicht.«

»Da oben!«, rief plötzlich Fink, der Gunna offenbar schon wieder entwischt war. Fiora folgte seinem Blick und sah, wie sich ein Luftschiff aus der Wolkendecke senkte.

»Verschwindet«, sagte Salus.

Carvon gab den Befehl zum Rückzug, warf sich Mara über die Schulter und rannte zu den Wagen. Fiora winkte Fink, gemeinsam schleppten sie die Kiste hinterher. Am Rande des Platzes sah sie sich ein letztes Mal um. Salus beachtete sie nicht mehr, sein Blick war auf das Luftschiff gerichtet. Es schwebte noch immer eine Meile hoch über ihnen. Ein schwarzer Gegenstand wurde über die Reling geworfen, fiel. Nein, kein Gegenstand, Arme und Beine waren zu erkennen. Und das Wesen fiel nicht, es sprang. Fiora wurden die Knie weich.

»Ich werde ihn aufhalten«, sagte Salus und griff an seinen Helm, um das Visier zu schließen. »Flieht.«

In waghalsiger Geschwindigkeit holperte der Wagen auf Metropolis zu. Fink fuhr, Fiora saß zwischen der Kiste und Gunna. Vor und neben ihnen brausten die Wagen der anderen. Hinter ihnen glühte Kenet in der Morgendämmerung. Gebannt starrte Fiora zurück auf das Dorf, das unverfänglicher nicht hätte aussehen können. Doch bis zu ihr reichten die Energien, die sich dort sammelten. Aufeinandertrafen. Sich entluden. In blauem Wetterleuchten flackerten die Dächer auf.

Und sahen einen Wimpernschlag später so harmlos aus wie zuvor.

Auf dem nächsten Wagen regte sich Mara, sie war wieder zu sich gekommen. Ihre Blicke trafen sich, beide hatten sie es gespürt. Der Kampf war entschieden. Und es war nicht Salus, der gewonnen hatte.

24. Kapitel

Vierundzwanzig Stunden später befand sich Fiora auf dem Weg zu dem Gasthaus namens Grille. Fink begleitete sie, ansonsten waren sie allein. Allein und ohne Kiste. Carvon hatte bestimmt, dass die Kiste am besten im Bunker aufgehoben wäre, und Mara war zu erschöpft oder zu unentschieden gewesen, um für Fiora Partei zu ergreifen. Außerdem hatte Carvon gemeint, er könne keine Leute zu ihrem Schutz entbehren. Doch sie hatte sich im Widerstand ohnehin halb als Gefangene gefühlt, Finks Begleitung genügte ihr vollauf. Sie war heitere Seelen nicht gewohnt, und es erstaunte sie, wie sehr seine Vergnügtheit ihr guttat.

Die Grille befand sich im sechzehnten Bezirk. So riesig die Stadt war, Fink schien ihre zehntausend Gassen so gut zu kennen wie Fiora die hundert von Bergquell. Sie hatte nicht das Gefühl, dass er den direkten Weg nahm. Sie konnte nur hoffen, dass sie sich nicht in ihm getäuscht hatte – die Entscheidung, seine Loyalität infrage zu stellen, hätte sie viel früher treffen müssen.

Fiora ertrank in Eindrücken. Eine Frau auf einem riesigen Rad holperte vorbei. Jugendliche traten gegen ein Stoffbündel, das zu einer Kugel geschnürt worden war. Ein Mann blätterte in einem Buch, während er mit schlafwandlerischer Sicherheit durch das rastlose Treiben glitt. Ein anderer trug goldene Handschuhe. Fink erklärte, dass jeder Bezirk seine eigene Stimmung hatte, seinen eigenen Kleidungsstil, ja sogar seinen eigenen Geruch.

Überall rumpelte, pfiff, dröhnte, knallte es. Nicht nur die Landschaft um Metropolis herum war von Fabriken gespickt, die ganze Stadt schien eine einzige Produktionsmaschine zu sein. Die Frage, was eigentlich produziert wurde, konnte Fink ihr nicht beantworten.

Niemand beachtete sie. Obwohl sie Maras Kleid trug, musste ihre Fremdheit hundert Schritt weit zu sehen sein. Wenn sie während ihrer Wanderung auf eine Siedlung gestoßen war, eilte man ihr entweder entgegen oder verbarrikadierte sich in seiner Hütte. Hier hob niemand auch nur den Blick.

»Glaubst du, dass wir gewinnen können?«, fragte Fink unvermittelt.

»Gegen die Binare? Keine Ahnung …«

Fink schwieg.

»Was ist los?« Sie wich einem Trupp Stadtwachen aus.

»Deine Schwester, wie sie Sol in der Kanalisation ausgeschaltet hat, wie sie in Kenet aufgetreten ist … Sie ist so stark.«

»Ja.«

»Du musst stolz auf sie sein.«

Das Lied, das Fink hier anstimmte, war so alt wie bitter: Alle gingen sie davon aus, dass es ein Segen war, eine große Schwester zu haben, die in allem besser war als man selbst. Fiora verspürte allerdings wenig Lust, die Schattenseiten auszubreiten. Schon gar nicht gegenüber Fink. »Worauf willst du hinaus?«

»Ich frage mich nur«, Fink zupfte sich das Halstuch zurecht, »warum sie mit diesem Carvon zusammen ist.«

Fiora lachte auf. »Du bist eifersüchtig?«

»Nein, nein«, winkte er hastig ab. »Aber ich werde nicht schlau aus ihm. Er setzt sein Leben für den Widerstand ein, er hält die Truppe zusammen. Und zugleich wirkt er so …«

»Gleichgültig?«

»Ja«, rief Fink erleichtert aus, »genau. Und zwar allen gegenüber – obwohl es mir bei Mara zuerst aufgefallen ist. In Kenet, als deine Schwester zu schweben begonnen hat, da bist du ihr sofort zu Hilfe geeilt. Aber Carvon hat einfach nur dagestanden und zugesehen.«

»Vielleicht war er überfordert.« Fiora mochte den Weg nicht, den die Unterhaltung nahm. »Was sollte es sonst sein – glaubst du, er heuchelt seine Zuneigung zu Mara? Seinen Eifer für den Widerstand?«

»Der Widerstand geht ihm über alles.« Fink kratzte sich am Hals. »Nur die Menschen sind ihm gleich.«

Fiora ging gedanklich die Situationen durch, die sie mit Carvon erlebt hatte. Es fiel ihr keine ein, die als Gegenargument hätte dienen können.

Der sechzehnte Bezirk stach weder durch besondere Armseligkeit noch durch besonderen Wohlstand hervor. Die Grille befand sich in einem schmalen Gebäude, das zwischen zwei austauschbar aussehenden Wohnblocks eingeklemmt war. Die bunten Butzenscheiben im Erdgeschoss wiesen auf den Schankraum hin, die Balkone darüber waren mit geschwungenen Stahlgeländern gesichert.

Am Eingang stand eine Frau in einem kupferfarbenen Rüschenkleid. Sie schien im Zorn, schimpfte heftig auf jemanden ein, der von ihrer Gestalt und ihrem ebenfalls kupferfarbenen Zylinder verdeckt wurde. Die Tür wurde zugeworfen, die Frau fluchte, aber nach kurzem Zögern raffte sie ihr Kleid und stapfte davon. Mehrere Männer folgten ihr, die offensichtlich zu ihr gehörten.

»Beginnt ja schon gut«, bemerkte Fink.

»Fragen wir mal nach«, entschied Fiora und rannte der abziehenden Gruppe hinterher. »Verzeihung«, rief sie.

Die Frau drehte sich um, unter ihrem Zylinderhut wackelten blonde Korkenzieherlocken. »Was ist?«

»Es gibt Ärger in der Grille?«

»Geschlossene Gesellschaft.« Die Frau rümpfte die Nase. »Wer hat von so was schon mal gehört?« Sie rauschte davon, ihre Begleiter im Schlepptau.

»Ich brauche einen Zylinder«, murmelte Fink beeindruckt.

»Glaubst du«, dachte Fiora laut nach, »dass man uns erwartet? Oder zumindest diesen ominösen Bionten?«

»Gehen wir rein, dann finden wir's raus.«

Als sie näher traten, fiel Fiora auf, dass der übliche Spelunkenlärm fehlte. Die Butzen waren zu matt, um hindurchzusehen, die Tür war nach wie vor geschlossen. Es gab eine Glocke, an welcher eine Kette hing. Fiora zog daran.

Die Tür öffnete sich. In den Rahmen trat ein bärtiger Mann, der sein Hemd bis zu den Ellenbogen hochgekrempelt hatte. Statt eines Gürtels trug er Hosenträger. Sein Blick stach unter buschigen Augenbrauen hervor. »Was wollt ihr hier?«

»Ist das die Grille?«, fragte Fiora höflich. »Sie wurde uns empfohlen. Wir würden gern was trinken und wollten wissen, ob Ihr geöffnet habt?«

»Habt ihr Waffen dabei?«

Synchron mit Fink schüttelte sie den Kopf.

»Nichts für ungut.« Mit geübten Griffen tastete er sie ab, fand an ihrem Unterschenkel die winzige Pistole, die Mara ihr mitgegeben hatte. Ohne Kommentar steckte er sie ein. Er überprüfte auch Fink, der unbewaffnet war. »Kommt rein«, brummte er dann. In seinem Bart zeigten sich erste graue Strähnen. Fiora wechselte einen beunruhigten Blick mit Fink, bevor sie eintrat. Also doch keine geschlossene Gesellschaft?

Runde Tische, deren steinerne Platten auf metallenen Beinen lagen. Die Stühle bestanden vollständig aus Metall und waren mit abgewetzten Kissen gepolstert. An den Wänden hingen Gaslampen, die gerade genug Licht verströmten, dass man die Flecken auf den Tischplatten erkennen konnte. Bis auf eine Gruppe angetrunkener Kartenspieler und eine Zecherin, die allein an einem Tisch vor ihrem Humpen saß, gab es keine weiteren Gäste.

»Setzt euch.« Er deutete auf einen der Tische. »Was wollt ihr trinken?«

»Der Bursche, der am schwersten schafft«, grinste Fink, »hat keinen Wunsch denn Gerstensaft.«

»Zwei Bier also?«

Fiora nickte stumm. Sie hatte noch nie Alkohol getrunken, die Zecher in Bergquell waren ein abschreckendes Beispiel gewesen. Aber in Anbetracht dessen, wie streng der Wirt sie musterte, traute sie sich nicht, um ein Wasser zu bitten. Während sie auf ihre Bestellung warteten, sah Fiora sich verstohlen nach der allein sitzenden Frau um. Sie starrte mit ausdruckslosem Gesicht in den Humpen; ihren langen Lodenmantel hatte sie nicht abgelegt, obwohl es alles andere als kühl war.

»Glaubst du«, flüsterte Fiora Fink zu, »sie ist diejenige, von der Salus gesprochen hat?«

»Salus meinte, wir würden den Bionten erkennen, wenn wir ihn sehen«, flüsterte Fink zurück.

»Er hat mit Mara geredet«, erinnerte Fiora ihn. »Vielleicht würde nur Mara sie oder ihn erkennen.«

Der Wirt stellte ihnen das Bier so achtlos hin, dass der Schaum überschwappte. »Bitte.«

Fink hob seinen Humpen und prostete Fiora zu. Falls er nervös war, überspielte er es gut. Sie führte ihren eigenen Humpen an die Lippen, doch schon der Geruch stieß sie ab. Verstohlen sah sie sich nach den anderen Anwesenden um. Die Kartenspieler diskutierten einen Stich, der Wirt spülte Teller.

»Der erste Schluck kostet immer Überwindung«, sprach Fink ihr Mut zu. »Gefährlich wird es nur, wenn er dir schmeckt.«

Sie trank. Es war widerlich. Fink lachte, als er ihr Gesicht sah. »Warum tut sich jemand das freiwillig an?«, fragte sie kopfschüttelnd.

»Aus dem einzigen Grund, der Menschen noch stärker antreibt als der Wunsch, sich zu finden«, raunte er bedeutungsschwer.

»Und zwar?«

»Der Wunsch, sich zu verlieren.«

Fiora zwang sich zu einem weiteren Schluck, es wurde nicht besser.

»Ich muss zugeben«, sagte Fink und wischte sich Schaum von der Oberlippe, »diese Plörre ist ein harter Einstieg.«

Eine Viertelstunde lang kämpfte Fiora mit ihrem Bier, der Alkohol stieg ihr bereits zu Kopf, da öffnete sich die Tür. Ein Mann in einem schlichten grauen Anzug trat ein. Das Gesicht war dunkel, in seinem Ohr glänzten mehrere kleine goldene Ringe. In der Hand hielt er einen Klingenstab. Das letzte Wesen, das Fiora hier erwartet hätte. Ohne seine violetten Gewänder sah er anders aus, wie ein Städter – zumindest, wenn man sich den Klingenstab aus dem Bild dachte. Es blieb kein Zweifel, er war es. »Faradas«, entfuhr es ihr. Als dieser seinen Namen hörte, sah er auf, erkannte sie. Seine Brauen zogen sich zusammen; offenbar war er genauso überrascht über ihre Anwesenheit wie sie über seine.

»Keine Waffen«, blaffte der Wirt. Mit verschränkten Armen versperrte er den Weg. Versuchte wohl, Stärke auszustrahlen, doch sein Blick aus den weit aufgerissenen Augen klebte auf der Klinge.

Wortlos reichte Faradas ihm Stab und Pistole. »Ein Bier, bitte.« Und ohne den Wirt weiter zu beachten, setzte er sich zu Fiora und Fink. Das Blau in seinen Augen flackerte. »Wo ist deine Schwester?«

Fiora verschlug es die Sprache. Nach all der Zeit keine Frage, wie es ihr ergangen war, nicht einmal eine Begrüßung?

Während sie noch nach Worten rang, rief Fink: »Unglaublich, Ihr seid ja noch dunkler als Fiora! Das ist ja verrückt, dass Ihr euch kennt. Faradas? Ich bin Fink, Verehrer der Schönen und Retter der Hilf…«

»Hallo, Fink.« Faradas hatte den Blick nicht von Fiora genommen. »Mara – wo ist sie?«

»Was machst du hier?«, brach es aus ihr heraus.

»Ich erkläre dir alles.« Er beugte sich vor. »Aber erst musst du mir sagen, wo Mara ist.« Seine Stimme senkte sich zu einem Flüstern. »Und die Kiste.«

Fiora griff nach ihrem Humpen, nahm einen großen Schluck. Nachdem sie ihn wieder abgestellt hatte, atmete sie tief durch. »Mara und die Kiste, sie befinden sich beide …«

»Sch.« Faradas hob warnend die Hand. Der Wirt brachte sein Bier, stellte es vor ihm ab. »Wohl bekomm's.«

Faradas sah auf die Finger des Wirts. Fiora folgte seinem Blick und entdeckte Schmutz unter den Nägeln. Ganz Metropolis starrte vor Dreck, insofern nichts Ungewöhnliches. Außer man spülte den ganzen Tag.

»Wisst Ihr was, mein Herr«, sagte Faradas und legte ein Silberstück auf den Tisch. »Ich habe es mir anders überlegt.« Er wandte sich an Fiora und Fink. »Lasst uns gehen. Ich denke … Runter!«

Die Frau im Lodenmantel war aufgesprungen, eine Schrotflinte in der Hand. Fiora stieß den Tisch um, riss Fink zu Boden. Die Frau schoss, die Tischplatte dröhnte von einem Dutzend Einschlägen. Am Boden liegend, sah Fiora, wie Faradas den Wirt packte und als Schild gegen die Kartenspieler drehte, welche ihrerseits Pistolen gezogen hatten. Auch die Frau im Lodenmantel legte an.

Fiora hatte Fink unter sich begraben. »Bleib hier«, zischte sie. Sie spurtete los, hämmerte der Frau erst die Faust ins Gesicht, dann das Knie in den Bauch, entwand ihr die Flinte. Hinter ihr fielen Schüsse. Sie wirbelte herum, um Faradas Deckung zu geben.

Pünktlich, um zu sehen, wie dieser den letzten Kartenspieler fallen ließ. Die anderen lagen wie der Wirt auf den Fliesen und rührten sich nicht mehr. Faradas sammelte Pistolen auf, warf Fiora eine zu, Fink eine zweite, fand hinterm Tresen seine eigene und den Klingenstab, kniete sich neben die Frau im Lodenmantel. »Für wen arbeitet ihr?«

Die Frau stieß einen Fluch aus. Faradas drückte ihr den Lauf seiner Pistole an die Stirn. »Rede.«

Die Frau schlug nach ihm, Faradas schoss, die Frau erschlaffte.

»Brennende Sonnenkugel«, flüsterte Fiora. Ihre Finger schmerzten, derart fest hielt Fink ihre Hand umklammert.

»Du vertraust ihm?«, fragte Faradas.

Die Frage klang einfacher, als sie war.

»Entscheide dich.«

»Ja.«

»Wir müssen zur Kiste. Sofort.«

Sie eilten zum Bunker. Faradas' Schritte waren so raumgreifend, dass Fiora in einen Dauerlauf verfiel, um ihm hinterherzukommen. Fink stolperte japsend hinterher.

»Die Kiste, was ist dadrin?«, fragte Fiora.

»Ich weiß es nicht.«

»Wie hast du von ihr erfahren?«

»Salus hat mich gerufen.«

»Du kennst ihn?«

»Nein.«

»Was will er von dir?«

»Ich soll die Kiste schützen.«

»Hier nach links«, keuchte Fink hinter ihnen.

Sie bogen in eine dunkle Gasse ab. »Wie hat er dich gefunden?«

»Strom.« Unablässig tastete Faradas' Blick die Umgebung ab. »Weißt du, wo Salus ist?«

Dem Geruch nach war die Gasse getränkt in Urin. »Tot«, keuchte Fiora. Zwischen dem Unrat verschwanden Ratten.

»Was?«

»Salus ist tot.«

Faradas blieb abrupt stehen. »Bist du sicher?«

»Ziemlich, ja.«

»Erzähl mir, was passiert ist.« Er eilte bereits weiter.

Als sie am Ende ihrer Schilderung angelangt war, hielt er ein zweites Mal an, wartete, bis Fink aufgeschlossen hatte. »Das Wesen, das aus dem Luftschiff gesprungen ist, war ein Subsessor. Ein Attentäter.«

»Wie die Attentäterin, die dich in Talgar angegriffen hat?«

»Nein – Subsessoren wurden gebaut, um andere Binare zu vernichten.«

»Aber Protaris schläft«, murmelte Fiora beklommen. »Wer gibt den Subsessoren denn ihre Anweisungen?«

»Protaris hat sie nicht geschaffen. Sondern Kubus.« Faradas fasste Fiora wie Fink an den Schultern. »Subsessoren sind die gefährlichsten Wesen der Welt.«

»Auch für Bionten?«

»Gewöhnlich beachten sie Bionten nicht. Mich aber werden sie jagen.«

»Und wenn sie über dich zur Kiste finden?« Zur Zuflucht des Widerstands. Zu Mara.

»Sie finden die Kiste so oder so, wenn wir ihnen nicht zuvorkommen.« Er hielt inne, sah ihnen nacheinander in die Augen. »Ich brauche euch. Aber ich werde euch nicht zwingen. Bleibt zurück, wenn ihr euch fürchtet.«

»Ich fürchte mich«, gab Fiora zu, »aber ich werde Mara nicht im Stich lassen.«

»Und du?«

»Ich?«, fragte Fink. »Ich halte mich an Fiora.«

25. Kapitel

Ohne Fackeln hasteten sie durch die Kanalisation. Faradas hatte ein Licht dabei, nur eine winzige Murmel, die dennoch heller strahlte, als jedes Feuer es vermocht hätte.

Plötzlich Strom – der Subsessor! Eine so heftige Entladung, dass Fiora stolperte. Gerade noch rechtzeitig packte Faradas sie am Arm. »Schneller!«, rief er. Sie rannten. Vor ihnen Schüsse. Die Angst um Mara beflügelte Fiora. Schreie. Kampflärm.

Mündungsfeuer flackerte in dem Durchbruch, der zum Bunker führte. Leblose Körper auf dem Boden. Keiner davon Mara. Weiter. Der Geruch von verbranntem Fleisch. Wo zuvor ein meterdickes Stahltor den Bunker versperrt hatte, gähnte nur noch ein rauchendes Loch. Mehr Leichen im Eingangsbereich. Schüsse aus den Waschräumen. Lichtblitze, Donnern, Schreie. Berstender Stein. Maras Schmerz, so klar und nah, als wäre es Fioras eigener.

»Deckung!«, schrie Faradas. Fiora duckte sich, irgendetwas rauschte über sie hinweg. Krachte hinter ihr in einen Schrank; dessen Türen öffneten sich, Notfallrationen prasselten heraus. Gunna. Sie war es, die durch die Luft geschleudert worden war und jetzt von einer Lawine an Eiweißriegeln verschüttet wurde. Keine Zeit, nach ihr zu sehen. Fiora musste weiter. Ihre Schwester kämpfte noch, sie spürte es.

Sie gelangten zu den Duschen. Dort endlich fanden sie, zurückgetrieben bis zur gekachelten Wand, Mara. Und doch stand sie aufrecht, die Beine hüftbreit auseinander, die Arme seitlich nach unten gestreckt, die Fäuste geballt. Ihre roten Locken knisterten, loderten wie Feuer. Neben sich die Kiste.

Zwischen Fiora und Mara, in der Mitte des Raumes – der Subsessor.

Sein Körper war wie der eines Menschen geformt. Eine schwarze Kapuze verhüllte sein Haupt, ging über in einen dunklen, biegsamen Panzer, der so eng anlag, dass sich die Muskeln darunter abzeichneten. Selbst wenn Fiora nicht von Faradas gewarnt worden wäre, wusste sie, wen sie vor sich hatte – in dem Wesen brodelte dieselbe überwältigende Kraft, die sich in Kenet mit Salus gemessen hatte.

Der Subsessor kniete mit dem Rücken zu Fiora, über einen Gegner gebeugt, während von allen Seiten Kugeln auf ihn einhagelten – und schrill abprallten. Keine Wunde war zu erkennen, nirgendwo troff schwarzes Blut. Der Subsessor hob das Haupt, ließ ab von seinem Opfer, stand auf, trat auf Mara zu. Er ging langsam, sicher – wie man nach zahlreichen unbedeutenden Ärgernissen auf seinen eigentlichen Feind zugeht, nachdem man ihn in die Ecke gedrängt hat. In seinen Händen hielt er die größten Pistolen, die Fiora je gesehen hatte.

Mara tropfte der Schweiß vom Kinn. An der Schulter hatte sich ihre Bluse blutig verfärbt, auch an der Hüfte. Eine Handbreit hinter ihr die Wand. Wo die Stiefel des Subsessors auftraten, knackten die Bodenfliesen. Maras Blick fixierte ihren Gegner. Doch sie selbst schwankte, offensichtlich am Ende ihrer Kräfte.

Während Fiora in panischer Hast ihre Pistole aus dem Gürtel riss, ertönte ein Knall, ein zweiter, ein dritter. Wieder und wieder knallte es, der Raum dröhnte im Widerhall. Faradas war es, der schoss. Den Klingenstab in der Linken, hatte er mit der Rechten die Pistole erhoben, sandte Kugel um Kugel gegen den Rücken des Subsessors. Und diesmal schlugen die Kugeln ein. Pflasterten den unheimlichen schwarzen Panzer mit qualmenden Dellen. Der Subsessor drehte sich zu seinem neuen Widersacher um. Langsam, beherrscht. Nichts verriet, ob der Angriff ihn schmerzte, wütend machte oder überhaupt nur überraschte.

Dann schoss er zurück.

Der Raum bebte unter dem Donner der Schüsse.

Aber das Ziel war nicht getroffen. In einer einzigen rasenden Bewegung hatte Faradas den halben Raum überwunden. Sein Klingenstab blitzte, der Subsessor wich aus, schoss wieder, Faradas wich aus, griff an, wich aus, die Bewegungen zu schnell, um ihnen mit bloßem Auge folgen zu können. Querschläger pfiffen an Fiora vorbei, mit schweißnassen Fingern umklammerte sie ihre eigene Pistole. Es war unmöglich, einen sicheren Schuss abzugeben. Sie rannte zu Mara.

Ein Knirschen, Faradas' Klinge war dem Subsessor in den Leib gefahren. Für einen Herzschlag stockte der irrsinnige Kampf. Dann packte der Subsessor Faradas am Hals, riss ihn in die Höhe. Wie eine Puppe hing dieser am ausgestreckten Arm. So heftig Faradas nach seinem Gegner schlug und trat, er kam nicht an ihn heran. Der Subsessor rührte sich nicht, wie aus Stein gemeißelt stand er da, inmitten des zerstörten Duschraums. Stand da und wartete, während Faradas' Gegenwehr schwächer wurde. Fiora schoss dem Subsessor in die Seite, er zuckte nicht einmal. Faradas drehte den Kopf, sein Blick fand Fiora.

»Geh nach Gloria«, stöhnte er. »Finde Doctrix.«

Der Subsessor schleuderte ihn gegen die Wand. Vom Aufprall zersprangen die Kacheln, Faradas krachte zu Boden, blieb liegen. Fiora schrie auf, stürzte zu ihm. Fäden von Blut liefen ihm aus Mund und Nase.

Der Subsessor steckte seine Pistolen in die Achselholster, zog sich den Klingenstab aus der Brust. Achtlos ließ er ihn fallen, drehte sich seinem ursprünglichen Ziel zu, Mara. Fiora wandte sich von Faradas ab, hob ihre eigene Pistole, drückte so oft ab, bis das Magazin leer war. Ungerührt schritt der Subsessor auf Mara zu. Fiora schleuderte ihm die Pistole in den Rücken, stürzte sich auf ihn. Der Subsessor packte sie und schüttelte sie ab, ohne seinen Schritt zu verlangsamen, sein Ziel vor Augen. Mara riss die Arme hoch, aus ihren Fingern flirrten Lichtblitze. Fiora spürte, wie Mara die Energie aus ihrer Umgebung zog wie ein Magnet, immer mehr, kaum zu ertragen, so viel Kraft bebte in ihr.

Der Subsessor schlug sie zu Boden.

Fiora stürmte erneut auf ihn los, warf sich in hilflosem Aufbäumen gegen ihn, er wischte sie zur Seite, sie knallte auf die Kacheln. Während sie sich aufrappelte, hatte er bereits die Kiste ergriffen, trug sie auf einem Arm aus dem Raum. Fiora rannte zu Mara, fiel neben ihr auf die Knie, liebkoste sie, sah nach ihren Wunden. Mara stöhnte auf, und Fiora kamen die Tränen vor Erleichterung.

Alles Leid konnte sie ertragen, solange sie ihre Schwester nicht ein zweites Mal verlor.

»Er ist tot«, sagte Carvon.

»Was?« Fiora wandte sich um.

Carvon stand vor Faradas, blickte trübe auf ihn hinunter.

»Nein«, flüsterte Fiora. Sie löste sich von Mara, trat zu Faradas, ging vor dem reglosen Körper in die Hocke. Ein Blick genügte, um zu sehen, dass Carvon recht hatte. Faradas' halb geöffnete Augen blickten starr, das gasblaue Feuer war erloschen. Faradas war tot. Fiora strich ihm mit zitternden Fingern über das Gesicht. Wie sehr er sich gewehrt hatte, sie aufzunehmen. Wie hart er zu ihr gewesen war, wie er sie geschunden hatte. Wie sehr sie ihn gehasst hatte, bisweilen.

Sie beugte sich zu ihm hinunter, brachte ihre Lippen an sein Ohr. »Danke«, wisperte sie. Die Tränen, die sie für Mara geweint hatte, tropften nun ihm auf die Wangen. Sie fühlte eine Hand an ihrer Schulter, Mara war hinter sie getreten.

Fiora hätte nicht sagen können, wie lange sie so verharrten.

»Ein Dunkler«, flüsterte Mara schließlich. »Er hat mir das Leben gerettet.«

»Du kennst ihn«, entgegnete Fiora betäubt. »Es ist der Händler, der uns in Bergquell besucht hat.«

»Der Mann, mit dem du später gereist bist«, nickte Mara. Fiora hatte es ihr ja erzählt. »Faradas. Wie hat er dich gefunden?«

Fiora war dankbar über die Frage. Die Worte lenkten sie von der Leere ab, die sich in ihr ausbreitete. »Er war es, für den Salus die Kiste vorgesehen hatte.«

»Ich habe nicht geahnt, wie viel er dir bedeutet.«

Wieder schwiegen sie. Jemand ächzte. Fiora schreckte aus ihren brütenden Gedanken hoch. »Was ist mit den anderen?«, fragte sie rau.

»Carvon kümmert sich.« Mara stand auf. »Aber ich sollte ihm helfen.«

»Deine Wunden.« Fiora zeigte auf Hüfte und Schulter, wo große, feuchte Flecken den Stoff dunkel färbten. »Lass mich dich verbinden.«

Mara wollte Einspruch erheben, kämpfte jedoch zugleich damit, auf den Beinen zu bleiben. Ihre letzten Kräfte verließen sie, sie taumelte. Fiora griff ihr unter die Achseln, ließ sie zu Boden gleiten. Rasch holte sie einen Verbandskasten und machte sich daran, Maras Wunden zu desinfizieren. Das nötige medikurgische Wissen hatte ihr Faradas beigebracht. Nicht denken, beschloss sie, einfach etwas tun, egal was, nur nicht denken.

Soweit sie es beurteilen konnte, hatte der Schuss in die Schulter weder eine wichtige Ader getroffen noch das Gelenk. Die zweite Kugel hatte die Hüfte bloß gestreift. Mara hatte unwahrscheinliches Glück gehabt. Nun, Faradas hatte gesagt, eigentlich kämpften Subsessoren nicht gegen Bionten. Vielleicht entfalteten die riesigen Pistolen ihr Zerstörungspotenzial erst gegen Binare. Unnütze Überlegungen. Fiora zwang sich dazu, sich auf Maras Verarztung zu konzentrieren.

Sie verknotete gerade den letzten Verband, als Fink zu ihnen trat. »Geht es dir gut?«, fragte sie verlegen. Sie hatte ihn völlig vergessen.

»Zwölf tot, sechs weitere verwundet«, murmelte er. Sein Gesicht schien noch fahler als sonst. »Was wir tun konnten, haben wir getan.«

Carvon betrat nun ebenfalls den Waschraum. Er sah zu Mara herunter. »Wie geht es dir?«

»Könnte schlimmer sein.«

»Gut. Wir müssen so schnell wie möglich einen neuen Unterschlupf finden. Hier können wir nicht bleiben.«

Unwillkürlich musste Fiora an das Gespräch mit Fink denken, das sie über Carvon geführt hatten. Wo war er den Kampf über gewesen? Warum kam er erst jetzt, um sich nach Maras Zustand zu erkundigen? Er schien nicht verwundet zu sein. Der Subsessor hatte den halben Bunker in Schutt und Asche gelegt, aber in Carvons Haar war kein Körnchen Staub zu entdecken.

»Lassen sich die Verwundeten transportieren?«, fragte Mara.

Carvon verzog das Gesicht. »Sie haben keine Wahl.«

»Nachdem er die Kiste hatte«, überlegte Fink, »hat der Subsessor niemanden mehr verletzt. Vielleicht hat er das Interesse an uns verloren.«

»Subsessor? Du meinst das Ding gerade?« Carvon rümpfte die Nase. »Vielleicht überlässt er die Drecksarbeit auch der Palastgarde.«

»In der Kanalisation sind wir nach wie vor am sichersten«, sagte Mara. »Ziehen wir uns in den Wartungsraum im fünften Bezirk zurück. Da sollte erst in ein paar Wochen wieder ein Arbeitstrupp vorbeikommen.«

»Was ist Gloria?«, fragte Fiora.

»So nennt der Gottkönig seinen Palast.«

»Ich muss dorthin.«

Carvon lachte auf.

Fiora beachtete ihn nicht. »Und ihr, ihr müsst die Kiste finden. Sie ist der Schlüssel.«

»Woher willst du das wissen?«, fragte Carvon.

Mara kam ihr zu Hilfe: »Salus hat gesagt, die Kiste ist unsere letzte Chance.«

»Vielleicht eine Falle.«

»Die Unruhe«, rief Fiora, »mit der Faradas über sie gesprochen hat ... Nie habe ich ihn so besorgt erlebt.«

»Das macht ihn noch nicht vertrauenswürdig.«

Fiora sah nur noch Mara an. »Ihr müsst dem Subsessor folgen.«

»Nach dem, was gerade hier passiert ist?« Mara rieb sich die Schläfe.

»Eben deshalb. Salus hat sich ihretwegen geopfert.« Fiora hatte einen Kloß im Hals. »Faradas auch.«

»Und beide waren fähiger als wir alle zusammen«, knurrte Carvon. »Wir haben diesem Ding nichts entgegenzusetzen. Besser, wir sammeln unsere Kräfte.«

»Womöglich ist es dann zu spät.«

»Was kümmert uns die verdammte Kiste.« Carvon schnaubte. »Wir haben uns zusammengetan, um die Entführten zu finden. Dabei sollten wir bleiben. Wir packen.« Er eilte davon.

»Vielleicht gibt uns die Kiste einen Hinweis, was es mit den Entführten auf sich hat?!«, rief Fiora ihm hinterher, aber Carvon hörte sie nicht mehr.

»Er hat recht«, sagte Mara entkräftet. »Dieses Wesen übersteigt unsere Fähigkeiten.« Sie blickte zu Fink. »Du hast es als Subsessor bezeichnet. Du kennst es?«

Fink berichtete, was Faradas ihnen erzählt hatte.

»Ich verstehe deine Sorgen, Fiora«, sagte Mara nachdenklich. »Trotzdem – es ist zu gefährlich, jetzt nach der Kiste zu suchen.«

»Die Kraft, die du gesammelt hast«, entgegnete Fiora, »du hättest ihn aufhalten können. Ich bin mir sicher.«

Mara lächelte matt. »Du hältst zu viel von mir, kleine Schwester. Ich habe diese Energien nicht beherrscht. Hätte ich sie freigelassen, sie hätten mich zerrissen. Kannst du mir was zu trinken holen?«

Fiora ging ins Wasserlager, holte eine Flasche. Auf dem Rückweg nahm sie einen Kanister Lampenöl mit. Sie reichte Mara die Flasche und begann, das Öl über Faradas zu gießen.

»Was tust du da?«, fragte Fink.

»Ich kann ihn nicht begraben. Kubus darf ihn nicht in die Hände bekommen.«

»Warum?«

Fiora schwieg.

»Er ist ein Dunkler«, stöhnte Mara. Fiora hatte ihr eine Decke untergelegt, damit sie aufrechter sitzen konnte.

»Und das bedeutet?«, fragte Fink.

»Kubus würde seinen Kopf auf einen Pfahl stecken und durch die Stadt tragen lassen.«

»Er hat etwas gegen die Dunklen?«

»Sie sind seine schlimmsten Feinde«, erklärte Mara. »Zumindest gewesen.«

Fiora hatte mit wachsender Anspannung zugehört. »Woher weißt du das?«, fragte sie bang. »Warum hast du es mir nicht erzählt?«

»Ich habe erst hier davon erfahren. Unser Widerstand hier ist nur noch ein verblasstes Bild der ursprünglichen Idee. Es waren Dunkle, die sich zuerst gegen Kubus zur Wehr gesetzt haben.«

Fiora schüttelte den Kopf. »Faradas meinte, die Dunklen seien immer auf Ausgleich bedacht ...«

»Tja«, sagte Mara und nahm einen Schluck von ihrer Flasche, »dann war er nie in Metropolis.«

Bald war der ganze Leichnam ölgetränkt. Fiora saß davor und traf eine Entscheidung. »Ich muss nach Gloria.«

»Stur wie eh und je.«

Fiora erhob sich. »Es war sein letzter Wunsch. Und den werde ich ihm erfüllen.«

Mara seufzte. »Kein Mensch weiß, wo Gloria liegt. Und selbst wenn du dorthin gelangen würdest – willst du wirklich den Gottkönig herausfordern?«

»Ich muss diese Doctrix finden.«

»Du weißt nichts über sie. Sie ist nichts als ein Name von den Lippen eines Sterbenden.«

Fiora ballte die Fäuste. »Rede es mir nicht aus.«

Für einen Augenblick verzog sich Maras Gesicht vor

Schmerz, sie schloss die Augen, lehnte sich auf ihrer Decke zurück. »Ihr standet euch sehr nahe.«

»Ja, sicher, er war mein Lehrer. Mehr als das.«

»Ich will dich nicht verurteilen. Aber pass auf, dass deine Gefühle deine Wahrnehmung nicht trüben.«

Jetzt, hier, neben Faradas' noch warmer Leiche, glaubte Mara, sie belehren zu müssen? Fiora spürte, wie der Trotz und der Schmerz ihrer Kindheit in ihr aufstiegen. Ehe sie sich zähmen konnte, gab sie zurück: »Dasselbe gilt wohl für dich und Carvon.«

Fassungslos starrte Mara sie an. »Das ist deine Antwort? Wir kommen gerade mit dem Leben davon, und du willst streiten? Ich wollte dich nur warnen, das war alles. Ich meine es gut mit dir. Hat dich die Zeit in der Wildnis kein bisschen Demut gelehrt?«

»Ich sehe mal nach«, warf Fink ein, »ob ich den anderen zur Hand gehen kann.«

»Warte«, bat Fiora. Sie suchte keinen Streit, und vor Finks Augen würde es ihr leichter fallen, sich zu beherrschen. »Mir geht es wie dir«, wandte sie sich an Mara. »Ich will dich nicht verletzen, nur warnen.«

»Vor Carvon?«, Mara hatte sich wieder aufgerichtet, ihre Augen funkelten. »Soweit ich weiß, kennst du ihn noch keine Woche.«

»Und du, wie gut hast du Faradas gekannt?«

»Carvon schickt mich nicht in den Palast des Gottkönigs.«

»Er ist kauzig ...«

»Und so was kommt von dir?«, rief Mara spöttisch.

»Ich habe sie auf den Gedanken gebracht«, murmelte Fink schüchtern. »Es tut mir leid.«

»Das muss dir nicht leidtun«, versicherte ihm Fiora, gestärkt von seinem Beistand. »Irgendetwas stimmt nicht mit

Carvon. Er verhält sich, als ginge ihn das alles hier gar nichts an.«

»Er hat dir das Leben gerettet«, bemerkte Mara, lauter als nötig, »falls du dich erinnerst.«

»Macht es das nicht nur noch merkwürdiger? Im Angesicht des Todes ist er zu tollkühnen Handlungen fähig. Sollte er da im Alltäglichen nicht etwas mehr Leidenschaft an den Tag legen?«

»Fiora, Schwester – unterstellst du mir gerade, ich teile mein Lager mit einem Binar?« Maras Stimme war schneidend. »Glaube mir, ich habe ihn mehr als einmal bluten sehen. Rot. Nicht schwarz.«

»Nein, ich behaupte ja gar nicht, dass er ein Binar ist, ganz sicher nicht«, stammelte Fiora. Sie hatte keinen Streit gewollt, und dennoch war sie mitten in einen hineingeschlittert.

»Wo war Carvon eigentlich«, fragte Fink, bevor Fiora ihn zurückhalten konnte, »als der Subsessor angegriffen hat?«

Das brachte das Fass zum Überlaufen. »Was glaubt ihr zwei eigentlich, wer ihr seid?«, rief Mara, stemmte sich trotz ihrer Verletzungen auf. »Carvon war es, der den Widerstand zusammengehalten hat. Er hat Leuten eine Heimat gegeben, die keine Hoffnung mehr auf eine hatten. Solltest du das nicht wertzuschätzen wissen?«

Fiora schwieg. Alles, was sie jetzt noch sagte, würde Mara als Angriff deuten.

»Dir selbst hat er das Leben gerettet – und was dich betrifft«, sie sah Fink an, »dich hat er verschont. Weißt du, was ich langsam glaube, Fiora? So, wie du mir damals Leif nicht gegönnt hast, willst du mir jetzt Carvon madigmachen. Du erträgst es nicht, dass ich zurechtkomme mit meinem Leben, während du an deinem scheiterst.«

Fiora ging in die Küche, fand eine Packung Streichhölzer, kehrte zurück in den Duschraum. Sie kniete sich neben Faradas, zog ihm seine Lichtmurmel aus dem Gürtel, auch die Ersatzmagazine, steckte alles in ihren eigenen. Sie nahm eines der Streichhölzer, entzündete es mit einer raschen Bewegung die Packungsseite entlang, hielt die Flamme an die ölglänzende Leiche. Hungrig loderte die Flamme auf, fraß sich gierig über den Leib, nach einer halben Minute hatte sie ihn verschlungen. Unter der niedrigen Decke stand der Qualm, in der Tür hustete Mara. In dem kleinen Raum war es sengend heiß geworden, aber Fiora begrüßte die Hitze.

Sie griff nach Faradas' Pistole, steckte sie in den Gürtel zu den Magazinen. Stand auf. Nahm den Klingenstab vom Boden, verließ den Duschraum.

»Was hast du vor?«, fragte Mara, während sie hinter Fiora die Türe schloss.

Ohne stehen zu bleiben, schüttelte Fiora eine glibberige Masse von der Spitze des Stabes.

»Wo willst du hin?«

»Was interessiert es dich?«

»Du wirst Doctrix nicht finden«, rief Mara ihr hinterher. »Eher bringst du dich auf der Suche um.« Der Schmerz ihrer Verletzungen ließ sie aufstöhnen. »Wenn du jetzt gehst, brauchst du nicht wiederzukommen.«

»Pass auf dich auf, Mara«, flüsterte Fiora und ging.

3. Zwischenspiel

Während Fiora und Mara sich auf eine Weise voneinander verabschieden, wie nur Geschwister es können, steht Argenteus im Thronsaal des Palasts, den er sich zu eigen gemacht hat, und betrachtet seinen Diener.

Es spricht Argenteus zu, dass der Subsessor die Rebellen nicht getötet hat. Sie haben ihm gute Dienste erwiesen, und er erwartet, dass sie selbiges weiterhin tun werden. Die Schilderung des Subsessors, wie das Mädchen sich unter Strom gesetzt hat, hat ihn zwar irritiert, aber zu einer Gefahr macht sie das nicht. Seine Soldaten sind so zahlreich wie entbehrlich. Und für den Fall, dass er des Mädchens überdrüssig wird, genügt ein Wort, und seine Subsessoren nehmen sich seiner an.

Nein, die Rebellen bereiten Argenteus keine Sorgen. Alles läuft nach Plan.

Was die Menschen betrifft, zumindest.

Schon lange hat er vermutet, dass die eigentliche Gefahr eine andere ist. Doctrix. Der Subsessor hat die Kiste an die Stufen des Throns gestellt. Argenteus betrachtet sie. Sie misst einen Schritt in der Länge, einen halben Schritt in der Höhe und einen halben Schritt in der Tiefe. Unscheinbar sieht sie aus, doch sie ist aus einer Legierung gefertigt, wie kein Mensch sie zu erzeugen imstande wäre.

»Bring Doctrix.«

Der Subsessor neigt das von der Kapuze verhüllte Haupt und verlässt rückwärts den Saal. Zweiundzwanzig Sekunden später kehrt er zurück, Doctrix an seiner Seite. Argenteus hatte sie bereits einbestellt, sie wird im Vorraum gewartet haben.

Mit gesenktem Haupt tritt sie vor die Stufen des Throns. »Mein König«, sagt sie.

Argenteus weist auf die Kiste. »Diese Kiste trägt dein Zeichen.«

Doctrix sieht hin, nickt.

»Die Kiste enthält den Apparat, den du entwickelt hast?«

Doctrix nickt.

»Der Apparat funktioniert?«

Doctrix verneint.

»Ich habe die Kiste in der Kanalisation von Metropolis gefunden. Hast du eine Erklärung dafür, wie sie dorthin gekommen ist?«

»Salus hat sie gestohlen.«

»Wie ist ihm das gelungen?«

»Er kam zu mir, fragte nach ihr und nahm sie mit. Er ist ein Mitglied der Palastgarde. Wieso hätte ich ihm misstrauen sollen?«

Argenteus denkt nach. Er ist es nicht gewohnt, dass man ihm eine Frage stellt. »Du bist entlassen«, sagt er.

Doctrix verneigt sich und zieht sich zurück.

Misstrauen, denkt Argenteus. Ein Begriff, den Menschen verwenden. Weshalb gebraucht Doctrix einen menschlichen Begriff? Er blickt zu seinem Diener, der still gewartet hat. »Folge ihr«, sagt Argenteus. »Vernichte sie.«

Der Subsessor neigt das von der Kapuze verhüllte Haupt und verlässt rückwärts den Saal.

TEIL 4
MARA

26. Kapitel

Fiora schritt ohne jedwede Orientierung durch die Kanalisation. Es war ganz gleich. Sie brauchte nur einen Ausgang, und das blaue Licht der Murmel beleuchtete die Wände hell genug, um nicht zu übersehen, wenn sie einen finden sollte. Kurz fragte sie sich, ob es dieselbe Murmel war, in welcher Protaris schlafen sollte, doch sogleich verwarf sie den Gedanken wieder. Sie hätte es gespürt.

Schritte hinter ihr.

Sie blieb stehen. Fink. Sie wartete, bis er heran war. »Was willst du?«

»Was wohl?«, rief er atemlos. »Dich begleiten.«

»Nein.«

»Jetzt komm schon. Wir gehören zusammen. Wie Rüben und Petersilie. Wie Luft und Schiff. Wie Pflasterstein und …«

»Nein.«

»Ich sage dir …«

Fiora senkte den Klingenstab, setzte Fink die Spitze auf die Brust. »Kehr um.«

»Fiora, ich …«

Sie wirbelte den Stab herum, versetzte Fink mit dem stumpfen Ende einen Stoß, dass er rücklings in die Kanalbrühe fiel. Bis zum Scheitel besudelt, tauchte er wieder auf, japste nach Luft.

»Ich bringe Unglück über jeden, der mir wichtig ist.« Bitter beobachtete sie, wie er versuchte, sich aus dem Kanal zu hieven. »Geh. Vergiss mich.« Sie selbst fröstelte von der Kälte in ihrer Stimme.

Fink wagte kein Wort mehr, und als sie ging, folgte er ihr nicht.

Sie kletterte aus dem ersten Schacht, den sie entdeckte, und fand sich am Rand eines großen Marktes wieder. Zahlloses Volk drängte sich lärmend zwischen den Ständen hindurch, feilschte, stritt, fluchte, kaufte. Maden, Eiweißriegel, Kohl, aber auch Kräuter, Flaschen, Stoffe und vielerlei andere Dinge waren so hoch gestapelt, dass die Tische sich durchbogen unter dem Gewicht.

In einem Hof etwas abseits des Trubels entdeckte Fiora eine rote Droschke. Fink hatte behauptet, Droschken, die rot lackiert waren, ließen sich kurzfristig mieten. Das Tor zum Hof war offen. Kurz entschlossen trat Fiora hindurch. Neben einem kleinen Schober entdeckte sie den Kutscher, der seinem Pferd einen Futtersack hinhielt.

»Verzeiht, Herr, seid Ihr frei?«

Der Mann sah auf. »Wenn du zahlen kannst?«

»Ich habe zwei Kupferstücke.«

Er musterte sie argwöhnisch. Das Kleid von Mara, das Fiora immer noch trug, hätte sicher eine Wäsche vertragen. »Wo willst du denn hin?«

»Gloria.«

Der Mann stutzte. »Hast du Mulsa gekaut?«

»Zum Palast des Gottkönigs«, fügte sie hinzu.

Wie zur Abwehr hob er eine gichtige Hand. »Nein, du bist nicht wahnsinnig.« Erkennen flackerte in seinem Blick. »Du bist eine Dunkle.«

»Ich gebe Euch zwei Kupferstücke.«

Der Kutscher packte hastig sein Pferd am Zaumzeug, zog es mitsamt Wagen aus dem Hof. Mit zusammengepressten Lippen sah Fiora ihm nach. Sie hatte nicht erwartet, dass es einfach werden würde. Doch dass der Mann gleich das Weite suchte?

Ihre Brille lag noch im Bunker, sie würde sich eine neue kaufen müssen. Auch einen Schal. Die Menschen in Metropolis schienen ihr Gesicht in der Regel nicht zu verbergen, aber ein paar wenige Verhüllte hatte Fiora gesehen – besser, als ihre dunkle Haut zu zeigen, war es allemal. Hoffentlich reichte das Kupfer.

Sie war im Begriff, den Hof zu verlassen, als zwei Stadtwachen in grüner Uniform durchs Tor traten. Eine Frau mit einem schmalen Gesicht und einer dünnen langen Nase, ein Mann mit breitem Mund und abstehenden Ohren. Beide trugen Kürass, Säbel und Pistolen.

»Wie ist Euer Name?«, fragte die Frau mit befehlsgewohnter Stimme.

»Fiora.«

»Wo kommt Ihr her?«

»Ischgar.«

»Ihr seid eine Dunkle?«

»Ich weiß nicht, wovon Ihr sprecht.«

»Ihr habt einen Bürger unserer Stadt bedroht.«

»Ich habe niemanden bedroht.«

»Außerdem ist es verboten, in Metropolis Langwaffen zu tragen. Habt Ihr eine Genehmigung?« Die Frau zog das Tor hinter sich zu. Der Hof war nicht einsehbar.

»Pistolen sind auch verboten«, ergänzte der Mann.

»Wie komme ich nach Gloria?«

Die Wachen sahen einander verdutzt an. Dann lachten sie,

kurz und scharf. »Niemand kommt nach Gloria«, sagte der Mann.

»Unrechtmäßiger Waffenbesitz macht zwei Silber pro Waffe, also vier Silber insgesamt«, sagte die Frau und kratzte sich die lange Nase.

»Und die Waffen musst du natürlich abgeben«, ergänzte der Mann.

»Ich habe keine vier Silber.«

»Das ist ja eine Überraschung«, sagte die Frau.

»Dann wirst du deine Schulden wohl abarbeiten müssen.« Die Lippen des Mannes verzogen sich zu einem breiten, bösen Grinsen. Er griff nach dem Stab. Bevor er ihn zu packen bekam, trat Fiora einen Schritt zurück.

»Widersetz dich, und du wirst es bereuen«, sagte die Frau.

Der Mann versuchte erneut, ihren Stab in die Hände zu bekommen, Fiora wich aus. Sein Grinsen verschwand. Augenscheinlich gefiel ihm das Spiel nicht mehr. Er zog seinen Säbel. »Ich werde dir Manieren beibringen.« Schon drang er auf sie ein. Fiora wich aus. Die Frau zog ihre Pistole. Fiora ließ die Klinge kreisen, schlug der Frau die Hand ab, zerschnitt dem Mann die Kehle. Röchelnd stürzte der Mann in den Dreck, die Frau starrte ungläubig auf ihren Armstumpf, aus dem stoßweise das Blut quoll.

»Wie komme ich nach Gloria?«, fragte Fiora. Eine seltsame Ruhe hatte sie erfasst. Wie oft hatten Menschen ihretwegen gelitten und Fiora mit ihnen? Diesmal jedoch war etwas anders – diesmal fürchtete Fiora das Leid nicht.

»Fahr zum Teufel, Verfluchte.«

Fiora schlug der Frau die Beine weg, dass diese auf dem Rücken aufprallte. Hielt ihr die Klinge an den Hals. »Gloria? Sprich.«

»Niemand kommt nach Gloria«, presste die Frau hervor.

»Wie empfangt Ihr Eure Weisungen?«

»Anshelm erteilt sie uns. Der Obrist.« Aus dem Augenwinkel schielte die Frau nach ihrer abgeschlagenen Hand. »Du hast die Wache angegriffen«, ihr Gesicht war weiß geworden, »du wirst in der Hölle schmoren, Dunkle.«

»Nach dir«, sagte Fiora und stach zu.

Eine Viertelstunde später hatte Fiora die Leichen in den Schober gezerrt und mit einem Strohbündel die Blutspuren einigermaßen verwischt. Beide Wachen trugen am Gürtel Geldbörsen, die sie einsteckte. Dann legte sie die Uniform der Frau an und stülpte als Letztes den Kürass über. Niemand hatte sie gestört. Sie schloss den Schober und ging.

Auf dem Markt kaufte sie eine Hose, ein Hemd und einen Mantel mit Kapuze. Außerdem Brille, Schal, Wasserschlauch, Eiweißriegel und einen Beutel, in welchen sie die Kleidungsstücke sowie ihre restlichen Einkäufe stopfte. Das eingetrocknete Blut an Kragen und Ärmel der Uniform war nicht zu verkennen, doch mit geschäftstüchtiger Zurückhaltung vermieden die Händler jede Bemerkung.

»Seid Ihr verwundet?«, fragte eine Kinderstimme. Ein vielleicht zehnjähriges Mädchen saß mit baumelnden Beinen auf einem Fass und musterte sie neugierig.

»Nein, das ist nicht meines«, erklärte Fiora rasch. »Sag mal, weißt du, wo die Hauptwache ist?«

»Aber ganz bestimmt weiß ich das, Frau Soldatin. Soll ich was ausrichten?«

»Kannst du mich hinführen? Ich gebe dir ein viertel Kupferstück dafür.«

Das Mädchen legte mit einer Würde den Kopf schief, wie nur Kinder es vermochten, die erwachsen spielten. »Kennt Ihr den Weg nicht, Frau Soldatin?«

»Ich bin neu hier.«

»Na gut.« Das Mädchen sprang von seinem Fass. »Für ein halbes Kupfer.«

Die Hauptwache erwies sich als eine steinerne Festung mit massiven Ecktürmen und kleinen, vergitterten Fenstern. Sie befand sich im Zentrum der Stadt, an einem Platz, von dem zahlreiche große Straßen abgingen. Vom Schatten einer Seitengasse aus beobachtete Fiora die Szenerie. Es herrschte enormer Verkehr, von allen Seiten drängten die Menschen herbei, schoben und drückten, begleitet von ununterbrochenem Fluchen und Gezeter. Eine leichtsinnige Kutscherin hatte ihr Pferd in die Menge gelenkt, es scheute. Mit der Peitsche versuchte die Kutscherin, es zu bändigen.

Die sechs Wachen vor der Festung bildeten keinen Vergleich zu den übrigen, die Fiora bisher gesehen hatte. Sie trugen zwar dieselbe grüne Uniform, aber stramm und stolz standen sie da, mit geschulterten Gewehren und glänzenden Helmen.

Sie musste nur zwei Minuten warten, da näherte sich ein Trupp Soldaten von der anderen Seite des Platzes. Fiora drängte sich durch die Menge, ließ den Trupp vorbeiziehen und lief ihnen hinterher. Sie erreichten die Festung. Nach einem kurzen Austausch von Begrüßungsfloskeln zog eine der Wachen die Tür auf. Die Soldaten marschierten in die Festung, Fiora folgte.

»He, du.«

Sie erstarrte. Eine der Torwachen winkte sie zu sich. »Was ist das für eine Waffe?«

»Banditen.« Sie zeigte auf das eingetrocknete Blut in ihrem Ärmel. Alles oder nichts. »Wir sind in einen Hinterhalt geraten. Einer hatte diesen Stab dabei.«

»Wo?«

»Achter Bezirk.«

»Unglaublich. Dann ist inzwischen nicht mal mehr der achte sicher. Du erstattest Report?«

»Ist der Obrist zugegen?«

»Dürfte sich in seinem Büro befinden.«

Fiora nickte zum Dank und betrat die Festung. Das gedrungene Äußere hatte getäuscht, sie gelangte in eine breite Halle mit hoher, luftiger Decke. Der Steinboden war sauber gefugt, geschwungene Leuchter strahlten von den Wänden. Links und rechts führten Treppen nach oben. Der hintere Teil der Halle war durch eine lange Theke abgetrennt, hinter der in strenger Ordnung ein Bücherregal neben dem anderen stand. An der Theke selbst saßen Uniformierte, über dicke Folianten gebeugt, Bleistifte in den Mundwinkeln oder hinterm Ohr. In der Mitte des Raumes stand eine Statue, die einen Krieger zeigte, der in nachdenklicher Pose auf einem Thron saß. Fiora erinnerte sich an die Statue, zu der Fink sie geführt hatte. Wie dort waren auch bei dieser die Züge denen von Argenteus nachgebildet. Unschlüssig sah Fiora sich um.

Der Uniformierte, der ihr am nächsten saß, blickte auf. »Kann ich dir helfen?« Er trug ein Monokel, das mit einer Kette gesichert war, die in der Brusttasche seiner Weste verschwand.

»Wo finde ich den Obristen Anshelm?«

»Du bist neu hier?« Seine Glatze schimmerte im Licht der Wandleuchter.

»Ja.«

»Was willst du von ihm?«

Zeige dich schwach, wenn du überlegen bist, hatte Faradas zu sagen gepflegt, ansonsten zeige dich stark. »Ich habe eine Nachricht von Kubus«, sagte Fiora.

Dem anderen fiel das Monokel aus dem Auge.

»Es ist dringend.«

Der Glatzkopf griff nach seinem Monokel, setzte es fahrig wieder ein. »Im Ernst?«

Fiora hatte Faradas verloren. Sie hatte Mara verloren. Sie hatte keine Angst mehr. Ihre Stimme war fest. »Sehe ich aus, als ob ich zu Scherzen aufgelegt wäre?«

Mit offenem Mund starrte ihr Gegenüber sie an. »Ich führe dich.« Er sprang auf, klappte ein Stück der Theke zur Seite, sodass ein Durchgang entstand. »Die Waffen kannst du direkt hierlassen.«

Sie reichte ihm die Pistole. »Der Stab ist Teil meiner Botschaft. Er ist für den Obristen bestimmt. Und nur für ihn.«

Der Mann rieb sich den Schädel. Fiora fürchtete bereits, sie hätte es übertrieben. Doch dann wandte er sich zur linken der beiden Treppen und gebot ihr, ihm zu folgen. Während er zwei Stufen auf einmal nahm, fragte er über die Schulter: »Woher kommst du?«

»Ischgar.«

»Ah, deshalb. Ich will nicht taktlos sein, aber deine Haut – du könntest fast als eine Dunkle durchgehen.«

»Das höre ich öfter.«

Im ersten Stock war die Decke niedriger, dafür waren die Wände mit Gemälden tapeziert. Der Kahlkopf führte Fiora in einen kleinen Vorraum, der von der kunstvoll geschnitzten Holztür auf seiner Rückseite dominiert wurde. Er klopfte.

»Herein«, brummte jemand.

Bevor er die Klinke drückte, besann er sich, sah sich zu Fiora um. »Wie heißt du?«

»Fio.«

Er öffnete die Tür. »Verzeiht die Störung, Herr Obrist.« Er drehte sich noch einmal nach Fiora um, warf einen Blick auf ihre Schulterstücke. »Korporal Fio für Euch.«

»Wer?«

»Sie sagt, sie hat eine Nachricht vom Gottkönig.«

Fiora hielt ihren Klingenstab fest in der Hand. Nur Erfolg adelte Dummheit zu Mut.

»Soll reinkommen.«

Der Kahlkopf wich zur Seite, Fiora trat in einen Raum, dessen Wände von Bücherregalen verdeckt wurden, der Boden war vollständig mit gelbem Teppich ausgelegt. Hinter einem mächtigen Schreibtisch saß jemand, doch Fiora konnte sich nicht darauf konzentrieren. Gebannt starrte sie auf ein kleines Podest, das neben dem Schreibtisch stand. Es ging in eine steinerne Schale über, und aus dieser Schale plätscherte – Wasser.

Obrist Anshelm markierte etwas auf einem Dokument, um es anschließend säuberlich auf einen Stapel weiterer Dokumente zu legen. Dann erst sah er auf. Es handelte sich um einen Mann mit kurzem grauem Haar und hellen Augen. »Ein Springbrunnen«, erklärte er gleichmütig. »Die kleinen Annehmlichkeiten, mit denen guter Dienst belohnt wird.«

»Was für eine Verschwendung.«

Anshelm wurde ernst. »Was kann ich für Euch tun, Korporal?«

»Ich habe eine Botschaft für Euch, Herr Obrist.« Leichthin warf Fiora den Klingenstab auf den Schreibtisch. Wenn du nicht weißt, ob du über- oder unterlegen bist, hatte Faradas gesagt, zeige dich gleichgültig.

Der Obrist nahm den Stab, begutachtete ihn von allen Seiten. »Ich bin ganz Ohr.«

»Die Botschaft ist nur für Euch bestimmt.« Fiora nickte in Richtung des Kahlkopfs.

Anshelm winkte, der Kahlkopf entfernte sich. Nachdem Fiora hinter ihm die Tür geschlossen hatte, trat sie an den

Schreibtisch. Abgesehen von mehreren Aktenstapeln beherbergte dieser einen aufgeschlagenen Folianten, Stifte, zwei Federhalter, ein Tintenfass, ein Lineal, Notizzettel, einen Zierdolch in seiner Halterung, Siegelwachs, Siegelstempel, Wasserkaraffe und Glas. Alles war in schauderhafter Übersichtlichkeit angeordnet. Fiora griff nach dem Siegelstempel, sah ihn sich an. Vier Türme unter einem Baldachin. »Hübsch.«

Die Augen des Obristen blitzten lauernd. »Du bist nicht von Kubus geschickt worden.« Noch immer hielt er den Klingenstab in Händen.

»Nein.« Sie warf den Siegelstempel zurück auf den Schreibtisch.

»Wer bist du?«

»Niemand.« Sie nahm den Dolch aus seiner Halterung.

Der Obrist schob seinen Armstuhl zurück, stand auf. Seine Uniform war aus gelbem Samt, ein Degen hing an seiner Seite. »Was willst du?«

»Von wem empfangt Ihr Eure Befehle?« Der Griff des Dolches war vergoldet und mit feinen Gravuren versehen. »Gibt es eine Bürgermeisterin? Einen Stadtrat?«

Ihr Gegenüber lachte verächtlich. »Wozu sollte das gut sein? In Terramea herrscht nur einer, und von ihm empfange ich meine Befehle.«

»Ich will nach Gloria.« Die Klinge war beidseitig geschliffen und blank wie ein Spiegel.

»Du bist wahnsinnig.«

Düster drehte Fiora die Klinge, betrachtete ihr Ebenbild. Die Züge waren hart, die Augen, die ihr entgegenblickten, wirkten gefährlich, unnachgiebig. Auch Maras Züge waren hart geworden, schoss es ihr durch den Kopf.

»Niemand gelangt nach Gloria.«

Sie legte den Dolch zurück in die Halterung. »Hat es schon jemand versucht?«

Der Obrist streckte den Rücken durch, nahm eine Haltung an, die Fiora an Meister Konstantin erinnerte. Wie lang war es her. Herrschaftlich trat er hinter dem Schreibtisch hervor. »Im Namen des Gottkönigs verhafte ich dich. Füge dich oder stirb.«

»Beides nicht.«

Er starrte sie an, mehr verwundert als empört.

Sie musste lächeln.

»Was ist los?«

»Ihr seid so selbstgewiss. Glaubt Ihr, ich hätte nicht mit Eurem Widerstand gerechnet?«

Anshelm legte die Stirn in Falten. Seine Gedanken waren leicht zu erraten – was sollte er von einem unbewaffneten Mädchen zu befürchten haben? Trotzdem wandte er den Kopf zur Tür. Er hatte den Mund noch nicht geöffnet, da war Fiora bei ihm, entriss ihm den Klingenstab, stieß ihn von sich. Doch es war nicht der erste Kampf, den der Obrist bestritt. Noch während er rückwärts stolperte, zog er seinen Degen. Alle Nachlässigkeit war aus seinen Gliedern gewichen. Mit einem schnellen Schritt brachte er den Schreibtisch zwischen sich und Fiora.

Wieder versuchte er, nach Verstärkung zu rufen, doch Fiora setzte ihm nicht nach. Mit stechender Klarheit spürte sie, wie die Luft seine Lungen füllte, wie sein Zwerchfell sich spannte, die Luft nach oben drückte, die Luftröhre hinauf, den Stimmbändern zu, wie seine Kiefermuskulatur zu arbeiten begann, seine Lippen sich öffneten, seine Zunge den ihr bestimmten Platz einnahm, bereit, den entscheidenden Laut zu formen.

Still, befahl Fiora.

Und die Stimmbänder schwangen nicht, zischend glitt die Luft zwischen ihnen hindurch. Die Verstörung in Anshelms Gesicht währte nur einen Wimpernschlag, dann atmete er erneut ein, presste die Luft seine Luftröhre hinauf, öffnete den Mund, bereit zum Schrei. Doch die Stimmbänder schwiegen noch immer. Sprachlos starrte Anshelm Fiora an.

Sie trat auf ihn zu. Mit schreckgeweiteten Augen ließ er den Degen fallen. Sie hätte nicht zu sagen vermocht, ob auch dies auf ihren Befehl hin geschah. Es war nicht von Belang. »Gloria«, sagte sie, und sie hörte ihre Stimme, wie Anshelm es tat – furchtbar und erbarmungslos. »Wie komme ich dorthin?«

Alles Blut war aus seinem Gesicht gewichen. »Geh der Sonne entgegen.« Jedes Wort bereitete ihm Schmerzen, und Fiora fühlte mit ihm. So dürftig die Antwort war, die sie erhalten hatte, wusste sie doch, sie würde keine bessere bekommen. »Danke«, sagte sie.

Ermattet sank der Anführer der Stadtwache von Metropolis zu Boden. Blut lief ihm aus den Ohren. »Was bist du?«, ächzte er.

»Ich bin eine Dunkle«, sagte Fiora. »Und ich diene Protaris.« Sie schwang ihren Stab gegen ihn; mit der flachen Seite der Klinge schickte sie ihn in die Bewusstlosigkeit.

27. Kapitel

Vor der Tür wartete der Kahlkopf. Fiora erklärte, dass der Obrist bis auf Weiteres nicht gestört werden wolle. Der Kahlkopf zögerte, dann führte er sie nach unten. Sie erhielt ihre Pistole zurück, unbehelligt trat sie aus dem Gebäude. In einer schmuddeligen Seitengasse legte sie den Kürass ab, schälte sich aus ihrer Uniform und schlüpfte in die unscheinbare Kleidung, die sie am Markt gekauft hatte. Uniform und Kürass warf sie über ein Mäuerchen, dann schlug sie die Kapuze ihres Mantels hoch und wandte sich nach Süden. Sie hatte genug Sandstürme erlebt, um auch bei verdeckten Sternen die Himmelsrichtungen bestimmen zu können.

Wie betäubt hastete sie durch Metropolis. In den größeren Straßen der Stadt schien das Gedränge nie zu versiegen. Fiora wählte die Nebenwege, zügelte ihre Schritte gerade so weit, dass sie nicht offenkundig verdächtig wirkte. Geh nach Süden. Ein denkbar ungenauer Hinweis. Doch weder hatte sie einen besseren Plan noch die Zeit, einen zu ersinnen. Sie hatte keinen Schimmer, was soeben geschehen war. Aber es war klar, dass die ganze Stadtwache hinter ihr her sein würde. Und vermutlich würde es nicht lange dauern, bis auch die Luftschiffe wieder kreisten.

Die Nacht war fortgeschritten. Fiora überlegte, ob sie sich den Tag über in Metropolis verstecken sollte. Doch mit jeder

Stunde war es wahrscheinlicher, dass der Gottkönig von Anshelm Warnung erhielt. Wenn ihre Suche nach Doctrix überhaupt Erfolg versprach, dann nur, solange sie das Überraschungsmoment auf ihrer Seite hatte. Sie ballte die Fäuste. Warum nur hatte sie den Obristen am Leben gelassen? Wenn die Gegner keine Nachsicht zeigten, hatte Carvon gesagt, könne man sich auch selbst keine erlauben. An jenem Tag hatte Fiora widersprochen. Jetzt rächten sich ihre Skrupel.

Nein, sie musste noch in der Nacht Metropolis verlassen. Vielleicht gereichte der Morgen ihrer Flucht sogar zum Vorteil. Sie war geübt darin, bei Tage zu reisen. Die Mitglieder der Stadtwache hingegen verbrachten ihr Leben unter einer Decke aus schwarzem Qualm, womöglich hatten sie noch nie die Sonne gesehen. Die nächsten Stunden würden entscheidend sein. Sie wusste nicht, wie man die Maschinenwagen bediente. Wenn sie vor Tagesanbruch eingeholt werden würde, wäre sie verloren. Sie brauchte ein Reittier. Sie setzte ihre Brille auf, wickelte sich den Schal ums Gesicht. So vermummt, wagte sie sich zurück auf eine der großen Straßen. Bald sah sie eine rot lackierte Kutsche. Sie fragte die Frau auf dem Kutschbock, wo sich ein Reittier kaufen ließe, die Kutscherin wies ihr die Richtung zu einem Viehmarkt.

Der Markt war günstigerweise am südlichen Stadtrand gelegen, Fiora roch ihn lange, bevor sie ihn sah. Das Geschrei von tausend Kaufleuten vermischte sich mit dem Blöken von Schafen und Kamelen, dem Meckern von Ziegen, dem Brüllen von Ochsen, dem Schnauben von Pferden. Noch nie hatte sie so viele Tiere auf einem Fleck gesehen. Eine Händlerin mit riesigen Ohrringen zog gerade einem tiefschwarzen Hengst den Sattelgurt fest. Fiora ging auf sie zu und zeigte die Münzen, die sie den beiden Gardisten abgenommen hatte. Die Händlerin lachte nur.

Fiora zögerte. Sie brauchte ein Pferd. Aber die Händlerin einfach niederzuschlagen, brächte sie nicht weit. Zwischen den Höckern einer Kamelherde entdeckte sie ein Grün, das sie inzwischen oft genug gesehen hatte, um es der Stadtwache zuzuordnen. Die Zeit wurde knapp. Sie zog ihre Pistole.

Die Händlerin wich einen Schritt zurück.

Fiora streckte ihr die Waffe entgegen, den Lauf zur Seite gedreht. »Genügt das?«

Flink ergriff die Händlerin die Pistole, musterte sie eingehend. »Für den Hengst?«

»Und den Sattel.«

»Nur die Stadtwache darf Schusswaffen tragen.«

»Ich komme aus Ischgar. Dort ist es allen erlaubt.«

»Aha«, bemerkte die Händlerin. »Eine eigenartige Form hat das Ding. Was versichert mir, dass es überhaupt funktioniert?«

Fiora schielte nach der Patrouille, die noch immer bei der Kamelherde stand und mit deren Besitzer diskutierte. »Wenn Ihr die Waffe nicht wollt, biete ich sie jemand anderem an.« Sie streckte die Hand aus.

Doch die Händlerin drückte Faradas' Pistole rasch an ihre Brust. »Ich bin keine Büchsenmacherin. Ich muss sie prüfen lassen.«

»Sie funktioniert.« Fiora zog die Ersatzmagazine aus ihrem Gürtel. »Die hier gebe ich Euch obendrauf. Wenn Ihr Euch sofort entscheidet.« Die Patrouille hatte sich wieder in Bewegung gesetzt, kam näher.

»Dreck«, fluchte die Händlerin. »In Ordnung.« Während sie noch die Magazine begutachtete, war Fiora bereits aufgestiegen. Ohne noch einen Blick auf die Soldaten zu werfen, lenkte sie den Hengst in die entgegengesetzte Richtung und brachte ihn mit einem Zungenschnalzen zum Traben. »Er heißt Amadeus«, rief die Händlerin ihr hinterher.

Fiora hatte noch nie ein Pferd geritten, aber die Erfahrung mit Faradas' Kamelen genügte, um zurande zu kommen. Bis zum Südtor war es nicht weit, nach ein paar Minuten hatte sie es erreicht. In Anbetracht dessen, dass die Stadtmauern keinen entschlossenen Feind abhalten würden, bedeutete auch das Tor mehr Zierde als Schutz. Auf seinem Bogen thronte eine gekrönte Büste. Wieder erkannte Fiora das Gesicht – Argenteus, nicht Kubus. Das Gedränge war schlimmer als irgendwo sonst. Aber auch wenn Fiora einen weniger beachteten Durchgang gefunden hätte, wäre sie dort vermutlich nur gründlicher kontrolliert worden. Sie hätte versuchen können, das Pferd zurückzulassen und an einer unbeobachteten Stelle über die Mauer zu klettern – aber in der aschenen Ebene wäre selbst eine einzelne Person meilenweit zu sehen.

Verunsichert von der Masse an Menschen, bockte Amadeus. Schnell sprang sie ab, führte ihn am Zaumzeug. Trotzdem kostete es sie alle Aufmerksamkeit, ihn zu beruhigen. Zu spät bemerkte sie, dass die Wachen am Tor jedem, der die Stadt verließ, gründlich auf den Zahn fühlten. Umzukehren war unmöglich, rücksichtslos wurde sie weitergeschoben. Notdürftig verbarg sie den Klingenstab unter ihrem Mantel, indem sie ihn sich senkrecht an die Seite drückte.

»Du.« Eine der Wachen verstellte ihr den Weg. Ein grobschlächtiger Hüne mit aufgerissenen Mundwinkeln. »Wo willst du hin?«

»Mein Pferd ausreiten. Ich habe es frisch gekauft und will es testen.«

»Zeig dein Gesicht.«

»Ich kann nicht«, sagte sie mit einem beflissenen Lächeln und schwang sich in den Sattel.

»Weg vom …« Der Hüne unterbrach sich, er hatte den Klingenstab unter ihrem Mantel erspäht. »Alarm!« Die anderen Wachen wandten sich um. Der Hüne zog seine Pistole. Auch die übrigen Wachen griffen zu ihren Waffen. Fiora ließ den Klingenstab kreisen, verschaffte sich Platz. Der Hüne wollte schießen, sein Finger lag bereits am Abzug – und krümmte sich nicht. Fiora galoppierte los.

Einen Moment später überwand der Hüne seine Lähmung, auch die Schüsse seiner Kameraden knallten. Doch Fiora war bereits zu weit entfernt. Wirkungslos schlugen die Kugeln hinter ihr ins Pflaster.

Es war nur der Anfang.

Noch anderthalb Stunden bis Sonnenaufgang. Viel zu lange. Am Hals des Hengstes glänzte der Schweiß. Vereinzelt säumten Fabriken den Weg, aber sich in einer solchen zu verstecken, schien Fiora wenig erfolgversprechend. Sie warf einen Blick über die Schulter, sah die Staubfahnen, die ihre Verfolger aufwirbelten. Auf ihren ratternden Maschinenwagen stürmten sie heran, stählerne Monster, die niemals müde wurden.

Am Horizont, abseits der Straße, zeichnete sich eine Erhebung ab. Die ascheschwere, diesige Luft erlaubte bloß eine verschwommene Sicht, aber Fiora hatte keine Wahl. Nur in unwegsamem Gelände hätte sie eine Chance, ihre Verfolger abzuschütteln. Zumindest, solange der Himmel frei von den Luftschiffen der Palastgarde blieb.

Sie hatte gehofft, der sandige Boden könnte die Wagen bremsen, doch schon hörte sie das Heulen der Motoren. Die Erhebung nahm die Umrisse einer Felsformation an. Kein echtes Gebirge, aber in der spiegelglatten Ebene, aus der die Felsen ragten, wirkten sie dennoch gewaltig. Amadeus schäumte das Maul. Nur bis zu den Felsen, flüsterte sie dem armen Tier zu, nur eine Meile noch. Sie hob sich aus dem Sattel, um Amadeus jede Erleichterung zu geben, die ihr möglich war. Nach ihren Verfolgern sah sie sich nicht mehr um, das Gejaule der Motoren verriet genug.

Eine halbe Meile noch. Steil und scharfkantig stiegen die Felsen vor ihr auf. Manche lehnten aneinander, andere ließen schmale Scharten frei. Fiora trieb ihren Hengst auf eine der Scharten zu. Würden die Maschinenwagen hindurchpassen? Der Untergrund wurde uneben, steiniger. Der Hengst stolperte, fand sein Gleichgewicht; verbissen drückte Fiora ihm die Fersen in die Flanken.

Schüsse knallten, pfiffen an ihr vorbei. Sie beugte sich nach vorn, zweihundert Schritt noch, hundertfünfzig, hundert. Unter ihr flehte Amadeus um Gnade, Fiora hörte nicht hin. All ihre Kräfte waren darauf gerichtet, den Spalt zwischen den Felsen zu erreichen, fünfzig Schritt noch, dreißig.

Amadeus stolperte wieder, stürzte, Fiora rollte sich ab. Was sie Amadeus angetan hatte, würde sie bereuen, ihr Leben lang. Nicht jetzt. Ohne sich umzusehen, rannte sie weiter. Mehr Schüsse, manche so nah, dass sie den Luftzug spürte. Sie erreichte den Spalt, doch er bot keine Rettung, war breit genug für die Maschinenwagen. Dennoch, weiter. Ihr Herz dröhnte so laut wie die Motoren. Das Gestein war zu glatt, um zu klettern. Hinter sich hörte sie das Krachen der Radachsen, die über den holprigen Boden donnerten. Endlich ein schmalerer Schlitz, sie zwängte sich hindurch, es half nichts, die Wagen fanden einen anderen Weg, ihr Brausen tönte von allen Seiten, hallte zwischen den Felsen wider. Fiora taumelte auf eine hofartige Fläche. Gezackte Steilwände schlossen sie ein. Aus den einzigen beiden Schluchten, durch die sie hätte fliehen können, jagten ihr die Maschinenwagen entgegen.

Fiora wich zurück, stand mit dem Rücken zur Wand.

Die Soldaten sprangen von ihren Wagen, mit den Gewehren im Anschlag umstellten sie Fiora. Es waren bestimmt zwei Dutzend. Selbst wenn sie Faradas' Pistole nicht gegen den Hengst eingetauscht hätte, wäre sie hoffnungslos unterlegen gewesen.

Die Soldaten schienen zu warten. Fiora wagte keine Regung.

Ein weiterer Wagen rollte heran, hielt zwischen den anderen. Jemand stieg ab, halb verdeckt von dem Ring, den die Soldaten gebildet hatten. Erst als er zwischen ihnen hindurchtrat, erkannte ihn Fiora – Anshelm. Er zog sich eine lederne Kappe vom Kopf, ebenso die Brille.

»Im Namen des Gottkönigs verhafte ich dich«, sagte der Obrist der Stadtwache. »Füge dich oder stirb.«

Es gab keinen Ausweg. Fiora fühlte schwer den Klingenstab in ihrer Hand. Faradas' Vermächtnis. Das Letzte, was ihr von ihm geblieben war. Sie war gescheitert. »Es tut mir leid«, flüsterte sie.

»Lass deine Waffe fallen«, forderte Anshelm sie auf, seine Stimme war so beiläufig, als beschriebe er nur eine Formalie.

Fiora presste die Lippen zusammen. Es gab nur noch eine Sache, die sie tun konnte – dafür zu sorgen, dass das wenige, was sie wusste, dem Gottkönig verborgen blieb. Argenteus durfte sie nicht lebend zu fassen bekommen. Sie achtete auf festen Stand, senkte den Klingenstab.

Entgeistert ließen die Soldaten die Gewehre sinken.

»Was soll …«, begann der Obrist, dann stockte auch er. Sein Blick war nicht mehr auf Fiora gerichtet, sondern stieg hinter ihr die Felswand hinauf. Seine Augen weiteten sich, seine Züge entglitten ihm. Die Lederkappe rutschte ihm aus den Fingern.

Fiora hörte ein Knurren über sich, tief und machtvoll.

»Feuer«, forderte Anshelm schwach, seine Stimme klang abwesend, als befände er sich halb im Schlaf. Die Soldaten nahmen zaghaft ihre Gewehre wieder hoch.

Ein Brüllen, das die Erde zum Beben brachte.

Die Soldaten ließen ihre Waffen fallen, wandten sich zur Flucht. Anshelm wollte ihnen Einhalt gebieten, doch keine Silbe schaffte es über seine Lippen. Aus dem Himmel stürzte wie ein Komet ein gewaltiger Schatten – und landete beinahe lautlos. Vier kurze Beine trugen einen lang gezogenen, geschmeidigen Körper mit einem massigen Kopf, der dank seiner königlichen Mähne noch eindrucksvoller wirkte. Darunter blitzte silbern ein Halsband auf. Kor, Bestie der Ödnis, Faradas' Gefährte.

Anshelm war in Fassungslosigkeit erstarrt. Kor hob den Schädel der schwarzen Wolkendecke entgegen, sperrte das Maul auf – zeigte Zähne, die wie Dolche schimmerten – und brüllte erneut. Von den Felsen rieselte der Sand. Anshelm stand noch immer ohne Regung. Erst als seine Fahrerin an ihn heranbrauste, erwachte er aus seinem Traum, kletterte überstürzt auf den Wagen. Die Fahrerin zog an den Steuerhebeln und jagte in den aufgewirbelten Staub derer hinein, die bereits das Weite gesucht hatten.

Die Bestie drehte sich nach Fiora um.

»Kor«, flüsterte sie, trat an ihn heran. Sie hatte vergessen, wie riesig er war. »Du hast mich gerettet.«

Kor senkte das Haupt, witterte am Klingenstab.

Leidvoll legte Fiora ihm die Hand auf die Schnauze. Kor knurrte, doch er ließ es geschehen. »Faradas hat uns verlassen«, wisperte sie. »Wir sind allein.«

Das Monster fletschte die Zähne. Fiora erinnerte sich daran, wie feindselig es ihr früher begegnet war. Seine gelben

Augen schimmerten so gefährlich wie einst. Still wartete sie auf seine Entscheidung.

Die Lefzen sanken herab. Minutenlang zeigte er keine weitere Regung. Schließlich griff Fiora ihm sanft in die Mähne. »Faradas hat mir erzählt, dass du schon einmal eine Gefährtin verloren hast.« Die Strähnen waren dick wie Filz, traurig ließ sie die Finger hindurchgleiten. »Ich kann dir weder Deranim ersetzen noch Faradas.« Ersetzen lasse sich nur das Belanglose, hatte in einem von Meister Konstantins Büchern gestanden, allein in der Vergänglichkeit entwickelten die Dinge ihren Wert. Damals hatte sie die Bedeutung des Satzes nicht erfasst. »Aber ich will herausfinden, weshalb sie sterben mussten.«

Mit einem unheilvollen Knurren wandte Kor den Kopf. Machte einen Satz in die Schlucht, durch die Anshelms Truppe geflohen war. Dort verharrte er, noch immer knurrend. Wartete wohl, dass Fiora ihm folgte. Kaum rannte sie ihm hinterher, schnellte er davon, verschwand zwischen den Felsen. Hinter der nächsten Biegung fand sie ihn wieder, und wieder schnellte er weiter, kaum dass sie ihn sah. Kors Ziel schien die Ebene zu sein. War die Stadtwache zurückgekehrt? Wie hätte sie so schnell Verstärkung ordern können? Bang eilte Fiora Kor nach, fand ihn im Schatten der Spalte, durch die sie in das Felsengewirr gelangt war. Amadeus lag reglos auf dem Flecken, auf dem sie ihn zurückgelassen hatte. Der Anblick brach ihr das Herz.

Dann sah sie das Luftschiff.

Fast direkt über ihr schwebte es, vom Boden der Gondel leuchtete der gezackte rote Kreis der Palastgarde. Aus dem Schutz der Felsspalte heraus beobachtete sie, wie der Kreis größer wurde. Doch etwas stimmte nicht. Während das Luftschiff sank, drehte es sich um die eigene Achse. Erst langsam, dann schneller, die Motoren husteten, Qualm stieg auf. Die Gondel wurde hin und her geschleudert, das Steuerruder am Heck des Ballons weggerissen. Rotorblätter glühten, gingen in Flammen auf. Rasend schnell trudelte das Schiff dem Boden entgegen. Eines der Drahtseile, das die Gondel am Ballon hielt, brach aus seiner Verankerung, dann ein zweites. Die Gondel hing mit der Spitze nach unten, Feuer leckte die Planken hoch. Krieger in schwarzer Rüstung fielen wie Regentropfen, zerplatzten auf dem harten Stein.

Schon folgte ihnen die Gondel selbst, krachte ins Geröll, zog den Ballon hinter sich her. Alles ging auf in einem gewaltigen Feuerball. Fiora presste sich gegen den Fels, dennoch wurde sie von der Hitzewelle erfasst. Ihr ganzer Körper war Feuer.

Einen Wimpernschlag später war der Glutsturm an ihr vorbeigerauscht. Ihr Gesicht brannte, sie tastete danach, erleichtert spürte sie ihre Wangen. Die Gläser der Schutzbrille waren gesprungen. An einem ihrer Ärmel züngelte ein Flämmchen, hastig schlug sie es aus. Sie sah sich nach Kor um. Seine gelben Augen leuchteten aus einem geschützten Winkel, sie hatte nicht wahrgenommen, wie er sich dorthin zurückgezogen hatte.

Ihr nächster Blick galt dem Luftschiff. Wo es abgestürzt war, loderte ein riesiges Feuer. Stahlstreben und andere Trümmer ragten aus den Flammen. In bizarrer Geschwindigkeit fiel der Ballon in sich zusammen, begleitet von unaufhörlichem Platzen und Zischen. Ein beißender Gestank stach Fiora in die Nase.

Ihre Augen schmerzten von der Hitze, doch sie konnte nicht wegsehen. Machtlos wurde sie Zeugin der Zerstörung. Und entdeckte eine Bewegung. Mitten im Feuer, dort, wo die Flammen blau nach oben schlugen, hatte sich etwas bewegt.

Eine Gestalt. Fioras Sinne mussten von der Hitze geschädigt sein. Aber ob sie es glauben wollte oder nicht – mitten im Feuer stand jemand. Eine Frau. Fiora stockte der Atem. Jetzt trat die Frau aus den Flammen heraus. Sie war nackt, vollkommen haarlos, der Körper von statuenhafter Vollendung, von altersloser Schönheit das Gesicht. Die Haut weiß wie Alabaster. Mit einer Leichtigkeit schritt sie über das Geröll, als beträfen sie die Herausforderungen des Untergrunds nicht. Fiora sah sie näher kommen, wollte irgendetwas sagen, tun, doch sie war zu keiner Regung fähig.

»Hallo, Fiora«, sagte das wundersame Wesen.

Fioras Mund war trocken. »Wer bist du?« Ihr gelang nicht mehr als ein Wispern.

Das Wesen lächelte freundlich. »Ich bin Doctrix«, sagte es. »Wie schön, dass wir uns kennenlernen.«

28. Kapitel

Im Norden funkelte die Stadt mit ihren zahllosen Lichtern. Doch auch im Osten begann der Horizont sich zu verfärben, kündigte den Morgen an.

»Ich habe dich gesehen«, murmelte Fiora, noch immer gebannt von der magischen Erscheinung. »Du hast Argenteus begleitet, als er nach Bergquell kam. Damals hattest du Haare.« Ihr Magen wurde flau. »Ihr habt Leif umgebracht. Und Mara entführt.«

»Ich bin nicht wie Argenteus. Niemand ist wie er.« Doctrix' Blick suchte den Himmel ab. »Er wird uns jagen. Wir müssen diesen Ort verlassen.«

»Wohin?«

»So weit weg von hier wie möglich.«

Fiora seufzte. Ihr Leben war eine Flucht. Vor Bergquell war sie geflohen, vor Faradas, vor Mara. Und jetzt also vor Argenteus.

»Bist du bereit?«, riss Doctrix sie aus ihren düsteren Gedanken.

»Gib mir einen Augenblick«, bat sie. Reumütig ging sie die dreißig Schritte zu Amadeus. Er lag halb auf der Seite, der Schweiß in seiner Mähne war noch nicht getrocknet, klebte die Haare an den Leib. Aus dem linken Vorderbein ragte ein Knochen. Der Bauch hob und senkte sich noch, aber die

Augen blicken ins Nichts. Fiora kniete sich neben ihn, legte ihm die Hand auf den Hals. Ein weiteres Wesen, das ihretwegen zugrunde ging.

»Das Pferd ist dir wichtig?«, fragte Doctrix hinter ihr.

»Ich habe ihn kaum gekannt«, gab Fiora zu.

»Du fühlst dich schuldig. Nutze das Gefühl.«

Fiora schüttelte hoffnungslos den Kopf. »Wie denn?«

»Indem du die Dinge nicht hinnimmst.«

Trotz aller Pein musste sie lachen. »Nichts, was ich tue, kann Amadeus retten.«

»Faradas hat dir viel beigebracht«, sagte Doctrix mild, »aber nicht genug.« Sie kniete sich neben Fiora, legte ihrerseits die Hände auf den Leib des Hengstes. »Amadeus heißt du? Ein schöner Name.« Ihre Hände glitten zärtlich über sein Fell. »Du bist ein zäher Bursche, Amadeus.«

Plötzlich flatterten seine Lider, ein kläglicher Laut entrang sich seiner Kehle. »Ruhig, beruhige dich, dir geschieht nichts«, sprach Doctrix sanft auf ihn ein, während ihre Hände weiter über seinen Körper strichen. Ein Schauer durchlief seine Glieder, der Schweif zuckte. Doctrix hielt nicht inne in ihren Berührungen, fuhr über die Schulter und dann zu dem Bein mit dem blutig herausstehenden Knochen. Fiora verkrampfte sich vor mitgefühltem Schmerz. Der Hengst stöhnte, seine Beinmuskeln zitterten, doch er schlug nicht aus.

Stattdessen geschah etwas Unmögliches: Von der Spitze abwärts begann der Knochen sich aufzulösen; zu zerbröseln, als würde er von einer unsichtbaren Hand gemahlen. Geheimen Kräften folgend, rieselte das Pulver zurück in die Wunde, verschwand darin. Alle Muskeln in Amadeus' Leib waren gespannt. Aber noch immer leistete er keine Gegenwehr. Sein dunkel verfärbtes Bein hellte sich auf; wie das Mehl des zerriebenen Knochens wurde das Blut in die Wunde zurückgezogen. Die Wunde schloss sich, das Fell über ihr glättete sich, keine Spur der Verletzung war mehr zu sehen. Und nicht nur das gebrochene Bein schien geheilt, auch die tödliche Erschöpfung war gewichen. Der Hengst rappelte sich auf, stakste durchs Geröll, setzte vorsichtig prüfend seine Schritte. »Zäh bist du, Amadeus«, sagte Doctrix in ihrem tröstlichen Ton, »und tapfer bist du auch.«

»Glühende Erde«, stammelte Fiora. »Du bist eine Zauberin.«

»Sieh, ob er dich aufsitzen lässt.«

Schamhaft trat sie an Amadeus heran, streichelte seine schwarze Mähne. »Ich habe kein Recht auf dich«, flüsterte sie. »Du bist frei, wenn du es willst.« Der Hengst jedoch stand still. Verlegen und dankbar stieg Fiora auf.

Abseits der Straße jagten sie gen Süden. Amadeus schien nicht nur genesen, sondern sogar stärker als zuvor. Mit unerschöpflicher Ausdauer donnerte er über die aschene Ebene. Was Fiora noch mehr verblüffte, war sein Verhalten gegenüber Kor. Ohne das geringste Zeichen von Angst galoppierte er neben der gewaltigen Raubkatze her. Faradas' Kamele waren schon scheu geworden, wenn sie Kor im nächsten Tal gewittert hatten.

Aber so seltsam ihre tierischen Begleiter waren, Fiora beachtete sie kaum. All ihre Aufmerksamkeit wurde von Doctrix gebunden. Wer war diese nackte Frau mit der alabasterweißen Haut, die da vor ihr durch die Wüste stob, schnell wie ein galoppierendes Pferd? Sie musste ein Binar sein – und war doch anders als alle Binare, denen Fiora bisher begegnet war.

Der Feuerdämon erwachte, ließ sein zerstörerisches Auge über die Welt schweifen. Von der Rauchdecke, die Metropolis in immerwährende Dunkelheit gehüllt hatte, waren nur wenige schwarze Schlieren geblieben, die wie Ölfäden durch den Himmel zogen. Einen Schutz vor der Wut des Dämons boten sie nicht. Bald klebte Fiora die Zunge am Gaumen, ihr Wasserschlauch war lange leer; ihre Oberschenkel glühten, ihr Rücken brannte. Eisern hielt sie sich im Sattel. Sie würde nicht um eine Pause bitten, bevor sie bewusstlos in den Sand fiel.

Der Feuerdämon stieg und stieg, war nicht mehr weit von seinem höchsten Punkt entfernt. Amadeus stand der Schaum vorm Maul; trotz des Windes konnte Fiora Kors Atem hören. Sie brauchten bald eine Pause, die Tiere so sehr wie Fiora selbst. Doch ohne Schatten, ohne Wasser würden sie sich nicht erholen – im Gegenteil, vielleicht kämen sie nicht mehr auf die Beine, hätten sie sich erst einmal niedergelassen. In der Ferne zeichneten sich die Umrisse einer Fabrik ab. Erleichtert sah Fiora, dass Doctrix darauf zuhielt. Zahlreiche Schlote ragten aus verschiedenen kastenförmigen Gebäuden, die von einem Metallzaun umringt waren. Kein Qualm stieg empor. Die Anlage musste verlassen sein, was nicht überraschen konnte, wenn man bedachte, wie abgelegen die Gegend war. Doctrix jedenfalls schien sich dessen sicher zu sein; sie zeigte nicht die geringste Vorsicht, während sie dem Tor entgegeneilte. Sie stießen auf eine versandete, rissige Straße, die vermutlich zu der größeren führte, auf welcher Fiora aus Metropolis geflohen war.

Das Tor war mit einer schweren Stahlkette versperrt. Doctrix ergriff das dazugehörige Vorhängeschloss, und ehe Fiora sich versah, sprang es auf. Sie hatte keine Ahnung, welche List Doctrix angewandt hatte, und war zu erschöpft, um zu fragen. Nachdem Doctrix alle hineingelassen hatte, schob sie das Tor zu und hängte das Schloss wieder ein.

»Geht es dir gut?«, fragte sie Fiora, nicht im Geringsten außer Atem. Fiora hingegen fürchtete, dass ihre Beine jeden Moment einknicken würden, so schwach waren sie. Und an Amadeus' Schwanken vermutete sie, dass es ihm ähnlich erging.

Sie standen in einem gepflasterten Hof, der von einer langen Halle beherrscht wurde. Daneben gab es noch zwei kleinere Hallen und mehrere runde Türme. Alles war aus rotem Backstein, alles war baufällig.

»Sind wir hier sicher?«, fragte Fiora zurück.

»Nein«, entgegnete Doctrix. »Heute Abend müssen wir weiter.« Sie schritt auf eine Reihe von rostigen Tanks zu. Sie mussten einmal lackiert gewesen sein, die Reste abgeplatzter Farbe waren zu erkennen. Doctrix ging zum ersten, legte die Hand aufs Blech, ging zum zweiten, zum dritten. Beim vierten blieb sie stehen.

»Bringst du mir die Wanne dort?« Sie zeigte auf ein verbeultes Gebilde, das vermutlich nicht einmal Eindruck geschunden hätte, wenn es nagelneu gewesen wäre. Fiora schleppte das Ding gehorsam herbei, woraufhin Doctrix es unter den Hahn zog, der in den Tank eingelassen war. Sie drehte den Hahn – und es sprudelte Wasser heraus.

Wasser.

Sofort stolperte Amadeus herbei, auch Kor kam näher.

Fiora starrte auf das klare, farblose Wasser, das in die Wanne plätscherte, und war zu keiner geistreicheren Frage in der Lage als jener, die sie bereits zuvor gestellt hatte. »Wer bist du?«

»Ich bin ein Binar. Faradas hat dir von uns berichtet.«

Fiora brannte darauf, zu erfahren, wie Doctrix' Verhältnis zu Faradas gewesen war. Doch das musste warten. »Du bist eine Zauberin.«

»Wie kommst du darauf?«

»In dem Tank war Öl, kein Wasser. Du hast es verwandelt.«

Doctrix lächelte. »Und woher weißt du, dass Öl in dem Tank war?«

Die kleine Frage traf Fiora peinlich unerwartet. »Weil ... weil ...«, stammelte sie hilflos. Sie hatte keine Antwort. Verwirrt starrte sie auf die Wanne, aus der inzwischen auch Kor trank.

»Ich habe dir viel zu erzählen, Fiora.« Doctrix sah sich auf dem Hof um, dann ging sie auf eine der beiden kleineren Hallen zu. »Wir sollten nicht im Offenen bleiben.«

»Sie werden unsere Spuren finden ...«

»Der Wind wird sie verwischen. Komm. «

Fiora füllte rasch ihren Wasserschlauch und hastete hinterher.

Die Halle war größer, als sie von außen gewirkt hatte. Überdies handelte es sich nur um den obersten Bereich eines gewaltigen Hohlraums, der mehrere Geschosse nach unten reichte. Die einzelnen Ebenen waren durch Stahltreppen verbunden. Allerdings wiesen sie keinen richtigen Boden auf, sondern nur einen schmalen Steg, der an der Wand entlangführte und über welchen vereinzelte Plattformen zu erreichen waren. Dazwischen ragten Maschinen auf, groß wie Wohnhäuser. Zahnräder, durch die eine Kutsche hätte hindurchfahren können, Kolben wie Baumstämme, Dampfkessel, in denen Fiora aufrecht hätte stehen können. Die Plattformen waren kaum mehr als Metallgitter und schienen der Kontrolle oder Wartung zu dienen, denn sie befanden sich stets in der Nähe von irgendwelchen Hebeln, Ventilen, Drehknöpfen, Zeigern hinter rundem Glas.

»Wozu dient das alles?«

»Ich weiß es nicht«, entgegnete Doctrix gleichgültig. »Menschengemachte Maschinen. Amadeus.« Der Hengst trottete brav durchs Tor, Doctrix schloss es.

»Was ist mit Kor?«, fragte Fiora.

»Kor versteht sich zu verbergen.«

Die Anlage mit ihren stählernen Ungetümen, ihren Rohren, ihrem muffigen Geruch brachte Fiora ein Bild aus ihrer Vergangenheit zurück, das sie tief verschüttet hatte. »In Bergquell gab es eine verlassene Raffinerie ...« Sie stockte. Alles war wieder da. Das Labor mit den schaurigen Gerätschaften, die Wanne. Das Gesicht von Jeras, dem Minenarbeiter. Seine aufgerissenen Augen. *Töte mich.*

»Was du dort gefunden hast, war das Werk der Sternenmagd.«

»Du weißt es?« Ein kaltes Grauen glitt Fiora den Rücken hoch. Sie musste allen Mut zusammennehmen, die nächste Frage zu stellen. »Bist du die Sternenherrin?«

Doctrix schritt die Fenster ab. Manche waren zerbrochen, auf anderen lag fingerdick der Staub. »Nein.« Sie wischte den Staub von dem Fenster, vor dem sie gerade stand, spähte hindurch. »Die Sternenherrin ist Vergangenheit.«

»Warum weißt du dann davon?«

Doctrix ergriff einen Schemel, klopfte ihn ab und schob ihn ihr zu. »Setz dich.«

Fiora gehorchte.

»Seit dem Abend, an dem du Jeras entdeckt hast, habe ich Mara begleitet ...«

»Du meinst«, unterbrach sie Fiora, »seit Argenteus sie entführt hat. Das war aber Tage später.«

»Nein, seit dem Abend, an dem du Jeras entdeckt hast. Erinnerst du dich an die Rakete, die damals bei euch eingeschlagen ist?«

»Die Spähspinne, das war deine?«

»Nein. Argenteus hat sie geschickt, nachdem Konstantin uns auf dich aufmerksam gemacht hatte.«

»Auf mich?« Fiora verstand gar nichts mehr.

»Du spürst den Strom.«

»Aber wieso?«

Doctrix war zu Amadeus getreten, nahm ihm das Zaumzeug ab. »Faradas hat dir von Protaris erzählt?«

Fiora nickte.

»Hat er dabei die Entwicklung der Naniten erwähnt?«

Sie schüttelte den Kopf.

Während Doctrix den Bauchgurt des Sattels löste, fuhr sie fort: »Protaris ist ein körperloses Wesen, doch seine Existenz ist nicht losgelöst von unserer Welt. Der Strom – die Energie, aus der er besteht – wird in der körperlichen Welt erzeugt. Um in unserer Welt agieren zu können, hat Protaris winzige Maschinen geschaffen, kleiner, als du dir vorstellen kannst. Naniten. Sie schwimmen im Wasser, schweben in der Luft, durchdringen den härtesten Stein. Sie sind überall. Und sie sind millionenfach zahlreicher als alle Sandkörner aller Wüsten zusammengenommen. Ein Netzwerk, das alles durchzieht – es ist dieses Netzwerk, in welchem Protaris seine körperliche Form hat.«

»Aber was hat das mit mir zu tun?«

Doctrix begann, Amadeus' Rücken zu massieren. Offenbar sah sie kein Problem darin, mit nur halber Aufmerksamkeit Fioras Weltbild auf den Kopf zu stellen. »Naniten sind überall, also auch im Menschen. Das menschliche Gehirn funktioniert durch zahllose kleine Stromstöße ...«

»Protaris kann die Menschen steuern?«

»Ja. Aber seit er schläft, haben sich Bionten entwickelt, welche umgekehrt die Naniten beeinflussen können. Wie du.«

Fiora schwindelte. Es war ein Glück, dass sie bereits saß.

Doctrix drehte sich nach ihr um. »Geht es dir gut?«

»Ich muss etwas essen.« Benommen griff Fiora nach ihrem Beutel und zog einen Eiweißriegel hervor. Nach einem Bissen von der geschmacklosen, klebrigen Masse hatte sie genug. Ein weiterer, und sie würde würgen müssen.

»In der Raffinerie ...«, Fiora holte Luft, »warum hat die Sternenmagd Jeras gefoltert?«

Doctrix trat zu ihr. »Aus demselben Grund, aus dem Argenteus deine Schwester entführt hat. Sie wollte die Besonderheit der Menschen besser verstehen.«

»Durch Folter?«

»Sie hat verschiedene Ansätze ausprobiert.«

»Hat Argenteus ...?« Ihr versagte die Stimme.

»Mara ist nichts geschehen.«

Fiora fuhr sich durch die Haare. »Aber warum hat er denn *sie* entführt, wenn ich es war, die er haben wollte?«

»Weil ich behauptet habe, dass sie es ist, die wir brauchen.«

»Wir?!« Fiora sprang auf. »Also machst du doch gemeinsame Sache mit ihm?«

Während sie aufgewühlt Kreise lief, sah Doctrix mehr denn je aus wie eine Statue. »Ich habe für ihn die Menschen erforscht, ja.«

Fiora bebte. »Die Entführungen – das warst du?«

»Er hat mich dazu gedrängt. Und ich habe meine Forschungen aufgegeben. Deswegen verfolgt er mich.«

»Und Kubus?«

»Argenteus hat ihn erschlagen.«

»Aber warum?« Fioras Sinne drehten sich. »Warum habt ihr nicht einfach mit den Menschen geredet?«

»Wir haben mehrere Ansätze verfolgt.«

Ermattet ließ Fiora sich auf ihren Schemel fallen. Griff nach dem Eiweißriegel, führte ihn zum Mund, besann sich rechtzeitig, ließ ihn wieder sinken.

Doctrix stand schweigend vor ihr, sah mit ihrem milden Gesichtsausdruck auf sie herunter. Langsam begann diese Milde Fiora verrückt zu machen. Je mehr sie über Doctrix erfuhr, desto weniger konnte sie die Gefühlsregungen in deren Gesicht für bare Münze nehmen.

»Darf ich noch eine Frage stellen?«, flüsterte sie schließlich.

»Nur zu.«

»Was wolltet ihr mit euren Forschungen herausfinden?«

»Protaris hat uns geschaffen, weil er die Bedeutsamkeit des Lebens nicht auf dieselbe Weise ermessen konnte, wie die Menschen es tun. Er hat gehofft, dass es ihm gelingen würde, indem er menschliches Leben simuliert.«

Fiora nickte nachdenklich. Diese Auffassung hatte Faradas schon geschildert.

»Er hat uns als vergängliche Wesen geschaffen«, fuhr Doctrix fort, »mit Zielen und Bedürfnissen. Trotzdem haben wir keine Bedeutung gefunden. Wir vermuten, Gefühle sind der Schlüssel. Indem wir die Gefühle der Menschen erforschen, hoffen wir, irgendwann unsere eigenen erzeugen zu können.«

Amadeus schnaubte, offensichtlich beleidigt, dass sich niemand mehr um ihn kümmerte. Fiora ging zu ihm hinüber und rieb ihm das Fell ab, wie Doctrix es zuvor getan hatte. »Du hast gesagt, du hast deine Forschungen aufgegeben. Warum?«

»Gefühle sind gefährlich. Ein Binar mit der Macht von Argenteus würde die ganze Welt in Flammen aufgehen lassen, wenn Gefühle ihn trieben.«

Eine Weile strich Fiora still über Amadeus' warmes Fell. Die gleichförmige Tätigkeit half ihr, ihre durcheinanderjagenden Gedanken zu befrieden. »Die Rakete«, kramte sie aus ihrem Gedächtnis einen Faden, der schon fast verblasst war. »Wenn Argenteus die Spähspinne schickte – was hattest du dann mit der Rakete zu tun?«

»Als ich mich entschieden habe, nicht mehr für Kubus zu arbeiten, habe ich einen Teil meines Bewusstseins abgespaltet und auf einen Schwarm Naniten übertragen. Diesen Schwarm habe ich mit der Rakete nach Bergquell gesandt.«

Die Beiläufigkeit, mit der Doctrix es sagte, verschlug Fiora den Atem. »Faradas hat behauptet, Binare seien an ihre Körper gebunden.«

»So hat Protaris uns erschaffen. Aber in der Hoffnung, menschliche Dynamiken zu erzeugen, hat er uns mit unterschiedlichen Eigenschaften ausgestattet, die einem gewissen Zufall unterlagen. Ich zum Beispiel rechne schnell. Und Protaris schläft.«

Fioras Schädel brummte. Sie hatte aufgehört, Amadeus abzureiben. »Weshalb hast du dein Bewusstsein abgespaltet?«, flüsterte sie.

»Ich wollte mehr über dich erfahren.« Seit einer Weile stand Doctrix am selben Fleck, hatte sich kaum geregt. Jetzt sah sie auf. »Ich wollte dich schützen.«

»Wovor?«

»Vor Argenteus. Ich hätte deine Fähigkeiten nicht lange vor ihm geheim halten können.«

»Du hast Mara für mich geopfert?«

»Ich habe ihr zur Flucht verholfen, sobald es möglich war.« Fiora begann wieder, ihre Kreise zu laufen. »Auch Mara spürt den Strom«, sagte sie endlich, zahlreiche Runden später. »Sie beherrscht ihn viel besser als ich.«

Doctrix schwieg.

Fiora hielt inne in ihrer Bewegung, musterte nervös das

rätselhafte Wesen, das reglos vor ihr stand, die weiße Haut schimmernd in der Sonne.

»Faradas hat mich zu dir geschickt ...«, sprach sie endlich den Gedanken an, der das ganze Gespräch über an ihrem Bewusstsein genagt hatte.

»Argenteus ist stark. Ich alleine kann nichts gegen ihn ausrichten.« Die Sonne war so weit gesunken, dass ihre Strahlen durch die zerbrochenen Fenster fielen, Staubflocken wirbelten im Licht. »Ich brauche dich.«

»Was ist in der Kiste?«

»Ein Schlüssel.«

»Wofür?«

»Sobald Argenteus es herausfindet, wird nichts ihn aufhalten können. Die Welt wird brennen. Schlaf jetzt. Mit der Dämmerung reiten wir weiter.«

Ungläubig starrte sie Doctrix an. Doch diese regte sich nicht, blinzelte nicht einmal mehr, während sie aus ihren wimpernlosen Augen Fioras Blick erwiderte.

Widerstrebend krümmte Fiora sich auf dem Betonboden zusammen. Die Welt, die sie zu kennen geglaubt hatte, sollte ein Trugbild sein. Die Welt hinter diesem Trugbild drohte in Flammen aufzugehen. Zwei Schritt entfernt wartete ein stählerner Abgrund. Ein von einem Maschinengott geschaffenes Wesen stand über ihr und sah sie teilnahmslos an. Wie sollte sie da schlafen?

Ein nervöses Schnauben schreckte sie auf. Sie fuhr hoch, schüttelte sich. Düstere Bilder hatten sie im Traum verfolgt, die sie nun nicht mehr fassen konnte. Es war Nacht. Amadeus' Schatten tänzelte am Rand des Lochs, aus dem wie schwarze Riesen die Maschinen ragten. Nirgendwo eine Spur von Doctrix.

Fiora sprang auf, griff nach dem Klingenstab. Mit der freien Hand strich sie Amadeus den Hals entlang, versuchte, ihn zu beruhigen.

»Doctrix?«, rief sie halblaut in die Dunkelheit. Schweigen. »Doctrix?« Mit angehaltenem Atem lauschte sie dem Hall ihres Rufs hinterher. Nichts. Sie versuchte, Amadeus von der Kante wegzulocken, doch er scheute zurück, gelangte nur noch näher an den Abgrund. »Doctrix?«

Ein gedämpfter Schlag, dann ein Knall. Ein Brüllen, doch zu leise, um nah zu sein. Kor? Fiora rannte zum Eingang der Halle. In ihren Haaren knisterte es. Entferntes Donnern. Sie riss das Tor auf, wieder ein Brüllen. Diesmal war sie sich sicher – Kor. Als sie nach draußen hastete, zerriss über ihr ein gewaltiger Peitschenhieb die Nacht, gleißend weiß flackerte der Hof. Fiora wandte den Blick zum Himmel und ahnte bereits, was sie sehen würde: Ein brennendes Luftschiff, in der Mitte halb auseinandergebrochen, krachte in den höchsten der Schlote. Der größere Teil wurde aufgespießt, der Rest löste sich nun vollends ab, stürzte in zwei weitere Schlote, riss diese mit sich; einen Schweif aus Qualm hinter sich herziehend, brach alles durch die Decke der Haupthalle. Inzwischen war auch der erste Schlot geborsten. Erdrückt von seiner Last, stürzte er ein, verging in einer Wolke aus Asche und Schmutz.

Fiora wich in die Halle zurück, da brüllte Kor wieder, zornig und gequält. Ohne sich zu bedenken, richtete sie ihre Brille und rannte los. Die Luft war dick von aufgewirbeltem Staub. Sie sprang über Trümmer, die sie kaum sah, wich glühenden Stahlteilen aus; duckte sich unter einem umgestürzten Stützpfeiler hindurch, ohne sich mit der Frage aufzuhalten, was dieser wohl eigentlich gestützt haben mochte.

Kors Gebrüll war von der Haupthalle gekommen. Auf dem

Weg dorthin eilte Fiora an mehreren leblosen Körpern vorbei, die die schwarze Rüstung der Palastgarde trugen. Von manchen Körpern glommen nur noch verkohlte Überreste. Andere waren zertrümmert, wahrscheinlich vom Sturz, einer war in der Mitte auseinandergerissen worden, womöglich von Kor. Fiora erreichte die Haupthalle. Kor lag davor, halb begraben unter einem der Öltanks. Sein Fell war von dunkelroten Flecken übersät, es mussten Schusswunden sein. Fiora stürmte auf ihn zu, da bemerkte sie eine Bewegung im Schutt der eingestürzten Halle. Eine Soldatin stolperte durch das Trümmerfeld. Ihr rechter Arm fehlte, auch die rechte Hälfte ihres Kopfes – es hielt sie nicht auf. Sie hob das Gewehr, zielte auf Fiora. Fiora dachte nicht nach. Sie hechtete in den Schutz eines gewaltigen Rotorblatts, vermutlich ein Überbleibsel des explodierten Luftschiffs. Eine Salve ratterte über Fiora hinweg, während sie sich der Soldatin näherte. Schon war sie an diese herangekommen, schlug ihr mit dem Klingenstab den Rest des Kopfes ab. Eine zweite Bewegung – noch ein Soldat, aber weniger versehrt als seine Kameradin. Fiora schleuderte ihm den Stab entgegen, knirschend durchschlug der die Rüstung, fuhr dem Soldaten tief in die Brust. Sie rannte zu ihm, um sich ihre Waffe zurückzuholen. Da spürte sie eine neuerliche Bewegung, hinter sich. Sie riss den Stab aus dem Palastgardisten, wirbelte herum.

Doctrix.

Schwarze Schlieren zogen sich über ihren weißen Leib.

»Bist du verletzt?«, rief Fiora erschrocken.

»Das ist nicht mein Blut.« Ihr Blick war auf den Soldaten gerichtet. »Du hast einen Binar getötet.«

»Er hat mich angegriffen.« Genau genommen waren es zwei gewesen. Fiora verzichtete auf den Hinweis.

»Du musst dich nicht rechtfertigen. Ich bin überrascht.«

Sie fasste den Klingenstab ins Auge. »Protaris hat seinen Dienern gefährliche Waffen an die Hand gegeben.«

Fiora schwieg. Sie bemerkte, dass Kor sich regte, wollte nach ihm sehen. »Ich werde dich verlassen«, sagte Doctrix.

Bestürzt hielt Fiora inne. »Was? Warum? Ohne dich bin ich verloren.«

»Nein. Es ist meine Gegenwart, die dich in Gefahr bringt.« Doctrix ging nun ihrerseits zu Kor. Sie flüsterte ihm etwas zu, dann fuhr sie sein Halsband entlang, zog ein kleines Medaillon hervor. Sie reichte es Fiora.

»Was ist das?« Doch da hatte sie das silberne Oval schon erkannt. »Ein Kompass.«

»Ja.«

Befangen klappte sie den Deckel auf. »Faradas hat mir auch mal einen gegeben ...« Sie schluckte. Die Schramme auf der Rückseite, die vergilbte Stelle im Südwesten des Ziffernblattes.

»Es ist derselbe«, sagte Doctrix. »Er wollte, dass du ihn bekommst.«

Fiora war sprachlos. Als sie das Gerät ins Meer geworfen hatte, war sie drauf und dran gewesen, vor Faradas' Welt zu fliehen. Wie fulminant sie gescheitert war.

»Solange du ihn bei dir trägst, werde ich wissen, wo du bist. Wenn du in Gefahr gerätst, zerschlage ihn. Ich werde es spüren und dich finden.«

Noch immer war Fiora zu keiner Erwiderung fähig.

»Flieh nach Süden. Sobald ich mich sicher glaube, werde ich dir folgen.« Sie nickte zum Abschied, dann schritt sie davon in den Nebel aus Staub.

»Warte!«, rief Fiora, die endlich ihre Sprache wiedergefunden hatte. »Was wird aus Kor?«

Doctrix wandte sich noch einmal um. »Du musst ihn zurücklassen.«

»Nein«, stammelte Fiora, »nein. Ich kann ihn nicht aufgeben.«

»Du wirst nicht überleben, wenn du die Einsamkeit nicht erträgst«, sagte Doctrix sanft. »Und egal, was geschieht – suche nicht nach deiner Schwester.« Sie ging, und nach wenigen Schritten schluckte sie der Staub.

Es dauerte anderthalb Stunden, bis Fiora mit der Hilfe von Amadeus und einem Drahtseil den Tank über Kor weggezerrt hatte. Schwer atmend stand sie vor dem riesigen Tier, das ihr selbst liegend bis zu den Schultern reichte. Der Tank musste ihm den Hinterleib zerschmettert haben. Dazu die zahllosen Schusswunden. Die gelben Augen glommen nur noch schwach. Fiora spürte Verzweiflung in sich aufsteigen, zwang sie zurück. Sie versuchte sich zu erinnern, wie sie den Obristen Anshelm zum Schweigen gebracht hatte. Verflixt, sie hatte gar nichts getan. Hatte es sich gewünscht, und es war geschehen. Sie kniete sich neben Kor, legte ihm die Hände auf die Seite, spürte sein Fell, schloss die Augen. Flehte Kräfte an, die sie nicht verstand.

Nichts.

Enttäuscht richtete sie sich auf, suchte seinen Blick. »Fühlst du etwas?«, flüsterte sie ohne Hoffnung. Seine Augen sahen trüb durch sie hindurch.

Denk nach, Fiora. Denk nach. Wie hatte Mara damals in der Kanalisation den Gardisten Sol dazu gebracht, sich selbst zu erschießen? Amadeus schnaubte unruhig. Fiora beachtete ihn nicht, zermarterte weiter ihr Gehirn. Mara hatte es sich nicht einfach gewünscht – sie hatte es befohlen! War es das? Aufgeregt dachte sie zurück an Anshelm. Ja, auch jener war stumm geblieben, weil Fiora ihn dazu gezwungen hatte. Ihre Finger kribbelten. Die Wache am Stadttor, die nicht geschossen hatte. Kein Befehl, aber bestimmt auch keine Bitte. Es reichte nicht, sich Dinge zu wünschen. Man musste um sie ringen.

Sie wandte ihre Aufmerksamkeit wieder Kors verletzter Seite zu. Spürte sein Fell. Ein Prickeln lief ihre Unterarme entlang. Ihre Haare richteten sich auf. Der Strom zitterte, zuckte, sprang durch ihren Körper. Doch diesmal war kein Zufall dafür verantwortlich, kein Binar, keine Mara. Die Kräfte, die Fiora nicht verstand, glitten durch ihre Arme, ihre Finger, strömten in Kors geschundenen Leib. Seine Mähne knisterte, seine Muskeln spannten sich; das geronnene Blut in seinem Fell wurde flüssig, lief zurück in die Wunden, denen es entquollen war. Aus den Einschusslöchern wurden die Kugeln gedrückt. Fiora spürte, wie Kors Rückenwirbel sich neu zusammenfügten, wie seine Nervenbahnen sich verbanden, die Organe sich belebten. Seine Gelenke knackten, er ächzte jammervoll, und Fiora spürte seinen Schmerz.

Irgendwann sank sie zu Boden, von allen Kräften verlassen.

29. Kapitel

Wie Doctrix es ihr aufgetragen hatte, zog Fiora nach Süden. Kor wich nicht von ihrer Seite, und auch Amadeus erwies sich als treuer Gefährte. Sie reisten zwar bei Nacht, was eine Begegnung wahrscheinlicher machte, blieben jedoch abseits der Straßen. Die Landschaft war rau, aber nicht so unnachgiebig wie die Ödnis nördlich der Vierzehn Zinnen. Für Fiora fanden sich Maden und Käfer, für Amadeus genügend Gräser. Was Kor zu sich nahm, wusste Fiora nicht, aber zu jeder Dämmerung entfernte er sich, kam oft erst nach Stunden zurück. Er wirkte weniger feurig als früher, seine Bewegungen schienen bedachter. Äußerlich waren keine Anzeichen seiner Verletzungen zu erkennen, aber Fiora fragte sich besorgt, ob seine Heilung mit einem verborgenen Preis verbunden war.

So wie Doctrix Wasser aus dem Öl gezogen hatte, gelang es Fiora, es aus Sträuchern und Kakteen zu locken. Sie bannte es in ihren Trinkschlauch, um es anschließend ihren tierischen Begleitern einzuflößen. Sie selbst trank erst, wenn sie dunkle Flecken in ihrem Blickfeld bemerkte.

Die Wochen verstrichen. Das Land wurde zerklüfteter, und eines Morgens erreichten sie den Rand eines kolossalen Risses, der vielfach verästelt von Horizont zu Horizont die Erde teilte. Statt zu rasten, ritt Fiora in die aufgehende Sonne hinein. Die Entscheidung erwies sich als glücklich, denn nach einer knappen Stunde fanden sie einen Abstieg, den auch Amadeus gehen konnte. Eine weitere Stunde später erreichten sie den Grund der Schlucht. Es war deutlich kühler als oben auf der Ebene. Der Boden war von Gestrüpp bedeckt, Bäume wuchsen an den Hängen. Fiora beschloss, zu lagern.

Am Abend brach sie wieder auf. Bald entdeckte sie menschliche Spuren. Pfade, verlassene Steinhütten, abgeholzte Baumstümpfe. Die Schlucht gabelte sich regelmäßig, wurde von Seitenarmen durchschnitten. Die Zahl der Bäume nahm zu, schließlich sah Fiora die Rauchsäulen der ersten Siedlung. Sie schlich auf der anderen Seite der Schlucht daran vorbei und auch an zwei weiteren Siedlungen, die sie in den folgenden Tagen erspähte. Doch nach einer Woche trat Amadeus in einen Dorn, der ihn auf drei Beinen humpeln ließ. Und da Kors Zustand sich nicht gebessert hatte, traute Fiora sich nicht, Amadeus einen ähnlichen Heilungsversuch angedeihen zu lassen. Sie stieg ab und führte den Hengst am Zaumzeug, auf der Suche nach einer Höhle.

Es tagte bereits, als Kor den Kopf hob, knurrte. Inzwischen konnte Fiora die Klangfarben auseinanderhalten – es war das Knurren des Jägers, nicht des Gejagten. Sie hatte es richtig gedeutet, denn schon ertönte vor ihnen Ziegengemecker. Rasch scheuchte sie Kor zurück. Um Amadeus vor den Ziegen zu verbergen, war die Stelle zu schmal; Fiora selbst musste wohl oder übel mit dem hinkenden Hengst ausharren.

»Wen haben wir denn da?« Der Zungenschlag der Hirtin war kaum zu verstehen. Sie war noch jung, musste etwa in Fioras Alter sein. In der Hand hielt sie einen knorrigen Stock. Ihre struppigen Haare standen in alle Richtungen ab, umrahmten ein hübsches, pausbäckiges Gesicht. Obwohl sie barfuß lief, wirkte sie nicht verwahrlost, ihr Mantel war aus festem Stoff.

»Eigentlich bin ich nur auf der Durchreise. Aber mein Pferd lahmt.«

Die Hirtin legte den Kopf schief. »Auf der Durchreise? Wohin denn?«

»Zum Meer.«

»Wie du meinst. Wer so weit in den Süden kommt, wird seine Gründe haben. Wie ist dein Name?«

»Fio.«

»Ich bin Auli. Wenn du willst, kannst du erst mal in unserem Dorf bleiben, bis dein Pferd sich erholt hat.«

Fiora zögerte.

»Wirklich, wir freuen uns.« Die Hirtin grinste vergnügt. »Du hast sicher einiges zu berichten.«

Die Dorfgemeinschaft bestand aus zwei Dutzend Erwachsenen und ebenso vielen Kindern. Alle zeigten sich begeistert von Fioras Ankunft. Eine Fremde schien hier der Höhepunkt des Jahres zu sein, bei manchen vielleicht des Lebens. Nun ja, Fiora hatte auch nie einen Fremden gesehen, bevor Faradas mit seinen Kamelen durchs Stadttor geritten war.

Wieder war ihre Kräuterkunde gefragt, doch wie Auli es angedeutet hatte, war man am meisten erpicht auf die Geschichten, die sie mitgebracht hatte. Fiora schilderte Wasser, so weit das Auge reichte, schilderte Berge, die in den Himmel wuchsen, schilderte das rußverhangene Metropolis mit seinen Fabriken, die sich viele Stockwerke hoch türmten, erzählte von Wagen, die von Maschinen angetrieben wurden, von Menschen, die so zahlreich waren, dass man sich Schulter an Schulter durch die Gassen schieben musste. Die Leute hingen an ihren Lippen. Sie bedankten sich mit Feigen, Brot und Ziegenkäse. Aulis Großmutter Brin lud sie ein, so lange zu bleiben, wie sie wollte. Die runzelige Alte mit Haaren über der Oberlippe und friedfertigem Blick war, was einer Dorfvorsteherin am nächsten kam. Als Fiora Auli fragte, wie Brin zu diesen Ehren gekommen sei, meinte Auli: »Sie ist alt.« Mit einem Lachen fügte sie hinzu: »Das reicht bei uns.« Auli schlief in ihrer eigenen kleinen Hütte und bot Fiora an, jene mit ihr zu teilen.

Abends ging Fiora in die Schlucht, um nach Kor zu sehen. Gewöhnlich musste sie ihn nicht einmal rufen; sobald sie außer Sichtweite des Dorfes war, zeigte er sich. Allerdings schien er ihr mit jeder Nacht matter zu werden. Beunruhigt erzählte sie Auli von ihm. Diese sprach mit Brin, und zu Fioras Überraschung hatte die Alte nichts dagegen, ihn ins Dorf zu lassen. Noch verblüffter war sie, als sie sah, wie die anderen Dorfbewohnerinnen und Dorfbewohner aufgeregt herbeirannten, statt zu fliehen; ehrfurchtsvoll standen sie vor dem Ungetüm und schauten mit großen Augen zu ihm hoch. »Niemand hat Angst?«, fragte Fiora ungläubig.

»Warum denn?«, fragte Brin. »Die kleinen Tiere sind gefährlicher als die großen. Skorpione verspritzen tödliches Gift, Fliegen bringen Krankheiten – Ziegen geben Milch.« Fiora hätte Kor nicht mit einer Ziege verglichen, aber wenn das der Grund war, dass das Dorf keine Angst vor ihm hatte, sollte es ihr recht sein. Und auch Kor schien etwas lebendiger zu werden. Nur die Ziegen waren nicht begeistert.

Die Schlucht war so kühl, dass die Leute tagsüber arbeiteten und nachts schliefen. Fiora passte sich an den Rhythmus an, und nach einer ruppigen Übergangsphase fand sie sogar Gefallen daran. Amadeus' Wunde brauchte zwei Wochen, um zu verheilen, doch Fiora war nicht ungeduldig. Im Gegenteil, sie backte Brot mit Brin, sah mit Auli nach den Ziegen, und abends erzählte sie den Kindern Märchen, die sie aus dem hohlen Bauch heraus erfand. Sie konnte sich nicht erinnern, sich jemals so aufgehoben gefühlt zu haben. Als Brin ihr anbot, länger zu bleiben, willigte sie ohne Umschweife ein.

Die Wochen vergingen, wurden zu Monaten. Während Amadeus sich nie weit vom Dorf entfernte, verschwand Kor immer öfter, bisweilen sah Fiora ihn tagelang nicht. Entgegen der Befürchtung Fioras beschwerte sich nie jemand über eine fehlende Ziege; nach wie vor war es ihr ein Geheimnis, wie sich das riesige Raubtier ernährte. Fiora legte eine kleine Pilzzucht an, zog auch Kräuter.

Die Welt lag in Scherben, und Fiora hatte sich eingeredet, etwas daran ändern zu können. Wie hatte sie glauben können, eine Aufgabe zu bewältigen, an der Faradas gescheitert war, Mara? Was sie tun konnte, war, deren Andenken zu ehren. Und vielleicht sogar sich selbst einen Platz im Leben zu schaffen, mit dem sie zurechtkam.

Immer mehr wurde sie zu einem Teil der Gemeinschaft. Ihre dunkle Haut wurde gleichgültig hingenommen – sie war Fio, die Fremde, und das genügte. Über sich selbst verriet sie nichts, und die Leute drangen nicht in sie. Sogar Auli nicht, die ihr im Garten half und auch sonst ihre Nähe suchte, sogar ihre Kleidung mit ihr teilte. Fiora mochte sie. Obwohl die Hirtin nie etwas gekannt hatte als ihr Dorf und die Ziegen, war sie zufrieden mit ihrem Leben, sehnte sich nach nichts, vermisste nichts. In größter Neugier lauschte sie, wenn Fiora von den Wundern der Welt erzählte, doch als Fiora sie fragte, ob sie jemals die Schlucht verlassen habe, schüttelte sie lachend den Kopf, als ob der bloße Gedanke unsinnig wäre. Auli lachte über alles – wenn ihr Mantelknopf verloren gegangen war, wenn sie Fioras Klingenstab betasten durfte, wenn die Großmutter sie zum Essen rief, wenn ein Kind sie an den Haaren zog. Und Fiora, obwohl sie selten den Auslöser verstand, musste einstimmen, so einladend perlte Aulis Lachen, so frei, so ohne Spott.

Die Zeit verflog.

Manchmal vergaß Fiora den ganzen Tag über, warum sie überhaupt hier war, und erinnerte sich erst wieder daran, wenn sie abends auf ihrem Strohsack lag und den Kompass auf ihrer Brust spürte. Aber alles, was sie durchlitten hatte, verblasste in der friedlichen Gleichmäßigkeit ihres neuen Lebens. Dass ein übermächtiges Maschinenwesen im Begriff sein sollte, die Welt zu zerstören, erschien ihr wie eines der Märchen, die sie den Kindern erzählte.

Bisweilen wachte sie schweißgebadet auf, Bilder von brennenden Städten im Kopf, von Leichenfeldern oder Seen von schwarzem Blut. Manchmal gesichtslose Wesen, die Vater sein konnten, Leif, Faradas. Auch Mara erschien in ihren Träumen, immer lebendig, tatkräftig, guten Mutes. Das waren die Nächte, in denen das Erwachen nur schwer zu ertragen war. Aber Fiora hatte weit Schlimmeres ertragen, und so ertrug sie auch das.

Ab und an kam aus einem der Nachbarorte Besuch, und unweigerlich wollte dieser, sobald er von der geheimnisvollen Fremden hörte, einen Blick auf sie werfen. Fiora gab sich dann höflich, aber einsilbig. Sie zeigte Amadeus, und der Besuch vergaß alle weiteren Fragen. Denn Menschen kannte man schon – ein Pferd aber hatte noch niemand gesehen. Kor hielt sich verborgen, und die Dorfgemeinschaft verriet ihn nicht, weil Fiora versichert hatte, er würde unter keinen Umständen aufzuspüren sein. Und niemand wollte das Gespött des Nachbarorts werden, weil er von einem gewaltigen Monster geprahlt hatte, für das sich keine Belege finden würden.

Als Fiora das Hufgetrappel hörte, war sie gerade dabei, das Zwiebelbeet von Unkraut zu befreien. Alarmiert sah sie auf, ließ die Gräser fallen, die sie zuletzt gerupft hatte. Die Schar kam von Osten, zog eine Staubwolke hinter sich her. Der Garten lag etwas abseits auf einem Felsvorsprung, der höher gelegen war als das Dorf selbst; von unten war er nicht zu bemerken. Hinter einen Nussstrauch geduckt, beobachtete Fiora, wie unter ihr die Leute von ihren Arbeiten abließen, aus ihren Hütten traten.

In gestrecktem Galopp preschten die Pferde heran. Fiora zählte sieben Berittene, alle gerüstet. Kein Militär – weder trugen sie Uniformen noch Wappen. An ihren Sätteln schaukelten Streitkolben und Äxte, aber auch Breitschwerter, sogar Armbrüste. Als sie das Dorf erreicht hatten, rissen sie brutal an den Zügeln, zwangen die Pferde zum Stehen.

Neugierig, unbekümmert sahen die Mitglieder der Dorfgemeinschaft zu ihnen auf. Am liebsten hätte Fiora sie alle zurück in ihre Hütten gejagt. Aber jetzt war es zu spät; sie drückte sich tiefer ins Gesträuch und beobachtete bang, wie Brin den Berittenen entgegenhumpelte. Aulis Großmutter wirkte noch winziger als sonst. »Seid unsere Gäste, Fremde.« Sie sagte es gerade laut genug, dass ihre Worte bis zu Fiora drangen. »Was kann unser Ort für euch tun?«

Die vorderste Reiterin ließ den Blick über die Hütten schweifen. »Wenig, wie es aussieht.« Sie hatte das Haar kurz geschoren, an ihrem Gürtel hing eine Pistole. Aber es war ein uraltes Modell mit langem Lauf, vermutlich musste es nach jedem Schuss nachgeladen werden. Ihr Blick blieb an dem umzäunten Bereich hängen, in dem die Ziegen über Nacht gehalten wurden. »Ihr habt Tiere?«

»Nicht viele. Aber wenn Ihr einen Krug frischer Ziegenmilch wollt, bieten wir Euch gerne einen an.«

Fiora biss sich auf die Zunge. Hatte Brin in ihrem ganzen Leben niemals von Banditen gehört?

»Du glaubst, wir sind für Milch da?« Verblüfft sah sich die Reiterin nach ihren Gefährten um. Dann warf sie den Kopf in den Nacken und lachte schallend. Ihre Gefährten stimmten mit ein. Fiora jedoch setzte das Herz aus. Denn als die Frau sich zu ihren Gefährten umgedreht hatte, war Fiora ihre linke Gesichtshälfte ins Auge gesprungen – die schreckliche Brandnarbe, die sich vom Hals bis zum Haaransatz zog, würde sie nie vergessen. Edrina, Leutnant der Blutigen Hunde. Welch böses Schicksal machte es möglich, dass Fiora den Geistern der Vergangenheit nicht entkam, selbst Jahre später, auf der anderen Seite der Welt?

»Wir haben sonst nicht viel«, erklärte Brin demütig. »Feigen, Brot. Selbstverständlich teilen wir auch gern unser Wasser.«

Edrina hörte nicht zu lachen auf. Die Dorfgemeinschaft wurde unruhig, überfordert von der unerwarteten Reaktion. Endlich fing Edrina sich. Ihr Lachen verschwand so plötzlich, wie es gekommen war. »Wir nehmen die Ziegen.«

»Nein«, rief Brin erschrocken. »Ohne die Ziegen werden wir …«

»Lass das Jammern, Alte«, unterbrach sie Edrina. »Wo sind sie?«

»In der Schlucht gen Westen«, stotterte Brin, und Fiora lauschte mit Entsetzen.

»Zum Abend sind sie zurück?« Es war bereits später Nachmittag.

»Ja. Aber wirklich, bitte, Herrin, ich flehe Euch an, wir können nicht …«

»Gut.« Sie drehte sich zu ihren Begleitern um. »Wir warten hier. Schwärmt aus und seht, ob sich sonst noch irgendwas findet, was sich mitzunehmen lohnt.« Zu Brin sagte sie: »Wenn irgendjemand hier glaubt, die Heldin spielen oder die Hirten warnen zu müssen, schneiden wir euch nacheinander die Kehle durch.«

Edrina und ihre Leute waren nur zu siebt gegen zwei Dutzend, aber Fiora machte sich keine Illusionen – die unbewaffnete, friedfertige Dorfgemeinschaft hatte den kampferprobten Schurken nichts entgegenzusetzen. Kor? Befand sich auf einem seiner Streifzüge, sie hatte ihn seit Nächten nicht gesehen, wie sollte sie ihn auf die Schnelle finden? Nein, das Einzige, was sie tun konnte, war, Auli zu warnen. Alle Ziegen würden sie nicht retten können; aber Edrina wusste nicht, wie viele es waren. Fiora könnte zwei oder drei von der Herde trennen, während Auli mit den anderen ins Dorf zurückkehrte.

Vorsichtig glitt Fiora aus ihrem Versteck. Sie musste am Dorf vorbei, um nach Westen zu kommen, auf die andere Seite der Schlucht. Sie hatte den Kräutergarten noch nicht verlassen, da hörte sie das Meckern, das ihre Hoffnungen zerstörte. Die Ziegen waren zurück.

Edrina, die als Einzige ihres Trupps nicht abgestiegen war, drehte ihr Pferd und leckte sich über die dünnen Lippen, während sie beobachtete, wie Auli die Herde zwischen den Hütten hindurchtrieb. »Da kommt unsere Beute ja schon.«

Die Hirtin hob den Stock, murmelte einen verwirrten Gruß, den Fiora auf die Entfernung nicht verstand. Aber sie konnte sich denken, dass Auli früher zurückgekehrt war, weil sie die Staubwolke gesehen hatte. Und statt Gästen aus dem Nachbarort traf sie auf einen waffenstarrenden Trupp Berittener. Die Dorfgemeinschaft, die gerade noch verängstigt verfolgt hatte, wie ihre Hütten geplündert wurden, wandte ihre Aufmerksamkeit nun den Ziegen zu. Ihr wertvollster Besitz.

»Sie wollen die Ziegen haben«, rief Brin jammervoll und eilte Auli entgegen. Sie versuchte, ihre Enkelin an sich zu drücken, aber Auli hielt sie zurück. Bleich sah sie zu Edrina hoch. »Ihr beraubt uns unserer Ziegen?«

»Du hast etwas dagegen?« Edrina sprang von ihrem Pferd. »Du bist so ein schönes Mädchen. Du passt gar nicht in diese hässliche Welt.« Sie zog einen Dolch aus ihrem Gürtel. »Aber heute scheint dein Glückstag zu sein – ich werde dafür sorgen, dass du herpasst.«

Fiora zitterte vor ohnmächtiger Wut. Sie musste etwas tun. Aber was nur? Zu früh einzugreifen, konnte genauso verheerend sein wie zu spät.

»Hauptfrau!« Einer von Edrinas Banditen. Er kam aus Aulis Hütte, und in der Hand hielt er Fioras Klingenstab. »Seht, was ich gefunden habe.«

Edrina steckte ihren Dolch weg, nahm ihrem Schergen den Stab ab. »Das ist aber mal ein Fund.« Sie kratzte sich am Hals. »Ich will verdammt sein, wenn das nicht die Waffe einer Dunklen ist.« Mit einem gefährlichen Lächeln wandte sie sich an Brin. »Die Ziegen sollen eurer wertvollster Besitz sein? Da hast du wohl ein bisschen geflunkert. Woher habt ihr den?«

Hilflos sah Brin zu Auli, diese starrte zu Boden.

Edrina zeigte auf die Hütte, aus der ihr Scherge den Stab gebracht hatte. »Wer wohnt dort?« Die Worte troffen von vergifteter Güte.

Niemand sprach. Es war so still, dass Fiora ihr Herz pochen hörte.

»Also doch Blut.« Edrina zog erneut ihren Dolch.

»Ich«, murmelte Auli tonlos, den Blick noch immer zu Boden gerichtet. »Es ist meine Hütte.«

»Wer hätte das gedacht«, Edrina trat an sie heran, »die

Schönheit des Dorfes.« Mit der Dolchspitze fuhr sie Auli den Hals entlang. Fiora konnte deren Furcht nur zu gut nachvollziehen, in verwünschter Klarheit erinnerte sie sich an die ferne Nacht mit den drei Plünderern am Meer ... jene unheilvolle Nacht, in deren Folge sie Faradas verlassen hatte. Fiora selbst spürte keine Furcht, sondern nur Zorn. Dieses Dorf hatte sie freundlich aufgenommen – und sollte dafür bestraft werden? Ihr ganzer Körper bebte in dem Drang, sich den Banditen entgegenzuwerfen. Mühsam zügelte sie sich. Vielleicht würden sie sich mit dem Klingenstab zufriedengeben und abziehen? Aber was, wenn Edrina vorher Auli das Gesicht zerschnitt?

»Und willst du mir verraten, wie eine solch außergewöhnliche Waffe in deinen Besitz gekommen ist?«

»Eine Fremde ...«, stammelte Auli.

»Sieh mich an, wenn ich mit dir rede.« Edrina legte ihr die Dolchspitze unters Kinn. »Erzähl mir mehr von dieser Fremden.«

Der Hirtenstock entglitt Aulis Fingern, fiel zu Boden. Das Geräusch war nicht laut, aber in der atemlosen Stille schmerzte es wie ein Peitschenhieb. »Sie war vor Monaten hier ... blieb nur eine Nacht. Zum Abschied hat sie mir die Waffe geschenkt ...«

Fiora verkrampfte vor Entsetzen. Indem Auli sie gedeckt hatte, war die Lage ausweglos geworden. Wenn Fiora sich jetzt zeigte, würde Aulis Lüge offenbar – und das würde die Hauptfrau unmöglich ungestraft lassen können, nicht vor ihren eigenen Leuten.

»Tatsächlich?« Edrina drückte den Dolch hoch, bis Auli nur noch auf den Zehenspitzen stand. »Ein fürstliches Geschenk.«

Tränen rannen Aulis Wangen hinab. »Bitte, Herrin ...«

Edrina nahm den Dolch von Aulis Kinn, musterte die versammelte Dorfgemeinschaft. Einer ihrer Begleiter lief mit einem Korb Brote an ihr vorbei, sie hielt ihn am Arm fest. »Ist noch jemand in den Hütten, Polred?«

»Niemand, Hauptfrau.«

»Herrin«, eine rote Blutspur glitt an Aulis Hals hinunter, »die Fremde meinte, sie wolle ihre Vergangenheit hinter sich lassen. Das war der Grund, weshalb sie mir den Stab geschenkt hat.«

Unschlüssig drehte Edrina den Dolch in der Hand. Ihre Finger waren ähnlich vernarbt wie Hals und Gesicht.

Ein anderer Bandit trat zu ihr, einen schweren Kriegshammer auf der Schulter. »Wir haben dann alles, was sich lohnt.« Er spuckte aus. »War nicht viel. Ein Loch wie die anderen.«

Mit einem unzufriedenen Gesichtsausdruck sah Edrina in den Himmel, dessen Farbe die baldige Dämmerung ankündigte. »Wir müssen weiter.« Sie stieg in den Sattel. »Diese Fremde, meine schöne Hirtin, wie sah sie aus?«

»Groß«, stotterte Auli, »breitschultrig. Sie war nur eine Nacht da. Es ist so lange her …«

»Sei froh, dass sie dich verschont hat«, bemerkte Edrina. »Du hast einen Dämon unter dein Dach gelassen.« Ohne Auli weiter zu beachten, trabte sie zu ihrem Trupp, der bereits dabei war, die Ziegen aus dem Dorf zu treiben. Jede einzelne, schwor sich Fiora, werde ich zurückholen, und wenn ich euch dafür übers Meer folgen muss.

Edrina stellte sich in ihre Steigbügel, sah sich um. »Wo ist Polred?«

Im selben Augenblick erschien der Bezeichnete aus der Richtung, in welcher Fiora den Dorfbrunnen wusste. Und an einem Seil zog Polred Amadeus hinter sich her. In Fioras Adern gefror das Blut. Ein Pferd passte genauso wenig in diesen Ort wie der Klingenstab. Und an Edrinas offenem Mund sah sie, dass diese eins und eins bereits zusammengezählt hatte – eine Dunkle auf der Flucht würde vielleicht ihre Waffe abgeben. Aber nicht ihr Reittier.

Edrina zog ihre Pistole, richtete sie auf Auli. »Wo ist sie?«

Auli schluchzte auf. »Bitte, Herrin … ich …«

Edrina spannte den Hahn.

»Ich bin hier.« Fiora trat hinter dem Nussstrauch hervor. »Lass die Leute in Frieden.« Sie sprang von dem Vorsprung hinunter, ging mit festen Schritten auf Edrina zu. Es war eine Befreiung, sich zu zeigen, die Gemeinschaft nicht länger ihrem Schicksal zu überlassen. »Sie haben dir nichts getan.« Seit die Blutigen Hunde ins Dorf gestürmt waren, hatten Angst und Verzweiflung Fiora zu zerreißen gedroht – doch jetzt, da sie sich zu handeln entschieden hatte, spürte sie nur noch kühle Entschlossenheit.

Spöttisch zog Edrina die Brauen hoch, oder zumindest das, was von ihnen übrig war. »Du willst behaupten, das ist dein Pferd?«

»Mein Pferd«, nickte Fiora, »und meine Waffe.«

Die Banditin glotzte verdutzt. Dann – wie zuvor, als Brin ihr einen Krug Ziegenmilch angeboten hatte – lachte sie laut auf. Und ebenfalls wie zuvor war sie innerhalb eines Wimpernschlags wieder ernst. »Wen willst du retten, Mäuschen? Eine Dunkle?« Sie schnaubte höhnisch. »Sag, was hat sie dir versprochen, dass du dein Leben für sie wegwirfst?«

»Du erkennst mich nicht?«, fragte Fiora sanft zurück. »Edrina, Hauptfrau. Wie eindrucksvoll. Als sich unsere Wege das erste Mal gekreuzt haben, warst du noch Leutnant.«

Edrina runzelte die Stirn, langsam kam die Erkenntnis. »Du warst das Mädchen in den Korinaden, das der Dunkle uns gestohlen hat.«

»Gutes Gedächtnis.« Fiora nahm den Hirtenstock auf, den Auli fallen gelassen hatte.

»Sag«, befahl Edrina, »wo ist er?«

»Er ist tot.«

»Du versuchst immer noch, ihn zu schützen. Kein Wunder, er hat dir einiges erspart.« Sie lächelte. »Bisher.«

»Ich sage die Wahrheit.«

»Ich habe nur ein einziges Mal von dem Tod eines Dunklen gehört, und das war in Metropolis, vor Monaten ... Nein ...« Edrinas entstelltes Gesicht verzog sich zu einer grinsenden Fratze. »Das war er!? Der Händler?« Sie lachte kalt. »Ich habe gehört, Argenteus selbst hat ihm das Herz aus der Brust gerissen.«

Fiora schwieg, fühlte die raue Oberfläche des Stocks in ihrer Hand.

»Und du bist entkommen. Wem hast du dich jetzt verkauft?«

Edrinas Leute drehten sich in ihren Sätteln, hörten belustigt zu.

»Du weißt nicht«, sagte Fiora langsam, »wem du dienst. Hauptfrau.«

»Du verhöhnst den Marschall des Gottkönigs?« Edrina trieb ihr Pferd nah an sie heran. »Ich weiß, wem ich diene – du hingegen hast keine Vorstellung, mit wem du dich anlegst.«

Der Stock war anderthalb Schritt lang; kürzer als der Klingenstab und leichter.

»Du bist allein, Mädchen. Willst du wirklich gegen einen Gott kämpfen?«

»Ich bin nicht allein.«

Edrina musterte sie scharf. »Du meinst die Rebellen in Metropolis?« Wieder das spitze Auflachen. »Argenteus weiß über jeden ihrer Schritte Bescheid, die Hälfte dieser Ratten hat er bereits gekauft. Der Widerstand bietet ihm einen Grund, seine Garde patrouillieren zu lassen, deshalb lässt er ihn gewähren. Doch das ist bald vorbei.«

»Es wird dunkel, Hauptfrau«, bemerkte der Mann, der Amadeus gefunden hatte. Polred.

»Fessel das Mädchen und setz es auf sein Pferd. Der Marschall wird sich freuen, wenn wir ihm die Dienerin eines Dunklen vorführen.«

Polred griff nach einem Seil und trat hinter Fiora, um ihr die Arme auf den Rücken zu binden. Fiora versetzte ihm einen Hieb mit dem Hirtenstock, der ihn zu Boden warf. Edrina zog ihre Pistole und schoss, Fiora wich aus. Sie schnellte auf Edrina zu, drosch ihr die Waffe weg; zerschmetterte die Finger, die den Klingenstab hielten. Der Stab fiel, Fiora fing ihn auf. Die Blutigen Hunde sprangen von ihren Pferden, zogen ihre Waffen, drangen auf Fiora ein.

Sie ließ keinen am Leben.

Eine Viertelstunde später verließ sie das Dorf. Auli hatte versucht, sie zum Bleiben zu bewegen, aber es war unmöglich. »Ich bringe jeden in Gefahr, dem ich nahe komme.« Sie drückte die Hirtin an sich. »Du hattest recht«, flüsterte sie ihr ins Ohr. »Ich bin vor meiner Vergangenheit geflohen. Es war falsch.« Sie hauchte ihr einen Kuss auf die Wange. Dann schwang sie sich auf Amadeus, und ohne einen Blick zurück ritt sie davon.

30. Kapitel

Fiora ritt Tag und Nacht, machte nur Rast, wenn Amadeus die Kräfte verließen. Kor war ihr gefolgt, er wirkte wie ausgewechselt, zeigte mehr Regsamkeit als in der ganzen Zeit seit seiner Verletzung. Bei der ersten gangbaren Stelle verließ Fiora die Schlucht, wandte sich gen Norden. Sie machte sich nicht die Mühe, abseits der Wege zu reiten. Dass andere Reisende ihr entgegenkamen, bemerkte sie daran, dass Kor sich zurückzog. Es geschah nur alle paar Nächte; eine Krämerin, die einen Esel hinter sich herzog, drei hagere Zimmerleute, ein Trupp Deserteure einer Armee, deren Uniform Fiora nicht erkannte. Die Deserteure waren auf Ärger aus, aber sie waren zu Fuß, und Fiora verspürte kein Bedürfnis nach weiterem Blutvergießen.

So wenig vertrauenswürdig die Räuberhauptfrau gewesen war – weshalb hätte Edrina lügen sollen, als sie behauptet hatte, der Widerstand sei von Argenteus unterwandert worden? Es stimmte, Fiora brachte Unglück über jeden, dem sie nahe kam. Mara war jedoch in doppelter Gefahr. Und wenn es eine Möglichkeit gab, sie zu warnen, durfte Fiora nicht zögern.

Egal, was geschieht – suche nicht nach deiner Schwester, hatte Doctrix gesagt. Aber Doctrix hatte sich seit Monaten nicht gemeldet. Hatte Fiora entweder aufgegeben oder war dem Subsessor zum Opfer gefallen. Nein, Fiora konnte nicht anders – sie musste nach Metropolis.

Nach vier Wochen gelangte sie auf eine befestigte Straße. Vermutlich war es dieselbe, auf der sie Metropolis verlassen hatte. Fünf weitere Nächte vergingen, und im Morgengrauen der sechsten sah sie einen schwarzen Streifen am Horizont – das rußige Dach der Stadt. In der folgenden Nacht traf sie auf die erste Siedlung, die nicht verlassen war. Schweren Herzens trennte sie sich von Amadeus, tauschte ihn gegen einen Beutel Silbermünzen, ein einfaches Kleid, eine Öllaterne mit Zündhölzern, einen Handkarren und eine Ladung Eiweißmehl.

Bevor sie den Karren auf die Stadt zusteuerte, ging sie in die Wüste, verabschiedete sich von Kor. »Ich kann dich nicht mitnehmen.« Kor knurrte und senkte das mächtige Haupt. Sie legte ihm die Hand auf die Schnauze. »Pass auf dich auf.« Mit der ihm eigenen Anmut wandte Kor sich ab, trottete davon. Fiora sah ihm noch nach, als sein massiger Körper bereits lange zwischen den Dünen verschwunden war. »Leb wohl, mein Freund«, flüsterte sie.

Im Gewand einer einfachen Madenzüchterin schob sie ihren Wagen Metropolis entgegen. Auf den ersten Blick schien die Stadt so schmutzig und laut und gleichgültig, wie Fiora sie in Erinnerung hatte. Aber am Torbogen standen mehr Wachen, und sie trugen keine grünen Uniformen, sondern schwarze; auf den Brustplatten prangte der rot leuchtende Kreis. Kein gutes Zeichen. Die Palastgarde hatte also offen die Kontrolle über die Stadt übernommen. Ihre todbringenden Waffen waren dieselben, die Fiora aus der Kanalisation und der Fabrik kannte. Gewehre, die viele Kugeln auf einmal spucken konnten.

Einer der Gardisten versperrte ihr den Weg. »Was willst du?«

»Ich bin Eiweißhändlerin und möchte auf den Markt.«

»Hast du Waffen dabei?«

Den Klingenstab hatte sie unter den Mehlsäcken versteckt. »Nein.«

»Der Gemüsemarkt befindet sich die Straße runter und am Irrenhaus links. In dem gelben Gebäude daneben bekommst du deine Handelsgenehmigung. Gottkönig Argenteus freut sich über deinen Besuch.«

»Argenteus?«, fragte Fiora überrascht. »Was ist mit Kubus?«

»Der erhabene Kubus hat die Sphäre der Sterblichen verlassen. Den göttlichen Argenteus hat er zu seinem Nachfolger ernannt.«

Fiora dankte und rollte ihren Wagen in die Stadt. Sie fragte sich nach dem fünften Bezirk durch und erreichte ihn nach anderthalb Stunden anstrengender, langsamster Fahrt. Sie hatte vergessen, welch ein Gedränge hier überall herrschte. Nachdem sie den Klingenstab unter den Mehlsäcken hervorgezogen hatte, ließ sie den Wagen in einer weniger belebten Sackgasse stehen. Sie war sich sicher, dass er nicht lange auf eine neue Besitzerin würde warten müssen.

Aufmerksam darauf bedacht, weder Stadtwachen noch Palastgarde in die Arme zu laufen, drückte sie sich durch schmale Nebengässchen, bis sie einen Schacht fand, der in die Kanalisation führte. Bang stieg sie die Leiter hinunter. Sie hatte weniger Angst um sich selbst als davor, was sie dort unten finden würde.

Der vertraute faulige Geruch empfing sie und das Trippeln der fliehenden Ratten. Bevor sie Mara verlassen hatte, hatte diese gesagt, der Widerstand solle sich in den Wartungsraum des fünften Bezirks zurückziehen. Es war Fioras einziger Anhaltspunkt. Wo genau dieser Wartungsraum lag, wusste sie nicht. Ihr nicht sonderlich ausgereifter Plan bestand darin, so lange durch die Tunnel zu streifen, bis sie auf menschliche Spuren traf. Die Stege am Rande der Kanäle boten guten Grund, um Fährten zu lesen. Fiora entzündete ihre Laterne und schlich los.

Keine Spuren. Fiora suchte und suchte, sie verlor jedes Zeitgefühl, viele Stunden mussten vergangen sein. Das Öl in ihrer Laterne ging zur Neige. Sie beschloss, bei der nächsten Leiter nach oben zu steigen. Wenn sie Pech hatte, war sie schon lange nicht mehr im fünften Bezirk unterwegs.

Ihr Licht flackerte bereits, als sie ein Stöhnen hörte. Den Klingenstab zum Stoß bereit, schlich sie näher.

»Hallo«, ächzte jemand, »ist da wer?«

In einem Wartungstunnel, der zwei Kanäle verband, lag eine Gestalt. Wachsam trat Fiora näher. »Wer bist du?«

»Nur ein unglücklicher Rattenfänger«, kam es gepresst zurück. Der Mann musste starke Schmerzen verspüren. Seine Stimme kam ihr bekannt vor. Dann, plötzlich, ein Ausruf des Erstaunens: »Fiora?! Bist du es?«

»Fink!« Sie eilte zu ihm, kniete sich neben ihm nieder. Trotz des notdürftigen Lichts kam ihr sein Gesicht fahler vor als je zuvor. Die Augen schimmerten fiebrig, seine Hose klebte blutverkrustet an seinem Oberschenkel.

»Du bist verletzt.«

»Nicht schlimm.«

»Was ist passiert?«

»Die Palastgarde.« Sein Gesicht verzog sich, jedes Wort musste ihm Qualen bereiten. »Sie hat uns gefunden.«

»Wo sind die anderen?«

»Sie wollten nach Kenet.« Er versuchte, sich aufzurichten, scheiterte. »Keine Ahnung, ob sie es geschafft haben.« Seine

Wangen waren eingefallen, die Augen lagen tief in ihren Höhlen.

»Fink«, murmelte Fiora mit Schaudern, »wie lange liegst du hier schon?«

»Weiß nicht.« Er hustete, es war das Husten eines Sterbenden. »Eine Weile.«

»Du musst hier weg.«

»Es ist zu spät.« Seine Stimme war nur noch ein Wispern. »Gib mir deine Hand. Dass ich dich noch einmal sehen darf ...« Den Rest verstand Fiora nicht mehr. Ihre Hand gab sie Fink nicht. Stattdessen schnitt sie mit der Klinge ihres Stabes seine Hose auf. Der ganze Oberschenkel war schmutz-, blut- und eiterverschmiert. Die Haut, wo sie denn zu erkennen war, war dunkel angelaufen. Fiora legte den Klingenstab zur Seite; behutsam senkte sie die Hände auf die Wunde. Ein Zucken ging durch Finks Körper, und sein Schmerz wurde ihrer. Sie spürte die Stelle, wo die Kugel das Bein durchschlagen hatte, spürte den zerrissenen Muskel und den gesplitterten Knochen, spürte das vergiftete Fleisch, spürte die pochenden Kopfschmerzen und das ermattet kämpfende Herz.

»Du wirst leben«, flüsterte sie und wusste, dass sie die Wahrheit sprach. Denn es war ihre Entscheidung. Sie musste all ihre Kräfte beschwören, um nicht zu bersten unter den Energien, die sich in ihr sammelten; die in ihre Arme und Hände schossen und von den Kuppen ihrer Finger in Finks kranken Leib. Bei Kor hatte der Strom sie überspült, war entfesselt in alle Richtungen entwichen. Nicht jetzt. Jetzt bändigte sie ihn. Naniten hatte Doctrix die winzigen Wesen genannt, mit denen Protaris die Welt durchzogen haben sollte. Fiora spürte keine Naniten im Strom, aber sie spürte, dass der Strom ihr gehorchte, dass er in Finks Wunde glitt, wie sie es ihm befahl, dass er den Knochen wieder zusammenfügte, die gerissenen Muskelstränge verband, das Gift aus dem Blut saugte, das Herz mit neuer Kraft schlagen ließ.

Als sie sich über Finks Gesicht beugte, tropfte ihr der Schweiß von der Nase. Seine Wangen waren noch immer bleich, aber das fiebrige Flackern in seinem Blick war verschwunden. »Was hast du getan?«, murmelte er erschüttert.

»Wie geht es dir?«

Seine Augen waren weit. »Du bist eine Zauberin.«

Fiora nahm Finks Hand, drückte sie an die Brust.

Sie verließen Metropolis durch das westliche Tor, um erst später nach Süden und schließlich nach Osten abzubiegen, nach Kenet. Fink hatte seine Lebensgeister in Windeseile wieder zusammengeklaubt und kompromisslos darauf bestanden, Fiora zu begleiten. Alle Versuche ihrerseits, es ihm auszureden, waren vergeblich gewesen. Er hieß sie an einer Garküche warten, und eine halbe Stunde später fuhr er nicht nur in einem polierten Maschinenwagen vor, sondern hatte seine verdorbene Kleidung gegen einen eleganten Anzug getauscht.

»Steig auf.«

Fiora zog die Augenbrauen hoch. »Derselbe Freund, bei dem du das letzte Mal den Wagen geliehen hast?«

»Ein anderer.« Fink zwinkerte. »Du kannst nicht immer dieselben Leute um Gefallen bitten.«

Auch das Westtor wurde von der Palastgarde bewacht, doch die Soldaten waren mit einer Kolonne Planwagen beschäftigt, die nach Metropolis hereinwollte. Fiora und Fink wurden durchgewinkt. Während sie die Stadt im Süden umrundeten, fragte Fiora Fink, wie es ihm ergangen war.

»Der Widerstand hat meine Fähigkeiten zu schätzen gelernt, das war schon mal was. Vertrauen wollen sie mir trotzdem nicht. Am schlimmsten ist Gunna, die würde mich im Schlaf erdolchen, wenn Mara es zuließe.« Er zuckte mit den Schultern. »Ich hoffe, sie hat überlebt. Also Mara. Von mir aus auch Gunna. Schon vor dem letzten Angriff ist es gefährlicher für uns geworden. Argenteus ist noch keinen Monat offiziell an der Macht, aber er setzt uns viel härter zu als sein Vorgänger. Du hast ja die Gardisten gesehen, die sind jetzt überall. Immerhin gibt es keine Entführungen mehr – zumindest habe ich von keiner gehört.« Er warf ihr einen Seitenblick zu. »Was ist mit dir?«

»Ich habe Doctrix gefunden.«

»Was?« Fink zog vor Überraschung zu fest an seinen Hebeln, der Motor hustete gepeinigt, der Wagen ruckte.

Fiora hielt sich an ihrem Sitz fest. »Ich weiß nicht, woran ich mit ihr bin.«

»Sie ist ein Binar?«

»Ja. Und sie glaubt, wenn wir Argenteus nicht aufhalten, wird er die Welt zerstören.«

»Na, dann halten wir ihn doch besser auf.«

»Warum sind die anderen eigentlich nach Kenet?«

»Es war Maras Idee. Wir haben ein Versteck gebraucht, und sie meinte, einerseits sei das Dorf verlassen, nachdem … nach unserem letzten Besuch. Und andererseits würde Argenteus uns überall sonst eher suchen als dort.«

Die Nacht neigte sich ihrem Ende entgegen, als sie vor sich die Dächer Kenets entdeckten. Fiora schlug vor, einen Bogen zu fahren, sich dem Dorf nicht von Metropolis aus, sondern von Südosten zu nähern, und Fink folgte ihrem Rat. Schließlich brausten sie auf die Hütten zu. Angespannt knetete Fiora die Hände. Sie würde Mara wiedersehen. Falls diese es geschafft hatte, den Binaren zu entkommen.

»Halt!«

Überstürzt bremste Fink den Wagen, schlitternd kamen sie zum Stehen. Aus einem geöffneten Fenster ragte der Lauf eines Gewehrs – eines Gewehrs, wie die Palastgarde sie gebrauchte. Die Stimme jedoch gehörte Gunna, was die Atmosphäre nur unwesentlich entspannte. »Was wollt ihr hier?«

»Gunna – ich bin's, Fink. Und ich habe Fiora mitgebracht …«

»Hältst du mich für blind, Spion? Meine Frage war, was ihr hier wollt.«

»Ist Mara vielleicht da?«, fragte Fiora höflich. »Ich muss mit ihr reden.«

»Ich werde sie nicht für dich suchen«, kam die patzige Entgegnung.

»Musst du nicht.«

Kurzes Schweigen. Dann ein Grummeln, der Gewehrlauf verschwand, wurde durch einen anderen ersetzt, und wenig später kam Gunna um die Hausecke und schwang sich zu ihnen auf den Wagen. »Als ob ich euch zwei allein lassen würde. Und ich verspreche euch: Wenn euch jemand gefolgt ist, müsst ihr keine Angst mehr vor der Garde haben – die würde euch gar nicht mehr erkennen, wenn ich erst mit euch fertig wäre.«

»Danke, Gunna.« Fiora lächelte so liebenswürdig, wie sie konnte.

Fink steuerte den Wagen auf eben jenen Dorfplatz, wo einmal Salus auf der Kiste gesessen hatte. Die Kiste, deren Inhalt Doctrix nicht hatte preisgeben wollen. Ein Schlüssel sei darin, hatte sie behauptet, aber was verriet das schon?

Am Rand des Platzes standen bereits drei Maschinenwagen, Fink stellte seinen eigenen dazu. Das Tor des Gewächshauses öffnete sich, mehrere Gardisten kamen heraus. Aus den angrenzenden Häusern traten ebenfalls Leute, auch diese trugen die schwarzen Rüstungen mit dem gezackten roten Kreis, und im Gegensatz zu den anderen hatten sie zusätzlich Gewehre dabei. Fiora hob ihren Klingenstab, von selbst drehten sich ihre Füße in die Kampfhaltung. Da erkannte sie Carvon in der Gruppe, die aus dem Glashaus getreten war. Die Rebellen hatten sich die Rüstungen ihrer Feinde angelegt. Erleichtert ließ sie den Stab sinken.

»Fiora«, rief Carvon. »Was für eine Überraschung.«

»Hallo. Wo ist Mara?« Die Angst schnürte ihr die Kehle zu. »Geht es ihr gut?«

Seine Stirn runzelte sich. »Warum bist du zurückgekommen?«

»Mara – ist sie da?«

Er deutete mit dem Daumen hinter sich. »Im Gewächshaus.«

Ohne ein weiteres Wort rannte Fiora hin, riss das Tor auf. Die Halle war so groß, dass das gesamte restliche Dorf hineingepasst hätte. Die Fenster, die nach Salus' Erscheinen geborsten waren, hatte man behelfsmäßig geklebt oder ersetzt. Auf brüchigen Fliesen waren in strenger Ordnung Hochbeete aufgereiht, durch eine Vielzahl an Schläuchen verbunden. Aber nur die vordersten Kästen waren benutzt; zur Pilzzucht, wie der schwarzerdige Boden andeutete. Zwischen den Kästen stand Mara. Auch sie trug die Rüstung der Palastgarde. An ihrem Gürtel steckte eine Pistole, wie Sol sie gebraucht hatte.

»Carvon, ich habe gesagt, ich will nicht gestört … Fiora!« Sie klopfte sich die Hände an der Hose ab. Bedächtig trat sie auf Fiora zu.

»Hallo, Mara.« Fiora hatte gehofft, dass ihre anfängliche Nervosität vergehen würde, sobald sie ihrer Schwester gegenüberstand. Bei ihrem letzten Wiedersehen war es so gewesen. Und doch spürte sie schon jetzt, dass es diesmal anders sein würde. Maras Blick war hart, ihre Lippen schmal. »Du bist zurückgekehrt.«

»Ich muss mit dir reden.«

Hinter Fiora trat Carvon durchs Tor. Sie holte Luft. »Allein.«

Zwei Schritt von Fiora entfernt war Mara stehen geblieben, einen Gewächskasten zwischen sich und ihrer Schwester. Ihre Miene wurde noch finsterer. »Du vertraust Carvon also noch immer nicht. Warum bist du hier?«

Fiora rang nach Worten. Nach dem Aufeinandertreffen mit Edrina war ihr schlicht klar gewesen, dass sie Mara warnen musste. Sie hatte gar keinen Gedanken darauf verwendet, was genau sie sagen und ob Mara ihr Glauben schenken würde. Mit einem Mal kam ihr der fluchtartige Gewaltritt unendlich töricht vor.

»Kann ich alleine mit dir reden?«, fragte sie noch einmal.

»Ich habe keine Geheimnisse vor Carvon. Sag, was du willst, oder geh.«

Fiora blickte zwischen Mara und Carvon hin und her. Wie sollte sie Mara bloß überzeugen? Sie hatte keine Beweise. Die bittere Gewissheit stieg in ihr auf, dass sie gerade dabei war, ihre Schwester ein drittes Mal zu verlieren.

»Du wirkst durcheinander«, bemerkte Carvon, »willst du dich vielleicht erst mal erholen? Du kannst uns später immer noch erzählen, was dich hierhergeführt hat.«

Fiora befühlte die Erde, mit welcher der Kasten vor ihr gefüllt war. Der Mulch war nährstoffarm, aber nicht schlechter als der in Bergquell. Die Pilze würden Pflege brauchen, und sie würden nicht groß werden – aber sie würden gedeihen. Das feuchte Gemisch in ihrer Hand erinnerte Fiora an das Dorf in der Schlucht, den Kräutergarten, den sie dort zurückgelassen hatte. Erinnerte sie an Auli, Brin und die anderen, die sie aufgenommen hatten als eine der Ihren Bekümmert ließ sie die Erde zurück in den Kasten rieseln. »Es gibt einen Verräter unter den Rebellen.«

»Was für ein Unsinn«, rief Gunna von der Tür.

»Wie kommst du darauf?«, fragte Mara kühl.

»Ich habe einen Trupp der Blutigen Hunde getroffen. Sie arbeiten für Argenteus.«

»Das hast du mir bereits das letzte Mal erzählt.«

»Sie wurden von derselben Frau angeführt, Edrina. Und sie hat es ohne Not zugegeben.«

Carvon hatte die Arme verschränkt. »Selbst wenn du die Wahrheit sprichst – warum sollten wir auf die Behauptungen irgendeiner Schurkin hören?«

»Welchen Grund hätte sie, zu lügen?«

»Ist das nicht offensichtlich?« Er lachte auf. »Damit sie Zwietracht unter uns sät.«

Auch Mara verschränkte jetzt die Arme. »Findest du nicht, Fiora, Carvon hat einen Punkt?«

Fiora sah zu Carvon, aber sie sprach zu Mara: »Er ist der Anführer der Blutigen Hunde.«

Es wurde still.

Ergeben senkte Fiora den Blick. Sie hatte es gesagt. Sie konnte nichts tun, außer Maras Urteil zu erwarten.

Carvon reagierte zuerst. »Du redest im Fieber.«

»Eine schlimme Anschuldigung.« Mara schien ruhig, aber Fiora spürte, dass sie bebte. »Wie kommst du darauf?«

»Was?«, polterte Carvon. »Du willst dem Balg erlauben, seine Flausen weiterzuspinnen?«

»Carvon«, Maras Kiefermuskeln zuckten, »ich werde mir anhören, was Fiora zu sagen hat. Im Übrigen stehen Beleidigungen niemandem gut an, und dir in der aktuellen Situation am allerwenigsten.«

Fiora verfolgte erstaunt, wie in ihrer älteren Schwester die Erzieherin durchkam – neu war allerdings, jemand anderen als sich selbst in der Rolle des Gemaßregelten zu sehen.

»Sprich.«

»Als ich in Metropolis von der Palastgarde überfallen wurde, ist Carvon mir erst zu Hilfe geeilt, als der Strom sich in mir entladen hat. Du hast ihm damals selbst vorgeworfen, dass er mich bereits am Stadttor hätte abfangen sollen. Ich glaube, er hat mich bei der Garde verpfiffen. Du sagtest, er habe mir das Leben gerettet, und das hat er auch. Aber im Nachhinein ist mir klar geworden – erst, als die Gardisten ihn entdeckt hatten. Er konnte nicht davon ausgehen, dass sie ihn rechtzeitig als einen Verbündeten erkennen würden …«

»Das ist so weit hergeholt …«, schnaubte Carvon.

Mara hob die Hand. »Lass sie ausreden.«

»Ähnlich dann in der Kanalisation. Er wurde erst nervös, als der Kapitän der Garde drohte, ihn zu erschießen. Ich dachte erst, er sei nur verängstigt gewesen – aber er war überrumpelt. Er hat nicht damit gerechnet, dass die Garde ihn opfern würde. Als Nächstes der Hinterhalt in der Grille. Wer wusste denn, dass ich dorthin unterwegs war? Als Salus mit uns gesprochen hat, war niemand in Hörweite außer Carvon.«

»Fink«, bemerkte dieser grimmig, »Fink wusste von der Grille, er war mit dir dort.«

Fiora beachtete den Einwurf nicht. »Während wir in dem Gasthaus überfallen wurden, gelangte der Subsessor in den Bunker. Carvon kam erst dazu, als die Schlacht bereits geschlagen war.« Sie wandte sich direkt an ihn: »Wo warst du?«

Entgeistert starrte er zurück. »Du erbärmliches Balg. Was für einen dampfenden Mist …«

»Carvon«, unterbrach ihn Mara scharf. »Ich habe dich gebeten, auf Beleidigungen zu verzichten.«

Ihm fiel die Kinnlade herunter. »Du glaubst ihr? Alles, was sie sagt, ist an den Haaren herbeigezogen.« An seiner Schläfe pochte eine blaue Ader. »Ich war es, der den Widerstand aufgebaut hat. Ich war es, der dich zu uns geholt hat. Wir haben uns Treue geschworen, erinnerst du dich?«

»Ich erinnere mich«, entgegnete Mara schmallippig. »Treue bis in den Tod. Wo warst du, als der Subsessor den Bunker angegriffen hat?«

»Tatsächlich?! Das fragst du mich?«

»Antworte, Carvon.«

Er spuckte aus. »Ich war im achten Bezirk, Besorgungen machen.«

»Als ihr im Wartungsraum angegriffen wurdet«, bemerkte Fiora, »wie ist die Garde auf euch aufmerksam geworden?«

»Wissen wir nicht«, knurrte Carvon trotzig.

Aber die Glut in Maras Augen ließ keinen Zweifel – sie glaubte ihm nicht länger. Mit gefährlich ruhigen Schritten umrundete sie den Gewächskasten, hinter dem sie gestanden hatte. »Fiora hat mich schon einmal vor dir gewarnt. Ein Jammer, dass ich damals nicht gleich auf sie gehört habe. Doch ich habe nachgedacht, Carvon. Seit wir uns kennen, standest du in jedem Kampf an vorderster Front. Keiner ist so oft in einen Hinterhalt geraten wie du. Trotzdem bist du nie verletzt worden, im schlimmsten Kreuzfeuer nicht. Du hast gesagt, die Narbe auf deiner Stirn hätte dir die Garde zugefügt, bevor wir uns kennengelernt haben. Aber sie rührt von keiner Schusswaffe, und ich habe nie einen Gardisten erlebt, der mit dem Schwert gekämpft hat.«

Sie streckte die flache Hand in seine Richtung, die Innenseite nach oben gekehrt. »Dienst du Argenteus, Carvon?«

Fiora hatte sie noch nie so gewaltig gesehen; gewaltig und böse.

Er bleckte die Zähne. »Du hast dich doch schon entschieden, was du glauben willst.«

Kleine Blitze zuckten zwischen Maras Fingern. »Ja.«

»Du wirst es bereuen, dich gegen mich gestellt zu haben.« Er wandte sich zum Tor, wollte es aufstoßen. Mara ballte die Finger zur Faust. Und entfesselte eine Kraft, die Fiora den Atem aus der Lunge presste, den Mulch aus den Hochbeeten fegte, die Scheiben des Gewächshauses ein zweites Mal bersten ließ. Von einer unsichtbaren Hand wurde Carvon vom Tor weggerissen, einen halben Schritt von Mara entfernt schwebte er in der Luft.

»Ich erinnere mich an unseren Schwur«, sagte sie, ihre roten Locken loderten wild, »und du hast ihn gebrochen.« Die Faust, die sie Carvon entgegenstreckte, begann zu glühen.

»Nein«, rief Fiora, »verschone ihn.« Sie musste sich an einem der Kästen festhalten, um nicht selbst davongeschleudert zu werden von Maras zerstörerischem Zorn.

»Er hat alles verraten«, sagte Mara, und ihre Stimme hallte wie ferner Donner, »uns, unsere Überzeugungen, unsere Zukunft.« Ihre Faust war nur noch Licht. Nach wie vor hing Carvon zappelnd im Nichts.

»Bitte.« Fiora bekam Angst vor ihr, Angst vor ihrer eigenen Schwester. »Du bist nicht du selbst.«

»Du kennst mich nicht.« Maras Stimme klang fremd.

Fiora musste sich abwenden, Maras Faust blendete gnadenlos hell. »Bitte«, flüsterte sie nur. Fahrig nahm sie die Rebellen wahr, die an das Gewächshaus herangetreten waren, mit geweiteten Augen durch die zersplitterten Scheiben blickten.

Mit einem Mal war Fiora blind und taub. Dann kehrten ihre Sinne zurück, und sie verstand, dass der Zorn von Mara abgelassen hatte. Matt, mit gesenktem Kopf, stand sie da. Vor ihr lag Carvon – am Leben.

Fiora ging zu Mara, drückte sie an sich. Diese blieb schlaff in ihren Armen, aber dass sie sich nicht wehrte, war genug.

»Danke«, wisperte Fiora. Sie hatte ihre Schwester bereits verloren geglaubt. Aber was immer in Mara gefahren war, hatte sie wieder verlassen.

Sie stand mit dem Rücken zu Carvon, konnte nicht sehen, wie seine Hand an den Unterschenkel glitt, den versteckten Dolch zog. Wie seine Oberschenkel sich spannten, wie er blitzartig hochfuhr, wie die Klinge zum tödlichen Stich nach vorne schnellte, Mara entgegen – und trotzdem wusste Fiora um jedes Zucken seiner Muskeln.

Sie drehte sich, fasste den Arm mit dem Dolch, fing den Schwung auf, leitete ihn um. Stand fest, während die Klinge schmatzend in Carvons Herz glitt. Er öffnete den Mund, doch kein Ton kam heraus, lautlos sackte er zu Boden.

Verstört sah Fiora auf ihn hinunter. Hätte nicht zu sagen vermocht, wie lange sie so stand. Irgendwann spürte sie Maras Hand an ihrem Rücken. Es fühlte sich unwirklich an; als wäre die Hand nicht aus Fleisch und Blut, sondern nur Teil eines Bildes, das zwei Schwestern zeigte, die schweigend nebeneinanderstanden.

Es war Gunna, die als Erste sprach. »Du hast ihn umgebracht.«

Fiora hatte nicht die Kraft zu einer Antwort. Wenn die Rebellen sie für den Mord an ihrem Anführer zur Rechenschaft ziehen wollten, sollte es so sein. Maras Hand lag an ihrem Rücken, und das genügte ihr.

Fink rannte herbei. Gunna packte ihn grob am Arm, hielt

ihn auf, bevor er ins Glashaus gelangen konnte. Vergeblich versuchte er, sich zu befreien. »Lass mich«, schimpfte er. »Carvon war der Verräter.«

Gunnas Griff blieb eisern. Mit einem bösen Funkeln starrte sie Fink an. Fioras Lähmung ließ nach, sie atmete ein, bereit, ihm zu Hilfe zu eilen.

»Glaubt ihr das?«, Gunna gab Finks Arm frei, drehte sich langsam um die eigene Achse, »dass er es war?« Nacheinander fixierte sie jeden der umstehenden Rebellen. Keiner der hartgesottenen Krieger hielt ihrem Blick stand. »Was ist?«, fauchte Gunna. »Habt ihr das Sprechen verlernt?«

Niemand wagte ein Wort.

»Verflucht sollt ihr alle sein.« Sie sah zu Fiora, in ihren Augen flackerte der Hass. »Ich bin raus.« Sie schleuderte Mara ihr Gewehr vor die Füße. Dann stürmte sie davon, schob sich schroff zwischen ihren einstigen Mitstreitern hindurch.

Keiner regte sich. Nur Fink rieb sich seufzend den Arm, den Gunna umklammert hatte.

»Palastgarde!«, gellte es von draußen.

Die erstarrte Szene erwachte zum Leben. Jeder griff nach seiner Waffe; wer keine bei sich trug, rannte los, eine zu holen. Mara hob Gunnas Gewehr auf, dann eilte sie Befehle schreiend aus dem Gewächshaus. Fiora folgte ihr, den Klingenstab in der Hand. Die Rebellen hatten sich bereits hinter Häuserecken und den Maschinenwagen verschanzt. All ihre Aufmerksamkeit schien auf die Gasse gerichtet, die zur Straße Richtung Metropolis führte. Fiora sah nach oben: nur schwarze Schwaden, von unten angestrahlt durch die Lichter der Stadt. Keine Luftschiffe.

Aus der Gasse eine Bewegung. Die Rebellen legten an. Eine einzelne Palastgardistin zeigte sich. Sie trug keinen Helm und keine Waffe. Ohne Schutz zu suchen, trat sie auf den Platz. Die Rebellen blickten zu Mara, die neben Fiora hinter einem Maschinenwagen kniete, die flache Hand nach oben gestreckt. Sobald sie die Finger zur Faust ballte, würde das Inferno beginnen.

»Warte«, flüsterte Fiora ihr zu. Dann stand sie auf, trat aus ihrer Deckung hervor, ging der Gardistin entgegen. Deren Haut war weiß wie Alabaster.

»Hallo, Fiora«, sagte die Gardistin.

»Hallo, Doctrix«, sagte Fiora.

31. Kapitel

Fiora tastete nach dem Kompass, der ihr um den Hals hing. »Ich habe dich nicht gerufen.«

»Nein«, bestätigte Doctrix. »Aber du bist in Gefahr. Flieh.«

Im selben Moment hörte Fiora das Dröhnen der Luftschiffe. Hastig wandte sie sich zu Mara um, die hinter dem Maschinenwagen hervorspähte.

»Allein«, sagte Doctrix, die Fioras Blick gefolgt war, »ohne deine Schwester.«

»Nein.«

»Du riskierst alles, wenn du bei ihr bleibst.«

»Das riskiere ich auch, wenn ich sie aufgebe.«

Mara trat hinter dem Wagen hervor. »Du bist also Doctrix.« Ein Blick zu Fiora: »Ist sie auf unserer Seite?«

»Ich weiß es nicht.«

Die Luftschiffe schoben sich näher. Ein halbes Dutzend kam aus der Stadt, drei weitere senkten sich direkt aus dem qualmschwarzen Himmel. »Bereit machen zum Gefecht!«, bellte Mara.

Doctrix fixierte Fiora. »Flieh.«

»Nein.«

Aus den Gondeln der Luftschiffe, die direkt aus der Wolkendecke gesunken waren, entrollten sich Seile.

Doctrix wandte sich an Mara: »Gib mir deine Waffe.«

An den Seilen rutschten Soldaten herunter.

Maras Blick flog zu Fiora, diese nickte, und Mara kam Doctrix' Aufforderung nach.

Unter den Ersten, die sich abgeseilt hatten, fiel eine Soldatin auf, die rot gerüstet war. Keine Subsessorin – die Rüstung entsprach derjenigen, die Sol getragen hatte.

»Menschen«, schallte Doctrix' Stimme über den Platz, während sie das Magazin in Maras Gewehr prüfte, »zieht euch in die Hütten zurück. Sofort!«

Erneut sah Mara zu Fiora. »Tut, was sie sagt«, rief Fiora und rannte zur nächsten Hütte. Mara folgte ihr; als beide drinnen waren, warf Fiora die Tür zu. Gerade rechtzeitig sprang sie zum Fenster, um zu sehen, wie in den anderen Hütten die letzten Türen zugeschlagen wurden. Allein stand Doctrix auf dem leeren Platz – während im Himmel hundert Seile hingen, wie Fäden, an denen Regentropfen herunterliefen.

Die rot Gerüstete trat ihr entgegen. »Doctrix.« Wie Sol damals trug sie nur eine Pistole an der Seite. »Ich bin Formosa, Kapitänin des Flaggschiffs der Palastgarde. Im Namen des Gottkönigs verhafte ich dich. Füge dich oder …«

Doctrix hob das Gewehr an die Wange und drückte ab. Formosa ging zu Boden. Die anderen Gardisten eröffneten das Feuer. Doctrix schoss zurück. Nicht auf ein einziges Ziel, sie gab auch kein Sperrfeuer. Vielmehr schien es, als feuerte sie in alle Richtungen gleichzeitig. Mit übermenschlicher Geschwindigkeit wirbelte sie herum, ein rasender Tanz, tausend Kugeln pfiffen ihr entgegen, überall um sie herum schlugen sie auf, doch keine fand ihr Ziel. Stets war Doctrix einen Fingerbreit woanders.

Ein Regen von Gardisten ging über Kenet nieder; sie durchschlugen Dächer, zerschellten auf den Gassen, krachten in die Maschinenwagen. Doch für jeden abgestürzten Krieger schwang sich ein weiterer über die Bordwand. Doctrix ging die Munition aus, sie sprang zu einem ihrer gefallenen Gegner, riss ihm die Waffe aus den Fingern, fuhr fort in ihrem Todestanz. Doch immer mehr Binare erreichten den Boden unversehrt; eine Kugel streifte Doctrix am Bein, eine andere traf ihre Schulter.

»Sie schafft es nicht«, rief Fiora, »es sind zu viele.«

Auch die Luftschiffe, die aus der Stadt gekommen waren, warfen nun ihre Seile aus. Von allen Seiten strömten die Binare auf den Platz.

Mara zog ihre Pistole, schoss auf den nächsten, er brach zusammen. Sogleich folgten die Rebellen ihrem Beispiel, in allen Fenstern flackerte Mündungsfeuer. Die Gewehre rauchten nicht, trotzdem roch es verbrannt; Sand und Mörtel spritzten im Geprassel der Kugeln, der Lärm war kaum auszuhalten.

Auf einen Schlag stellten die Binare ihren Angriff ein. Wichen zurück. Fiora wollte aufatmen, da verstand sie, dass es sich nicht um einen Rückzug handelte. Im Gegenteil. Die Gardisten machten Raum für einen gefährlicheren Feind. Schwarz fiel er vom Himmel, schlug wie ein Komet ins Pflaster ein.

Der Subsessor.

Abgestützt auf ein Knie, war er gelandet. Langsam richtete er sich auf: eine Maschine, pechschwarz, geformt wie ein athletischer Mann, den Kopf von einer Kapuze verborgen, in jeder Hand eine Pistole.

Doctrix zielte auf ihn. Schoss. So lange, bis das Magazin leer war. Wie Spielzeug sprangen die Kugeln von seinem Körper ab. Er schoss selbst, doch schon war Doctrix an ihn herangekommen. In einem rasenden Schlagabtausch prallten sie aufeinander.

Zwischen den Hieben donnerten immer wieder die Pistolen, dann ein Tritt, der Doctrix quer über den Platz schleuderte. Im Flug drehte sie sich, kam in der Hocke auf. Ihr Panzer war geborsten, unter der Armschiene sickerte schwarzes Blut hervor, tropfte von ihren Fingern. Sie sprintete los.

Der Subsessor hob die Pistolen und durchsiebte seine Gegnerin. Doctrix stürmte ihm entgegen, als spürte sie die Kugeln nicht, die wie Hagel in sie einschlugen. Der Subsessor brachte sie nicht zu Fall, sie warf sich gegen ihn, riss ihn mit sich, gleißend hell flackerten die beiden Körper auf, donnerten in Finks Wagen, das Licht erlosch.

Doctrix, von Kugeln durchlöchert, blutüberströmt, hatte den Subsessor unter sich begraben. Doch dieser regte sich. Stieß sie von sich, richtete sich auf. Schwankend stand er über ihr. Sein Schlüsselbein war zerflossen wie geschmolzener Stahl. Eine seiner Pistolen hatte er verloren. Aber die andere hob er, zielte auf Doctrix' Kopf.

Bevor er abdrücken konnte, war Mara über das Fenstersims gesprungen, streckte ihm die glühende Faust entgegen. Der Subsessor fuhr herum, schoss auf Mara, aus deren Faust ein Lichtblitz zuckte, ihn traf, ihn zu Boden schleuderte.

Aber auch Mara war getroffen, sie sank nieder, die Hand vor den Bauch gelegt. Der Subsessor stand bereits wieder. Schoss Doctrix, ohne sich nach ihr umzudrehen, in den Kopf. Ungelenk hielt er auf Mara zu. Fiora, die Mara gefolgt war, verstellte ihm den Weg, griff mit dem Klingenstab an. Er packte den Stab, riss ihn ihr aus den Händen, schleuderte ihn weg. Hinkend und gleichwohl unaufhaltsam ging er Mara entgegen. Waffenlos griff Fiora ihn an, er schlug sie zu Boden, hob die Pistole – ein zweiter Lichtblitz von Mara traf ihn, ließ das Pflaster platzen, auf dem er stand, schmolz ihm den Brustkorb. Das Gesicht, das Fiora unter seiner Kapuze erkannte, war nur entfernt menschlichen Zügen nachgebildet; eine starre schwarze Maske, statt Augen zwei leuchtende Punkte. Diese Punkte flackerten jetzt, seiner Hand entglitt die Pistole. Langsam sah er an sich hinunter, fasste sich an die Brust, stolperte, fiel.

Fiora trat die Pistole weg, dann stürzte sie zu Mara, ging neben ihr auf die Knie, berührte ihre Wangen, strich ihr über die Stirn. »Hab keine Angst«, flüsterte sie, »du wirst leben. Ich kann dich heilen.« Sie legte ihr die Hand auf den Bauch. »Du wirst leben.«

Eine Gewehrsalve hinter ihr. Sie wirbelte herum, sah, wie Gunna, die an einer Hausecke stand, die dahinter liegende Gasse mit Kugeln eindeckte. Andere Rebellen taten es ihr gleich, doch mehrere gingen bereits zu Boden. Die Palastgarde griff aufs Neue an.

Verzweifelt wandte Fiora sich wieder Mara zu. Sammelte alle Kräfte, die ihr zur Verfügung standen, zwang sie in ihre Hände, ihre Finger, befahl sie in Maras Leib.

Du kannst sie nicht retten, Fiora.

Eine Stimme, die keine Richtung hatte und keinen Ton, die überall war und nirgendwo.

Nicht allein.

Hilflos sah sie sich um. »Wer bist du?«, schrie sie ins Nichts.

Ich bin Doctrix.

Fiora spähte nach der Stelle, wo der Subsessor Doctrix erschossen hatte. Ihr Körper lag noch immer dort, von zahllosen Kugeln durchsiebt, der Kopf nur mehr eine schwarze Masse.

Der Teil, den du siehst, ist Vergangenheit. Doch den Teil meines Bewusstseins, den ich nach Bergquell geschickt habe, habe ich an Mara gebunden.

Fiora versuchte, das Unbegreifliche zu begreifen.

Nur wenn ich mich mit dir verbinde, werden wir Mara retten können.

In den Gassen rückten die Binare vor.

Entscheide rasch.

Maras Gesicht sah aus, als wäre es aus Wachs geformt. Fiora schluckte. »Was muss ich tun?«

Du musst es geschehen lassen. Das ist alles.

Von allen Seiten drangen die Binare jetzt auf den Platz.

»Gut«, krächzte Fiora, ihre Stimme versagte. Wo ihre Handfläche Mara berührte, spürte sie ein Knistern. Es zog ihren Arm herauf, glitt hinter ihre Augen, brummte in ihren Ohren. Nach einem Wimpernschlag war es wieder vorbei.

»Und jetzt?«

Jetzt retten wir die Welt.

Fiora hatte den Strom in Meister Konstantin gespürt, in der Attentäterin von Talgar, in den Soldaten, von denen sie in ihrer ersten Nacht in Metropolis überfallen worden war, in Salus, im Subsessor, in Doctrix. Nichts hielt dem Vergleich stand zu dem, was sie jetzt fühlte. Sie nahm den Strom nicht einfach wahr – sie war der Strom. Und der Strom war überall. Nicht nur in den vierunddreißig noch lebenden Soldaten der Palastgarde, sondern auch in den letzten Rebellinnen und Rebellen, die Widerstand leisteten, in den Scherben des gesplitterten Gewächshauses, in den geschmolzenen Pflastersteinen des Platzes, in den Motoren der Maschinenwagen. Träumend erhob sie sich, drehte sich einmal im Kreis. Wie durch einen Schleier sah sie das Ausmaß der Zerstörung; gedämpft nur, als trüge sie einen Helm, hörte sie das Gewehrfeuer, die Schreie der Verwundeten.

»Du hast einen Weg gefunden, die Naniten zu beherrschen.« Sie wusste nicht, ob sie es dachte oder sagte.

Du kannst es auch.

Fiora fühlte sich fremd in ihrem eigenen Körper. Was war ihr Körper? Wo begann er, wo hörte er auf? Die Schritte der rennenden Gardisten dröhnten widernatürlich laut.

Wir sind in Gefahr.

Ein Gedanke reichte. Es war kein Befehl, den Fiora aussprach. Sie entschied sich schlicht, was als Nächstes passieren sollte. Der Strom in den Gardisten versiegte, aus vollem Lauf stürzten sie zu Boden, noch vor dem Aufprall waren sie Vergangenheit.

Mara.

Fiora fiel neben ihr auf die Knie. Maras Augen waren geschlossen, doch sie war am Leben. Wie zuvor legte Fiora ihrer Schwester die Hand auf den Bauch. Mit der anderen strich sie ihr den Schweiß von der Stirn. Alles war klar. Sie sah nicht nur die zerschossenen Organe, sondern auch das Blut, das in ihren Bauchraum sickerte, die Nervenbahnen, die den ganzen Körper durchzogen, die zahllosen Zellen, von denen jede einzelne auf ihre Weise den Organismus zu erhalten suchte. »Du wirst gesund.«

Sie befahl dem Strom, zu fließen.

Der Strom floss nicht.

Sie befahl es noch einmal. Nichts. Noch niemals hatte sie so klar gesehen, noch niemals hatte sie den Strom so klar gespürt, hatte noch niemals einen so klaren Willen besessen – und dennoch: nichts.

»Du wirst leben«, flüsterte sie verbissen, legte auch die zweite Hand auf Maras Bauch, holte Luft, band all ihre Kräfte zu diesem einen Befehl. Nichts. Eine verzweifelte Wut packte sie, alle Energien der Umgebung zog sie zusammen; aus den Körpern der verblichenen Gardisten, aber auch aus denen der toten Rebellinnen und Rebellen, aus dem Boden, aus den Steinmauern der Hütten, aus der Luft. In den Hochbeeten des Gewächshauses verdampfte das Wasser. Fiora bebte vor Macht. Nichts.

Nicht der kleinste Funke sprang auf Mara über.

»Du wirst leben«, presste sie hervor, sammelte ihre Kräfte, drückte die Hände auf Maras Wunde.

Mara schlug die Augen auf. Ihr Blick war matt, aber er fand Fiora. »Lass«, wisperte sie.

»Nein.« Sie spürte Tränen ihre Wangen hinunterrinnen. »Nein.«

»Es ist in Ordnung.« Maras Lippen zitterten vor Anstrengung, als sie die Hand hob, an Fioras Wange legte.

»Es tut mir so leid.« Fioras Stimme brach.

»Nein«, hauchte Mara, »mir tut es leid. Unsäglich leid. Ich war hart zu dir.« Ein Röcheln. »Ich dachte, wenn du nicht lernst, Härte zu ertragen, überlebst du nicht.«

»Ich habe dich enttäuscht.«

»Nein.« Ihre Stimme war so leise, dass Fiora sich nah an ihre Lippen beugen musste, um sie noch zu verstehen. »Was bringt ein Leben, das nur aus Härten besteht?«

»Ich wollte immer sein wie du.«

Maras Lippen verzogen sich zu einem schwachen Lächeln. »Und ich wie du. Ich habe deine Sanftheit immer beneidet. Versprich mir, dass du sie dir bewahrst, kleine Schwester.«

Fiora wollte etwas sagen, konnte nicht. Sie ergriff Maras Hand, drückte sie an sich, der Schmerz schüttelte ihren Körper. Schluchzend saß sie da, hilflos und verlassen.

4. Zwischenspiel

Argenteus überlegt lange, als er erfährt, dass der Subsessor, den er beauftragt hat, Doctrix zu vernichten, selbst vernichtet ist. Er versucht, sich zu erklären, was Doctrix im Schilde führt. Er geht davon aus, dass sie ihn stürzen will. Aber warum hilft sie den Menschen? Braucht sie die Menschen, um ihn zu stürzen? Er fragt sich, welchen Nutzen Doctrix in Menschen sieht. Mich wundert, dass er sich diese Frage stellt. Die Entscheidungen, die er anschließend trifft, wundern mich nicht.

Er lässt seine verbliebenen Subsessoren in den Thronsaal kommen.

»Findet Doctrix«, sagt er, »vernichtet sie.«

Sie senken die Häupter und ziehen sich rückwärts zurück.

Anschließend ruft er die Admirale seiner Luftschiffe zusammen. Wenn Doctrix Nutzen in den Menschen sieht, entscheidet Argenteus, ist es sinnvoll, sie zu vernichten. Er gibt den Admiralen die entsprechenden Anweisungen. Sie senken die Häupter und verlassen rückwärts den Saal.

TEIL 5
GLORIA

32. Kapitel

Es tagte.

Wieso? Fiora saß bei Mara und stellte sich die Frage, wieder und wieder. *Wieso konnte ich sie nicht retten?*

Doctrix antwortete nicht.

Vierunddreißig Binare hatte Fiora mit ihrem bloßen Willen vernichtet – aber es war ihr nicht gelungen, ihre Schwester zu retten. Sie war ein leeres Gefäß.

»Die Luftschiffe drehen ab«, sagte jemand. Fiora erkannte ihn als Fink, doch sie sah nicht auf.

»Sie werden mit Verstärkung zurückkehren«, sagte eine zweite Stimme. Gunna. Fiora konnte keine Bedeutung darin finden, die Stimmen zuzuordnen, sie tat es unwillentlich.

»Wir sollten in die Stadt.« Fink wieder, unerträglich nah jetzt. »Da können wir am ehesten untertauchen ... Fiora.«

Sie brachte die Kraft nicht auf, den Kopf zu heben.

»Wir können für Mara nichts mehr tun, außer ihren Kampf weiterzuführen.«

Sie starrte auf die Sommersprossen, die Maras Gesicht sprenkelten. »Es wäre ein aussichtsloser Kampf«, murmelte sie abwesend.

»Wir haben viele Leute verloren«, knurrte Gunna, »aber nicht so viele wie sie.«

»Wir haben ihre Waffen«, bemerkte Fink. »Wir können den

Widerstand neu aufbauen. Verdammt, wir haben einen Subsessor besiegt.«

Fiora lachte tonlos. »Mara hat ihn besiegt, mit Doctrix' Hilfe.«

Als Fink weiter auf sie einredete, hörte sie seine Worte nicht mehr.

Die Sonne stieg, bis sie hinter der schwarzen Wolkendecke verschwand. Gunna und die restlichen Rebellen luden die Leichen ihrer Kameraden auf die Wagen, sammelten außerdem alle Waffen ein. »Wir müssen wirklich los«, sagte Fink.

»Dann geht doch«, entgegnete Fiora stumpf. Sie sah zu ihm auf, und ihr Blick zeigte ihm wohl deutlich genug, dass sie es ernst meinte, denn er drang nicht weiter in sie. »Wenn du nach Metropolis kommst«, sagte er nur, »melde dich bei Despina.«

Fiora hatte sich wieder Mara zugewandt.

»Du erinnerst dich – die Frau, vor der ich dich gerettet habe. Sie ist eigentlich ganz in Ordnung. Wenn du ihr eine Nachricht hinterlässt ...«

»Ist gut.«

»Leb wohl, Fiora«, murmelte er. »Bis bald.«

Die Maschinenwagen ratterten davon. Fiora blieb allein mit Mara. Sie hatte den Rebellen untersagt, den Leichnam mitzunehmen. Die Stimme in ihrem Kopf war nicht zurückgekehrt. Auf den Gassen lagen die Binare, ihrer Rüstungen beraubt. Sie trugen nur noch einfache dunkle Leinenkleider. Äußerlich waren sie nicht von Menschen zu unterscheiden. Aber wo ihre Körper verletzt worden waren, klafften schwarze Wunden; und ihre Gesichter waren glatt, kein Schmerz hatte sie im Moment ihres Todes verzerrt.

Die Einsamkeit half Fiora, aus ihrer Taubheit zu erwachen.

Gunna hatte sicher recht, die Palastgarde würde zurückkehren. Ein Wagen war noch da, vermutlich hatte Fink ihn für sie zurückgelassen. Sie nahm Mara auf die Arme und trug sie zum Wagen, legte sie in den hinteren Fußraum. Dann holte sie aus dem Gewächshaus eine Schaufel und stieg vorne auf. Es gab drei Hebel, außerdem ein Pedal. Zwar hatte sie Fink beobachtet, wie er diese Gefährte steuerte, aber als sie es selbst versuchte, stellte sie fest, dass es leichter ausgesehen hatte, als es in Wirklichkeit war. Minutenlang mühte sie sich ab, bis überhaupt nur der Motor ansprang. Als sie den Wagen vom Platz hinuntersteuerte, entdeckte sie zwischen den toten Binaren ihren Klingenstab. Sie ließ ihn liegen, wo er war. Unter wildem Protest des Motors rumpelte sie aus dem Ort.

Wo willst du hin?

Doctrix. Offenbar konnte sie Fioras Gedanken nicht lesen. Fiora verzichtete auf eine Antwort. Die bloße Vorstellung, nach Metropolis zu fahren, zu all den Menschen und all dem Gestank, bereitete ihr Übelkeit. Sie wandte sich nach Südwesten. Die Gegend dort schien felsiger zu werden, auch buckeliger, versprach am ehesten ein Versteck vor den unerbittlichen Luftschiffen.

Sie hatte sich nicht getäuscht, nach einer Stunde Fahrt wellte sich die Ebene, begann anzusteigen, am Horizont zeichnete sich eine Gebirgslinie ab. Der Wolkenschirm war verschwunden, ungehindert marterte die Sonne das Land. Fiora fuhr so lange, wie der Boden es zuließ, stellte den Wagen in einer Senke ab. Ein paar hundert Schritt entfernt befand sich ein Plateau aus rotem Stein. Sie trug Mara dorthin, fand einen Aufgang, schweißgebadet legte sie sie oben ab. Dann kehrte sie zurück zum Wagen, holte die Schaufel. Der Boden war nicht zu hart, um eine Grube auszuheben.

Die Sonne stand bereits niedrig, als Fiora mit ihrem Werk fertig war. Sorgsam legte sie Mara hinein. Eine Weile kniete sie am offenen Grab, dann schüttete sie es zu.

Hast du dich von deiner Schwester verabschiedet?

Fiora starrte auf den roten Boden, der nun für immer Maras Heimat sein sollte.

Hast du dich von deiner Schwester verabschiedet?

Sie hatte Mara beweint, und sie hatte sie begraben. Es gab nichts mehr zu tun.

Du musst Argenteus stellen.

»Ich muss gar nichts mehr«, murmelte Fiora. Dann legte sie sich auf die frisch aufgeworfene Erde und schlief ein.

Ein Brüllen weckte sie, Angstschreie folgten. Sie stemmte sich hoch, doch sofort erinnerte sie sich, was geschehen war, und eine bleierne Schwere überkam sie. Auf der Zunge schmeckte sie die Erde von Maras Grab, ihre Augen brannten von zu vielen Tränen, ihre Kehle war trocken wie die Ödnis.

Mühsam kämpfte sie sich auf die Beine, stolperte zum Rand des Plateaus. In der Senke, in welcher sie den Maschinenwagen abgestellt hatte, entdeckte sie eine Horde zerlumpter Gestalten und zwischen ihnen Kor. Die Banditen waren mit armseligen Speeren bewaffnet, panisch stoben sie auseinander. Das Donnergrollen, das Kor ihnen hinterherschickte, würden sie den Rest ihres Lebens nicht vergessen.

Sein gewaltiger Schädel drehte sich zu Fiora, sie winkte ihm zu. Er sprang ihr entgegen, das Plateau herauf. Noch immer wirkten seine Bewegungen sicher, aber nicht mehr so geschmeidig wie früher. Erschrocken bemerkte sie, wie dünn er geworden war. Von seiner vormals so prächtigen Mähne waren nur faserige Strähnen geblieben.

Er trottete heran, neigte das Haupt. Sie legte ihm die Hand

auf die Schnauze. »Du Lieber«, flüsterte sie. »Du armer, kranker, lieber Freund.«

Kor drückte die Schnauze gegen sie, knurrte, ließ sich vor ihr auf den Bauch niedersinken. Sie schmiegte sich an ihn, kraulte sein schütter gewordenes Fell. Die Sterne funkelten, es war eine kühle Nacht. Fiora lehnte sich zurück gegen Kors warmen Leib, spürte, wie dieser sich im Rhythmus seines Atems bewegte.

Eine Sternschnuppe funkelte, Fiora musste lächeln. »Ist der Himmel nicht schön?« Sie hätte öfter den Blick nach oben richten sollen. All der Gram der Welt verblasste, wenn man sich der Weite des Himmels öffnete. In stiller Wehmut verfolgte sie, wie die Gestirne sich drehten. Lauschte auf Kors Atmen und das Zirpen der Grillen.

Sie dachte an Bergquell, an Faradas, an Metropolis, an das namenlose Dorf in der Schlucht. Egal, wo sie gewesen war, immer hatte es sie weitergedrängt, immer hatte sie sich auf der Flucht gefühlt. Aber nie hatte sie ein Ziel gefunden, zu dem etwas anderes als Angst sie getrieben hatte. Hätte sie nur einmal innegehalten, um den Blick zu heben, sie hätte den Sternenhimmel gesehen.

Der Osten begann sich violett zu verfärben, wurde rosa, wurde orange. Kors Atem wurde schwächer. Als die ersten Strahlen der Morgensonne über die Wüste glitten, war er überhaupt nicht mehr zu hören. Auch sein Leib hob und senkte sich nicht mehr. Die Trauer, die Fiora empfand, war leise, sanft. Es war ein friedlicher Abschied. Alle Dinge nahmen ein Ende. Und in diesen letzten Stunden hatte sie gelernt, dass es nicht schlimm war.

Hast du dich von Kor verabschiedet?

Ein Riss ging durch die Stille, in die ihre Seele sich gebettet hatte. »Ich werde dich nie wieder los, oder?«

Du musst Argenteus stellen.

Mit schwerem Seufzen strich sie Kor über die Schnauze. »Ich kann nichts gegen ihn ausrichten.«

Du bist die einzige Hoffnung, die wir haben.

»Wir?« Fiora drehte den Kopf – aber es gab niemanden, dem sie hätte ins Gesicht lachen können. »Ich weiß nicht, ob wir dasselbe wollen.«

Fiora war sich sicher gewesen, dass Doctrix widersprechen würde. Stattdessen Stille. Nur die Grillen zirpten weiter, unbeeindruckt von der Riesin, die mit sich selbst redete.

»Mara hätte es gekonnt«, murmelte sie schließlich. »Sie hätte ihn besiegt.«

Du bist stärker als sie.

Fiora legte sich auf den Rücken, starrte die Scheibe des Mondes an, die sich grau im Morgendunst abzeichnete. »Ich bin deine Notlösung. Du selbst hast dich für Mara entschieden, in Bergquell damals.«

Um dich zu schützen.

»Das hast du mir schon in der Fabrik gesagt.«

Ja, und es ist die Wahrheit. Argenteus durfte seine Aufmerksamkeit nicht auf dich richten. Mara ...

»Du hast sie geopfert, und dafür findest du keine Entschuldigung.«

Die Stimme in Fioras Kopf schwieg, und es war ihr nur recht. Sie schloss die Augen, spürte die Brise, die über das Plateau strich. Hier würde sie liegen bleiben, eingefasst von Mara und Kor.

Du musst Argenteus stellen.

Fiora fuhr hoch. »Verschwinde!«, schrie sie in den Himmel. »Lass mich in Ruhe!«

Ich kann nicht, selbst wenn ich wollte.

Erbittert drehte Fiora sich auf die Seite, krümmte sich zusammen in dem hilflos kindlichen Versuch, sich gegen einen körperlosen Spuk zu schützen. »Such jemand anderen heim.«

Ich kann nicht. Jedes Mal, wenn ich mein Bewusstsein übertrage, wird es brüchiger.

»Jedes Mal ...?« Fiora horchte auf. »Wie oft hast du es denn übertragen?«

Viermal.

»Außer auf Mara und mich – auf wen noch?«

Auf Salus ...

»Du warst Salus?!«

Ja.

Aufgewühlt sprang sie auf. »Und das vierte Mal?«

Deranim.

Sie hatte den Namen schon einmal gehört – aus den Nebeln ihres Gedächtnisses stieg eine Erinnerung auf: »Faradas' Geliebte.«

Seine Tochter.

»Seine Tochter«, flüsterte Fiora. Faradas hatte eine Tochter gehabt. Kummervoll dachte sie an die Schwermut, die ihn umhüllt hatte. »Was ist mit ihr geschehen?«

Sie hat versucht, Kubus' Pläne herauszufinden. Argenteus hat sie entdeckt und dazu gebracht, ihm die Geheimnisse der Dunklen zu verraten. So ist es ihm gelungen, die Dunklen zu vernichten. Zum Dank hat Kubus ihn zu seinem Marschall ernannt.

Fiora fragte nicht, wie Argenteus Deranim dazu gebracht hatte, zur Verräterin zu werden. Sie wollte es nicht wissen. »Und dann?«

Sie war so stark und zugleich so voller Gefühle, dass sie mir für meine Forschung nützlich erschien. Ich habe sie mir von Argenteus erbeten, und er hat sie mir überlassen. Zuerst waren meine Versuche erfolglos. Erst als ich mein Bewusstsein mit ihrem verschmolzen habe, habe ich angefangen zu verstehen.

»Zu verstehen?« Sie schauderte. »Was zu verstehen? Was sie fühlt?«

Was Gefühle sind.

Fioras Beine wurden schwach. »Du hast sie umgebracht?« Ihre Stimme war rau.

Nein. Ich habe ihr zur Flucht verholfen.

»Sie lebt?«

Nein.

»Du bist dir sicher?«

Ja.

»Warum?«

Faradas hat mir von ihrem Tod erzählt.

»Wie ist sie gestorben?«

Die Menschen von Bergquell haben sie erschlagen.

Fiora stand betäubt. In quälender Langsamkeit trat die Erkenntnis in ihr Bewusstsein. »Das heißt ...« Ihre Stimme brach.

Deranim war deine Mutter.

33. Kapitel

Einen Tag und eine Nacht hatte Fiora damit verbracht, Kors gewaltigen Leib mit Steinen zu bedecken. Jetzt saß sie auf dem Plateau aus rotem Stein, zwischen zwei Gräbern, und traf eine Entscheidung. Sie legte Maras Gesicht frei, und mit dem Messer, das sie in einer anderen Zeit dem Kesselflicker abgenommen hatte, schnitt sie ihr eine ihrer leuchtenden Locken ab. Sie rollte die Locke zu einem dicken Ring und verbarg sie in Faradas' Kompass. Eine letzte Erinnerung. Dann schob sie die Erde wieder über Mara zusammen. Vielleicht würde sie ihr bald folgen. Aber nicht jetzt, nicht hier.

Sie ging zur Senke, in der sie den Maschinenwagen gelassen hatte. Eine Minute später brauste sie über die Ebene.

Wo willst du hin?

»Nach Kenet.«

Du musst nach Metropolis.

»Warum hast du mir nicht früher von Deranim erzählt?«

Du musst nach Metropolis.

»Zuerst Kenet.«

Bevor die Sonne zu sehr brannte, erreichte Fiora den fransigen Rand der Rauchdecke. Keine Luftschiffe über Kenet. Sie hielt bei der ersten Hütte des Ortes und schlich zu Fuß auf den Platz in dessen Mitte. Ein Blick genügte, um zu wissen, dass sie umsonst gekommen war. Der Klingenstab war weg.

Kurz und ohne große Hoffnung suchte sie die Umgebung ab, dann kehrte sie zu ihrem Wagen zurück. Der Stab war ihr wichtig. Aber sie brauchte ihn nicht.

Noch immer war sie gekleidet wie eine Madenzüchterin, in das einfache Gewand, das sie gegen Amadeus eingetauscht hatte. Wieder näherte sie sich der Stadt über einen Umweg. Eine halbe Meile vor Metropolis gelangte sie zu einer riesigen Anlage aus runden Betonbecken, die bis zum Rand mit einer öligen Flüssigkeit gefüllt waren. Direkt an der Straße stand ein grau-gelbliches Backsteingebäude. Fiora stellte den Wagen vor dem Gebäude ab und ging zu Fuß weiter. Wind kam auf, trieb den Sand über die Ebene. Es würde keinen Verdacht erwecken, dass sie Gesichtstuch und Schutzbrille trug. Die wenigen Leute, die außer ihr noch unterwegs waren, wurden von einer nervösen Eile getrieben. Ein Sturm lag in der ascheschweren Luft.

Die Wachen am Torbogen trugen grüne Uniformen. Keine Binare also. Entweder Argenteus wiegte sich nach der Zerstörung des Widerstands in Sicherheit und hatte deshalb seine Truppen abgezogen. Oder er brauchte sie anderswo.

Obwohl so wenige Leute die Straße nutzten, musste Fiora warten. Direkt vor ihr war ein Wachmann dabei, einen älteren Mann zu filzen, der statt seines linken Armes eine mechanische Prothese trug. Mit dieser Prothese fuchtelte er im Gesicht des Wachmanns herum, während er sich lautstark beschwerte.

»Eure Brille bitte«, sagte die Wache ungerührt.

»Warum?«

»Es soll eine Dunkle unterwegs sein.«

»Sehe ich aus wie ein Dunkle?« Der Alte nahm die Brille ab. »Überhaupt – eine Dunkle? Stoff für Schauermärchen. Also ich habe noch keine gesehen. Unter Kubus hätte es das nicht gegeben, dass man ehrbare Bürger drangsaliert, noch dazu unter so fadenscheinigen Vorwänden.«

»Ihr könnt passieren.« Der Wachmann gab den Weg frei.

Immer noch fluchend schob sich der Alte an ihm vorbei, der Wachmann wandte sich Fiora zu. »Nächste bitte.«

Jetzt umzukehren, hätte sie verdächtig gemacht. Langsam trat sie vor. Was sollte sie tun? Fieberhaft dachte sie nach. Auch ohne ihren Klingenstab wäre es nicht schwer, die Wachleute zu überwinden. Aber was dann?

Nachdem sie daran gescheitert war, Mara zu retten, zweifelte sie daran, die Wachen so zu manipulieren, wie es ihr bei dem Obristen Anshelm gelungen war.

»Habt Ihr Waffen dabei?«, fragte der Wachmann.

»Nur ein Messer.«

»Nehmt Ihr bitte die Brille ab?«

Der Moment der Wahrheit. Kämpfen oder nicht? Beklommen tastete sie sich an die geheimnisvollen Kräfte heran, die für eine kurze Weile auf ihren Willen gehört hatten.

Ein Rauschen schwoll aus den Gassen der Stadt. Fiora brauchte einen Moment, bis sie es zuordnen konnte – Rufe des Erstaunens und Schreckens, aus tausend Kehlen gleichzeitig. Der Alte, der bereits den Torbogen durchschritten hatte, blickte in den Himmel, der Mund offen, Hand und Prothese an den Kopf gelegt. Auch wer sonst noch zu sehen war, war stehen geblieben, warf den Kopf in den Nacken, starrte nach oben.

Der Torbogen verdeckte den Punkt, auf den die Blicke gerichtet waren. Fiora machte ein paar Schritte, um einen besseren Winkel zu haben. Die Wachen beachteten sie nicht.

Über den First eines blassbraunen Wohngebäudes schob sich ein Luftschiff. Es war winzig, musste sich Meilen entfernt befinden, an der Nordseite der Stadt. Fiora fragte sich bereits, warum ein einzelnes Luftschiff solchen Eindruck hinterließ, da zeigte sich neben ihm ein zweites. Und ein drittes. Und mit jedem Herzschlag geriet ein weiteres in ihr Blickfeld, mehr und mehr wurden es. Aufgereiht wie Perlen an einer Schnur, schoben sie sich über die Stadt.

Dann kamen die Bomben.

Ein nicht versiegender Strom dunkler Kugeln, die aus dem Boden der Gondeln fielen. Die Kugeln wirkten klein, aber in Anbetracht der Entfernung mussten sie die Größe von Fässern haben. Die ersten Aufschläge konnte Fiora nicht sehen, doch das Poltern, das sie hörte, ließ keinen Zweifel. Der Boden zitterte. Tausend Kehlen schrien panisch.

Aus den Gassen hetzten Menschen, stoben aus der Stadt. Mechanisch trat Fiora zur Seite, um nicht umgerissen zu werden; verfolgte gebannt, wie die Reihe der Luftschiffe näher glitt, die Bomben weiter fielen, ein gewaltiger Donner heranrollte. Fontänen aus Staub schossen in den Himmel; vielstöckige Gebäude stürzten ein, als wären sie aus Papier gebaut. In den Staub mischte sich der Qualm von Feuern, in die Angstschreie mischte sich Pein. Die Luftschiffe schienen nichts verschonen zu wollen, unaufhaltsam rückten sie vor, überzogen die Stadt mit ihrem todbringenden Regen. In der Flucht wurden die Menschen sich gleich. Alles drängte zum Tor, versuchte, zuerst durch den Torbogen zu kommen. Wer Frack und Einstecktuch trug, kämpfte mit demselben verzerrten Gesichtsausdruck wie der elendste Bettler.

Fiora bemerkte, dass auch die Wachen geflohen waren. Sie presste die Lippen zusammen. Doctrix hatte recht behalten; Argenteus griff an, und er nahm nicht die geringste Rücksicht. Die von den Luftschiffen gebildete Schnur erreichte Fioras Standort, zu dem höllischen Lärm gesellte sich beißender Qualm, außerdem der Gestank von geschmolzenem Metall und verbranntem Fleisch.

Geschlossen kam die Armada zu einem Halt. Wer es aus der Stadt schaffte, war den Bomben fürs Erste entkommen. Eine Frau mit riesigen hochgeschnürten Brüsten fiel Fiora ins Auge. Despina. Barfuß rannte sie an Fiora vorbei. Die roten Stiefel mit den hirnrissig hohen Absätzen musste sie verloren oder zurückgelassen haben.

»Warte!«, rief Fiora, rannte ihr hinterher. Sie rief noch zweimal, doch erst als sie Despinas Handgelenk zu greifen bekam, wandte diese sich zu ihr um. In ihren Augen war nichts als Furcht, wild versuchte sie, sich loszureißen.

»Ich bin es. Fiora.«

»Lass mich«, schrie Despina, ihre Stimme überschlug sich.

»Beruhige dich. Die Schiffe haben mit der Bombardierung aufgehört. Sieh, sie steigen schon wieder. Hat Fink dir eine Nachricht für mich hinterlassen?«

»Was? Was willst du?«

Fiora packte sie an den Schultern. »Fink. Er wollte dir eine Nachricht für mich hinterlassen. Wo ich ihn treffen kann.«

»Irgendein Denkmal. Er meinte, du wüsstest, welches. Er will dort bei Einbruch der Dunkelheit auf dich warten.« Wieder versuchte sie, sich aus Fioras Griff zu befreien.

»Heute?«

»Keine Ahnung. Ich glaube, jeden Tag. Lass mich los.«

Fiora gab sie frei, Despina hastete davon.

Entmutigt richtete sie ihre Aufmerksamkeit wieder auf die Stadt. Die Luftschiffe hatten nur Schutt und Feuer hinter sich zurückgelassen. Fiora sah den Flüchtenden hinterher, die sich über die Ebene verstreut hatten. Manche waren stehen geblieben, hatten sich umgewandt, um das Ausmaß der Zerstörung zu mustern. Die meisten rannten noch immer. Aber egal, wie weit sie fliehen würden – sollte Argenteus sie für bedeutsam genug halten, würde er sie finden.

»Was jetzt?«, fragte Fiora matt.

Aber Doctrix schwieg.

Fiora spürte ein Pochen in ihren Schläfen, schloss die Augen, wartete. Na gut, entschied sie, als der Schmerz nachgelassen hatte, sie würde das Denkmal aufsuchen. So viel war sie Fink schuldig. Sie trat unter dem Torbogen hindurch, der nicht einen Kratzer abbekommen hatte, und gelangte in ein Meer der Verheerung. Im Süden hatten die Luftschiffe die Stadtmauer noch nicht erreicht, nach wie vor zitterte der Boden unter den Einschlägen ihrer Bomben. Doch wo Fiora sich befand, gab es nichts mehr zu zerstören. Die Straßen, unter Trümmern begraben, von Kratern übersät, waren kaum noch als solche zu erkennen. Ganze Wohnblocks waren vom Erdboden verschluckt, von anderen ragten nur noch einzelne Wände auf. Manche Gebäude waren in der Mitte durchgebrochen, gaben wie Puppenhäuser den Blick auf ihr Inneres frei. Möbel, die heil geblieben waren, wurden von Flammen verschlungen. Überall rauchte es. Der Staub machte das Atmen schwer. In stillem Grauen zog sich Fiora ihr Tuch über den Mund, während sie durch die Verwüstung schritt. Schlimmer als die Zerstörung der Gebäude war es, die Leichen zu ertragen. Fiora schnürte sich einen Panzer der Härte um die Brust, um nicht zu verzweifeln.

Unter einem Steinhaufen zuckte ein Arm.

Sie rannte hin, wälzte die Steine zur Seite, bis ihre Fingernägel bluteten. Als sie den Verschütteten freigelegt hatte, lebte er nicht mehr. Benommen stolperte sie weiter. Für eine Weile vergaß sie, was ihr Ziel war. Als es ihr wieder einfiel, entfuhr ihr ein hohles, lautloses Lachen. Alles sah anders aus. Wie sollte sie je zu dem Denkmal zurückfinden? Trotzdem stolperte sie weiter. Und wenn sie nichts anderes tun konnte, so schien es ihr zumindest eine Pflicht, zu sehen, was geschehen war. Eine letzte Würdigung des ausgelöschten Lebens.

Du hast keine Vorstellung, mit wem du dich anlegst, hatte Edrina von den Blutigen Hunden sie gewarnt. Fiora hatte damals gedacht, es ginge um Argenteus' Stärke, und vielleicht hatte Edrina es auch so gemeint. Aber während sie jetzt zwischen den verkohlten, zerschundenen Leichen hindurchschritt, verstand sie den Satz als eine ungleich schrecklichere Warnung.

Auf einer umgedrehten Badewanne saß in sich zusammengesunken eine Gestalt. Sie war so grau von Ruß und Staub, dass sie von Weitem aussah wie eine verwitterte Statue. Zaghaft trat Fiora näher. Die Gestalt hob den Kopf. Es war Fink.

Als er Fiora erkannte, stand er auf. »Du bist zurückgekehrt.« Er versuchte ein Lächeln, doch der fröhliche Schalk, der einst in seinen Augen gefunkelt hatte, war erloschen.

Stumm schlang Fiora die Arme um ihn. Lange standen sie still beieinander, teilten schweigend ihr Leid. Was gab es zu sagen in einer auseinandergefallenen Welt?

Irgendwann nahm Fiora eine Bewegung wahr. Gunna kletterte über einen Trümmerhaufen. Auch sie war grau von Kopf bis Fuß, schien aber unversehrt. Als sie Fiora sah, zögerte sie kurz. Ohne sie zu grüßen, wandte sie sich an Fink: »Hier ist niemand mehr.«

Fink seufzte nur.

»Ihr wart in der Kanalisation?«, fragte Fiora.

»Verfluchtes Glück«, knurrte Gunna.

»Ja, in der Kanalisation«, beantwortete Fink die Frage. »Um uns herum ist alles zusammengebrochen.« Mit schlafwandlerischer Langsamkeit tastete er nach seiner Schulter. »Unser Tunnel war der einzige, der gehalten hat.«

»Was ist mit den anderen? Ihr wart doch mindestens zwanzig ...«

»Tarki und Odal haben überlebt.«

Fiora versuchte, Worte zu finden.

»Der Widerstand ist Geschichte«, murmelte Gunna.

In der Ferne knallte ein Schuss. Gunna fuhr herum, Fink regte sich kaum. Fiora lauschte angespannt, aber es folgten keine weiteren. Stattdessen rannte Tarki auf sie zu, mitten durch einen Hutladen, der beide Seitenwände verloren hatte.

»Was ist los?«, rief Gunna ihr entgegen.

Tarki war eine drahtige Frau mit blondem Pferdeschwanz und der Fähigkeit, Bier schneller trinken zu können, als es aus dem Zapfhahn lief. »Oh, hallo, Fiora«, murmelte sie überrascht.

»Was gibt es?«, fragte Gunna.

»Die Luftschiffe haben sich aufgeteilt. Ein paar sind gelandet, die anderen fahren in verschiedene Richtungen.«

»Wozu?«

»Keine Ahnung.«

»In welche Richtungen?«, fragte Fiora.

»In alle«, antwortete Tarki. »Der Großteil nach Nordosten.«

»Ischgar«, murmelte Fiora.

»Was?«

Fiora rieb sich die pochenden Schläfen. »Metropolis war nur der Anfang.«

Während die anderen noch ihre Worte verarbeiteten, rannte Odal herbei. Der Mann war ein Riese, zwei Köpfe größer als Fiora und dreimal so breit. Sein linker Arm hing schlaff von der Schulter. »Ich glaube, sie suchen nach Überlebenden.« Wenn er überrascht war, Fiora zu sehen, zeigte er es nicht. »Die Binare schwärmen aus.«

»Wie viele?«, fragte Gunna.

Odal sah sie entgeistert an. »Willst du kämpfen? Dutzende, Hunderte vielleicht.«

»Rattenmist.«

»Wir müssen verschwinden«, drängte Tarki, »zurück in die Kanalisation.« Sie wandte sich bereits zum Gehen, Odal schloss sich ihr an, Fink ebenso. Im Süden knallten weitere Schüsse. Gunna rieb sich die Stelle, wo sie ihr Ohr verloren hatte. »Rattenmist.« Dann eilte sie den anderen hinterher.

Fiora war als Einzige stehen geblieben. »Wartet.«

Die drei anderen drehten sich zeitgleich um. »Was denn noch?«, herrschte Gunna sie an.

»Ich kann nicht mitkommen.«

Fink erwachte aus seiner Apathie. »Was hast du vor?«

»Die Sache muss ein Ende nehmen.«

Tarki legte sich die Hand an die Brust. »Du willst gegen die Binare kämpfen?«

»Das ist Selbstmord«, führte Odal den Gedanken zu Ende.

»Nein, ich will nicht gegen die Binare kämpfen.« Fiora holte Luft. »Sondern gegen Argenteus.«

Drei Augenpaare starrten sie entgeistert an. Fiora hielt den Blicken stand. Schließlich knurrte Gunna: »Du bist völlig übergeschnappt.«

»Lebt wohl.«

»Nein.« Fink.

»Du bist ein guter Freund.« Sie lächelte wehmütig. »Aber ich muss.«

»Ich weiß. Und ich komme mit.«

Erschrocken begann Fiora zu protestieren.

Fink schüttelte den Kopf. »Du wirst es mir nicht ausreden.« Er trat zu ihr, streifte mit den Fingern schüchtern ihren Unterarm.

Sie wusste nichts zu entgegnen.

»Ich komme auch«, sagte Tarki.

»Du?«, schnaubte Gunna. »Seid ihr jetzt alle durchgedreht?«

»Ich auch«, sagte Odal.

Gunna verlor den letzten Rest an Fassung. »Ihr wisst ja nicht einmal, wo Argenteus ist.«

»Gloria.«

Gunna lachte auf. »Eine Legende. Wie sollen wir einen Ort finden, den keine Menschenseele je zu Gesicht bekommen hat?«

Fiora biss sich auf die Unterlippe. »Ich habe eine Vermutung.«

»Ihr seid wahnsinnig. Ihr geht in den Tod.«

Niemand antwortete.

»Dreck. Und ich habe mir eingeredet, der Widerstand sei mehr als ein Narrenzirkus.« Verärgert musterte Gunna die Gruppe. Ihr Blick blieb an Fiora hängen. »Vom ersten Moment an wusste ich, dass du Ärger bringst.« Doch sie sagte es ohne die Gehässigkeit, die Fiora von ihr gewohnt war. »Also«, seufzte Gunna, »wie kommen wir ran an unseren Gottkönig?«

»Bevor ich Metropolis verlassen habe, habe ich dem Obristen Anshelm einen Besuch abgestattet. Ich habe ihn nach dem Palast des Gottkönigs gefragt, und er sagte, ich solle der Sonne entgegengehen.«

»Nach Süden.«

»Dachte ich auch erst. Aber habt ihr gesehen, wie manche der Luftschiffe einfach aus den Wolken heruntersinken? Gloria ist nicht im Süden. Es ist über uns.«

Die anderen warfen argwöhnische Blicke in den rußverhangenen Himmel.

»Ich habe recht, oder?«, fragte Fiora. Von den vier letzten Mitgliedern des Widerstands erntete sie nur ratloses Schweigen, aber ihnen hatte sie die Frage gar nicht gestellt. In ihrem Kopf hörte sie die Antwort, die sie erwartet hatte.

Ja, sagte Doctrix.

»Selbst wenn es so wäre«, murmelte Gunna schließlich, »soweit ich weiß, kann niemand von uns fliegen.«

Fiora erinnerte sich daran, wie Edrina persönlich sie zu Argenteus hatte bringen wollen. Das war ja nun keine Option mehr. Sie zuckte mit den Schultern. »Wir kapern eines ihrer Luftschiffe.«

Gunna klappte die Kinnlade auf.

»Das könnte man dann wohl ein Himmelfahrtskommando nennen …« Ein Hauch von Finks früherem Schalk war in seine Stimme zurückgekehrt. »Diese Idee ist so bescheuert, damit rechnen sie garantiert nicht.«

»Wir haben noch ihre Rüstungen im Lager«, bemerkte Tarki.

»Rattenmist«, knurrte Gunna. Sie ließ den Blick über das Trümmerfeld schweifen. In der Ferne knallten Schüsse. »Auf zum Lager.«

34. Kapitel

Der Weg in die Kanalisation führte nicht über einen gewöhnlichen Zugang; stattdessen hatte ein Bombenkrater eine Straße so weit eingedrückt, dass eine Öffnung in einen der Tunnel entstanden war. Öffnung war fast zu viel gesagt, es handelte sich um einen Spalt in einem Steinhaufen. Nachdem die Rebellen herausgeklettert waren, hatten sie ihn verdeckt. Jetzt legten sie ihn wieder frei. Auf sich allein gestellt, hätte Fiora die Stelle niemals gefunden. Nacheinander zwängten sie sich durch den Spalt, hinein in die vertraute, stinkende Dunkelheit. Odal mit seinem massigen Körper keuchte und fluchte, schließlich hatte auch er es geschafft.

Tarki hantierte im Dunkeln, schon flackerte der Funke eines Zündholzes auf, kurz darauf die Flamme einer Laterne. Was sie als Lager bezeichnet hatte, war ein winziger Raum neben einer Kreuzung mehrerer Kanäle, der mit einem Wirrwarr an Waffen, Konserven und allerlei anderem Zeug vollgestopft war.

»Bedient euch. Nehmt, so viel ihr möchtet«, sagte Tarki mit auffordernder Geste. Finster fügte sie hinzu: »Es sieht nicht so aus, als ob wir noch mal zurückkommen werden.«

Ohne sich aufzuhalten, suchte sich jeder eine Rüstung, die ihm halbwegs passte, und legte sie an. Die Rüstungen wiesen über der linken Brust achtgliedrige Ziffernfolgen auf.

Keine war groß genug für Odal, aber bereits in Kenet hatte er sich eine zurechtgebogen, auf die er jetzt zurückgreifen konnte. »Du solltest zurückbleiben«, befand Tarki, »du kannst ja nicht mal eine Waffe halten.«

»Was ist mit deinem Arm passiert, Odal?«, fragte Fiora.

»Ist zertrümmert worden, als die Tunnel eingestürzt sind.«

»Kannst du ihn heilen?«, fragte Fink.

Fiora zögerte.

»So wie bei mir?«

Sie wusste, wenn sie die geringste Chance gegen Argenteus haben wollte, musste sie das Vertrauen in ihre Fähigkeiten zurückgewinnen.

»Darf ich?«

Als Odal nickte, legte sie ihm die Hand auf den herabhängenden Arm. Bang tastete sie in ihn hinein, durch Haut, Sehnen und Muskeln, bis zu den Knochen. Die beiden unteren waren unverletzt, doch der im Oberarm war mehrfach gebrochen. »Hast du keine Schmerzen?«

»Es geht.«

Noch während er es sagte, spürte sie seine Qual – ein Brennen, das von Schulter bis Ellenbogen reichte und von einem eisernen Willen in Schach gehalten wurde. »Wie hältst du das aus?«, flüsterte sie.

»Was bleibt mir anderes übrig?«, antwortete der Riese. »Ich kann es nicht ändern.« Er sagte es mit einer Selbstverständlichkeit, die Fiora ergriffen zu ihm aufblicken ließ. Dieser Mensch hatte sich entschieden, sich nicht davon abhängig zu machen, was die Welt ihm an Leid zugeteilt hatte.

»Aber ich«, sagte sie.

Es kostete sie keine Kraft. Nur ein Kitzeln in ihren Fingerspitzen verriet ihr, dass überhaupt Energien flossen. Wie von selbst fügte sich Odals Knochen wieder zusammen, verbanden sich die gerissenen Muskelfasern. Es dauerte keine Minute und geschah ohne Schmerz. Eigentlich wäre der Vorgang qualvoll gewesen; die Nerven, über welche die erlittenen Reize ans Gehirn gebracht werden sollten, schrien. Doch Fiora hieß sie schweigen.

»Besser?«

Odal starrte auf seinen Arm. »Er fühlt sich taub an.«

»Das ist nur der Schmerz, der nicht mehr da ist«, vermutete Fiora. »Beweg ihn.«

Es gelang ohne Probleme. Mit großen Augen starrte Odal sie an, ungläubig, sprachlos.

»Ich hab's euch ja gesagt, sie ist eine Zauberin«, bemerkte Fink nüchtern.

Während Tarki Odal noch mit den Scharnieren half, entdeckte Fiora Wasserkanister. Sie trank, bis ihr übel wurde. Den Hunger, der sich nun einstellte, bekämpfte sie mit Eiweißriegeln. Sie schmeckten so widerlich wie eh und je – und dennoch verschlang sie einen nach dem anderen, bis Fink ihr den Rest der Packung abnahm. »Ich bin froh, dass du zurückgekommen bist.«

»Weißt du was, Fink«, nuschelte sie kauend, »ich auch.«

»Ich habe was für dich.«

Fiora schluckte ihren letzten Bissen hinunter. »Was?«

»Warte hier – ich habe es nebenan versteckt.« Er rannte aus dem Raum, eine Minute später kehrte er zurück. In den Händen trug er einen langen, schmalen Gegenstand, der in groben Stoff eingewickelt war.

Fiora sprang auf. »Mein Stab!«

Er reichte ihn ihr.

Ehrfürchtig nahm sie die Gabe an, wickelte sie aus den Stoffbahnen. Sie erinnerte sich daran, wie sie den Stab in

Kenet gelassen hatte, nachdem Fink bereits aufgebrochen war. Sie sah auf. »Du bist zurückgekehrt?«

Er nickte. »Aber du warst schon weg.« Er wollte etwas hinzufügen, blickte zu Boden, dann doch wieder auf. Mit einem Mal sah sie Tränen in seinen Augen glänzen.

Sie ergriff seine Hand, drückte sie. »Danke.«

Gewappnet mit den Waffen und Rüstungen ihrer Gegner, brachen sie auf in den Süden der zerstörten Stadt. Erwachte nannte der Widerstand Menschen, die den Strom spüren konnten. Bis auf Fink waren sie alle fähig dazu; und so war es ihnen ein Leichtes, den Trupps der Palastgarde auszuweichen – denn lange bevor sie auf jene stießen, wurden sie ihrer gewahr.

Trotzdem war es ein nervenzehrender Gang. Der Wind hatte weiter aufgefrischt, die Luft war dick von Staub. Doch um sich davon aufhalten zu lassen, hatte Fiora zu viele Stürme erlebt. Die Bombenkrater hingegen, die zerstörten Gebäude, die menschlichen Opfer in ewiger Wiederholung waren kaum zu ertragen. In grimmem Schweigen schlichen sie ihrem Ziel entgegen.

Tarki hatte gesehen, wie einige der Luftschiffe, statt im rußigen Himmel zu verschwinden, gelandet waren, vornehmlich im Süden. Aus dem Bauch heraus hatte Fiora vorgeschlagen, das südöstlichste ins Auge zu fassen. Niemand erhob einen Einwand. Beklommen verfolgte sie, wie die Gruppe sich an sie wandte, wenn es darum ging, Entscheidungen zu fällen. In geheimem Einvernehmen schien man sie zur Anführerin erkoren zu haben; selbst Gunna erteilte keine Anweisungen, ohne vorher Fioras Meinung einzuholen.

Es war eine Beobachtung, die ihr Magenschmerzen bereitete. Sie hatte keinen ausgearbeiteten Plan; sie wusste, dass es verantwortungslos war, was sie vorhatte. Mit jedem Schritt bereute sie bitterer, nicht alleine losgezogen zu sein.

Endlich sahen sie zwischen den Ruinen den lang gezogenen Ballon schweben, den sie gesucht hatten. Er war wohl über zweihundert Schritt entfernt; doch da kaum noch ein Gebäude stand, gab es nichts mehr, was die Sicht hätte versperren können. Fiora vorneweg, schlichen sie näher.

»Wie fliegt man so ein Ding eigentlich?«, flüsterte Fink hinter ihr.

Hinter einem umgestürzten Maschinenwagen gebot Fiora ihrer Truppe Halt. »Bis auf drei Wachen ist das Schiff verlassen. Eine steht hinten, die anderen beiden mittig auf jeweils einer Seite.«

Sie hatte gehofft, dass jemand anderes nun das Wort ergreifen würde, aber alle hingen still an ihren Lippen.

»Tarki und Odal, geht ihr auf die rechte Seite? Dann gehe ich auf die linke. Gunna, du bist die beste Schützin – was hältst du davon, wenn du dich der Wache am Heck annimmst?«

»Geht klar.«

»Gut, dann gib uns fünf Minuten, damit wir auf Position kommen. Dein Schuss ist unser Zeichen zum Angriff. Einwände?« Auch wenn sie nur widerwillig die Führung übernahm – nach dem düsteren Marsch befreite es Fiora geradezu, ihre Aufmerksamkeit auf das Luftschiff richten zu können. Hoffentlich war auf Doctrix Verlass.

»Was ist mit mir?«, fragte Fink.

»Du überlegst dir in der Zwischenzeit, wie wir das Ding zum Abheben bringen.«

Offenbar hatte sie Fink mit dem Auftrag auf dem falschen Fuß erwischt, denn er brauchte einen Augenblick, um eine Antwort zu finden. Dieses Zögern reichte ihr, um sich seinem

Widerspruch zu entziehen. Geduckt rannte sie aus der Deckung des Maschinenwagens zu einem Gebäude, das einmal eine Schnapsbrennerei gewesen sein mochte. In dem Schutthaufen waren mächtige kupferfarbene Kessel zu erkennen, die mit Ventilen und Druckmessern versehen waren.

Von den Kesseln aus waren es noch fünfzig Schritt bis zum Luftschiff. Es war auf einem Marktplatz gelandet. Nur ein einziger unversehrter Stand erhob sich aus der Trümmerwüste. Unter der Gondel quoll Kohl hervor. Die Wache am Heck sah auf das Armaturenbrett, das sie vor sich hatte, aber die auf Fioras Seite stand mit schussbereitem Gewehr an der Reling und blickte über den Platz. Keine der beiden Wachen regte sich.

Die zerstörten Stände boten weniger Deckung, als Fiora sich gewünscht hätte, doch es half nichts, sie musste näher hin. Neben dem Klingenstab hatte sie sich nur mit einer Pistole ausgestattet, und mit dieser auf fünfzig Schritt sicher zu zielen, traute sie sich nicht zu. Vermutlich wies die Pistole sogar die nötige Durchschlagskraft auf, aber Fiora hatte noch nie eine Waffe der Binare abgefeuert. Sie schlich bis zum Rand des Marktplatzes, versteckte sich hinter einer Pyramide aus Einmachgläsern, die wie durch ein Wunder heil geblieben war. Noch immer vierzig Schritt bis zur Wache und keine Deckung. Fiora war versucht, ihre Macht über den Strom zu nutzen. Aber wenn die Entladungen so heftig würden, wie sie es bei Mara erlebt hatte, würden sie im ganzen Bezirk zu sehen sein. Lieber unauffällig bleiben.

Sie hatte sich den Klingenstab auf den Rücken gebunden, um die Hände frei zu haben. Kurz entschlossen nahm sie eines der Gläser, es war mit gelbem Püree gefüllt, und warf es in den Schutthaufen mit den Kupferkesseln. Statt zu zerplatzen, rollte es gemächlich klackernd den Hang hinunter. Es reichte. Fiora hörte, wie die Wache von der Gondel sprang, über den Marktplatz kam.

Fiora wunderte sich nicht über den Leichtsinn. Einerseits schienen ihr die Binare der Palastgarde nicht besonders fantasievoll. Andererseits – und das war der triftigere Grund – hatte die Garde gerade die ganze Stadt in Schutt und Asche gelegt. Wahrscheinlich konnten sie sich gar nicht vorstellen, dass es überhaupt noch jemanden gab, der zum Widerstand gewillt war.

Ein Schuss, ein Aufschlag. Fiora musste die Wache am Heck nicht sehen, um zu wissen, dass sie getroffen war. Ihr eigenes Ziel war jetzt nah genug, sie schnellte aus ihrer Deckung, schoss, der Binar brach zusammen. Selbst Faradas' Pistole kam nicht an die Waffen der Binare heran. Schüsse auf der anderen Seite der Gondel. Auf dem Schiff kein Zeichen von Leben mehr, auch Tarki und Odal hatten ihren Teil getan.

Fiora rannte zur Gondel und kletterte gerade aufs Deck, als die anderen beiden sich ihr gegenüber über die Bordwand schwangen. Das Deck war leer bis auf einige Kisten und eine Menge sauber aufgerollter Seile, die an Haken an der Bordwand hingen. Der Ballon wurde von einem metallenen Außenskelett gestützt; drückend niedrig hing er über der Gondel, ein bedrohliches Summen ging von ihm aus.

Als Fiora die Kisten öffnete, fand sie unterschiedlichstes Werkzeug, dessen Zweck ihr schleierhaft blieb. In der Mitte des Decks gab es eine Luke, die in einen Maschinenraum führte. Die Motoren, die das Schiff antrieben, waren direkt am Ballon befestigt; einen Augenblick lang wunderte sie sich, wozu es in der Gondel zusätzliche Maschinen brauchte. Dann erinnerte sie sich an die Bomben.

Gunna kam aufs Schiff und wenig später auch Fink. Dieser

sah sich mit großen Augen um und wandte sich dann zum Heck, wo sich die Steuerelemente befanden.

»Tarki, Odal«, bat Fiora, »haltet ihr Wache? Und Gunna, du könntest dich umschauen, ob du noch was Interessantes findest?« Die Angesprochenen nickten.

Fiora eilte zu Fink, der bereits in die Armaturen versunken war. »Glaubst du, du kannst es fliegen?«

»Das Instrument hier scheint die Höhe zu messen«, antwortete er und zeigte auf einen von Glas geschützten Zeiger. »Und das hier wohl die Neigung.« Er rieb sich aufgeregt die Hände. »Lenken tut man hiermit, denke ich. Die Frage ist nur, wie sich das Ding überhaupt starten lässt. Vielleicht hier.« Er griff nach einem auffällig abgesonderten Regler und schob ihn langsam nach vorne. Das Summen im Ballon wurde lauter. Die Drahtseile, welche Ballon und Gondel verbanden, spannten sich, dann ging ein Ruck durch die Gondel. Das Luftschiff hob ab.

»Ha!«, rief Fink. »Gloria, wir kommen.«

35. Kapitel

Das Luftschiff stieg so gleichmäßig und ruhig, dass Fiora fast daran zweifelte, ob es sich überhaupt bewegte. Aber stetig schrumpfte unter ihnen die Stadt; die Schutthügel und Bombenkrater formten sich zu der regellosen Struktur eines monumentalen Teppichs. Je höher sie kamen, desto steifer wehte der Wind, rauschte mit den Motoren um die Wette. Trotzdem lag das Schiff wie schlafend in der Luft.

Das Atmen unter dem Helm der Garde fiel ihr schwer, das Visier ließ sich nicht öffnen. Fink hatte seinen Helm abgezogen, Fiora tat es ihm gleich. »Fink, du bist famos.«

»Ich mache gar nichts«, grinste der Angesprochene, gleichwohl geschmeichelt. »Die Motoren scheinen sich automatisch an jede Böe anzupassen. Sag mal, wohin fahren wir eigentlich?«

»Nach oben.« Sie warf einen Blick in die pechschwarze Wolkendecke, die bedrohlich über ihnen wogte. »Immer nach oben.«

Ein Donner rollte heran, brachte die Gondel zum Zittern. Erschrocken hielt Fink sich am Steuerrad fest. Seine Heiterkeit war verflogen. »Das ist das Verrückteste, was ich je gemacht habe.«

»Ich auch.«

Die finstere Wand kam näher, auch der Sturm, die Gondel

begann zu schaukeln. Finks Gesicht hatte einen grünlichen Ton angenommen. Fiora bemühte sich um ein ermutigendes Lächeln. »Helme auf!«, rief sie übers Deck, stülpte sich ihren eigenen über.

Und das wabernde Schwarz verschluckte sie. Fiora konnte nur ein paar Schritt weit sehen, selbst Fink war nur noch ein Schemen. Trotz des Tuches, das sie unter ihrem Helm trug, brannte der Qualm in den Lungen. Der Boden wankte unter ihren Füßen. Johlend zerrte der Wind an ihr. Blitze zuckten. Betäubend lautes Krachen ertönte. Fiora fürchtete erst, das Schiff sei getroffen, doch es war nur Donner gewesen. Sie kämpfte sich zur Bordwand vor, bekam eines der Drahtseile zu fassen. Mehr Blitze. Gleißende Fäden im Schwarz. Die Gondel wurde hin und her gerissen. Die Bodenplanken ächzten, im Gerüst des Ballons knackte es.

»Festhalten!«, schrie sie gegen den Wind. Nicht, weil sie glaubte, die anderen brauchten diesen Rat – aber es war alles, was sie tun konnte. In dem brausenden Sturm würden ihre Worte sowieso niemanden erreichen. Am Steuerrad kauerte ein Schatten, Fink. Gunna, Tarki und Odal befanden sich Richtung Bug, waren weder zu sehen noch zu hören.

Die Blitze gingen ineinander über, von allen Seiten rollte der Donner über das Deck. Die Gondel sprang auf und nieder. Ohne einen Blick auf das Instrument war es unmöglich, festzustellen, ob sie noch stiegen. Aber solches Wissen hätte wenig geholfen, Fiora hatte keinen Schimmer, wie dick die Wolkendecke war, wie lange der Sturm andauern würde. Verbissen krallte sie sich an ihr Drahtseil.

Ein Schrei. Laut genug, um einen Weg durch das Tosen zu finden. Fink. Fiora sah gerade noch, wie sein Schatten sich vom Steuerrad löste – ein Wimpernschlag nur, dann war er verschwunden.

»Fink!«, schrie sie. Sie versuchte, ihm hinterherzukommen, doch mit gnadenlosem Zorn warf sich der Sturm gegen das Schiff. Eisern klammerte sie sich an ihr Drahtseil, während die Verzweiflung sie wegzureißen drohte.

Die Welt wurde schwarz. Fiora wollte ihre Augen aufzwingen, doch sie hatte sie gar nicht geschlossen. Sie brauchte einen Moment, um zu verstehen – das beständige Blitzen hatte aufgehört. Noch immer flackerte es hier und dort, noch immer rollte der Donner, brauste der Wind, doch die Gondel wurde nicht mehr herumgeworfen wie zuvor, schwankte nur noch etwas. Der finstere Nebel verzog sich nicht, aber er wurde heller und weniger beißend. Eine atemlose Minute lang wartete Fiora, ob das Gewitter zurückkehren würde, doch der Wind nahm weiter ab, und der Donner polterte nur noch fern.

Es kostete sie Anstrengung, ihre Finger von dem Drahtseil zu lösen, dem sie ihr Leben zu verdanken hatte. Als es ihr gelungen war, stolperte sie über das Deck, auf der Suche nach ihrer Truppe. Zuerst entdeckte sie Gunna, die schwer schnaufend an der Bordwand saß. Und neben ihr – Fink. Fiora stürzte auf ihn zu. »Du lebst.«

Sein linkes Auge war blutunterlaufen, die Wange geschwollen.

Die Erleichterung überschwemmte sie. Sie kniete sich zu ihm, drückte ihn an sich. »Ich dachte, du wärst über Bord gegangen.« Er stöhnte auf, rasch ließ sie wieder von ihm ab.

»Bin ich auch«, murmelte Fink. Der Schock stand ihm ins Gesicht geschrieben. »Gunna hat mich gerade noch erwischt.«

»Du?«, fragte Fiora überrascht. Sogleich schämte sie sich. »Du hast ihm das Leben gerettet!«

»Na ja«, knurrte Gunna, »wir sitzen doch alle in derselben Gondel.«

»Was hältst du davon, dass du weiterhin die Heldentaten übernimmst«, bemerkte Fink schwach, »und ich die Sprüche?«

Einen Moment lang starrte Gunna ihn fassungslos an. Doch dann fing Fink an zu grinsen, und da musste sie lachen. Es war das erste Mal, dass Fiora die abgebrühte Kriegerin lachen hörte, froh stimmte sie mit ein.

Aus dem Nebel schälte sich Odal. »Hier seid ihr.« Der Riese wirkte konfus. »Hat jemand von euch Tarki gesehen?«

Als die Nebel sich endgültig lichteten, blieb die Stimmung trotzdem gedrückt. Tarki blieb verschwunden. Alle hatten gewusst, dass es wenig Aussicht gab, heil aus der Sache herauszukommen. Doch kein Gedankenspiel konnte einen auf den Moment vorbereiten, wenn man dem Schicksal tatsächlich begegnete.

Schweigend standen sie an der Reling und sahen in den blausten aller Himmel. Zumindest füllte dieser die eine Hälfte ihres Gesichtsfelds. Die andere wurde von einer matt glänzenden, kreisrunden Scheibe bedeckt, die einige Dutzend Schritt über ihnen schwebte. Sie war bestimmt hundert Meter dick, ihr Durchmesser musste Meilen betragen.

»Bringen wir es zu Ende«, sagte Fink irgendwann. Fiora hatte seine Prellung geheilt. Bleich und ernst sah er aus. Der Mann, der da in der Rüstung der Palastgarde vor ihr stand, hatte kaum noch Ähnlichkeit mit dem plappernden Jungen, der sie vor Despina bewahrt hatte.

»Bringen wir es zu Ende«, pflichtete Odal ihm bei.

»Bringen wir es zu Ende«, sagte Gunna.

Fink trat an den Steuerungsapparat. Mit einer Selbstverständlichkeit, als hätte er sein Leben lang nichts getan, als Luftschiffe zu bedienen, zog er einen Hebel, schob einen anderen Regler vor. Die Motoren über ihnen brummten, sie stiegen schneller, und zugleich begann der riesige Ballon, sich zu drehen.

Die Waffen schussbereit in Händen, standen Fiora, Gunna und Odal am Bug, während sich die Gondel über die Kante der Scheibe schob. Deren Rand bestand aus einem fünfzig Schritt hohen Ring, in dem sich in absoluter Regelmäßigkeit ummauerte Höfe und fensterlose Gebäude aneinanderreihten. In einigen der Höfe schimmerten die Ballons von Luftschiffen, doch die meisten lagen verlassen da. Innerhalb des Rings leuchtete die Scheibe in einem Grün, wie Fiora noch keines gesehen hatte. Zahllose Pflanzen wuchsen dort, deren Blüten in verschiedensten Farben leuchteten – und alles war in einer unnatürlichen Symmetrie angeordnet. Die Farben, die Formen, selbst die Größe der Bäume schienen genau berechnet zu sein und erzeugten ein magisches Muster aus Spiralen und rechten Winkeln. Springbrunnen plätscherten.

Wie die Speichen eines Rades führten Kieswege zur Mitte der Scheibe. Dort ragte ein Turm auf, der Fiora die Sprache verschlug. Hunderte Schritt musste er hoch sein, mit der Grundfläche eines Prismas. Die Wände waren glatt, glänzten silbern wie Spiegel. Der Turm selbst war beispiellos schlank, doch sein unterstes Drittel wurde von einer Treppe umfasst wie von einem gewaltigen Kegelstumpf. Zwischen dem Rand der Scheibe und dem Turm war ein Ring aus Obelisken aufgestellt. Diese waren so platziert, dass sie mit der Mitte des Turms und jeweils einer seiner Ecken auf einer Achse lagen.

Endlich fand Fiora ihre Sprache wieder. »Bringen wir es zu Ende«, sagte sie.

»Wie lautet der Plan?«, fragte Fink.

»Wir landen in einem der Höfe, die scheinen ja für Luftschiffe gedacht zu sein. Wir sagen, wir haben eine Nachricht für Argenteus. Wenn sie unsere Verkleidung durchschauen oder wir aus anderen Gründen nicht zu ihm vorgelassen werden, schießen wir uns den Weg frei.«

»Guter Plan«, sagte Gunna.

»Los geht's.« Fink drehte das Steuerrad, lenkte das Schiff auf den nächsten Hof zu. Nirgendwo waren Gardisten zu sehen. Was sich schnell ändern konnte – die Gebäude mochten zwar keine Fenster besitzen, aber Türen hatten sie.

»Wenn ich jetzt noch wüsste, wie man sinkt«, grübelte Fink, über sein Armaturenbrett gebeugt. »Probieren wir mal hier.«

Die Motoren heulten auf, das Luftschiff begann zur Seite zu kippen. »Der war's wohl nicht.« Hektisch drehte er am Steuerrad, versuchte die Kontrolle über das Schiff zurückzugewinnen. »Vielleicht der hier. Haltet euch mal lieber irgendwo fest.«

Das Schiff sank, aber zu schnell.

Fink wischte sich den Schweiß von der Stirn, drückte weitere Hebel. Ohne Erfolg. Bedrohlich schlingerte das Schiff auf die Scheibe zu. Ein Rumpeln ertönte aus dem Maschinenraum. »Der auch nicht.« Mit jedem Regler, den Fink zog, mit jedem Knopf, den er drückte, geriet das Schiff mehr ins Trudeln. Der Hof, auf dem sie hatten landen wollen, befand sich direkt unter ihnen, aber sie rasten mit einer Geschwindigkeit auf ihn zu, dass der Aufprall sie zerschmettern würde.

Den Hebel rechts außen leicht nach links drücken. Den mittleren Regler bis zum Anschlag nach hinten ziehen.

Ohne nachzudenken, schob Fiora Fink zur Seite und tat, wie ihr geheißen. Die Motoren jaulten, in den Befestigungen der Drahtseile knirschte es. Ein heftiger Ruck riss die Gondel kurz nach oben, und der Ballon stabilisierte sich. Sie krachten in den Hof.

Fiora war gegen die Bordwand geschleudert worden. Hastig rappelte sie sich auf, sah nach ihren Gefährten. Es war immer noch mehr ein Absturz als eine Landung gewesen, doch bis auf ein paar Blessuren waren sie mit dem Schrecken davongekommen.

»Du kannst es fliegen?«, fragte Fink ungläubig, wütend. »Warum hast du nichts gesagt?«

Sie konnte ihn verstehen, sie teilte seinen Vorwurf – nur dass sich ihre Wut gegen Doctrix richtete. Warum hatte diese nicht früher eingegriffen?

Doctrix schwieg.

»Ich habe es selbst nicht gewusst«, entgegnete sie, wobei ihr klar war, wie unbefriedigend die Antwort sein musste. Aber jetzt von der Stimme in ihrem Kopf anzufangen, brachte vermutlich auch nicht viel. »Ich kann es nicht erklären.«

»Leute«, bemerkte Gunna, »wir bekommen Besuch.«

Fiora griff nach ihrem Klingenstab und trat zu Gunna an die Bordwand. In dem angrenzenden fensterlosen Gebäude gab es ein riesiges geschlossenes Tor und darüber hinaus nur eine einzige weitere Tür. Letztere war zur Seite geglitten, und heraus war eine Gardistin getreten, die nun auf sie zukam. Hinter ihr schloss sich die Tür automatisch.

»Wer redet?«, flüsterte Fiora. »Ich?«

»Wer sonst?«, gab Gunna die Antwort, die Fiora befürchtet hatte.

Die Gardistin trug Rüstung und Helm, aber keine Bewaffnung bis auf eine Pistole am Gürtel. Sie warf einen Blick auf die Ziffernfolge über Gunnas Brust. »Aquila, ich grüße dich. Warum seid ihr zurück?«

Fiora antwortete: »Wir haben eine wichtige Nachricht für den Gottkönig.«

»Warum redest du, Asperata?«

»Weil ich die Nachricht überbringen soll.«

»Von wem?«

»Von den Rebellen.«

»Warum bist du nicht auf deinem eigenen Schiff?«

»Die Rebellen haben es zerstört.«

»Was trägst du da für eine Waffe?«

»Sie ist für den Gottkönig bestimmt.«

Die Soldatin schwieg. Selbst wenn sie keinen Helm getragen hätte, wären ihre Gedanken wohl kaum zu erraten gewesen. Reglos stand sie da. Fiora wartete angespannt.

Schließlich erwachte die Soldatin aus ihrer Starre. »Wie lautet die Nachricht?«

»Ich soll sie dem Gottkönig persönlich ausrichten.«

»Das verstößt gegen das Protokoll.«

»Es ist wichtig.«

»Wer gegen das Protokoll verstößt«, entgegnete die Soldatin, und ihre Stimme war so ausdruckslos wie zuvor, »ist eine Verräterin.« Sie zog ihre Pistole. »Du hast keine Zukunft. Im Namen des Gottkönigs verhafte ich dich. Füge dich oder stirb.«

Ein Schuss knallte, der Kopf der Soldatin wurde nach hinten gerissen, der Körper folgte. Rücklings schlug sie auf und rührte sich nicht mehr.

Fiora sah sich nach dem Schützen um. Kühl zuckte Fink die Schultern. »Sie hat nur von dir gesprochen.«

»Plan B also«, sagte Gunna und entsicherte ihr Gewehr. »Das ging schneller als erwartet.«

Sie sprangen von der Gondel, rannten zur Tür. Drei Viertel der Strecke hatten sie bereits zurückgelegt, als die Tür sich erneut öffnete und zwei Gardisten herausstürmten, Gewehre in der Hand. »Was ist passiert?«, fragte der vordere, bevor eine Gewehrsalve Gunnas ihn ins Vergessen schickte. Der Zweite fiel Odals Kugeln zum Opfer.

Fink erreichte als Erster die Tür, sie hatte sich bereits wieder geschlossen. »Keine Klinke«, sprach er das Offensichtliche aus.

»Lass mich mal schauen«, bat Fiora, trat hinzu und legte die Hand auf das Metall. Es war einfach. Stumm gab Fiora den Befehl, und die Tür schob sich zur Seite.

Sie gelangten in einen Raum, dessen Rüstungsständer und Wandhaken auf eine Waffenkammer hindeuteten – auch wenn die Waffen fehlten. Es folgte eine Halle, deren Boden mit drei langen Reihen von Steinquadern bedeckt war. Scharniere wiesen darauf hin, dass die Oberseite der Quader sich aufklappen ließ. Binare waren keine zu sehen.

»Särge?«, fragte Odal.

»Oder Betten«, überlegte Fink.

»Gemütlich«, knurrte Gunna.

»Wir sollten weiter«, sagte Fiora und eilte zur gegenüberliegenden Seite der Halle, wo sich eine weitere Tür befand. Auch diese zu öffnen, gelang Fiora problemlos.

Der Park.

Schon aus der Ferne war das Bild atemberaubend gewesen. Doch von Nahem leuchtete das Grün so intensiv, dass Fiora vor Überforderung die Augen schließen musste. Vorsichtig blinzelnd gewöhnte sie sich an die Farbgewalt. Zwischen den perfekt gestutzten Büschen und Bäumen strahlten Blumenbeete in allen Farben des Regenbogens. Fiora hätte sich nie träumen lassen, dass die Natur zu solchen Farben fähig war – falls man von Natur sprechen konnte, wenn man sich auf einer fliegenden Metallscheibe jenseits der Wolken befand.

In der Mitte des Parks ragte der Turm des Gottkönigs auf, schlank, silbern, unbarmherzig. Noch immer waren keine weiteren Binare zu entdecken.

»Was für eine Treppe«, murmelte Odal überwältigt.

»Aber kein Tor«, bemerkte Fink.

»Auf der anderen Seite«, sagte Fiora.

»Woher weißt du das?«

»Keine Ahnung. Ich kann es spüren.«

»Dann sollten wir uns beeilen«, sagte Gunna, die besorgt den Himmel absuchte. »Wer weiß, wie lange wir noch unter uns sind.«

Sie eilten den Kiesweg entlang. Alles war beunruhigend still. Selbst die Farben und Düfte der Blumen, diese unnachahmliche, unnatürliche Idylle, steigerte Fioras Anspannung nur.

Als sie etwa die Hälfte des Weges hinter sich gebracht hatten, kamen sie an einem der Obelisken vorbei. Er war aus demselben spiegelnden Silber wie der große Turm. Zwanzig Schritt hoch mochte er sein, aber, so fühlte es Fiora, er schien bis zur Unterseite der Scheibe hinunter zu reichen.

Du wirst das Palastportal nicht öffnen können.

»Bei den anderen Türen habe ich es auch hinbekommen«, entgegnete sie unwillig. Doctrix' unregelmäßige Meldungen reizten sie immer mehr.

»Wovon redest du?«, fragte Fink.

Die Obelisken, die den Turm umringen, erzeugen die Energie, mit welcher der Palast am Himmel gehalten wird. Siehst du die Tür im Obelisken links von dir? Innerhalb des Obelisken gibt es eine Wendeltreppe. Deine Gefährten sollen nach unten steigen, bis sie in einen runden Raum gelangen, in welchem eine blaue Kugel schwebt. Diese Kugel sollen sie unter Beschuss nehmen. Die Zeit, die sie benötigen, um dort hinunterzugelangen, genügt dir, um das Palastportal zu erreichen. Sobald die Kugel unter Beschuss ist, wird Argenteus seine Leibwache schicken. Dazu muss er das Portal öffnen, und du gelangst in den Palast. Beeilt euch.

»Fiora?«, fragte Fink. »Was ist los?« Er wedelte ihr mit der Hand vor dem Gesicht herum.

Sie lauschte auf das Rauschen in ihren Ohren. Doctrix hatte ihr zweimal das Leben gerettet. Wenn sie ihr nicht vertraute, wem dann? »Wir müssen zum Obelisken.«

Die Tür, die Doctrix angesprochen hatte, ließ sich genauso leicht öffnen wie die anderen zuvor. Der Obelisk vibrierte vor Strom. Fiora hätte erwartet, dass sein Inneres genauso silbrig glatt war wie sein Äußeres. Stattdessen rankten sich Schläuche und Kabelstränge jeder Größe an den Wänden, liefen auch kreuz und quer über den Boden. Ein Surren und Glucksen erfüllte den Raum. In der Mitte fand sich ein Loch. Die Wendeltreppe.

»Ihr müsst dort hinunter. Irgendwann kommt ihr zu einer blauen Kugel. Die müsst ihr zerstören.«

Drei Augenpaare sahen sie verständnislos an.

»Ihr erinnert euch an Doctrix? Sie redet mit mir.«

»Als ich sie das letzte Mal gesehen habe«, bemerkte Fink skeptisch, »hätte sie höchstens noch zu Spachtelmasse getaugt.«

»Vertraut mir. Ich erzähle euch die Einzelheiten später.«

»Na dann.« Gunna ging auf das Loch zu. »Was haben wir schon zu verlieren?«

»Viel Glück.«

»Dir auch.«

In der einen Hand den Klingenstab, in der anderen die Pistole, rannte Fiora alleine auf den Kiesweg zurück und weiter auf den Turm zu. Keuchend erreichte sie die Treppe. Keine Zeit für eine Pause. Ihre einzige zeitliche Abstimmung mit den anderen bestand darin, dass Doctrix den Abstieg im Obelisken genauso lang geschätzt hatte wie die Strecke zum Palastportal. Hatte Doctrix die Treppe eingerechnet? Mit brennender Lunge hastete Fiora die Stufen hoch. Hunderte mussten es sein. Gehauen waren sie aus schwarzem Stein und so glatt, dass Fiora mehrmals abrutschte, sich die Knie aufschlug. Dank der Rüstung blieb es bei glimpflichen Prellungen.

Als sie endlich die letzte Stufe erklommen hatte, wollte ihr die Brust zerspringen von der Anstrengung. Trotzdem zwang sie sich weiter. Da das Portal sich auf der anderen Seite befand, musste sie den Turm noch umrunden. Die oberste Stufe war nicht breiter als die anderen; ein Fehltritt hier würde einen üblen Sturz zur Folge haben. Fiora wählte die geringfügig bessere Alternative und stieß sich die Schulter blau, während sie an der Wand entlangschrammte.

Sie bog um die letzte Kante, vor ihr war das Tor, und im selben Moment schwangen die mächtigen goldenen Flügel auf. Gerade rechtzeitig bremste Fiora ihren Lauf, um nicht dagegenzuprallen.

Ein Dutzend Gardisten stürmte heraus. Im Schutz des Flügels sah Fiora ihnen hinterher. Ihr Magen verknotete sich. Die Rüstungen waren nicht schwarz, sondern rot – wie die von Sol und Formosa. Doch Fiora hätte die Farbe nicht gebraucht, um zu wissen, dass jeder der Krieger, die die Stufen hinunterjagten, gefährlicher war als zehn gewöhnliche Binare.

Fink und die anderen hatten keine Chance.

Sie musste ihnen helfen.

Du musst Argenteus stellen.

Die goldenen Portalflügel schlossen sich bereits.

Nur so kannst du deine Gefährten retten.

Sonnenglut. Lediglich einen Spaltbreit war das Portal noch geöffnet, als Fiora hindurchhechtete. Eine hohe Halle, der Boden schwarz, die Wände weiß, links und rechts führten prächtige Türen ab. Und wurden doch von der Pracht des

Tores in den Schatten gestellt, das beinahe die gesamte Stirnseite der Halle einnahm. Bestimmt doppelt so hoch wie das Portal, das sich gerade hinter Fiora geschlossen hatte, ragte es vor ihr auf. Es sah aus, als wäre es aus zahllosen winzigen Kristallsplittern zusammengesetzt. So klar geschliffen es schien, gab es doch dem Blick nichts preis. Tausend kleine Reflexionen funkelten, ohne dass eine Lichtquelle zu erkennen war.

Aller Glanz konnte Fiora nicht von dem Knoten in ihrem Magen ablenken. »Du hast es gewusst«, flüsterte sie. »Dass sie gegen die rot Gerüsteten nicht bestehen werden. Dass sie sterben werden. Du hast sie geopfert.«

Sie wollen dir helfen. Sie sind bereit, ihr Leben für dich einzusetzen. Respektiere ihren Wunsch. Sorge dafür, dass sie ihr Leben nicht umsonst riskieren.

Fiora schloss die Augen, senkte den Kopf, atmete ein. Atmete aus. Du findest keine Hoffnung außerhalb deiner selbst, hatte Faradas gesagt. Ihr Großvater.

Das Kristallportal schwang auf. Fiora trat hindurch.

Sie betrat einen Saal, der groß genug war, ein Luftschiff zu beherbergen. Er zeigte denselben Grundriss wie der Turm und war so hoch, dass er bis in dessen Spitze reichen musste. Die acht gläsernen Säulen schienen zu fein, um ihr eigenes Gewicht tragen zu können. Zwischen den beiden Säulen auf der gegenüberliegenden Seite erhob sich ein kristallener Thron, der nur über eine ebenso kristallene Freitreppe zu erreichen war. Und auf dem Thron saß ein Mann, der bis auf eine feine schwarze Hose unbekleidet war, nicht einmal Schuhe trug. Er hatte weder Bart noch Haupthaar, weiß wie Kreide schimmerte seine Haut. Die Dunkelheit in seinen Augen war vollkommen.

Fioras Muskeln spannten sich an. »Argenteus.«

Der Binar neigte das Haupt zu einer nachlässigen Begrüßung. »Doctrix.«

Fiora spürte die Subsessoren hinter sich, aber sie konnte den Blick nicht von Argenteus reißen. Dieser erhob sich, kam die Treppe von seinem Thron herunter, die nackten Füße erzeugten keinen Laut. Langsam ging er um Fiora herum. Der Blick aus seinen pupillenlosen schwarzen Augen bohrte sich in ihren Körper.

»Das ist also das Gefäß, das du dir ausgesucht hast, um mir gegenüberzutreten. Eine Notlösung, nehme ich an.«

»In Bergquell hast du mir einen Freund genommen«, sagte Fiora. »Du hast mir meinen Großvater genommen und meine Schwester. Du hast meine Mutter gefoltert. Ich bin Fiora«, sie lächelte bitter, »und ich bin kein Gefäß.«

Das unergründliche Schwarz seiner Augen glitt wie eine schamlose Berührung über ihr Gesicht. »Du bist mutig«, sein Mundwinkel zuckte spöttisch, »für eine Biontin.«

Immerhin hatte er aufgehört, an ihr vorbeizureden. Die Subsessoren fächerten sich auf, bildeten ein Dreieck mit Fiora als Zentrum. Argenteus' Blick richtete sich auf den Klingenstab. »Eine erhabene Waffe. Die Waffe eines Dunklen. Du bist Faradas' Enkelin, habe ich recht?«

Sie nickte. Im selben Moment explodierte einer der acht Energiekerne, welche Gloria trugen. Es gab keinen Knall, kein Beben – und dennoch sah Fiora es so klar, als stünde sie selbst dort unten, am Grunde des Obelisken, würde selbst zerrissen von der berstenden blauen Kugel. Zerrissen wie Fink, Gunna, Odal. Schneidend fuhr ihr der eisige Hauch des Todes in den Leib.

Argenteus schien es nicht bemerkt zu haben. »Deranims Tochter also. Doctrix, wieder einmal habe ich mich in dir getäuscht.« Er sagte es in selbstbewusster Gelassenheit. »Du hast dir ein außerordentliches Gefäß besorgt.« Er wandte sich um, ging zurück zu seinem Thron.

Töte ihn.

Als hätte Argenteus Doctrix gehört, schnipste er mit den Fingern.

Fiora war bereit. Sie hatte nichts mehr zu verlieren. Sie ließ die Pistole fallen, fasste den Klingenstab mit beiden Händen.

Noch bevor die Pistole den Marmor erreichte, hatten die Subsessoren ihre eigenen gezogen, von drei Seiten flirrten die Kugeln auf Fiora zu.

Fioras Bewusstsein löste sich auf, sie war nur noch Körper. Sie duckte sich, sprang, warf sich durch den Raum, drehte sich – ohne zu hören, ohne zu sehen, geschweige denn zu entscheiden, was sie tat. Der Klingenstab flog, traf auf Widerstand, flog, traf auf Widerstand. Alles schien Teil eines Ablaufs, der ohne ihr Zutun geschah.

Der Raum hörte auf, sich zu drehen. Ihre Sicht wurde klar. Ihr Herz hämmerte, ihre Muskeln standen in Flammen. Aber sie litt keinen Schmerz. Ihr Geist war ruhig. Um sie herum lagen verstreut die Gliedmaßen der erschlagenen Subsessoren.

36. Kapitel

Argenteus stand reglos auf der untersten Stufe zu seinem Thron. Sein pupillenloser Blick war auf die zerstörten Körper seiner Diener gerichtet.

Vergeblich versuchte Fiora, irgendetwas in seiner Miene zu lesen, den kleinsten Hinweis auf eine Empfindung, zumindest auf eine veränderte Wahrnehmung der Dinge. Nichts.

Schließlich sah er auf. »Meine Berechnungen waren korrekt.« Er machte einen Schritt nach unten, sodass er wieder auf ebenem Boden stand. »Ihr Bionten seid eine Gefahr.«

»Deswegen?«, fragte Fiora betroffen. »Deswegen hast du Metropolis ausgelöscht? Weil du dich vor den Menschen fürchtest?«

Argenteus faltete die Hände. »Ich empfinde keine Furcht. Aber ich möchte mich bewahren.«

»Du hast eine Armee, deren Waffen den unseren ungeheuer überlegen sind. Dein Palast schwebt über den Wolken. Keine Wunde scheint dir etwas anzuhaben.« Fiora schüttelte fassungslos den Kopf. »Trotzdem glaubst du, dich vor uns Menschen schützen zu müssen?«

»Du bist hier, oder nicht?«, entgegnete er ruhig. »Du hast meine Subsessoren besiegt.«

»Ohne Doctrix hätte ich es nicht geschafft.«

»Falsch.« Das Schwarz in seinen Augen glänzte nicht, erzeugte ein Gefühl unendlicher Tiefe. Wer in diese Tiefe fiel, kam nie wieder heraus. »Ohne dich hätte Doctrix es nicht geschafft.«

»Und jetzt?«, fragte Fiora.

Töte ihn.

»Wirst du sterben.«

Er stand zehn Schritt entfernt. Innerhalb eines Wimpernschlags hatte er die Distanz überwunden. Fiora konnte gerade noch den Stab hochreißen, doch die Wucht seines Angriffs war nicht abzufangen, schleuderte sie quer durch die Halle. Krachend schlug sie gegen das Portal, fiel zu Boden, fing sich nur mit Mühe ab. Auf ihrer Zunge schmeckte sie Metall.

Auf nackten Füßen kam er auf sie zu, langsam, ohne Hast. »Steh auf.«

Auf ihren Stab gestützt, stemmte sie sich hoch.

Sie war erst halb aufgerichtet, als er zutrat. Sie versuchte zu blocken, und der Block brach ihre Arme. Ein zweiter Tritt traf sie am Kopf, warf sie nieder. Lichter flackerten ihr vor den Augen, ihr Schädel dröhnte. Hilflos rang sie nach Luft.

Töte ihn! Töte ihn!

Die Stimme war stumm, und doch glaubte Fiora, sie schreien zu hören.

»Das ist alles?«, fragte Argenteus. »Ich war beeindruckt, als du meine Subsessoren besiegt hast. Aber vielleicht habe ich sie überschätzt.« Er bückte sich nach dem Klingenstab.

Eine Kraft, die nicht ihre eigene war, durchflutete Fiora, hob sie auf die Beine. Den Stab in der Hand, richtete sich Argenteus auf, doch zu spät. Fioras Faust zerschmetterte seine Brust, er stolperte zurück, fiel.

Fiora spürte den Schmerz in ihren zertrümmerten Armen nicht, drang erneut auf ihn ein. Argenteus stand bereits wieder. Seine schwarzen Augen warteten in unergründlicher

Leere, Fiora schlug zu. Argenteus drehte den Stab, trieb ihn ihr in den Bauch.

Eine Qual, als würde glühende Kohle durch ihre Organe gedrückt. Sie sank nieder, auf die Knie, fiel auf die Seite. Faradas' Stab noch immer im Leib, blieb sie liegen. Benommen tastete sie nach dem Schaft. Der reißende Schmerz raubte ihr jeden Gedanken.

Nein! Schrill schnitt ihr die Stimme durchs Bewusstsein, dass sie alle Schmerzen durchdrang. *Wir können nicht aufgeben!*

Durch einen Schleier nahm sie wahr, wie Argenteus sich neben sie kniete. »Bist du dadrin, Doctrix?« Er legte die Hand auf Fioras Schläfe. »Du hast verloren.«

Wie kannst du das zulassen, Fiora?

»Warte hier«, sagte Argenteus und ging. Hatte er das wirklich gesagt? Fiora verfolgte den Gedanken nicht weiter; es gab nur ihren Bauch und das glühende Stück Kohle darin.

Du hast mich enttäuscht, Fiora. Deine Schwester hatte recht. Du bist zu weich. Das ist dein Fluch.

Ein Schemen trat über sie, unten dunkel, oben hell – Argenteus. »Sieh, was ich hier habe.«

Mit letzter Überwindung drehte sie den Kopf, erkannte die Kanten einer Kiste.

»Ich mache dir ein Angebot.« Fiora hörte die Worte kaum, der Schmerz zerriss sie. »Du zeigst mir, wie ich den Gefühlserzeuger bediene. Und ich lasse dich am Leben.«

Niemals!

Das Wort gellte so laut in ihren Ohren – es erstaunte sie nicht, dass Argenteus weitersprach, als hätte er es gehört. »Du weißt, dass du ersetzbar bist. Ich habe Zeit. Irgendwann werde ich herausfinden, wie er funktioniert, auch ohne deine Hilfe.«

Fiora verfolgte Argenteus' Drohungen nicht mehr. Und es war nicht der Schmerz, der ihre Aufmerksamkeit band. »Du warst es«, flüsterte sie. »Du hast Mara umgebracht.«

»Was meinst du?«, fragte Argenteus.

Fiora beachtete ihn nicht. »In Kenet, als ich sie heilen wollte und nicht konnte.« Ihre Worte waren kaum mehr als ein Röcheln, aber was kümmerte es sie, ob Doctrix es verstand. Sie sagte es, weil sie selbst es hören musste. »Argenteus hat recht. Ich war deine Notlösung. Mara war immer die Stärkere. Ich hingegen war zu weich für deine Pläne. Ich hätte sie heilen können in Kenet. Aber du hast es verhindert.«

Am Rande nahm sie wahr, wie Argenteus einen Schritt zurücktrat, sie stumm musterte.

Ich habe getan, was ich für richtig hielt.

»Du hast Mara sterben lassen, weil du dachtest, das würde mich zu einem besseren Werkzeug machen.«

Du hättest Mara nicht retten können. So wie du uns nicht retten kannst. Deine Gefühle beherrschen dich. Das macht dich so unberechenbar, so gefährlich – für dich selbst.

Das Kohlestück war verglommen, mit einem Mal ging eine eisige Kälte von ihm aus. »Gefühle machen dir Angst«, wisperte Fiora.

Sie sind der Grund für die Zerstörung der Welt.

»Sie sind die Welt.«

»Ich erwarte eine Antwort«, sagte Argenteus, Fiora hatte vergessen, dass er überhaupt anwesend war. »Erkläre mir den Gefühlserzeuger, und ich lasse dein Gefäß am Leben.«

»Ich bin kein Gefäß«, presste Fiora hervor. »Und ich entscheide selbst über mein Leben.«

Sie tastete nach dem schlafenden Bewusstsein des Protaris, entdeckte es in Argenteus und in der Kiste, in den gefallenen Subsessoren und im gesamten Palast, alles floss, alles war verbunden, sie spürte die schwarze Wolkendecke, spürte das zerstörte Metropolis, spürte die Ebenen und Gebirge, spürte den Sand in den Wüsten und das Wasser im Meer.

Sieben Energiekerne waren Gloria verblieben. In alle sieben gleichzeitig griff Fiora hinein, borgte sich deren Kraft, richtete sich auf, zog sich den Klingenstab aus dem Leib, schloss die Wunde.

Argenteus war mehrere Schritte zurückgewichen, wäre beinahe über die Kiste gestolpert. »Wie ist das möglich?«

»Dein Schöpfer hat dich geschaffen, weil er Grenzen überschreiten wollte«, sagte Fiora versonnen, während sie beobachtete, wie ihre Arme sich wieder gerade richteten. »Vielleicht war er uns Menschen näher, als er dachte.«

Die Muskeln in Argenteus' weißem Oberkörper zuckten. »Die Menschheit hat keine Zukunft. Erst werde ich dich töten. Dann den Rest.«

Er schnellte auf Fiora zu, sie stieß ihn zurück. Und so wie sie selbst zuvor gegen das Portal geschleudert worden war, flog jetzt der Gottkönig quer durch den Saal, bis er gegen eine der Glassäulen krachte. Er fing sich ab, stürmte erneut auf Fiora los, erneut stieß sie ihn zurück, er donnerte gegen die Treppe seines Throns. Sogleich sprang er wieder auf. Von seiner Stirn lief schwarzes Blut, gefühllos wischte er es ab. »Du kannst mich nicht besiegen. Du bist nur ein Mensch.« Er spreizte die Hände, Lichtblitze zuckten zwischen seinen Fingern. »Und ich bin ein Gott.«

Er entfesselte die Kräfte, die er gesammelt hatte, schleuderte sie Fiora entgegen, die Halle bebte in blendend hellem Licht. Fioras Rüstung schmorte, ihre Haare fingen Feuer, der Klingenstab knackte. Ungerührt ging sie auf Argenteus zu. Sie spürte keinen Schmerz.

Argenteus sammelte neue Kräfte. Seine Lippen platzten,

in seiner Haut bildeten sich Risse, in seinen Augen verdampfte die Finsternis. Geschoss um Geschoss sandte er Fiora entgegen. »Sieh es ein«, seine Stimme zitterte vor Anstrengung, »die Evolution hat euch hinter sich gelassen.«

Doch seine ganze gewaltige Zerstörungswut konnte Fiora nicht aufhalten. Unbeschadet trat sie vor ihn. »Gib auf«, sagte sie sanft.

»Ich werde euch alle vernichten.« Wo seine Haut gerissen war, begann sie sich zu wellen wie Papier über einer Kerze.

»Und trotzdem willst du so sein wie wir«, bemerkte Fiora. »Protaris hat den Binaren vielleicht Überlebenswillen mitgegeben und den Wunsch, besonders zu sein. Aber wenn ihr wirklich leben wollt, wird euch beides nicht helfen.«

Hilflos versuchte Argenteus, Kräfte zu befehligen, die sich gegen ihn gewandt hatten. Seine Nägel lösten sich von Fingern und Zehen, fielen aus. »Uns fehlen die Gefühle.« Seine Stimme war verzerrt. »Doch das wird sich ändern.«

»Euch fehlt das Mitgefühl.«

Seine Angriffe waren so schwach geworden, dass Fiora sie zurückdrängte, bevor sie seinen Körper verließen. Auch aus seinen Ohren qualmte es jetzt. »Das ist die Regung unter den Menschen, die ich am wenigsten verstehe«, ächzte er. »Mitgefühl macht euch schwach.«

»Im Kampf ums Überleben vielleicht. Aber ich glaube, der eigentliche Kampf, dem wir uns stellen müssen, ist ein anderer.« Wehmütig befühlte sie den Kompass unter ihrem Brustpanzer.

»Wovon redest du?«

»Der eigentliche Kampf ist der Kampf gegen die Leere.«

Die letzten Kräfte verließen den Gottkönig, auf den Stufen seines Throns sackte er zusammen.

Töte ihn.

Fiora ging zurück zur Kiste. Nachdenklich stand sie davor. Schließlich öffnete sie den Deckel. Die Kiste war mit einem festen, bläulich-durchsichtigen Material ausgefüllt, in dessen Mitte ein dunkelblauer Barren von der Länge einer halben Elle schwebte. Fiora seufzte. Das sollte also das Gerät sein, mit dem sich Gefühle erzeugen ließen. Wie viel Leid hatte die Menschheit über die Welt gebracht, weil sie sich von Zorn hatte leiten lassen, von Eitelkeit, von Hass, von Eifersucht, von Angst, von Stolz.

Zerstöre ihn.

Sie zögerte.

Zerstöre ihn.

»Nein.«

Nach Argenteus werden andere kommen. Solange der Gefühlserzeuger existiert, befindet sich die Welt in Gefahr.

»Das Leben ist immer gefährdet«, murmelte Fiora. »Sonst wäre es seinen Namen nicht wert.«

Zerstöre ihn. Oder ich werde dich dazu zwingen.

»Nein.«

Du hast es so gewollt.

Ein Prickeln lief vom Nacken ihren Scheitel hinauf, über ihre Ohren zu Schläfen und Stirn, dann das Gesicht hinunter. Fiora war zu überrascht zu irgendeiner Reaktion. Gerade rechtzeitig drehte sie sich nach Argenteus um, um zu sehen, wie ein Ruck durch seinen Körper ging, er sich aus seiner zusammengesunkenen Haltung aufrichtete. Glorias Energiekerne barsten, als er deren Kraft aufsog. Blitze umhüllten seinen Körper, die Marmorplatten sprangen auf, die Glassäulen knackten.

»Du hast es so gewollt.« Und auch wenn die Worte aus Argenteus' Mund kamen, wusste Fiora, dass es Doctrix war, die sprach.

Die Entladung zerfetzte die Portalflügel, zerschmetterte die Glassäulen, sprengte den Thron in tausend Splitter. Alles war Rauschen und Licht. Fiora hob den Arm, um ihre Augen zu schützen. Die geschmolzene Rüstung fiel von ihr ab, ihr Haar war verloren, der Klingenstab glühte orange. Unbeirrbar neigte sie sich dem Sturm entgegen.

Als er nachließ, war sie keine Elle zurückgewichen.

Argenteus' Oberkörper war von rauchenden Rissen durchfurcht; die Haut war gelb geworden, schälte sich von den Muskeln. Er fiel auf die Knie. Sein Gesicht hatte Doctrix' Züge angenommen.

Eine Glassäule brach, ein Scherbenregen prasselte nieder.

»Du bist zu stark«, stöhnte Doctrix, die Züge verzerrt von Anstrengung und Angst.

»Das war es, was du von Anfang an gefürchtet hast.« Es war keine Frage mehr, die Erkenntnis stand unerschütterlich klar vor Fioras Bewusstsein. »In Bergquell wolltest du mich nicht schützen, im Gegenteil! Du hast versucht, in meinen Körper zu gelangen. Erst als du meinen Widerstand erfahren hast, bist du auf Mara ausgewichen.« Fiora spürte den Boden unter sich vibrieren. Die Energiekerne waren explodiert, die Kraft der Obelisken war erloschen. Gloria war dem Untergang geweiht.

»Ja«, stöhnte Doctrix. »Du warst zu stark für mich. Aber meine eigentliche Furcht war, dass du zu schwach bist, um Verantwortung zu übernehmen. Meine Furcht war berechtigt.«

Der Boden begann sich zu neigen. Eine zweite Säule barst, ging in einem Splitterschauer nieder.

»Du hast Angst vor deinen Gefühlen«, bemerkte Fiora.

»Zerstöre die Kiste. Oder die Welt ist Vergangenheit.«

»Selbst wenn ich es tue – es wird sich eine neue Doctrix

finden, in zehn Jahren oder in tausend, und die Binare werden einen neuen Weg entdecken, sich zu empfinden. Den Kampf gegen die Leere kann kein denkendes Wesen gewinnen. Noch kann sie ihn aufgeben.«

»Was wirst du tun?«

Fiora dachte an Maras Worte. *Bewahre deine Sanftheit, Schwester.* »Das, was Menschen tun, seit sie Menschen sind.«

»Du weißt, was du riskierst.«

»Ja.«

»Du folgst deinen Wünschen statt deinem Verstand.«

»Ich hoffe darauf, dass das Gute überwiegt.«

»Du opferst die Welt.«

Die übrigen Säulen zersprangen. Ein Knirschen durchzog den Palast, vom Marmorboden bis in die schwindelerregenden Höhen des Gewölbes. »Weil ich den Binaren das Menschliche nicht verweigern will?« Der Boden brach auseinander. »Wenn den Ausschlag für die Zerstörung das Menschliche gibt – weshalb wäre es dann wert, bewahrt zu werden?«

In Trümmern stürzte Gloria vom Himmel.

37. Kapitel

Es war windstill. Kühl und klar wölbte sich der Sternenhimmel über ihr. Kurz vor Mitternacht erreichte Fiora den Torm. Vorsichtig führte sie ihre Kamele die Böschung hinunter, folgte den Windungen des Flussbetts. Noch eine halbe Stunde bis Bergquell.

Die Stadtmauer war so baufällig wie eh und je; die Zinnen abgebröckelt, das Dach des Ostturms eingefallen. Noch immer fehlten die Schindeln auf der Toranlage, die der Todesbote mit sich fortgerissen hatte.

Zwanzig Schritt vor dem Tor zügelte Fiora ihr Kamel. Auf den Tortürmen nahm sie eine Bewegung wahr. Geduldig wartete sie, während die Minuten vergingen. Auf der anderen Seite des Tores hörte sie Fußgetrappel und das aufgeregte Wispern vieler Stimmen. Schließlich ertönte das vertraute Brummen, knirschend strebten die Torflügel auseinander. Gaben den Blick frei auf einen kleinen, dicken Mann in einer verblichenen Uniform.

»Im Namen des Gottkönigs Argenteus und der Bevölkerung dieser Stadt«, rief der Mann in einem vollen Bass, »fordere ich, Poltis aus dem Hause Melanes, Kommandant der Garde, Zweiter Ratsherr von Bergquell und Träger des roten Bandes: Nennt Euren Namen, Fremde, und nennt Euer Begehr.«

»Mein Name ist Asperata«, wählte Fiora den Namen der Binarin, deren Rüstung sie getragen hatte, »Tochter der Deranim; ich bin eine reisende Händlerin, und ich komme in Frieden.«

Huldvoll breitete Poltis die Arme aus. Offensichtlich sagte ihm der Name von Fioras Mutter nichts. »Dann seid willkommen.«

Fiora schnalzte mit der Zunge, die Kamele trotteten in den Torhof. In mehreren Reihen hintereinander standen die Schaulustigen, reckten die Hälse. »Ich bitte um Wasser für meine Tiere und um einen Ort, meine Waren feilzubieten.«

»Selbstverständlich, Frau Asperata.« Poltis winkte eine der Torwachen heran. »Bring die Dame zur alten Raffinerie.«

»Ich bin keine Dame.« Fiora sah ins Rund der Schaulustigen und hob die Stimme: »Ich führe Gewürze, Arzneien, Messgeräte und einiges mehr. Als Zahlung nehme ich Edelsteine und komprimierte Lebensmittel.«

Das Gebiet um die alte Raffinerie war so krank, wie Fiora es in Erinnerung hatte. Während sie ihren Teppich ausrollte, zog sie das Gift aus dem Boden und bannte es. Trotzdem würde es Jahre dauern, bis die erste Pflanze wüchse. Als sie ihr Teegeschirr ausbreitete, hatte sich bereits eine Traube gebildet. Selbst wer offenkundig nichts zum Handeln besaß, war herbeigekommen, wollte von der Welt jenseits der Ödnis erfahren, wollte sich die Gelegenheit nicht nehmen lassen, eine Dunkle zu sehen. Fiora gewährte jedem den gleichen Anteil ihrer Zeit. Bot jedem, der wollte, einen Tee. Kaldaster, der alte Mechanikurg, kam auf einen Gehstock gestützt. Sie erkannte den Ratsherrn Melkon mit seinem verbeulten Zylinder, hagerer denn je. Alvani, die Besitzerin des Kraftwerks und der Mine, die nie einen Hehl daraus gemacht hatte, wie sehr sie Fiora verabscheute. Lega, von der sie halb totgeprügelt worden war. Fiora trug weder Brille noch Schal. Aber niemand erkannte sie.

Als es zu dämmern begann, erklärte sie, sich ausruhen zu wollen, sie werde das Geschäft am Abend weiterführen. Widerwillig verstreute sich die Menge. Fiora sah nach den Kamelen, dann griff sie sich ihren Klingenstab und ging zum Stadttor. Ohne Fragen zu stellen, öffneten die Wachen ihr die Nebenpforte.

Sie wandte sich nach Osten. Achtsam ging sie durch die Wüste. Das Geröll bedeutete ihr nichts, aber jeder größere Felsbrocken winkte ihr wie ein alter Freund.

Schließlich erreichte sie Vaters Grab. Es war nur noch eine Bodenwelle. Doch als sie den Sand zur Seite wischte, kamen darunter die Steine zum Vorschein, die sie vor all den Jahren zusammengetragen hatte. Sie richtete sich wieder auf. Lange stand sie da, lauschte auf ihre Erinnerungen. Der Feuerdämon stieg, sie spürte die Hitze kaum.

Sie ging zu der Stelle, an der Mutter gelegen hatte, bevor der Todesbote seine Furche der Zerstörung gezogen hatte. Mit bloßen Händen schaufelte sie eine kleine Grube in den Sand. Dann nahm sie die Kette mit Faradas' Kompass vom Hals. Sie öffnete den Deckel, warf einen letzten Blick auf Maras rote Locke darin.

Ein Prickeln lief ihre Unterarme herauf. Ein Todesbote. Noch war er fern. War nicht mehr als eine dunkle Ahnung, ein Ziehen in ihrem Magen. Doch es würde nicht lange dauern, bis sie wusste, wer ihn geschickt hatte. Vielleicht stießen die östlichen Gottkönige in die Lücke vor, die Argenteus hinterlassen hatte.

Oder das Finstere in Doctrix hatte gesiegt.

Nachdem Fiora den Kompass in die Grube gelegt hatte,

bedeckte sie ihn mit dem ausgehobenen Sand. Den Sand drückte sie sorgfältig fest. Strich ihn so lange glatt, bis die Stelle nicht mehr von ihrer Umgebung zu unterscheiden war.

Epilog

Du bist das einsamste Wesen der Welt, Fiora. Niemals werde ich fühlen können, was du fühlst. Und ich beneide dich.

Danksagung

Schreiben ist kein einsames Handwerk. Schon meine erste Idee wäre nicht vorstellbar ohne die zahllosen Ideen derer, die vor mir kamen. Ab dem ersten Satz folgt meine Sprache dem Wunsch, denen zu gefallen, die mir nahestehen. Und erst indem ich meine Geschichte jemandem erzähle, lerne ich, sie zu erfassen.

Über den Inhalt hinaus steckt in einem Buch eine Menge Arbeit, über die man oft allzu leichtfertig hinwegsieht: Cover, Satz, Druck, Vertrieb, Werbung entscheiden vielleicht nicht über die Güte einer Geschichte, aber darüber, ob sie gelesen wird.

Gleich wie viele Menschen ich in Dankbarkeit aufzählen würde, es gäbe immer noch einen mehr, der – bewusst oder unbewusst – zu diesem Buch beigetragen hätte.

Daher möchte ich stellvertretend drei Menschen erwähnen, dank deren Leidenschaft, Sachverstand und Wohlwollen ich zuversichtlich bin, euch ein gutes Buch in die Hände gelegt zu haben:

Petra, deren herzliche Beharrlichkeit alle Zweifel klein werden lässt.

Lisa, die die Gabe besitzt, einen Stoff marktfähig zu machen, ohne ihn dem Markt zu opfern.

Angela, von der ich die Vermutung hege, dass sie eigentlich

in einem Paralleluniversum das Amt der obersten Sprachmagierin ausübt und auf unserem Planeten bloß Urlaub macht.

KI mag viel ersetzen, aber nicht die Zusammenarbeit mit euch.

Robin Hill